Pucca Günlük ve Geri Kalan Her Şey

PuCCa

okuyan us

okuyan us

Dizüstü Edebiyat - 09

Pucca Günlük ve Geri Kalan Her Şey
PuCCa

ISBN: 978-605-4054-64-0
Yayıncı Sertifika No. 16208

I. Baskı: İstanbul, Ekim 2011
38.Basım: İstanbul, Şubat 2014

Yayın Yönetmeni: Cem Mumcu
Editör: Aslı Uluşahin

Dizi ve Kapak Tasarımı: Ebru Demetgül
Kapak Fotoğrafı: Ebru Demetgül
Grafik Uygulama: Zeynep Erim

Baskı ve Cilt: Pasifik Ofset Ltd. Şti., Cihangir Mah. Güvercin Cad. No: 3
Baha İş Merkezi A Blok Avcılar-İstanbul – Tel.: 0212 412 17 77
Matbaa Sertifika No. 12027

Eser, 60 gr kâğıt üzerine 11 puntoluk Times New Roman fontuyla dizilmiştir.

Kurucu: Cem Mumcu
Genel Müdür: Çiğdem Şentürk
Kreatif Direktör: Ebru Demetgül
Satış Müdürü: Özgür Doğan

Adres: Fulya Mah. Mehmetçik Cad. Gökkuşağı İş Merkezi No. 80
Kat: 3 Fulya, Şişli, İstanbul Tel.: (0212) 272 20 85 - 86
Faks: (0212) 272 25 32
okuyanus@okuyanus.com.tr
www.okuyanus.com.tr

Pucca Günlük ve Geri Kalan Her Şey

Pucca Günlük - 2

PuCCa

okuyan us

İçindekiler

"Yanında uyumaktan nefret ediyorum, zaman boşuna gidiyor sanki. Ayakkabı tokan, bilekliğin, ojelerin, ne bileyim senin her daim yanında olan bir eşyan olmak istiyorum. Bana söz ver beni bırakma, sevmiyor olsan bile bırakma, gitme sakın yanımdan. Yatarken bana arkanı döndüğünde bile özlüyorum seni… Yokluğunda kafayı yerim ben, her zerreni özlüyorum, yanımda yokken kafayı yiyorum" dedikten, tam tamına 29 saat 15 dakika sonra beni terk etti.

Bir kişiyi gideceğini, canını acıtacağını, seni milyon kez kıracağını bile bile sevmek! Aynen diyetteyken pasta yemek gibi... Sonrası vicdan, sonrası kendine acıma, kızma, zamanı geri alsaydım derdi, sonrası pişmanlık…

Erik'le evlenmek üzereydik, yüzükparmağımda tek taşım, ikimizin yaşadığı, ara sıra annesinin huzurumuzu bozduğu evimiz vardı. Bir senelik beraberliğimiz vardı, o beraberlik olana kadar ağzımıza sıçıldı. Eski sevgilimin en yakın arkadaşı olması yetmiyor gibi bir de arkadaşımın eski sevgilisiydi.

Bunların hepsini bir güzel aşıp, artık huzurlu bir şekilde uyuyorduk. Daha doğrusu ben uyuduğumuzu sanıyordum.

Meğersem onun hissettikleri sadece gizli saklı olmamızın verdiği adrenalinmiş. Ne zaman ilişki rayına oturdu, ne zaman iş ciddiye bindi, ne zaman o yüzük parmağıma takıldı ve ne zaman "Düğünü İzmir'de mi yapalım?" konuşmaları açıldı, onun uykusu kaçtı. Bana milyonlarca kez evlenmek istemediğini belli eden sinyaller verdi ama ben anlamadım. Parmağımdaki taşın ışıltısı öylesine gözlerimi kamaştırmıştı ki, kendimi sadece onun karısı gibi görüyordum. Annesi benden nefret ediyordu, kadın beni bir kaşık suda boğacak kadar sevmiyordu. Hoş ben de kendisine bayılmıyordum, o kadar bayılmıyordum ki dolaba fare zehiri koyarak onu korkutmayı istiyordum.

Sonra bir gün, ben evin perdelerini değiştirmeyi düşünürken, sıradan bir şey söyler gibi "Ben İngiltere'ye gidiyorum, iki sene orada kalmam gerek" dedi. Bir anda, tuvalete gidiyorum der gibi söyleyiverdi. Sonra da çişini yapmaya gider gibi gitti. Öyle ki gittiğini bana söylemeye gerek bile duymadan çekip gitti...

İngiltere mevzusu açılınca aramızda, doğal olarak bu ilişkiyi kurtarma derdine düştüm, önce prezervatiflerimizi deldim, ıı ıh bir işe yaramadı, sonra intihar numarası çektim, ıı ıh bu da yaramadı. Sonra küstüm, kızdım, kırdım, cinnet geçirdim. En sonunda adamı benden iyice soğuttum. Artık sevişmiyorduk, gülmüyorduk, paylaşmıyorduk. Bir yatağın içinde birbirimize dokunmadan uyumaya çalışıyorduk. Ben sadece ağlıyordum, o ise yeni hayatının hayalini kuruyordu.

Baktım olmuyor, yanındayken benden daha da nefret edecek; belki de kendimi çekmeliyim dedim; öyle ya çok abanınca üstüne, nefes alamadı adam. Belki benden biraz uzak kalınca beni sevdiğini anlar, belki gitmez, belki eskiye döneriz diyerek milyonlarca "belki"yi sıraladım durdum kendime. Ailemin yanına gittim bir haftalığına; bu bir hafta boyunca düşünelim taşınalım, her şeyi toparlayalım dedik. Bu arada o işlemlerini hallediyordu, 4-5 aya ancak giderim deyince içim biraz rahatladı tabii, o zamana kadar geri döndürürüm diyordum.

Babamın evine gidince ben, bunun bir anda o cadaloz annesi rahatsızlandı. Bu da kendi ailesinin yanına gitti, o geri zekâlı lanet, o Kibariye'nin annesinden bile daha carlaz kadın, aldı oğlunu tam bir ay boyunca yollamadı yanıma.

Tabii o zamanlar böyle düşünüyordum, hayatıma biraz uzaktan bakınca aslında sorun annesinde değil, oğluşunun benim yanımda durmak istememesindeymiş. Bir ay görüşmedik, telefonda konuşuyoruz, her gün netten yazışıyoruz ama yok, olmuyor, ben bir türlü eski Erik'e dair bir şey bulamıyorum. Çocuk buzdolabı gibi, benimle sanki zorunluluktan konuşuyor. Eskiden tuvalete gitsem beni özleyen adam, şimdi sadece sessizlikten ibaret... Bu şekilde günlerimiz akıp giderken, bir akşam "ben eve döndüm, yarın sabah sen de gel evimize, özledim" dedi. Tamam dedim, geceden bindim otobüse sabah İstanbul'daydım. Bütün gece mesajlaştık yoldayken, kapıyı açar açmaz üstüne çullanacağım, o derece özlemle koştur koştur gittim eve.

Kesin uyuyordur diyerek kapıyı anahtarla açtım, içeri girdim. Valizimi kenara bıraktım sonra hemen ayakkabılıkta soyunuverdim. Uyurken yanına çıplak sokulayım da hareket gelsin biraz diyerek. Pıt pıt yatak odasına geçtim, anam o ne! Yatak derli toplu duruyor. Canım tabii bensiz o yatakta uyuyamadı salonda uyuyakaldı diyerek içeriye geçtim. Ama adam orada da yok. Çıplak çıplak bütün evi aradım Erik'i bulamadım bir türlü. Giyindim, geçtim oturdum mutfağa telefon ettim ama telefonu da kapalı. Kesin kahvaltılık bir şeyler almaya gitti diyerek bekledim. Beklerken bari eşyalarımı yerleştireyim dedim, götürdüm valizi yatak odasına, açtım dolabı ve bingo!

O dolabın içinden çıplak bir kadın çıksaydı, beni aldatıp kadını oraya saklamış olsaydı, hatta kadın ölü olsaydı... Hatta kadın annesi bile olsaydı sanırım bana o anki şoku yaşatamazdı. Ağzım açık yere yığıldım dolabın karşısında. Dolap bomboştu, bütün eşyalarını toparlamış, sadece benim bölümdeki kıyafetler duruyordu. Bir süre kalakaldım, ne olduğunu anlamaya çalıştım. Sonra odaya dönüp baktım, her şeyini almış. Şifonyerin üzerinde sadece benim malzemelerimi bırakmış. Yatağın yanındaki komidinin üzerinde de bir mektup.

Orospu çocuğu beni terk etmiş yani! Üstelik bütün gece bana mesaj atıp beni sevdiğini, özlediğini yazarken eşyalarını topluyormuş. Ben oradan buraya koşarak gelirken, o İngiltere'ye uçarak gitmiş. Hayatımdaki en rezil terk edilişi bana yaşattı, hiç bu kadar küçük düşmemiştim, bu kadar değersiz hissetmemiştim kendimi. Yere yığılıp kaldım, kaç saat geçti bilmiyorum, sadece ağladım, o kadar çok bağırarak ağladım ki sesim çıkmamaya başladı bir süre sonra. Bütün bedenim uyuştu, bir süre boş dolaba baktım, belki gelir, şaka yapıyordur dedim. Bekledim, gelmedi…

Sonra kalktım, valizimi alarak dış kapıya doğru ilerledim. Son kez eve baktım, hani filmlerde olur ya, baktığında anıları görürsün. Ben hiçbir anımızı göremedim, sadece nefret hissettim. "Bu böyle olmaz, bu kadar sakin kalmamalıyım, sen benim canımı aldın adi köpek" diyerek önce yatak odasından başladım. Elime gelen her şeyi yere fırlattım, dolabın kapaklarına kadar kırdım, aynayı, lambaları patlattım. Salondaki televizyonu yere indirdim, mutfak malzemelerinden elime geçen her şeyi yere attım. Ellerim kan içinde kaldı ama yılmadım, sinirim geçene, öfkem bitene kadar evi darmaduman ettim. Sonra yatağın üzerine kusup, anahtarı da evde bırakıp çektim gittim.

Ne bok yiyeceğimi hiç bilmiyordum, tek bildiğim o anda Erik'in gözlerini oymak istediğim.

Merhaba,

Biliyorum şu an bana çok sinirlisin, bunu okurken beni öldürmeyi bile düşünüyor olabilirsin :)

Ama inan bana bunu benim için değil, senin için yapıyorum. Kendim için değil, seni düşündüğüm için gidiyorum. Ben o hayallerindeki evliliği sana veremem, ben senin o küçük dünyanı dolduramayacak kadar başarısız biriyim.

Zannetme ki sevmiyorum, zannetme ki bencilliğimden gidiyorum. Sadece evlilik çok zor, evlenmek çok büyük sorumluluk ve bunun altından kalkamam. Sen çok iyilerine layıksın, bir gün çok mutlu olacaksın ama bu benimle olmayacak. Çok üzgünüm, öyle çok üzgünüm ki şunları yazmak bile bana işkence gibi geliyor. Keşke böyle olmasaydı.

Bu ev senin de evin, ben gelene kadar burada yaşa. Başka yerde kira falan verip kendini zorlama. Hayatını düzene sokana kadar, dilediğince yaşayabilirsin. Faturaları yatırmayı aman diyim unutma, bilirim unutursun. O yüzden onları otomatik ödemeye ver bence. Akşam yemek ye, kendini sakın aç bırakma, meyve al ve bol bol. Küçük odanın peteği bozuk, kış geldiğinde o tarafı kapatırsın ev soğumasın. Annem zaten sürekli gelir gider, sana yardımcı olur.

Seni seviyorum, gidişim sadece senin iyiliğin için bunu bil. Sonsuz aşk diye bir şey yok. Birbirimizden nefret edecek boşanacağımıza hiç başlamayalım daha iyi. Sen zaten bir eş istemiyordun, sadece baba istiyordun. Ben baba olacak adam değilim, ben hayalindeki adam değilim. Çok mutlu ol, bunu hak ediyorsun çünkü.

Sil Baştan

Yukarıda kim varsa, benimle böyle kedinin fareyle oynaması gibi oynuyor. Hayır, yani sonu madem böyle olacaktı, neden bu adamı karşıma çıkardın? Hadi çıkardın, tamam neden evlenme teklifi ettirdin de beni heveslendirdin? Madem bunu yaptın neden herifi aldın teee İngiltere'ye gönderdin?

Erik'e karşı içimde öyle bir nefret ve kin var ki, özleyemiyorum bile. Tek düşündüğüm şey onu acı çektire çektire öldürmek. Beni terk edişinin üçüncü günü, hırsımdan dudaklarımı paramparça ettim, gece yatarken onu öldürme hayalleri kurmaktan kafayı yiyecek haldeyim. Önce ayak parmaklarını tek tek kerpetenle kopartıp götüne sokmak istiyorum. Ardından yüzünün derisini yüzüp, suratına acı biber turşusu döküyorum. Dişlerini tek tek ellerimle çıkartıyorum köklerinden, dilini dişlerimle kopartıp atıyorum. Karnını tırnaklarımla yırtıp iç organlarını parça pinçik yapıyorum. Yine de ona olan öfkem geçmiyor. Aklıma geldikçe nefes alamıyorum, elinden oyuncağı alınmış çocuk gibi kendimi yerden yere atıp sadece ağlamak istiyorum.

Yarım yamalak aldığım eşyalarla, internetten bulduğum ev arkadaşının evine resmi olarak taşınmamı da bu sayede yapmış oldum. Yine de bak zamanında Çakal Karlos'muşum, durumun bu kadar kötüye gideceğini tahmin edemesem bile, ne olur ne olmaz bu odayı kiralamışım. Erik'in yanında yaşarken tutmuştum bu odayı. Kavga ettiğimizde kendimi çaresiz hissediyordum çünkü. Bir de "bak evime giderim ha" diye blöf yapmak kolayıma geliyordu. Azıcık bi para ödüyordum, zaten toplasan 5 ya da 6 gün kaldım kalmadım burada... Geri zekâlı Erik'in beni o kadar gurursuz zannedip, bana yaptıklarının ardından kendi evinde yaşayacağımı sanması, bir de bunu bana lütufmuş gibi sunması... Allah'ım, bak yine bana bir şeyler oluyor, bu adamı kesinlikle öldürmeliyim. Sen kimsin de ben senin evinde yaşayacağım embesil! Sen nesin yani, bu cesareti kendinde nasıl bulabilirsin! Ben senin o kafatasını evin duvarlarına vura vura... Neyse sakin olmalıyım... Ne diyordum, hah! Kaldığım evden bahsediyordum, bir ev arkadaşım var ki sanırım o güne kadar eve çıktığım insanların arasından en garibi bu kadın. Bi kere kadın bildiğin bıyıklı! Yani bilmem ne bilmem ne şirketinde çalışıyorum demese, bir türkü kafenin erkek solisti diyebilirim.

Sürekli telefonla konuşuyor, sesi öyle gür ki her sabah beynime beynime işliyor. Bir insan evladı, tam iki saat boyunca halasının kızının üç yaşındaki çocuğuyla konuşabilir mi? Bu konuşuyor işte: "Buseemmm canım de, canım ayy ben seni yerim. Anne de bakayım, an-ne oyy kurban olduğum..." Vallahi telefonunu alıp kıracaktım bir sabah. Onun dışında acayip titiz bir hatun, hastalık derecesinde. Ben de dünyanın en dağınık insan evladı olarak evin içinde gerim gerim geriliyorum. Her gün işe gitmeden önce telefonda konuşa konuşa her yeri çamaşır suyuyla siliyor. Sabahları o kokuyla uyanıyorum, böğüre böğüre tuvalette alıyorum soluğu. Bir de o ev benim değil gibi, böyle kendimi uzaktan akrabamın evinde yaşıyor gibi hissediyorum. Para da veriyorum ama ne bileyim. Kendime ait bir evim hiç olmayacak sanırım. Hep böyle kaplumbağa gibi dolanacağım. O değil de benim para kazanmam lazım, yani Erik'le birlikte yaşarken bazı şeylerin sorumluluğu onun üzerindeydi, evden metin yazarak aldığım parayla bu kadının ancak çamaşır sularını ödeyebilirim. Kitaptan para gelecek, ona da ohooo aylar var. Bir de evin içinde kaldığımda daha bir kafayı yediğimi hissediyorum. İnsan ağlayarak uyanabilir mi ya, gözümü açar açmaz ağlamaya başlıyorum. Yastığı ısıra ısıra kendimi parçalarcasına ağlıyorum sonra tavana bakıp iki saat kitleniyorum. Hiçbir şey yapamıyorum, yiyemiyorum, yürüyemiyorum, bazen nefes almayı bile unutuyorum. Mal mısın kızım diyeceksin alt tarafı bir erkek yani, sokakta gırla var ne bu halin diye. Ben de biliyorum öyle olduğunu ama beni üzen sadece Erik değil. Ben neden böyle olduğuma yanıyorum, her seferinde dejavu gibi aynı şeyleri yaşadığıma üzülüyorum. Nerede hata yapmış olabilirim ki hep sonum filmlerdeki kötü karakterlerin başlarına gelenler gibi oluyor. Her seferinde onlar ermiş muradına, Pucca almış babayı! Her hikâyemin sonu bu şekilde bitiyor.

İyileştiğimde geçecek, uyandığımda bitecek, acı sandığım şey yüksek ateş.

Kendimi öylesine yorgun hissediyorum ki, hasta gibiyim. Gördüğüm her şey halüsinasyondan ibaret sanki. Sabah kalktığımda ateşim düşecek ve normal hayatıma devam edeceğim gibi. Yediğim yemeğin, içtiğim suyun tadı yok, bir yere gitmeye gücüm yok gibi geliyor. Biliyorum ki bu da geçecek bitecek. Off geçmeyecek de ne yapacak, kimse aşktan ölmemiş, anca kendisini öldürmüştür. Kimse kusura bakmasın, koca kafalı Erik için bunu yapacak kadar mallaşmadım. Zaten ben kendimi değil de onu öldürmeyi istiyorum, o kadar nefret var ki içimde, penisini kesip kolye yapmayı düşünüyorum. İbret olsun âleme, ondan sonra gelecek olan adam o kolyeye baktıkça başına geleceği düşünsün de böyle bok gibi bırakıp gitmesin beni. Ayrılık denilen hadisenin bir ilacı olmalı; "ne ayrılmak mı istiyorsun, aa dur ilaç içeyim" deyip bunu kabullenmeliyiz. Bu hayatın kanunu çünkü, hep bir taraf fazla sever, bir taraf çok acı çeker, bir taraf terk eder, bir taraf ortada kalır, bir taraf boka saplanır. Yapılması gereken tek şey daha az sevmekken, bunu başaramaz insan. İnsanın elinde değil bence birine âşık olmak, yani aklım olsa Erik gibi bir sünepeye mi âşık olurdum, giderdim en azından benden hoşlanan adam gibi birine vurulurdum. Hastalık işte, korunsan da kendine baksan da zamanı geldi mi yakalıyor seni. Her ilişki de bir hastalığa denk geliyor bence.

Gaz sancısı:

Çok uzun süre ilişki namına bir şey yaşamadığın anlar olur ya, hani böyle kimseden hoşlanamazsın, eskileri düşünmeye çalışırsın, ıı ıh düşünemezsin. Böyle kendi kendine ot gibi yaşayıp giderken, karaktersizin biri gelir ve bu düzenini bozar.

Çok uzun zaman ilgi nedir alaka nedir unutunca, onun seninle ilgilenmesi seni "kooperatiften ev alsak, yazlığı da Foça'dan yapsak çoluk çocuk rahat eder" hayallerine sürükler. Hah işte sen bu hayalleri kurarken herif seni aramaz! Yanındayken can ciğer kuzu sarması, yanından ayrılınca ara ki bulasın!

İşte bu gaz sancısı gibidir, kısa süreli ama ağır hoşlanmanın sonucu beklenen telefonlar. Acaba beni düşünüyor mu soruları. Lan lan yoksa eski manitasına mı döndü korkuları ya da acaba hâlâ manitası var mı kuşkuları. Sanki önemli bir ağrı gibi karında belirir iki büklüm eder ama sabahına bir şeyin kalmadan hemen iyileşirsin. Gaz neticede, büyütmemek gerekir.

Romatizma:

Deli gibi âşıksın, her gün yolunu gözlüyorsun, yanlışlıkla sana doğru baksa karnında filler kolbastı oynuyor, sabah akşam hayal kuruyorsun onunla ilgili. Yalnız bir durum var ki er kişinin bu çırpınışlarından haberi bile yok! Hatta sen haricinde bütün dişi varlıklarla birlikte olmuş, hepsinin reçellerine şerbeti dökmüş, bir senin çekirdeğe merak edip bakmamış. Platonik aşk işte, sızım sızım sızlar her bir hücre. Anam şiir gibi oldu bu da... İşte bu durum romatizma gibidir, yaşamınızı sürdürmeniz, onunla birlikte yaşamanız mümkündür ama önlemlerinizi almadığınız zaman bu acı, çekilmez hale gelebilir. Yanında arkadaşına sulandığında, üç gün sonra kendine manita yaptığında, seni sevmediğini fark ettiğinde ağrı şiddetlenir. Hep kemiklerinin içinde kalır çünkü o sana ait olmamıştır...

Mantar:

İmkânsız aşkların verdiği heyecan var ya hani, bütün diziler, filmler, romanlar bunun üzerine kurulu hatta. Ya arkadaşının aşkına, ya aşkının arkadaşına âşık olmuşsundur, hele bir de bir parça umut varsa, o içindeki kıpırtılar, o gizli gizli bakışmalar, o kimse duymasın konuşmaları... Ya var ya sırf şu anlar için bile gizli aşk yaşamaya değer. İlişkinin en güzel zamanları işte bu anlar. İşte bu durum da tam anlamıyla mantar gibidir, tatlı bir kaşıntı kaplar, kurtulmak istersiniz ama kaşımak keyifli gelir. Kaşı kaşı kaşı yarayı deşene kadar ayyy tatlı tatlı kaşı. Sonra ondan kurtulmak için ne taklalar atacaksın, o yüzden tatlı kaşıntının keyfini çıkar. Yalnız yazarken ayağımın altı nasıl kaşındı anlatamam tövbeler olsun.

Migren:

En illet olanı da bu zaten... Karşınızdaki muhakkak evlidir, ilişkiniz saçma sapan bir hal, gereksiz bir acı ve umutsuzluk üzerine kurulmuştur. Kaçsanız kaçamazsınız, bir son yazmaya çalışsanız tutmaz, hep bir tutarsızlık mevcuttur. Ta ta ta tam! Sizi migreninizle tanıştırmaktan onur duyarım. Ağrı kesiciler, ilaçlar, geçici çözümler... Hiçbiri ataklara, krizlere engel değil, mutlu son yok, olsa bile o sona giderken o kadar kriz olacak ki, mutlu olduğunu bile anlamayacaksın.

Bahar alerjisi:

Bazen öyle bir ilişkinin içerisinde oluyor ki insan, dünyanın en mutlu kişisiyim yahu diyor. Bu dönem genellikle cicim aylarında oluyor, adam göze süper yakışıklı, anlayışlı, hayatı sol kolu olarak geçirebileceği biri gibi geliyor. Tam bu noktada bir şey çıkıyor, gıdıklıyor içten içe. Bir partide ona sulanan uzun bacaklı bir sürtüğe samimi davranması, ona asılan bir kadının mesajlarına cevap vermesi, işyerinde cillop gibi kızların varlığı ya da eski sevgilisi denilen ucube! Bir kıskançlık oluşuveriyor bünyede ister istemez. Onu çok sevmenize rağmen bu kaşıntıya engel olamamak... Evet evet biliyorum işkence işte bu, bahar alerjisi bütün lanetiyle burnu kıpkırmızı yapıyor maalesef.

Diş ağrısı:

En fazla yaşadığım hastalık işte bu! İlişkinin uzatmaya girdiği an vardır ya böyle, bir ayrılıp bir barışmak, sürekli kavga sürekli gürültü, bir gelecek planlayıp bir türlü geleceği görememek... İşte bu durum kesinlikle diş ağrısı, ıyyk en beter acı. Beynimi çıkartmak istiyorum bazen dişim ağrırken. Kimsenin de anlamadığı bir durum, dertleşmek istediğiniz arkadaşların hiçbiri empati kuramaz, size destek olamaz, "ay siz yine barışırsınız" diyerek kestirip atarlar derdinizi. Ağrı kesici ile geçiştirebilirsiniz fakat o diş oradan çekilmediği sürece bilirsiniz ki ağrı her daim tekrarlayacak.

Sevişen İnsanlardan Nefret Ediyorum!

Yemin ederim evde oturup adam gibi aşk acısı çekemiyorum bu bıyıklı yüzünden. Artık ev arkadaşımın adı "Bıyıklı". Sabahları onun o lanet olası telefon konuşmalarıyla uyanıyorum. Susmuyor kadın, bir türlü susmuyor, sürekli birilerine bir şeyler anlatıyor ve hepsini benim odamın önünde yapıyor lanet olsun ki! Akşamları ise sevgilisiyle geliyorlar önce bir türkü halay bilmem ne, evde adeta küçük bir şark sofrası kuruluyor, geceleri ise ahh uhh diye sevişme sesleri. Sanki kadını bir oda uzağımda değil de gelip dibimde düzüyor pezevenk! Abi her akşam mı sevişilir, o yediğiniz lahmacunların içinde ne var sizin, bu nasıl bir performanstır Yarab! İki saat sürüyor bir de deyyusların faaliyeti, o iki saat var ya bana cehennem gibi geliyor, nerede hangi pozisyondalar hemen anlayıveriyorum.

En sonunda geçen gün dayanamadım duvara vurdum, sabah da direkt kadının gözlerinin içine baka baka söyledim; "ya özel hayatının ayrıntılarını hadi ben duyuyorum da konu komşuya biraz ayıp oluyor" dedim ve o an hayatımın en şok cevabıyla karşılaştım. Yani şöyle diyeyim, kadın bana oturup "Bizi mi dinliyorsun pis sapık!" demiş olsa, ya da "Ya o sesler bizden çıkmıyor bizim üstten geliyor" dese bu kadar şaşırırdım. "İyi de gülüm ben bakireyim, biz sadece uyuyoruz." Cümlenin neresinden tutsam orası elimde kalıyor. Bakire, uyuyoruz, gülüm. Cevap bile veremedim, kadının birtakım sorunları var yani, geçen gün de yaşı için 26 olacağım demişti. Oysa tanıştığımızda gayet 35'ten büyüktü. Kuzu kuzu geçtim içeri, ne diyebilirim ki o laftan sonra? Ardından Şebnem Schaefer gibi verir bi bekâret raporu kapak olur bana.

Dedim, bu kadın ruh hastası, yarın öbürsü gün gelir keser beni, sonra ben yapmadım der. Bok yoluna giderim valla. Belli mi olur anacım, her akşam cok cok seslerini duyup duruyorum, hâlâ bana ben yapmadım diyor. 2-3 gün arkadaşımın evinde kalayım bari dedim, kendime o sırada başka ev bakarım yani ne yapacağım başka, kadın deli!

Arkadaşta kaldım birkaç gün, sonra kira verdiğim ev varken salak gibi milleti rahatsız etmeyeyim diye eve döndüm. Bir de af buyur kızın biraz beynini siktim. Erik, Erik, Erik diye. Odama girdim, yatağa bir yattım Allah kahretsin yastık resmen Bıyıklı kokuyor. Benim yatağımda yatmış! Hasta psikopat ben yokken gelmiş uyumuş orada. Hatta bence uyumamıştır, ayyy lanet olsun ya bunlar kesin burada sevişti. Ben sizin fantezinize sıçayım e'mi, yapılır mı yahu bu? Ya gidin birbirinizi kırbaçlayın, kelepçeleyin hatta dikenli yatakta yatın ne bileyim bir ton fantezi arasından seçe seçe "ev arkadaşının yatağında seviş" fantezisini mi yaptınız? Çıkardım o çarşafı, yorgan kılıfını, yastıkları, attım hepsini. Yıkamadım bile o kadar tiksindim onlardan.

Sonra kalktım gittim, yöneticiye şikâyet ettim onları. Dedim böyle böyle, her gece her gece. "Ben de insanım, bana da yazık, burası aile apartmanı sayılır, ya tamam karşıda travestiler oturuyor olabilir, uyuşturucu satıcıları üst katımızda biliyorum, evet geçen gün kapı önünde cinayet de olmuş olabilir ama bu bizim ahlak değerimizi korumayacağız anlamına gelmez. Ben ev bulsam hemen çıkacağım ama yok, siz de bana bakacak olursanız sevinirim" dedim çıktım eve. Akşamına bizimki yine şark sofrasını hazırlamış, ayı oğlu ayı sevgilisiyle vur patlasın yaparken yönetici geldi, bir güzel kavga ettiler. Bizimki cazgırlık yapınca yönetici de imza toplayıp attıracağını söyledi. İnşallah onu atarlar da ev bana kalır, yeri kötü ama kirası ucuz en azından. Bunlar onca kavgaya rağmen devam ederlerse, bu kez yemin ederim başladıkları an kapılarını çalacağım. "Hani bakireydin lan sen" diye!

Hayır, bir de işin kıskançlık boyutu var, her gece o Bıyıklı bile sevgilisiyle çat çat çat.. Kahrıma kahır katıyorlardı yemin ederim... Odamda sivrisinek gibi vızlayıp, şıp şıp ağlarken ben, o çekirdeğinin reçelini manitasıyla yiyor. O zaman daha çok tokatlıyordu hayat beni, "İşte sen busun kızım, bu yatakta öleceksin, yalnız bir şekilde çürüyüp gideceksin. Bıyıklı sevişmeden vakit bulursa kokuyu hissedip odana girecek ve ölü bedeninle karşılaşacak."

Hayal Edemediklerinden Korkarsın

İnsandan, yalandan, dolandan, sapıktan, makyajsız Bülent Ersoy'dan korkmam, inden cinden korktuğum kadar. Çocukken sırf bu olay yüzünden uyuma sorunları çekiyordum. Cismini tarif edemeyeceğim şeyler etrafımda sürekli dönüp duruyordu sanki. Sabah ezanını duyana kadar dişlerimi sıka sıka yorganın altından çıkamazdım. Hayatta evde yalnız kalamazdım, sanki böyle sandalyeler oynayacak, kapılar birbirine çarpacak gibi gelirdi. Bir kere bile sandalyeler yerlerinden oynamadı ama ben hep oynamasını bekledim. Ayy tövbeler olsun şunu yazarken bile içimden sürekli "Allam benden uzak tut onları lütfen" diye tekrar edip duruyorum. Neyse asıl başka şey anlatacağım, ben şimdi Erik gidince kafayı az buçuk yedim sanırım, bir gün unuttum ayakları yapıyorum, ertesi gün adamı kafaya öyle bir takıyorum ki telepati yoluyla geri dönmesini sağlamaya çalışıyorum.

Benim böyle dengesiz davrandığımı gören sevgili arkadaşlarım, tuttular beni falcıya götürdüler. Hani böyle güzel güzel şeyler söylesin, beni oyalasın ayağına. Fal olayına inanmadığımı söyleyemem, her insan gibi umut benim de hoşuma gidiyor. Kalktık gittik Bağdat Caddesi'nde bir kafeye. Çok ünlü bir adammış, evde kaybolan eşyaların yerini bile buluyormuş, altılıyı bile söylüyormuş. Kafe bir yığın kadın dolu, herkes sıra bekliyor. Tam 4 saat bekledik biz de fal baktırmak için. Artık fincanımın içindeki telveler küflendi o derece.

Neyse gittim adamın karşısına, bana hayatımın sırrını verecekmiş gibi elim apış aramda, heyecandan üç buçuk atıyorum. Bir taraftan da korkuyorum, "Sevdiğin adam şu an bir İngiliz vajinasının tadına bakıyor" diyecek diye. Baktı, baktı fincanıma: "Kızım sen salak mısın? Hayatının en güzel dönemini yaşıyorsun da adamın biri yüzünden murdar ediyorsun kendini..." Sonra başladı, Erik'in harflerini tek tek söylemeye, dönecek mi, dönmeyecek mi, bana onu söyle diye çırpındım ama o takıldı kaldı isimlerle, ev arkadaşımın ismini de söyledi, zarar verecek sana dikkat et dedi. Ama herif bir türlü kısmetlerime dair bir şey demedi. Bir de üç dakika mı ne sürdü, yani dört saati sırf sevdiğim adamın harflerini duymak için beklemişim. Sanki ben bilmiyorum herifin harflerini. Bir sinirlendim, "ayy erkek görmüyor musun, bak bir şuna, kısmet, koca, ne bilim herif dönmeyecekse bile başka bir er kişi de mi yok aaa" diye dellendim, baktı baktı baktı, kafasını iki yana sallayarak, "ıı ıh maalesef uzun süre sana erkek yok" dedi. İşte o an içimden bir ejderha çıkabilirdi, hatta Hulk'a dönüşebilirdim, o masayı devirip, fincanın içine o falcıyı tıkıştırabilirdim. Benden önceki kıza, bir seneye kadar evleneceğini söyleyen adam bana erkek bulamadı. O yosmaya var, neredeyse tüm İstanbul üstünden geçmiş, daha ne yapacak erkeği derken bir de evlilik görmüş ona; bana gelince "ayy göremedim". Ben sana gösterirdim ama Allah'tan depresyondayım, mal değneğine bak yahu!!!

Kalktım gittim sinirle dışarı, tabii hemen fala inanmayan kız moduna girdim. Orada beklerken, millete falcılarla başımdan geçenleri gerçek hikâye gibi anlatan ben, bir anda "yalan yae bunlar, adam o kadar bilse kendine piyango bileti alır" gibisinden laflar söylemeye başladım. Sonra biz arkadaşın falını beklerken yanımıza bir kadın geldi, falcının dedikodusunu yaptık beraber, derken kadın kendi olayını anlattı. Abla, gece birini düşünüp uyuyormuş, o kişiyle ilgili olacakları gece rüyasında görüyormuş. Hatta polislerle beraber çalışıyorlarmış, cinayetlerde bazen buna başvuruyorlarmış. Ruhu havalanıyormuş gece, her yeri gezip tozup dönüyormuş... Bu anlatıyor ama biz yanımızdaki kızla kıkır kıkır gülüşüyoruz. "He ablam he, eminim öyledir" diye de başımızdan savmaya çalıştık. Tam giderken, kadın döndü, "İngiltere'ye sen onun yanına gideceksin çok kısa bir süre sonra, bu akşam sana uyuyacağım" dedi. Ben tabii şok, İngiltere'yi nereden biliyor falan diye böyle ablanın arkasından koşuyordum ki, arkadaşım ensemden tuttu, "saatlerdir masada başka boktan bahsetmiyorsun, duymuş işte sıyrık" dedi. Son umudumu da kapattı, gitti.

Hah işte olan bundan sonra oldu. Ben bir güzel eve geldim, televizyon izledim, biraz ağladım, internette Erik yeni sevgili yapmış mı acaba diye her yeri tıkladım. Sonra da uyuyayım diye yatağa yattım. Bıyıklı da eve gelmeyecekmiş o gün haber vermişti. Tam uykuya dalıyordum ki, çıtır çıtır evden sesler gelmeye başladı. Üsttekilerdir diyerek uyumaya çalıştım. Sonra sesler devam edince, içeriden geldiğini fark ettim. Usul usul odamın ışığı yakıp, kapıyı açtım. Ardından önce ara holün ışığını açıp, ortalığa baktım bir durum yok. Sonra mutfağı açtım yok, ardından salona giriyordum ki, Allah bismillah, tövbeler olsun o ne anam!

Karanlıkta, Bıyıklı gelmiş salonda oturuyor. Kalbim duracak zannettim vallahi. Allah'ın manyağı, gelmeyeceğim dedi bana, hem gelmiş hem de psikopat gibi ışıkları açmadan salonda oturuyor. Gözlerini dinlendiriyormuş öyle dedi, gözünü siktiğim. Ayy neyse sonra tam içeri gidiyordum ki, arkama bir daha döndüm baktım, kadın öyle dalmış bana bakıyor. Kirpiği kıpırdamıyor bile. Bu kadın, gece beni kesmesin, herkese şehir dışındayım demiştir şimdi. Ben de millete Bıyıklı evde yok dedim. Polisler ondan şüphelenmez doğal olarak. Işık kapalı oturmalar falan böyle, ne bileyim, sinsi sinsi eve gelmeler. Dedim, çanağı sağlama alayım, falcı da dedi sana zarar verecek diye. Belki de o yüzden erkek merkek görmedi, öldürürse beni kısmetim olmaz tabii... Su içiyormuş gibi yapıp, ekmek bıçağını aldım, odama gittim, kapımı da bir güzel kilitledim. Sonra da cenin pozisyonumu alıp korkudan titremeye başladım.

Kafamdan bir ton senaryo gelip geçti. Keşke kadını yöneticiye şikâyet etmeseydim, cinsel hayatı durunca benden bildi tabii, gelip kesecek. Kontörüm de yok, birine haber vereyim bize gel evde sapık var diye. Polise mi haber versem acaba, ama ne diyeceğim ki? Falcı dedi, kadın da karanlıkta oturuyordu, korktum mu diyeceğim? Öyle de olmaz, ciddiye bile almazlar. Acaba abartsam mı? Üstüme saldırdı falan mı desem? Ya kadın suçsuzsa sadece manyak olduğu için karanlıkta oturuyorsa... Bir de başıma bela açmayayım sonrasında. Ayyy ne zormuş bir sapık beklemek yatakta meğersem...

Bir dakika, bir dur, ya bu Bıyıklı değilse??? Yani ya içerideki bugün sabahki kadınsa? Gece rüyasında olayları gören hani... Küçükken duymuştum, kızın biri evde yalnızmış, kapı çalmış, teyzesi gelmiş, oturmuşlar beraber tavla oynamışlar teyzesiyle. Sonra telefon çalmış, annesi demiş ki "kızım az önce teyzeni kaybettik trafik kazasında, hastaneye koş". Kız arkasını bir dönmüş bakmış, teyzesinin ayakları ters! Yani o teyzesi değilmiş meğersem.

Ya bu da öyleyse? Yarın hemen hatlı telefona geçmeliyim, işte kontör olsa en azından Bıyıklı'yı ararım, evde misin diye... Kadın gece senin için uykuya dalıyorum mu ne demişti. Off beynimin içi çan çan ediyor. Hayır yani eğer cin ise kapıyı boşuna kilitledim, duvarı deler geçer, o ruhlu muhlu bir şey ya. Gözümü kapatıyorum, manyak manyak şeyler düşünüyorum, gözümü açıyorum sanki tavanda beni izliyor gibi hissediyorum. Ya arkamdaysa, döndüğüm an yüz yüze gelirsek. Ya ayak ucumdaysa, ya pencereden kafasını uzatırsa. Kafayı yiyeceğim, o kadar çok şey yapabilir ki, hiçbir şey yapmasa da zaten bu korkuyla ödü kaybedeceğim sabaha. İçeri gidip baksam mı acaba ayakları ters mi diye? En azından neyden korkacağıma karar veririm. Sapıktansa, polis var, yok eğer o diğer şeydense sıçtım. Yapacak bir şey yok, bari kalkıp bakayım, korkumun üzerine üzerine salayım kendimi diyerek açtım kapıyı. Ekmek bıçağını da külotumun içerisine sıkıştırdım, salona doğru yürümeye başladım, Allah'ım o yol nasıl uzuyor ve kalbim ağzımın içinde atıyor resmen. Baktım içeride hâlâ karanlıkta oturuyor, sesim titrek titrek "ışığı açayım mı" dedim, "açma, elektrik parası çok geliyor, öyle oturuyorum" dedi.

"Yok, bu kesin Bıyıklı, cinse de eğer, çok iyi Bıyıklı taklidi yapıyor" diyerek, ara holden gelen bir parça ışıkla ayaklarına bakmaya çalıştım, ters mi düz mü diye. Tersse bildiğim bütün dualar içinde start verecektim kendime. Azıcık kafamı eğdim ama kadın ayaklarını götüne sokmuş, bağdaş kurmuş koltuğun üzerinde. Nasıl anlayacağım yahu ben bunun cin olduğunu? Çok eğilemiyorum da, bıçak karnıma batıyor. Bir de bok yoluna ölmek var tabii, ayak göreyim derken burada mefta olacağım. Sonra telefonu çaldı, açtı bu telefonu. Orada kesin karar verdim ki, bu bizim Bıyıklı manyağı. Çünkü sabah ezanına kadar hiç durmadan sevgilisiyle telefonda konuştu. O konuşurken ben de huzur içinde uyudum, arada bir sesine uyanıp bastım küfürü ama olsun…

Yarab Merakımı Mazur Gör de Ben Kulun Değil miyim Yahu?

"Dünyanın en sıkıcı insanı" ödülüne açık ara farkla sahip olabilirim. Bu aralar telefonum neredeyse hiç çalmıyor. Arkadaşlarım artık benden bıktı, sadece Erik'ten bahsediyorum, Düş Sokağı Sakinleri'ni yemişim gibi hüzün akıyor her kelimemde. Telefonumun zil sesini unuttum o derece, heyy gidi heyy eskiden banyoya girerken bile belki arar da duyamam diyerek bornozumun cebine koyardım, her sabah günaydın mesajı alırdım. Bir de şimdi bak, operatörüm bile artık bildiri yollamıyor, o bile umudu kesmiş benden.

Hiçbir şeyin tadı yok gibi sanki, giydiğim kıyafetlerin, okuduğum kitapların, izlediğim filmlerin. Hepsinin amacı ona anlatmakmış meğer. Alışverişe gidiyorum, elim bir elbiseye gidiyor, deneme kabinine giriyorum, sonra oturup orada ağlamaya başlıyorum. O elbiseyi o görmeliydi, onunla öğle yemeğine giderken giymeliydim, boyu kısaymış diye bana surat asmalıydı, artık ne önemi var ki bu elbisenin? Sadece bir bez parçası.

Günlerim, para kazanmak için abuk subuk program metinleri yazmak, arada bir montaj yapmak, onun dışında bütün gün tv karşısında yemek yiyip, ağlamakla geçiyor... Her gün Erik'in Facebook sayfasını, hatta her saat başı kontrol ediyorum. Eklediği kişilere tek tek bakıyorum, hangi saatlerde girmiş, ne kadar durmuş diye tahmin ediyorum. Kafamda sürekli hiç görmediğim İngiltere'nin sokakları canlanıyor, kesin şimdi şuradadır, şimdi bu pub'dadır, kaldığı yerde kız var mıdır diye kendimi unutup sadece onu düşünüyorum.

Geçen gün de korktuğumla yüzleşmek zorunda kalacağım bir hareket yaptı. Facebook sayfasına bir fotoğraf koymuştu, gittiğinden beri ilk fotoğrafıydı bu... Boğazımda kocaman bir hava boşluğu vardı sanki ve gitmiyordu. Nefes alamıyordum sanki o an, fotoğraflar açılırken beynim uyuşmuştu, kızlar vardı yanında, bir sürü hem de sarışın, kızıl, Japon, fotoğraf değil 23 Nisan afişi gibiydi. Gülüyordu fotoğrafta, eli kızıl saçlı kızın omzunda gülüyordu, gözleri objektife bakarken hiç aklına gelmiş miydim, flash patladıktan sonra o kızlara benden bahsetmiş miydi, nasıl bir orospu çocuğu olduğunu İngilizce bir şekilde anlatmış mıydı, beni unutmuş muydu? Canımın acıyacağını hiç düşünmemiş miydi, onu gördüğüm zaman kırılacağımı akıl edememiş miydi, kimdi bu kızlar Allah kahretsin, ne işi vardı bunun yanında, orası neresiydi, elini omzuna atacak kadar nasıl samimi olabilmişti? Ben burada paramparça olmuşken o nasıl eğlenebiliyordu? Hemen mesaj atmalıyım dedim, açtım mesaj kutusunu dayadım döşedim bütün küfürleri, sonra enter'a basacaktım ki, vazgeçtim.

Ne gerek vardı yahu, ne işime yarayacaktı onları yazmak, adam zaten beni terk etti hâlâ neyin savaşını veriyordum? Bir de 20'li yaşlarının sonundasın be adam, hâlâ oraya fotoğraf ekleme derdinde misin? Benimle birlikteyken çift fotoğraflarımızı koymak nasıl koyuyordu herife, işkence gibi geliyordu resmen. O kızıl saçlı büyük ihtimal Rus, orada da karşıma çıkıp aman rahat bırakmayın beni. Acaba o kız sevgilisi mi? Sevgilisi olsa, ama hâlâ benimle olan fotoğrafları da duruyor, belki de asılıyordur, sonra birlikte olacaklardır, sonra Türkiye'ye gelip evlenirler. Biri yakışıklı, biri çok güzel çocukları olur neslimizi güzelleştirirler. Ben ise burada bıyıklı ev arkadaşımla birlikte küflenip giderim.

Tam bir saat o fotoğrafa bakarak, her ayrıntısı üzerinde Erik'in neler yaşamış olabileceğine dair kendimce hayal kurdum. Sonra lan dedim manyak mıyım ben, bu adam gitti işte yapacak bir şey yok. Dönmeyecek, dönse bile hiçbir şey eskisi gibi olmayacak. Artık sabahları sırtını öperek seni uyandıramayacak, kahvaltıda sırf sen seviyorsun diye kayısı yumurta pişirmeyecek, televizyon izlerken seni izleyen biri olmayacak, anahtar sesine sevinip kapıya koştuğun birisi, kıskançlık krizleri geçirirken seni sakinleştirecek kişi de olmayacak. Regl iken karnına sıcak su torbası koyan biri, sen acıkmadan yemek yemeyen biri, çamaşırları asan, ütü için sana para teklif eden, sokakta elini bir saniye olsun bırakmayan, kustuğunda ağzını silip öpen kişi artık yok. Adam artık gitti, bunu kabullen, yok yani bitti işte. Sevseydi seni bir parça da olsa, en azından giderken "sen de gel" cümlesini kurardı sana. Onun yerine senin canını acıtmayı, hatta giderken canını almayı tercih etti. Sen hâlâ burada oturup, onu düşünmeye adıyorsun kendini. Kalk kız dedim, kendine gel artık, bu kaçıncı her giden adamın arkasından cesete dönüyorsun. Bağışıklık yapması gerekirken daha da bitiriyorsun kendini. Şimdi aynaya bak, Allah seni ne yapmasın, şu kaşlarını bir al, Hakkı Bulut gibi olmuşsun. Hah aynaya bakmaya devam et, çene altındaki tüylerini de bir zahmet al artık ha, Hulki Cevizoğlu ile karşı karşıyasın sanki... Saçını başını bir düzelt, bir insan şekline gir ve akşam dışarı çık. Sabah eskisi gibi uyan yatağından, sonrasını düşünürüz…

Bunları düşünüp saç baş yapıp arkadaşları da arayıp çıktım Taksim'e doğru…

Önce bir yerde oturup içmeye başladık, arkadaşların tipinden anlıyorum, ağzımı açıp Erik'ten bahsedeceğim diye yürekleri oynuyor. Her gördüğüm nesne, her insan, her müzik, her şey ama her şey bana onu hatırlatsa da bahsetmeyeceğime yemin ettim kendi kendime. Ama öyle boş bir insan olmuşum ki, onun dışında konuşacak konum bile yokmuş. Muhabbetlerine katılamıyorum bile, her şey sıkıcı geliyor, eve gidip içip içip ağlamak istiyorum. Sonra o fotoğraf geliyor aklıma, burada durmalıyım diyorum. Birkaç çocukla kesişmeye çalışıyorum onu bile beceremiyorum, yani daha doğrusu yalan atmaya lüzum yok, ben bakıyorum da kimsenin bana baktığı yok. Sonra dans edebileceğimiz bir yere gittik. Orada da aynı şekilde, millet zıp zıp zıplarken benim fon müziğimde "kaderimde bu da mı varrdıı sevdiğimi başkalarıyla göreceksem eğer kör olsun bu gözlerrr" diye ağlak ergenler çalıyordu.

Sonra neyse çıktık, Kızılkayalar'a doğru gidiyoruz, yine kendime helal olsun dedim, bir kere bile insanlara Erik'ten bahsetmeyerek bir çığır açtım ama bu kez de tek kelime konuşmamışım. Aman olsun o da kadı kızının kusuru kalsın, hemen iyileşemem ya… Kızılkayalar'ın önüne geldik, sırada bekliyorum, sabaha kadar midemi yakıp yıkacak bir lokmacık ıslak hamburgeri yemek için. Arkadaşıma bir şey söylemek için sağ tarafıma bir döndüm ve hemen yan tarafımda bütün ihtişamıyla Pekmez'i gördüm!

İzmir'de bana âşık olsun diye yapmadığım soytarılığın kalmadığı, onun İstanbul'a taşınmasıyla, gözden ırak olan gönülden de ırak olur mottosuyla başkasını bulup terk ettiğim. Sonra köpek gibi pişman olup peşinde dolandığım, ona yaptıklarıma rağmen bana iş bulup İstanbul'a taşınmamı sağladığı halde, bir de utanmadan en yakın arkadaşıyla birlikte olduğum adam. Erik'in en yakın arkadaşı, benim eski sevgilim… Pekmez.

Öyle bir bakakaldım, o da döndü bana doğru, aramızda üç metre var yok... Kafamı da çeviremiyorum, ama çevirmem lazım utanıyorum. Çok uzun zamandır görmemiştim onu, Erik ona birlikte olduğumuzu söylediği andan itibaren hayatımızdan tamamen çıkmıştı. Ama orada karşımdaydı, ona yaptığım her şey bir bir aklıma geldi, kendimden nefret ettim. Büyük ihtimalle o da benden nefret ediyordu. Yüzü tam karşımdaydı, gözü, kulağı, burnu, her şeyi aynı, çok yakışıklı, çok çocuksu ve çok masum bir şekilde duruyordu orada öyle.

Onu ilk gördüğüm andaki gibi şeyler oldu içimde... Sesim soluğum kesildi, elim ayağım uyuştu. Bakıyoruz birbirimize ama hiç konuşmuyoruz, selam versem mi, gülümsesem mi, dudaklarım kıvrılıyor ya kafasını çevirirse diye düşünüyorum. Ya böyle vahşi hayvan belgesellerinde olur ya, ürküp kaçmasın diye kılımı kıpırdatamıyorum. O da sanırım aynı şekilde, hiç kıpırdamıyoruz çünkü...

Dedim kaybedecek bir şeyin yok, her şeyini kaybettin zaten, gülümse Pekmez'e. Gülümsedim kafamı biraz öne eğip, o da aynen güldü, bir adım attı bana doğru, kalbim yerinden fırlayacaktı, koşacaktım ona doğru ve o sırada "özür dilerim" diyecektim. Elimden tutacaktı sonra hiçbir şey söylemeden bakacaktı sadece... Erik merik bir anda hoşaf oldu bende, belki de dedim bunca şeyi yaşamamın tek nedeni budur, kader budur, burada karşılaşıp kalbimi en az kıran adamın kıymetini bilmektir olay. Pekmez'dir benim kaderim, belki de evren Erik'i o yüzden göndermiştir İngiltere'ye, diyerek bu hayalleri kurarken, arkadan bir kadın sesi duydum, "Pekmez!" diye... Döndüğümde anladım, kendi hayatıma da onun hayatına da kararsızlıklarım ve gel git aklımla nasıl sıçtığımı... Erik için ağlarken bir anda Pekmez kaderim diye saçmalamamdan belliydi zaten, insanlar benim hayatıma sıçarken, ben de boş durmamıştım. Arkadan gelen kadının sesiyle kendime geldim.

Pekmez'in evlendiğini tamamen unutmuşum, o bir zamanlar ön tarafında benim oturduğum arabası gelin arabası olmuştu hatta. Düğünlerinin olacağı gün Erik'le kavga etmiştik, dalgınım diye hâlâ onu düşündüğümü söylemişti bana. İçten içe kıskançlıktan ölmüştüm o gün, üzülmekten öte hâlâ evlenemediğime...

Pekmez arkasını döndü gitti, elimde ıslak hamburgerle izledim o arabanın gidişini, o arabayla birlikte, Erik, Pekmez hepsi gitti... Hayatıma girip beni ben yapan, benden bin tane daha ben alan adamların hepsi gitti. Artık yepyeni bir hayata adım atıyorum, bu kez geçmişle değil gelecekle yaşamak için. Sanırım diyetimi yeterince ödedim... Zaten hiçbirinin de soyadı bana yakışmıyordu...

Büyük Lokma Ye Büyük Söz Söyleme

Güya, eskileri geride bırakıp, kendime yeni bir hayat çizecektim peheyyy... Gerçekten bunu yapmayı denedim ama hakkımı yiyemem, o gün Pekmez'i gördükten sonra eve gelip, Erik'i görebileceğim her yerden sildim. Her gün fotoğraflarına bakıp kendi kendimi kesmenin âlemi yok, hayır yani bu işin gideceği noktayı da iyi biliyorum. Kendimi tanıyorum yahu, içimde iflah olmaz bir 14 yaşında kız yaşıyor. Ona nispet yapmak için salak salak fotoğraflarımı göstermeye çalışacağım, Demet Akalın şarkılarından laf sokmaya başlayacağım, yeni sevgili bulmuşum gibi davranıp kendimi iyice şizofrene bağlayacağım. Onun yerine hayatımda ilk defa olgunca bir karar alıp, adamı görmemenin en mantıklısı olacağını düşündüm. Evdeki bütün romantik filmleri attım, müzik listemdeki Sezen Aksu şarkılarını sildim. Müzik kanallarını televizyondan çıkarttım, bana durup durup "sana Emin'in bir arkadaşını ayarlayacağız, çok efendi çocuk, bir yemek yiyelim beraber, çık şu bunalımdan" diyen bütün arkadaşlarıma "okey" dedim. Artık temizdim, Erik'e dair her şeyin "eski sevgili" anılarından olması için bütün maddeler tamamlandı.

Sonra, bir akşam ben tuvaletteyken telefon çaldı. Klozetin üzerinde olayın yarısındayım, telefon odamda, sesi duyuyorum. Ahan da Erik arıyor diye donu başı toplayarak kalkıyordum ki, "Dur, yolcu!" dedim kendime, "Otur ve işine devam et". O telefon çaldı, çaldı, çaldı, içimde hem kalksam mı heyecanı hem de Erik bana geri dönmüş ben istememişim gibi bir gurur, "işte bu ya, ben bu kadar güçlü bir insanım" diye sevinirken artık dayanamadım, sifonu falan çekmeden, külotum ayaklarımın orada pıt pıt odaya koştum ama yetişemedim, lanet olsun! Telefonun ekranına bir baktım, İngiltere numarası falan değil arayan, ama rakamlar bir yerden tanıdık geliyor. Bir arayayım diye geri dönüş yaptım ve karşımdaki sesi anında tanıdım, Pekmez!

Sanki hiçbir şey olmamış gibi, sanki araya onlarca insan girmemiş gibi, sanki o rezillikleri biz yaşamamışız gibi, sanki o evli değil, ben arkadaşı tarafından terk edilmemişim gibi, sanki hâlâ İzmir'deymişiz gibi öyle bir samimiyetle konuştuk. Birbirimize hiç soru sormadan, bıraktığımız yerdeymişiz gibi gülüştük. Bir yarım saat falan baya baya siyasetten bile bahsettik. Sonra da "öpüyorum" diyerek kapattık telefonu.

Telefonu kapatır kapatmaz ne oluyor yahu diyerek attım kendimi yatağa. Beni neden aradı, ben neden öyle davrandım, Erik'in gittiğini bilmiyor mu? Lise kafasına girip intikam mı alacak? Ne intikamı yahu, adam evlenmiş barklanmış daha ne yapacak beni öldürecek mi?

Asıl içimi merakla kemiren soru, acaba bana hâlâ bir şey hissediyor mu? Erik şu an onunla konuştuğumu bilse nasıl köpürürdü kim bilir, kıyameti kopartırdı, geri zekâlı. Erik aklıma gelince kendimi daha çok Pekmez'e yakın hissettim, bendeki mallıktı var ya, hayatımda tanıdığım en naif adamdı Pekmez, kavga ederken bile beni kırmamak için nasıl çırpınırdı, sürekli gülümserdi, annesi de iyi biriydi üstelik. Ben nasıl bir salaklık yaptım da böyle bir adamı kaçırdım? Allah kahretsin o geceye, o kadar çok sarhoş olup, ortak arkadaşlarımızın önünde gidip sahnedeki adamla düpedüz yiyişmenin ne âlemi vardı? Aklıma geldikçe kendimden nefret ediyorum, eğer o gece olmasaydı şu an eminim Pekmez'le evlenen kişi ben olacaktım. Kesinlikle daha iyi bir işim olacaktı, büyük ihtimalle aynı kanalda çalışacaktık. Bu Bıyıklı yerine, onun evinde yaşayacaktım, kocaman bir dolabım olacaktı, sabahları beraber işe gidecektik, kahvaltıyı o hazırlayacaktı bense akşam yemeklerini, herkes bizi örnek çift olarak gösterecekti. Ben ve o diye bir şey olmayacaktı, artık "biz" olacaktık. Yatak örtümüz olacaktı, makarna süzgecimiz, bir yerde beklerken "eşimi bekliyorum" cümlesini kuracaktım. Çocuk için düşünecektik, "erken mi acaba" diye. Ben kız isteyecektim, o erkek. Birbirimize sarılıp uyumayı öğrenecektik, o beni hiç bırakmayacaktı, ben onu hep sevecektim...

Bir de şimdiye bak, adamın kardeşim dediği adamla birlikte oldum, bir de üstüne terk edildim. Fuhuşun, uyuşturucunun fink attığı bir mahallede, bıyıklı bir kadına yaşıyorum. Odamın penceresinin tek gördüğü şey, karşıdaki 55 yaşındaki travesti teyzeler. Bunun böyle olmasını ben kendim istedim ve kimseyi suçlayamam o yüzden.

Pişmanlıklarım, sorgularım ve suallerimle televizyonun karşısında kitlenip bütün hatalarımı baştan sona kadar düşündüm... Bir parça uyuyakalmıştım ki telefonun sesiyle uyandım, "Allah, Erik" diye istemdışı bir ses çıkartarak kim arıyor diye baktım, yine Pekmez'di. Hoppala paşam şimdi aldık başa belayı diye açtım telefonu, yine böyle güzel güzel konuşmalar başladı, işten çıkmış eve gidiyormuş, dışarıdaysan bir kahve içelim mi dedi...

Allah'ın bildiğini kuldan saklayacak değilim, bu kelimeleri söylerken aklıma hep karısının suratı geldi. Burada vicdan yapacağımı düşündün ama öyle değil işte, artık nasıl bir sürtüklükse bildiğin zevk aldım bu durumdan. Sanki bana ait olan bir şeyi benden almış da şimdi asıl sahibi gelmiş gibi bir his kapladı içimi. "Bize gelsene evdeyim" diye bir cümle çıktı ağzımdan.

Kendimi 89 dönemi Türk filmi kadınları gibi hissettim bir an, saten gecelik ve sabahlık giyip, saçları da aslan baş yaparsam cuk oturuyordum bu kimliğe. Hayır, bir de bize gelsene derken bir dur bak di mi evine? Birazdan Bıyıklı eve gelecek, ev zaten bok gibi, salonda oturtamazsın adamı, gel yatak odasında oturalım dersen, "bu aralar çok porno izledim de" mi diyeceksin? Bir de "bize gel" ne demek, tamam içinde olan pislikleri anlıyorum da bu orospuluğuna anlam bulamadım sevgili PuCCa, diye kendi kendime sövüp, üstüme başıma kıyafet ararken, bir daha telefon çaldı, adresi iyice verdim, salak bir üst sokakta kaybolmuş. Pencereden bakarak, otomata basıp yukarıya gelmesini bekledim.

O bekleme anı var ya, işte o an bitmek bilmedi: "Ben ne yapıyorum ya, başkası yapsa demediğini bırakmazsın, kapa kapıyı çalar çalar gider nasıl olsa, aha asansör yaklaşıyor, gelmesin, o pişman olsun, asansör düşsün ama ölmesin. Geliyor işte ahan da durdu asansör, karşımda, çok yakışıklı, hâlâ aynı parfümü kullanıyor, içeriye geçsene."

Bıyıklı gelmeden gönderirim, alt tarafı kahve, adamı yatak odasına sokmam daha mı doğru diyerek oturttum salona, verdim kahvesini. Oturduk ama hiç konuşmuyoruz, öyle kulakları sağır eden bir sessizlik var ki aramızda. Sanki telefonda bıcır bıcır konuşanlar biz değiliz gibi. Aklından geçenleri okuyabiliyorum, benden nefret ediyor görüyorum, yüzüme bakamıyor bile. Ben hâlâ Erik'i düşünüyorum, Erik'ten nefret ediyorum, Allah Erik'in belasını versin diyorum. Bir konuşma açmalıyım ama ne, ona Erik'i anlatsam, biraz garip kaçar, evet. Karısıyla ilgili soru sorsam, hiçbir şey duymak istemiyorum o meymenetsiz suratlı yellozla ilgili. Laf mı soksam acaba, burada olduğundan haberi var mı diyerek. O da garip olur, İzmir'den mi bahsetsem hıı evet ya, oradan iyi bir giriş cümlesi olabilir. Sonra da zaten kalkar gider.

Bir 5-10 dakika saçma sapan muhabbet ettik, sonra kalkayım dedi, kapıya doğru beraber yürüdük. Ayakkabılarını giydi, kafasını kaldırdı, evin içine küçümser gibi baktı, sonra aynı ifadeyle bana baktı, "değdi mi bunca şeye, çok merak ediyorum" dedi.

Beni küçümsedi, yerin dibine soktu, merak falan etmedi, değmediğini adı gibi biliyordu, sadece ne hale geldiğimi görmek için aradı, duydukları yetmedi gözüyle görmek istedi pislik birisi olduğumu. O hep bir beyefendiydi, o hep örnek kişiydi, biz birlikte olduğumuzda bile insanlar beni ona yakıştırmamışlardı. Şimdi de tatmin olmak için gelmişti. Aslında benim onun canını acıttığımı değil, kendi canıma zarar verdiğimi bana göstermek için gelmişti. Benden sonra birlikte olduğu kızla evlenmişti, mutluydu. O zaten beni bitirmişti, ben hep onun peşinde, etrafında dolanmıştım. Ona haksızlık yaptığımı zannedip daha da kendimi çamura bulamıştım. Şimdi bunları benim suratıma çarpmak için gelmişti.

Ama bu iş bu kadar kolay değildi, kapıya doğru yönelip kapı kolunu tuttuğu an, elini tuttum, duvara yasladım, onu öpmeye çalıştım. Allah'ım aklımdan neler geçiyordu bilmiyorum. Ama işin sonu maalesef yatak odasında bitmedi, adam beni bildiğin itekledi. "Napıyorsun sen?" diye bir de bağırdı, iki omzumdan tutup "Bir kendine gel artık, bir dur, bir akıllan" diye sanki eski sevgilim değil de büyük dedem gibi nasihat verdi. Ondan sonrası uğultu gibi geldi, ben ağladım, o konuştu. Ayakkabılığın önünde ikimiz de bağdaş kurup oturduk, kafamı dizine yasladım, bana bir sürü içerisinde emir kipi olan cümleler kurdu, hiçbirini dinlemedim. O an düşündüğüm tek şey, uyumaktı. Yarım saat falan o şekilde durmuşuzdur, onun telefonu çalınca kalktık ikimiz de. Telefonu açmadı sessize aldı, büyük ihtimalle karısıydı, yanaklarımdan öpüp gitti.

Yine de büyük bir zafer kazanmışım gibi sevindim karısına karşı. Onu kendime düşman olarak görüyordum, onu başıma gelenlerin tek suçlusu olarak görüyordum. Bana hiçbir şey yapmamış bu kadından yaşadıklarımın acısını çıkarmak istiyordum. Buna içten içe bileylenip kinlensem de, dışımdan "karısı dünyanın en iyi insanı, umarım çok mutlu olurlar" diyordum. Zaten aldatma yok, bir şey yok diye kendi kendimi rahatlatmam da cabası.

Bir Çocukluk Travması; Rabia'nın Abisi

Sabah, apartmanda bağrış çağrış ağlama sesleriyle uyandım. Gene ne oluyor ya diye yastığı kafamın üzerine koyup, uyumaya çalışsam da bir türlü olmadı. Kadınlar o kadar çok bağırarak ağlıyorlardı ki gram uyku kalmadı bende. Kalktım, dış kapıyı açtım ne olduğunu anlamak için, apartmanın merdivenlerine bir sürü insan doluşmuş, ya hasta var ya ölüye benziyor durum, gittim pencereden baktım ambulans ve polis arabası gelmiş. Oha yoksa cinayet mi oldu, şimdi gazeteciler de gelir. Off öküz gibi uyuyacağıma gece bir baksaymışım, şimdi televizyonda çıkacaktım; "Ben gördüm, oradan bir araba geldi, kız gidiyordu tam arkadan ateş ettiler. Rahmetli çok iyi insandı" diyerek iki de gözyaşı dökerdim peheyy, diye düşünürken B ıyıklı girdi eve. Hah işte şimdi bütün olayı öğrenirim ben bundan diyerek pıt pıt gittim yanına. Hop anlattı baştan sona, apartmanda adamın biri intihar etmiş, kendini salona asmış. Çoluk çocuk uyanınca hepsi görmüş babasını öyle, kredi kartı borcu varmış. Allah'ım içim nasıl gitti, be düşüncesiz hayvan herif, hadi kendini öldürüyorsun, bütün borcu harcı karına çocuğuna bırakıyorsun, iyi de çocukların psikolojisinden ne istedin be adam, yazık değil mi sabi sübyanlara hayatları boyunca atamayacakları bir travma yaşattın.

Çok iyi hatırlıyorum bizim mahallede Rabia diye ilginç bir kız vardı, bir süre en yakın arkadaşım olmuştu. Sürekli mahallenin it çocukları tarafından dalga geçilen bir tipti. Nedenini ben de bilmiyorum ama bu salak altına külot giymezdi. Mahalleli kızlar da sürekli eteğini açıp yere düşürürlerdi bu kızcağızı. Ben her seferinde kaldırıp bunu diğerlerine bağırırdım "hasta o taam mı ondan giymiyorrrrr külot" diye. Burnunu oyup sümüğünü yerdi, böyle nasıl diyeyim, pislik bir şeydi yani...

Ben de ilkokuldayım; mahallenin ortasında neredeyse her gün üvey babasından dayak yiyen, eve girmemek için bütün gün güneş altında gezen, okulda kimseyle konuşmayan, hiç arkadaşı olmayan, kafamdaki saçları koparak yarısını kel yapmış, el ve ayak derilerimi tırnak makasıyla koparmış, görüntüsü korkunç bir çocuğum.

Biz işte bununla çok yakın arkadaş olduk, beraber okuldan geliyoruz, o güneş altında benimle oyun oynuyor, böyle hayaller kuruyoruz toz toprak içinde. Bu bana sürekli kendi güzel ailesini anlatıyor, annesi Fransa'dan gelmiş, babası Amerika'da doktormuş, burada değilmiş. Bunun asıl adı Klara'ymış ama babaannesi istememiş Klara'yı da o yüzden Rabia diyorlarmış...

Onu dinlemek öyle güzel geliyordu ki bana o zamanlar, sürekli "hadi anlat bugün ne yaptı annen sana" derdim. Yaptığı ilginç yemekleri anlatırdı, ona yüzmeyi nasıl öğrettiğini, evlerindeki değerli mücevherleri... Annesi Fransız olduğu için Türkçe bilmediğini onunla hep dalga geçtiğini, babası gelene kadar koynunda yattığını, çok parası olduğunu falan filan sürekli anlatırdı... Sonra bu geldi bir gün bana "Annemle konuştum seni Fransa'ya kaçırcaz, hem oraya gidince saçların beline kadar uzuyormuş. Kelliklerin gider hemen, üstelik orada yemekler parasız, otobüslere binmek parasız, ben geçen sene gittim her şeyi yedim. İnsanlar çöplere elmas atıyorlar burası gibi değil. O elmasları toplarız buraya geliriz sizinkileri satın alırız".

Benim kafaya yattı bu plan, Fransa hayallerimin ülkesi oldu bir anda. Tabii o zamanlar internet yok, aç Google'a sor bakayım Fransa'nın çöpleri elmas mı değil mi? Ben yedim yeminle bu yalanı, her gün yatmadan önce Fransa hayalleri kuruyorum. Oraya gitmişim, saçlarım belime kadar upuzun olmuş, bir de sapsarı She-ra'ya benzemişim. -O zamanlar sarı uzun saç demek She-ra demekti, büyüyünce ilk işim saçlarımı uzatıp sarı yapmak oldu ama Lerzan Mutlu'ya benzeyince gerçek tokat gibi çarptı suratıma.- Neyse işte çok zengin de olmuşum, böyle o zaman Bora diye bir sümsükten hoşlanıyorum, tam doğum günü zamanı gelmişim evlerine, bir havalar ben de Allah Allaahhh, Yonca Evcimik yanımda bok yemiş! Masanın oraya motosiklet anahtarı bırakıyorum hediye olarak. Herkes bana bakıyor şaşkınlıkla, ellerinde; Kaşağı kitabı, şırıngalı kalem, 3 fermuarlı kalem kutusu hediyelerinden utanarak. Sanki günde yedi kişiye motosiklet hediye ediyormuşum gibi gayet rahat bir şekilde teybe Mezdeke kasetini koyuyorum, sonra bir başlıyorum ayveresii ayysiii diye gerdan kırıp göbek atmaya!

Gel zaman git zaman, biz bununla ayarladık beni yurtdışına kaçıracakları zamanı, bir ay sonra okullar kapanıyor o zaman bekle bizi Fransa yapacağız... Annesi bavulun içine koyacak beni, zaten uçakla üç dakika sürüyormuş Rabia'nın dediğine göre. Havalandırma delikleri de açacağız bavula, sonra gelsin özgürlük... Böyle her gün bunun planını anlattırmaya başladım Rabia'ya: "Anlatsana yaee bir daha, beni nasıl kaçırcaksınızzz, Fransa da pislik insanlar yoktur di mi, niye olsun orası Fransa, herkesin saçları belinde ne güzel Cindy bebek gibi, ellerim de iyileşir di miii, Almanya'da çeşmeden bira akıyormuş, Fransa'da kola, bi daha anlatsana onu." Sürekli kıza bunları anlattırarak mutlu oluyorum... Artık dayak yemek acıtmıyordu canımı, tokatları yerken içimden hep, "Sen vur vur bana, bu son vuruşun olacak. Yakında Fransa'dan kart atarım sana" diye geçiriyordum. Erkenden yatağa koşuyordum, oraya gittiğim zaman neler yapacağımı düşünüyordum. Dünyanın en mutlu çocuğuydum, beni kurtaracaklardı, hayallerime çok az kalmıştı çünkü. Günler böyle hayal kurup geçerken bir gün okula gitmek için evden çıktım, biz bununla şimdi ayrı okullara gidiyorduk ama her sabah beraber çıkardık, ben onu sokağın başında beklerdim. Bir gün yine böyle bekliyorum yok, gelmiyor kız. Bunların da evi nerede biliyordum ama hiç gitmemiştim, çağırmadı diye. Belki annesi böyle görsün istemiyordur beni diyordum, saçlarımı koparttığım için böyle kel sayılırdım, yamalı eşek gibiydi kafam. Birçok çocuğun annesi konuşturmazdı benimle çocuklarını, bu da ondan korkuyordur, belki utanıyordur benden, zaten Fransa'ya gidince otomatik uzayacak ya, annesi görmesin beni böyle beğenmez sonra diyordum.

Gelmeyince o gün merak ettim, evden çağırayım bari dedim, aşağıdan zile basarım. Apartmanın önü nasıl kalabalık, bir ton insan var. Onun bacak arasından, bunun koltuk altından ilerleyerek evlerinin önüne geldim... İnsanlar şaşkınlıkla apartmanın içinde bekliyorlar. Ben de korkuyorum, acaba bana haber vermeden kaçtılar mı Fransa'ya ondan mı insanlar burada diye, hızlı hızlı geçmeye çalışıyorum insanları. Kapıları açık herkes evlerinin içinde… Soluk soluğa içeriye girmeye çalışıyorum, ev çok pis kokuyor, hâlâ unutmuyorum, kapının girişinden salon gözüküyor duvarında ince bir örtü, duvar halısı mı derler ona, öyle bir şey var, kırmızı kadife gibi kadınlar bir de padişah var... Evin her tarafı sarmaşıkla dolanmış, nohutları ipe dizip duvara asmışlar. Ama ev iğrenç kokuyor...

Çok kalabalık, Rabia'yı bulamıyorum, içeriden sürekli ağlama, bağırma sesi geliyor, birileri birilerini sakinleştirmeye çalışıyor. Kalabalığın olduğu yere doğru sıkışa sıkışa geçtim ve banyonun önüne geldim. İçeriye doğru kafamı iyice uzattım. Önce ne gördüğümü anlamadım, iyice baktım. Küvetin içinde bir adam yatıyor, boynu upuzun olmuş ama çok çok uzamış ve mosmor... Kaldım orada kitlendi resmen elim ayağım. Bu adam kim, Rabia nerede? Oradan çıkmaya çalışıyorum insanlar bırakmıyor, herkes bir tablo izler gibi izliyor... Çıkamıyorum bir türlü, zar zor attım kendimi, salona girdim. Rabia'yı gördüm, birinin kucağındaydı. Annesini gördüm, ağlıyordu, herkes başındaydı ve bağırıyorlardı "çıkın dışarı" diye. Rabia ile göz göze geldik... O bakışı hâlâ mıh gibi aklımdadır. Çektim gittim oradan.

Sonradan zaten her yerde duyuldu, Rabia'nın abisi intihar etmiş, o gördüğüm abisiymiş. Öyle annesi Fransız falan da değilmiş, babası da felçli bir şekilde evdeymiş... Evlerinde babaannesi, halası, halasının kocası, bunun bilmem kaç tane kardeşi dıdısının dıdıdısı herkes birlikte yaşıyormuş...

Bana yalan söylediği için Rabia'dan nefret ettim! Beni kandırdığı için, bana umut verdiği için, hayal kurdurttuğu için de. Yüzüne bakmadım, onunla hep dalga geçtiler, üstelik daha fazla ve acıyarak, ben asla yanında olmadım. Ona o kadar sinirliydim ki... Onu görmezden geldim. Artık dayak yerken canım acıyordu çünkü, Fransa'ya gidince saçlar da uzamıyormuş onu da öğrendim. Bir süre hiç konuşmadım Rabia ile, hiç hem de. Sonra ne olduysa yine arkadaş olduk, yalan da atmadı bana bir daha, çocukluk sorgulamadım da neden yaptın diye. Ama hiç eskisi gibi olamadık, hiç hayal kurmadık, hiç yalnız kalmadık sadece ortada sıçan oynarken ikimiz de çürük elma olarak iki ayrı takımda durduk.

Aslında saçmalıktı yaptığım, söylediği her şeyin yalan olduğunun da farkındaydım. Annesi her gün balkondan bağırıp çağırırdı kızı, o kadının annesi olduğunu en geri zekâlı olan da anlardı. Evin tek kızıyım diyordu paso yanında sümüklü çocuklar dolanırdı abla abla diye. Zengin olmadıklarını da biliyordum, külot giymezdi yahu kıyafetlerinden belliydi, babasının evde olduğunu da biliyordum, annesi her seferinde "baban yatalak diye orospu mu olcan başıma" derdi balkondan buna. Üstelik herkes konuşurdu bu durumu… Ama işte inanmak istemiştim sanırım ona. İhtiyacım vardı inanmaya ve güzeldi... Şimdi düşünüyorum da o kızın en kötü zamanında ben yanında olmadım, bir darbe de ben vurdum. Oysa o beni hep mutlu etti söylediği yalanlarıyla... Geçmişe dönme şansım olsaydı eğer, abisi intihar ettiği gün ben onu kaçırırdım evden, yine derdim "Rabia bana Fransa'yı anlat hadi" diye...

Serdar Ortaç Şarkıları Gibiyim, Götüm Başım Ayrı Oynuyor

Pekmez'le garip bir ilişki yumağının içerisinde dolanıp duruyorum. Neredeyse her gün telefonda konuşuyoruz, buluşuyoruz, yemek yiyoruz, böyle birtakım flörtsel aktiviteler yapıyoruz. Bildiğin en yakın arkadaş kafası yaşıyoruz ama belli başlı kuralları var bu olayın, sözlü bir şekilde söylenmemiş olsa da asla yapmamamız gereken şeyler var. Misal kesinlikle el ele tutuşmak, öpüşmek yok, birbirimize duygusal cümleler kullanmıyoruz. Sonra ben Erik'ten, o karısından asla bahsetmiyor. Sanki onlar yok gibi davranıyoruz. Hadi benimki gene bir nevi, Erik zaten ortada yok ama onunki çok riskli, karısı bir görse sıçtığının resmi. Hayır, oturup "aramızda bir şey yok sadece arkadaşız" lafı bile kurtaramaz onu. Evet, gerçekten aramızda bir şey yok, bazen olacak gibi oluyor ama hep o tutuyor kendini. Fark ediyorum bunu, bir şey söyleyecek mesela, tam başlıyor cümleye bir gazla susuyor ardından.

Bir de bu durumu sadece karısından değil, herkesten saklamalıyız, daha doğrusu o saklamalı. Belki de bir heyecan istiyordu hayatında, ne bileyim yoksa arkadaşı mı yok da tutup beni buldu. Evet, yaptığım şey yanlış biliyorum ama ses çıkartmıyorum çünkü bana iyi geliyor. Çünkü onunlayken Erik'in bana yaptıklarının hırsı sönüyor sanki, ona olan nefretim tükeniyor, Erik olmuyor mesela onunlayken aklımda, bazen sanki hiçbir şey yaşamamışız gibi geliyor. İçten içe keşke Erik bunu görse de kahrından ölse diye düşünüyorum, çünkü Pekmez ilişkimizin hep ortasında duruyordu. Bir kere onun yüzünden başlayamamıştık, "ayy duyarsa çok kötü olur, ay o benim en yakın arkadaşım" diye diye ayları gizli aşk çerçevesinde geçirmiştik. Sonra birlikte olmaya başlayınca bu kez "sen hâlâ onu düşünüyorsun" diye beynimi yemişti. Her kavga edişimizde, "Ben Pekmez değilim senin bu şımarıklıklarını çekeyim anlıyor musun?" diye bağırırdı. Ortamda Pekmez'le ilgili bir mevzu geçtiğinde hemen benim yüzüme bakardı, suratımın ifadesi değişecek mi diye. İşte o yüzden şimdi bu halimizi görmesini istiyorum, hatta ölmesini istiyorum. Kendimi ortaokul kızları gibi hissediyorum vallahi, en yakın arkadaşımla küsünce onun düşmanıyla kanka olan, kızlarından sarışını favori tutan, büyüyünce gelin olmak isteyen bir mal gibi.

Ne hissettiğimi, kime ne hissedeceğimi, ne olduğumu, ne yapacağımı hiç bilmiyorum. Sabah ayrı telden uyanıyorum, akşam yatarken bambaşka oluyorum. Aynı Serdar Ortaç şarkıları gibi... Sabah uyandığım an Erik diye ağlamaya başlıyorum sonra Pekmez arıyor, sıçarım lan Erik'e diyorum. Öğlen yemeğinde buluşuyoruz Pekmez'le bu çocukla ne işim var benim diyorum, eve bırakıyor beni, ona hemen güzel bir mesaj atıyorum. Birileri bizi görsün diye çırpınıyorum, hem de görmemelerini istiyorum. Ben ki evli adamlarla birlikte olan kadınları küçük gören hatun, şimdi onlarla aynı kefede gibi hissediyorum. Sonra "ne aynı kefede olcam yae, ben sevişmiyorum" deyip gönlümü rahat tutuyorum. İşte bu gönül rahatlığı da tabii bir yere kadar, sevişme olayına girmiyorsak, bunda adamın ağır bir ayak fetişisti olmasının yüksek katkısı var. Adamın zaten derdi, bir yatağa girip hoppidihoopidi zıplamak değil, onun rahatlığı da olunca sevişmiyoruz diyebiliyorum.

Böyle abuk subuk bir ilişki yumağında top top yuvarlanırken, kişisel ihtiyaçlarımı da göz ardı etmeyeyim artık diye düşünerek marketten alışveriş yapayım bari dedim. Dünyanın en eğlenceli aktivitesi bence market alışverişi, ta ki kasaya gelip para ödeyene kadar… 1 tl, 2 tl diye aldığın her şey kasada devleşiyor, tüm paramın üçte birini bıraktığım günleri biliyorum o markete. Bir de alırken o kadar çok görünen şeyler eve gelince "lan ben bişi almamışım ki" durumuna giriyor. Kendi kendime emekli teyze listesi yaparak çıktım dışarı, o sırada da Pekmez aradı, ya dedim, bu çocuğun arabası var, elimde bir ton poşetle eve kadar yürümeyeyim, bi işe yarasın diyerek onu da çağırdım markete. O da hemen geldi, ya var ya bence bu çocuk bu yüzden kaybetti. Ne zaman çağırsam işi gücü bırakıp koştur koştur geliyor. Tek bana özel değil tabii bu durum, karısı da aradığında aynı şekilde yapıyor. Bi hayır demeyi öğren be adam, vallahi o zaman kazanacaksın ama ıı ıh ille birilerinin peşinde sürüklenecek. Neyse böyle güzel güzel alışveriş arabasını ite kaka bir şeyler alıyoruz.

O an kendimi onun karısı gibi düşündüm, böyle akşamüstü işten çıkmışız alışveriş yapıyoruz. Misafir gelecekmiş, eve şarap alıyoruz. O makarnayı yapacakmış, ben salatayı. Hep klişeleşmiş kurallarımız varmış mesela, o akşam yemeğinden sonra muhakkak soda içermiş, o yüzden ben tonla soda almalıymışım. Kumandanın pilleri bitmiş, onu aramalıymışım.

Tabii ben bu hayalleri kurarken adamcağızın haberi yok, o yanımda dolanıp duruyor öyle. Kendimi kaptırdım ben de, alt tarafı bira, cips, dondurulmuş pizza alacakken gidip domateslerin olgunlarını bile seçmeye başladım. Kendimi birine ait gibi hissettim, sanki beraber evimize dönecekmişiz gibi, sanki aynı yatakta uyuyup, parfümlerimizi ezberleyecekmişiz gibi. Sanki o benim kocammış gibi, o benim hakkımmış gibi, hayatımın en büyük hatasını Pekmez'i terk ederek yapmışım gibi. Onu hâlâ çok seviyormuşum gibi...

Çorba reyonuna gelerek, hayatımda asla içmeyeceğim, sırf bu kurduğum hayal biraz daha uzun sürsün diye yüzük çorbası aramaya başladım. O da bana salak salak çorbalar öneriyor. Çorba da hiç sevmem bu arada, çok gereksiz bir şey. Yemek desen değil, içecek desen değil, doyurmaz, karnını tok tutmaz lüzumsuz bir gıda işte. Orada o çorbalara bakarken ben de ona baktım öyle, yanağındaki gamzesine, ellerine, bana çorbanın faydalarını anlatırkenki heyecanına, gülümserken öne doğru kıvrılan dudaklarına... Ona baktığımı fark etti, sanırım kurduğum hayali de fark etti, bir suskunluk oluştu. Önce başını biraz öne eğdi, sonra ne olduğunu anladım ama senden duymak istiyorum dercesine "ne oldu" dedi. Ben de "hiç ya" diyerek güldüm. Sonra yanıma geldi, alışveriş arabasının tutacağına koyduğum elimi tuttu, aşağıya indirdi. Bildiğin el ele tutuşarak un irmik reyonuna doğru yürümeye başladık.

Artık el ele tutuşuyorduk, artık arkadaş değildik, zaten hiç olamayacaktık. Topu topu kaç aydır evliydi ki zaten hemen boşanırdı, ardından hemen evlenirdik. Erik gelmeden evlenmeliydim, o geldiğinde evli olduğumuzu görüp intihar etmeliydi. Hatta önce bizi vurmayı düşünmeliydi, sonra bunu yapacağı için kendi kafasına sıkmalıydı. İnsanlar tabii başta tepki gösterecekti, aman ne gösterirlerse göstersinler. Büyük ihtimal karısı başımıza bela olacaktı, ayy eski karısı demem lazım. Çocuklarımıza aşk hikâyemizi anlatırken birbirimizden hiç kopamadık diyecektik. Birbirimize o kadar âşık olduk ki zaman bile ayıramadı diye anlatacaktık. Belki de doğru olan buydu, kaderim Pekmez'di. Çünkü ne yaparsam yapayım hep karşıma çıktı, hep bir şekilde onunla alakalı yerlerde bulundum... Öyle ya, hayatımda en fazla âşık olduğum, uğruna neleri feda ettiğim dört senelik sevgilim beni piç gibi ortada bıraktığında bile Pekmez'in sayesinde hayata dönmüştüm. Hep işte şimdi boka battım dediğim anlarda, alıp kolumdan tuttu yukarı çekti beni. Kesinlikle kaderim Pekmez'di ve ben bir tek onunla mutlu olabilirdim.

Tuvalet kâğıtları bölümüne gelip, kıçım için en konforlusunu ararken düğün planlarımı içimden yapmıştım bile, eli elimde kağıt üzerinde başkasıyla evli, benim onunla ilgili evlilik planlarımdan habersizce romantik bir sahneyi oynuyorduk sanki. 6'lı, kokulu ve garip şekilli fantezik tuvalet kağıdını alışveriş arabasına koyarken, gözüme bir şey takıldı. Daha doğrusu bir anda bir şey parladı, ne romantik komedisi yahu, benim filmim bildiğin fantastikmiş. Erik'in annesi ilerideki kozmetik reyonunda duruyordu ama benim gördüğüm sahne, Yüzüklerin Efendisi'ndeki Sauron'un ormanda o götten bacaklıları aradığı bölümdü. Market bir anda ormana dönüştü ve biz bir ağacın altında sessiz olmak zorunda kalan iki garip hobbittik. Orkidleri koklayarak yerimizi bulmaya çalışıyordu, bir saniye orkid mi? Yahu bu kadın kaç yaşında ne orkidi yumurtalıkları lahana turşusu gibi olmuştur, hâlâ menopoza girmemiş mi manyak? Ay neyse, kıpırdadığımız an bizi görecekti, kokumuzu aldığı için oradaydı ve ufacık bir hatamızı bekliyordu, hemen elimi çektim Pekmez'in elinden. "Sen kaç kurtar kendini, ben dayanıklıyımdır onun istediği benim" diyerek kendimi öne attım âşkım için. Önce bir şey anlamadı, ensesinden tutup kadını gösterdiğimde olayı kavradı. Ee benim eski kaynana adayım olsa da onun arkadaşının annesiydi ve büyük ihtimalle bizim üç aşamalı boktan aşk mevzumuzu bilmiyordu kadın. Zaten benden nefret ediyordu, bir de bu olayla artık iyice tiksinecekti, hatta arayıp Erik'e anında yetiştirecekti. Pekmez'e dedim, "sen dışarıda beni bekle ben geliyorum".

İşte o laftan sonra kendi kendimle yüzleşmem de başladı. Lan hani Pekmez'le olduğumu duyarsa Erik kahrolacaktı, bunu istemiyor muydum? İşte işimi kolaylaştıracak bir durum ortada iken neden şimdi yusuf attım ki? Kimi seviyorum, kimi sevmiyorum, yaptığım şeyin ne kadar arkasındayım, yaptığım ne daha doğrusu hiç bilmiyorum. Bıraktım aldığım bütün eşyaları, alışverişsiz çıkış kapısından çıktım dışarıya. Pekmez arabanın içinde bekliyordu. Gerçekten Pekmez'i istiyor muydum acaba, bu kadar şeyi darmaduman etmek, yeniden her şeyi alt üst edip hayatlarımızın içine sıçmaya değer miydi? Hâlâ sabahları Erik diye ağlarken bu yaptığımın şeye ben inanıyor muydum ki? Bir de hepsini bırak, bu adam karısını bırakıp gel desem benimle gelir mi? Ya off gelir bu salak, bu da bende ne buluyorsa bir türlü anlamadım yemin ederim. Deveye diken insana siken derler ya, hah işte bu olay. Bana kötü davranıp hayatımın içine sıçanların götlerinden ben ayrılmıyorum, bu da aynen benimkinden. Aşk maşk değil yani bu, sanırım o hırs denilen şey. Bir de ben adım atmasam bu bana bir adım bile atmaz, hissettiği ne bilmiyorum ama benimkiyle bir değil ondan eminim.

Araba kapısını açtım, "eve kendim gideyim seni ararım" dedim ve kapattım. Sonra eve doğru yürüdüm, baya yürüdüm yolları uzata uzata... Her şeyi düşündüm taşındım ve ortalığın ağzına sıçmadan önce buradan uzaklaşmam gerektiğine karar verdim. İzmir'deki arkadaşlarımı arayıp nerede tatil yapıyorlarsa yanlarına geleceğimi söyledim. Benim eski sayfaları kapatmam lazım, kendimi bulmam lazım, artık kendime gelmem lazım diyerek, Pekmez'e bir daha görüşmeyelim diye mesaj attım. O da hemen kabul etti, biraz bu duruma içerledim ama n'apalım. Adam ne desek he diyor puff!

Tatil Tatil Diye Nicesine Sarıldım

Geceden apar topar her şeyimi hazırlayıp, doğru bizim kızların yanına, Olimpos'a doğru yola koyuldum. Sabah uçağa bindim bir güzel ve var ya, buhranlara o uçak parasını öderken son vermem gerektiğine karar verdim. Bir gece öncesinden hem de hafta sonuna bilet mi alınırmış, götüme acı acı girdi uçak parası, ona o kadar üzüldüm ki Pekmez, Erik merik aklıma gelmedi. Bir de bütün gece bikinimi aramaktan uyuyamadığım için sabah geç kaldım. Bir koşturuyorum ama nasıl, filmlerdeki son dakika uçağa yetişen insanlara zerre inanmıyorum o yüzden. Bütün takıyı tokayı çıkar alete sok muhabbeti yarım saat sürüyor. Koştur koştur yetiştim, lanet olsun ki ortada yerimi aldım, iki tane pinpon amcanın arasında tıkış tepiş oturdum... Ortada oturmak kadar korkunç bir olay yoktur sanırım, ne tarafa döneceğini hiç bilmiyorsun, zaten öndeki koltuk karaciğerine kadar girmiş vaziyette, böyle darlanıyorsun sürekli, sağdan soldan önden baskı var gibi. Üstteki küçük ekranda da sadece, mala benzer birinin uçak düşmesi halinde yapacaklarını gösteriyorlar. Evrene bildiğin kötü sinyal yolluyorlar, o video orada oynadıkça insanın aklına "ya düşerse sıçtık" durumu geliyor ister istemez. Ben de ne yapayım paso düşerse ne bok yiyeceğimi düşündüm. Bir kere yandaki fil yüzünden hayatta çıkamam bu tarafta, inşallah o tarafa doğru kaykılır da adamın üstünden yere çakılırım, bana bir şey olmaz, pamuğa düşmüş gibi olurum. Diğer tarafımdakine zaten hiç bakmayayım, benim bile oksijen maskemi alır bencil köpek. Şuna bak, hem pencere kenarında oturuyor hem de her tarafını kapamış. Biraz çekilse de biz de görsek, bulutu güneşi, yurdumuzun doğal kaynaklarını. Burada ölüp gitsem ne havalı olurum yalnız var ya, belki o zaman Erik gerçekten vicdan azabından ölür. Hatta eski sevgililerimin hepsi, ya dur o zaman ölmeyeyim madem. Düştü diyelim uçak, ben de böyle uçak düşerse ne yapacağıma dair zamanında bir eğitim almışım masuscuktan. Varmış işte öyle bir eğitim şimdi oralarını kurcalama boşver, sonra böyle arama kurtarma ekibi sadece beni bulamamış. Şu yanımdaki çiko falan bulunmuş ama ben ortada yokmuşum. Günlerce, gecelerce aramışlar beni ama ıı ıh... Bütün gazeteler, televizyonlar benden bahsediyormuş. "Düşen uçağın içerisinde sadece aşk hayatı boka saplandığı için arkadaşlarıyla tatile gitmeye karar veren genç kız bulunamadı. Yetkililer vesikalık fotosuna bakarak 'bu kızın gözlerinden zekâ fışkırıyor, ölmüş olamaz, kendini sağlama almıştır arama çalışmalarımız devam ediyor' diye konuştu. Genç kızın ailesi yürekleri ağzında gelecek olumlu bir haberi bekliyor. Mikrofonlarımıza konuşan genç kızın babası 'yahu kızımdan genç kız, genç kız diye bahsetmesenize bir adı var onun' dedi. Gözyaşlarına hâkim olamayan arkadaşları ise 'PuCCa çok iyi bir kızdı, Allah'tan ümidimiz asla kesilmedi o kesinlikle yaşıyor. Doğada üç ay aç yaşayabilir, öyle bir yağ depoladı ki kendine, götünü göbeğini kesse zaten doyar hayvan. Onu çok seviyoruz, dönmesini bekliyoruz' diyerek salya sümük ağladılar.

Genç kızın hayatını siken Ankara'daki eski sevgilisi kameralarımıza saldırdı. Agresif tavırları ve öküzlükleriyle dikkat çeken Ankaralı sevgili 'PuCCa'yı zamanında çok sevmiştim, üniversiteyi beraber okumuştuk, sonra nişanlandık ama sonra olmadı bu iş. Sevgim bitti o da anlamadı bir türlü. Dayak falan atardım arada, bak bilmişim de atmışım demek ki sayemde şimdi vahşi doğada nasıl hayatta kalacağını öğrendi. Malın, hayvanın biri olduğum için kızı terk ettim. Sonra zaten olan oldu, benimleyken çok iyi niyetli, sakin İran kedisi gibi bir şeydi. Ben onu terk edip, hemen ardından birini bulunca vaşak oldu. Hayatının en acımasız tecrübesi ben oldum sanırım. Kendimle gurur duyuyorum. Orospu çocuğu olmak büyük marifet ister, bunu ben başardım. PuCCa yaşıyorsan eğer, ahah nassı kodum ama sana, yaşarsın yaşarsın sen, benim dayaklarıma aşinasın uçaktan düşmek falan etki etmez sana' diyerek bizleri çok şaşırttı. Ardından genç kızın tatile gitme nedenlerinden biri olan erkek arkadaşımsı kişi kameralarımıza yakalandı.

Evli olduğu için gözleri bantlanan baş harfi Pekmez olan genç adam, 'Keşke o gün Pucca ile karşılaşmasaydık, şimdi evinde olacaktı. Hatta keşke o sürtükle hiç karşılaşmasaydık, benim de hayatım düzgün olacaktı şimdi. Benden ayrıldıktan sonra kalkıp dünyada adam yokmuş gibi arkadaşımla beraber oldu. Sen ne karaktersiz, ne şerefsiz birisin. Buna rağmen var ya ben hiç sesimi çıkartmadım, o herif de bunu terk etti gitti yine ben teselli ettim. Her önüne gelen kızı terk ediyor, bu dangalağın da bana yetiyor gücü kuvveti. Sevgili PuCCa, eğer bunu duyuyorsan, döndüğünde beni artık arama, artık düş yakamdan dengesiz mahluk' diyerek karısının yanına gitti.

İngiltere'ye giderek kalbini ölesiye kıran adam da olay yerindeydi. Gayet yakışıklı görünen Erik, kaybolan PuCCa için şu sözleri söyledi. 'Başta her şey çok heyecanlıydı, çok güzeldi, eğlenceliydi. Ama sonra iş ciddiye binmeye başladı. Evin içinde sadece evlilik konuşmaya başladık. Çocuk yapmaktan bahsediyordu, cümleye sürekli biz diyerek başlıyordu. Ama benim yaşayacak çok şeyim vardı, ben buna hazır değildim, bu sorumluluğu alamazdım. Ben çok korkmuştum, ben sanırım sevmiyordum' diyerek, kaybolan genç kızın ölümüne neden oldu..."

Allah'ım kendi ölümümü düşünüp ağlayan bir tek ben değilimdir umarım, ayy tüylerim diken diken oldu. Bir taraftan da açım, uçak düşmese de burada açlıktan ölürüm zaten, şu servis olayına geçseler de yesem bari, diye düşünürken, cüzdanımı salak gibi o üst baş soyup geçtiğimiz yerde valizin kenarındaki göze tıkıştırdığımı hatırladım. Allah beni kahretsin, var ya oraya koyarken de aklıma geldi, aman unutmayayım bunu burada diye elli kez içimden söylemiştim. Hayır, bir de işin kötüsü biri alırsa valizimi sıçtım. Off şu uçaklarda bu olayın paralı olması da nasıl bir kekoluktur Yarab, vereceğin iki tane kek şu yaptığına bak. Otobüslerin gözünü seveyim, şimdiye elli tane kek, varil varil meyve suyumu içmiştim. Yanımdaki fil adam da aldı sandviçini hayvan gibi gömülüyor. Allah'ım çok açım, neyle sınıyorsun bilmiyorum ama şu herifin ağzını şapırdatma bari. İnsanların da habire bir şey yiyesi tuttu, her yanda şapırtı sesi geliyor. Açgözlü köpekler, acaba hostese parayı çıkışta vereyim dersem olur mu? Olmaz derse de seyreyle rezilliği. Aslında sağda solda yakışıklı çocuk yok, desem ne olacak ki, neticede anlar belki, açım abi yapacak bir şey yok. Ya da demeyeyim ya, ineceğim nasıl olsa manyak mıyım neyim, ya sabır dileyerek yola devam edeyim bari. Sen de kolunu vurup durma be şişko patates, dünyaları yemişsin hâlâ yiyorsun aygır! Ayy sinirlerim bozuldu valla…

Uçaktan inip valiz bekleme alanında midemin gurultuları eşliğinde kendime küfrede küfrede benim çantamın gelmesini bekliyordum. Orası da nasıl stres dolu bir yerdir, "Acaba valizim kayboldu mu? İki dakika geç indim ya birisi benimkini almışsa" diye insan her seferinde tedirgin oluyor. Bir de benim bütün param valizin içinde olunca daha bir telaşlıyım, sanki apartmanın birinde yangın çıkmış, biz kurtulanlara bakıyoruz, içlerinden biri çoluğumuz çocuğumuz çıksın diye dua eder vaziyette. Her gri valiz görüşümde yüreğim hop ediyor sonra biri alıp gidiyor o valizi. Bu arada memlekette herkes gidip aynı valizi almış sanki, tamam ucuz da bokunu çıkarmasaymışız iyi olacaktı. Sonra baktım benim valizim usul usul bana doğru yaklaşıyor, tam elimi oraya doğru uzatıyordum ki yanımdaki adam aldı valizimi. Hoop dur o benim valizim diye carlamaya başlayacaktım. Geri zekâlı öküz oğlu öküz "aaa bu bizim valiz değilmiş" dedi yanındaki kıza, bıraktı onu yürüyen şeyin üstüne. Valizim gidiyor öyle usul usul ben de kulpunu yakalamaya çalışıyorum, bir yandan da adama küfrediyorum. Neyse ki yakaladım valizi aldım, gittim dışarı servisin oraya. Olimpos'a doğru yola çıktım bir gevrek bir karper peyniri alarak yanıma. Artık yepyeni bir hayata başlamam gerekliydi, bu kendime bilmem kaçıncı sözüm bilmem kaçıncı aldığım karardı ama bu kez artık gerekliydi. Durup durup aynı çemberin etrafında dönüyordum. Hep aynı isimler arasında gidip geliyordum. Üstelik onlar çemberden çıkıyordu ara ara ama ben hep o kaosun içerisinde kayboluyordum. Pencereden dışarıya baktığımda bir bir geçmişteki hatalarımı kovalıyordum. Artık bitmeliydi, herkesin hayatıma bir çentik attığı ama kimsenin hayatında bana bir yer vermediği biriydim. Ayy böyle deyince de ne kötü oldu be.

O değil de İstanbul'dan Antalya'ya şuradan şuraya gittiğimden daha kısa sürede geldim sanırım. Ondan in ona bin midem bulandı artık. Bir de o valizimi alıp atan adamla aynı servislere biniyoruz, ağzını yüzünü kırmak istiyorum, hatta bütün sinirimi ondan çıkarmak istiyorum. Ön koltukta oturmuşlar, kız arkadaşıyla beraber mıç mıç mıç. Lan zaten birazdan odanıza gireceksiniz orada ne yaparsanız yapın, burada bana nispet yapar gibi ne bu böyle! Suratına sıçtığımın herifi, bir de tam uykuya dalacak gibi oluyorum o borazan gibi sesiyle sevgilisine bir şey anlatmaya başlıyor. Ama ben sana yapacağımı biliyorum, benim valizime yaptığın şeyin intikamını almaz mıyım, sen dur daha öpüş dur önümde ayı!

Bir dağın yamacında bilmem kaçıncı araca geçmek için indirdiler bizi. İnerken tam, benim valiz bununkinin yanındaydı, tuttum kulpundan bir savurdum kapıdan dışarı, bildiğin fırlattım ama. Ceset mi ne koymuşlarsa içine nasıl da ağır, kollarım da valizle beraber savruldu resmen. "Ayy yaa benim valizim sandımmm" diye de ağzımı yaya yaya söyledim ama adam bir sinirlendi sanki valizi değil kız arkadaşını savurdum. "Öküz müsün nasıl attın onu oraya" diye bir çıkıştı bana, aaa hem suçlu hem güçlü, "sen benimkini atarken ben bağırdım mı hayvan" diyecektim, sonra takıntılı bir psikopat olduğumu düşünmesin diye "ağzını topla, öküz sensin, yanlışlıkla oldu işte, koymasaydın oraya sen de" diye dayılandım. Şoför falan geldi, tuttu, gel kızım falan dedi. Hayır ben de neye atarlanıyorsam, sanki kavga edeceğim haa, adam bir host dese kedi gibi pısıp kalırım ama n'aparsın. Yalnız içim soğudu resmen o valizi attım ya iki metre uzağa ohhhh vallahi...

Öyle böyle derken geldim bizim kızların kaldığı yere. O kadar yol yorgunuydum ki, direk uyumak için gittim odaya, uzun bir aradan sonra en huzurlu uykumu uyudum.

Murpy, Senin de Kurallarının da Allah Belasını Versin!

Sabah uyandıktan sonra kahvaltıya giderken sağlı sollu yakışıklı cıfırların geçtiğini görünce Yarab ben nasıl bir yere gelmişim, hatta sanırım ölmüşüm bunlar da erkek huriler diye düşündüm. O kadar güzel çocuklar vardı ki, her taraf kas kaynıyor bildiğin. Oysa gelirken puff hippi tipler olacaktır diye hayıflanıyordum bir de. Buralar görmeyeli ne hale gelmiş, erkek güzellik yarışması elemeleri mi vardır nedir. Kahvaltı yerine gidene kadar en az beş tane ilik gibi, kavun içi gibi çocuk gördüm. Ben burada değil Erik'i, doğduğum yeri bile unuturum lan diye ağzım kulaklarıma vardı.

Geçtim oturdum bizim kızların yanına, göbeğimi içime çeke çeke etrafı kesmeye başladım. "Var ya siz ne fenasınız, ben aramasam hiç gel PuCCa'cım burada cıfırlar var beraber yiyelim demek yok" diye ufacık ufacık lokmalarla sağlı sol-

lu saçlarımı attıra attıra kahvaltımı etmeye başladım. Kızlar da benden iki gün önce gelmişlerdi. İzmir'de gazetede çalışırken bu kızlardan biriyle tanışmıştım, ondan beridir en yakınım oldu diyebilirim. Yediğimiz içtiğimiz ayrı gitmediği zamanlar oldu, böyle çok uzun zaman ayrı kalsak bile ne zaman görsek birbirimizi kaseti başa sarabildik hep. Bir de çok eğleniyorduk beraber,
ne zaman sarhoş olsam götümü toplayan tek insan evladıydı kendisi. Kızıl saçlı, biraz etine dolgun bembeyaz bir kız, metalci lise stayla yaşantısı olan bir hatun. Ondan bahsederken kısaca Kızıl diyeyim...

Diğer kız da avukat arkadaşımız oluyor, toplam üç kilo, fiziği, götü başı bildiğin ilik kategorisinde. Biriyle tanışırken hep, "merhaba ben avukat......" diyerek tanıtıyor. Bakkala bile bu kelimeleri söylüyor. Biraz safçanak bir hatun. A vukat olduğuyla bu kadar övünüp, sınıf ayrımında kendini üst kategorilere koysa da Alsancak piyasasında altında yatmadığı, üstünden kalkmadığı adam kalmadı desem yalan olmaz. Ama bu durumu öyle bir yapıyor ki insan ona laf konduramıyor. Kız her dokunduğu adama âşık olup hayallere dalıyor. Hep bir gün uyandığında yanındaki yastıkta adam uyansın istiyor. Bunun da adı direk Avukat olsun, böylesi daha kolay olacak yazarken...

Ekmek yemeden kahvaltımı yapmaya devam ettim, bir de bundan önceki hayatımda yediğim ekmeklere küfrettim. Etraftaki çocukların çoğu bariz yabancı, iyi bu iyi, hem yabancı dilimi geliştiririm hem de belki biriyle bildiğin âşık oluruz birbirimize, Sara ve Musa gibi uluslararası aşk yaşarız. Sonra beraber İngiltere'ye gideriz, o geri zekâlı Erik bizi pub'da görür, mutsuzluktan ölür ölür geberir. Aman ya Erik'ten bah-

sedip, şu güzel havayı neden bozuyorum ki. Kızlar kendi aralarında gülüşüp duruyorlardı, kesin bunlar iki gün içinde paylaşım yapmışlardır, hani hak geçmesin diyerek bari onlarınkini ben almayayım diye "hangileri sizin söyleyin ona göre kalanlarla idare ederim bari" dedim. "Canımsın PuCCa kalbi kırık olan sensin, hepsi senin olsun" dediler ama kıkır kıkırlar. İki tane Yunan tanrısı çakması yan tarafımıza oturdu, ben de kendimce böyle cıvıl cıvıl bir kız olduğumu göstereyim, hem de yeni geldiğim belli olsun muhabbet açılsın diye, domatesimi keserken "İyi ki geldim buraya, doğa işte insan kendini buluyor. İstanbul öyle mi şu temiz havayı nerede bulacaksın, domatesi bile ayrı güzel. Ya var ya şeytan diyor hiç dönme kal burada yaşa" derken, kızlar kahkaha atınca eğildim onlara doğru "ne gülüp duruyorsunuz oğlum, şurada av peşindeyim halla halla" dedim. Kızıl elimden tuttu. "PuCCa'cığım biz de ilk dakikalar böyle heyecan yapmıştık ama şimdi abazan gözlüklerini çıkar ve etrafındakilere dikkatlice bak, ne görüyorsun?" Döndüm, yan masadan başlayarak süzmeye başladım. Kılsız memeler, pürüzsüz göbekler, şekilli bacaklar, şıkır şıkır kolyeler, slipler, el ele tutaşan erkekler...
Lan lan lan bunların hepsi eşcinsel!!!!!

Meğersem gay gruplar toplanıp gelmiş bu sezon ve bizim kaldığımız yer paso bunlarla dolu. Nasıl bir his biliyor musun, masada çeşit çeşit yemeklerin var olduğunu düşünün, açlıktan da ölüyorsun ama bir tanesini bile yiyemiyorsun. Na işte aynen öyle bir duygu bu. Her taraf ilik gibi çocuk kaynıyor sağlı sollu. Adeta Robbie Williams'ın klonlanmış halleri, gel gör ki hiçbirine dokunamıyorsun, dokunsan da bir şey anlamıyorsun. Hayatın sillesini yeniden yeniden yedim resmen, az önce elimle ittirdiğim ekmekleri lokma lokma boğazıma tıktım, sonra da yanımdakilere carlamaya başladım. "Beni ne diye buraya çağırdınız ki, ben ki yeşil sevmez, böcek sevmez, çiçek bakmaz bir insan evladıyım. Bana gerekli olan şey, ben yatacağım, insanlar bana hizmet edecek. Her şey dahil oteller sadece benim gibi koalalar için varken benim burada ne işim var? Üniversitedeyken okey, eğlenceliydi çünkü sevgilimleydim ve her şeyi bana o yapıyordu. Kız kıza Olimpos'ta olmakta neyin nesi? Denize gitmek için bile bir kilometre yol yürüyorsun... Her taraf kaslı bebe dolu ve hepsi dünya ahret bacım, Çin işkencesi lan bu" diyerek yedim de yedim bütün kahvaltıyı...

Sonrasında ise gittim camış gibi yattım bütün gün. Yapacak bir şey yok anacım gavur amı gibi sıcak hava, ot doğa püsür, portakal ağaçları, gerekli gereksiz börtü böcek, haddinden fazla yakışıklı gay etrafta! Akşam olunca da bir güzel içtim, o zaman biraz eğlenceli gözüktü gözüme Olimpos. Gaylerle eğlenmek çok süper bir defa, adamlar çok komik oluyor bir de erkek konusunda zevkli oluyorlar. Kendime bir arkadaş buldum, oturduk beraber kızları da aldık, barın orada hot or not oynadık. Gelen gidene not veriyoruz bir güzel. Bir de çocuktan onay alıyorum, gay olmayanları göster bize diğerlerine asılıp boşa zar atmayalım diye. O, bu derken bir baktım benim arabada valizlerini attığım çift girdi içeri. Yine mıç mıç vaziyette. Gidip en uca oturdular bunlar, yine aynı şekilde vantuz gibi birbirlerine yapışıklar... Kendime oyun arıyordum zaten, hadi dedim "doğruluk mu cesaret mi?" oynayalım. Lisede miyiz off puff diye başladık sonra hayvan gibi eğlendik. Böyle ufak ufak şeyler yaptırıyorduk, git şunun içkisini iç, yok şununla dans et, yok şuna adını sor falan filan. Sıra gay olana geldi, benim bir şey yaptırmam gerekliydi, intikam soğuk yenilen bir yemektir bayım diyerek "Şuradaki çifti görüyor musun? Hah git yanlarına daha feminen davran, adam olanına de ki 'sen beni aramadın ama bak bir şekilde karşılaştık' diye gir muhabbete, tanımıyorum falan derse 'aaa anladım, tamam tamam' deyip bir şey sakladığını ima et, sanki yatmışsınız gibi davran işte" diye verdim gazı. Millet diyor, kavga çıkar kıyamet kopar saçmalama, "Kavga çıkarsa, adam bir şey derse hemen barmenin üstüne at, kız arkadaşının eski sevgilisiymiş bana zorla söyletti falan de. Bir şey olmaz yaa oyun bu, ben de gidip kokuş kokuş herife sırnaştım" diyerek yolladım onu.

Yaa tabii benim dediğim gibi demedi adama göt, gidip sadece bir yerden tanıyor muyum seni demiş. Bu da hayır demiş tıpış tıpış geldi yanımıza. Sonra sıra yanımızdaki Avukat olana geldi, onu yolladık bu kez, gitti "dünya küçük, aramadın ama bak nerede karşılaştık" demiş, sonra tabii biz uzaktan izliyoruz, kavga kıyamet koptu. Kız arkadaşı çekti gitti bunun yanından, bu arkasından koşturdu... Hayatımın en güzel intikamını aldım, geri zekâlı mal, hem benim valizimi at, hem bana öküz de, benim elim armut topluyor sanki. Sonrasında da o kadar çok sarhoş olmuşum ki sabah uyandığımda her taraf kusmuk kokuyordu...

Kahvaltıya kalkıp gittim, beynim ağrıya ağrıya yetiştirmem gereken yazılar için aldım laptopu oturdum masalardan birine. Kızlar da yanımda bir şeyler yiyorlar, sonra çocuğun bir tanesi geldi oturdu masaya, kızların arkadaşıdır diyerek sallamadım. Ama sürekli benimle konuşuyor, daha doğrusu her söylediği şeye benim onay vermemi bekliyor. Çocuğu hiç tanımıyorum ama amcamın oğlu gibi tavırlar, hareketler... Allah günah yazmasın, dünyanın en çirkin bebesi olduğu yetmiyor muhabbeti de bok gibi. Kalksın gitsin diye gözünün içine bakıyorum anlamıyor, artık dayanamadım "şunu yetiştirmem gerek bir müsaade" diyerek yolladım. Kızlara da döndüm "bu ne abi en loser tipi bela etmişsiniz başınıza" deyiverdim yazıyı yazarken. Kızıl olan dürttü beni, "PuCCa'cığım affedersin ama bu çocuk senin bütün gece dans ettiğin kolundan ayrılmadığın, biz seni tutunca da bize carladığın çocuk. Sen tabii yine sarhoş olduğun için hiçbir şey hatırlamıyorsun ama bunu sen bela ettin biz değil. Her zamanki gibi yani".

Allah kahretsin ya, sarhoş olunca en tipsiz bebeleri Murat Boz vari görmekten nefret ediyorum. Bir de sabah hatırlamadığım şeyleri insanların bana anlatmasından. Ya ben unutuyorsam diğerleri de unutmalı bence. Böyle adalet olmaması gerekli, Allah'ım tipe bak, oradan da hâlâ el sallıyor mal değneği ya. Gece de zaten sivrisinekler yemiş beni, her tarafım kaşınıp duruyor lanet olsun, siz de gezip durmayın yahu kaslı kaslı etrafımda küfür eder gibi. Ne biçim tatil bu, off offff....

Ah Bi de Bekârsam Giderim Alayına!

Dünyanın en sıkıcı tatil arkadaşı ödülünü hak etmeme az kaldı. Kızlar büyük ihtimalle şu an benden nefret ediyorlar, öyle ki bir yere kadar nazımı çekecekler gibi geliyor. Bunalımdayım diye iyice bokunu çıkarttım, yüz verdiler astarını da yırttım valla. Ne yapsalar her şeye off puff bilmem ne. Bir de hoşuma gitti aslında bu durum, sonuna kadar kullanıyorum... Kızlar en son sanırım, bunu bir yerde boğup öldürelim, kurtulalım bundan diyerek, aldılar götürdüler, "bak buralarda güzel şeyler de var" diye beni tekne turuna çıkardılar. Nasıl ağızlarına sıçıyorum ama anlatamam, sanki elimi kolumu bağlayıp kaçırmışlar beni. "Bu ne be! Dandik dundik mağaralar için mi getirdiniz buraya! Ben yüzemem bile her taraf balık burada, offf puff gitcem ben döndersin kaptan" derken merdivenlerden yukarıya doğru bir ışık, bir nur, masmavi bir parıltı yükseldi.

Allah'ım sana geliyorum, bunu yaradan sana tapıyorum yeminle, ne güzel şeyler yaratmışsın, al ağzına tık portakalı, koy masaya çatır çatır ye herifi. Hemen tanışmalıyız, bir yolunu bulmalıyım. Bu öyle bir yol olmalı ki sadece tanışmakla kalmamalı, önce muhabbet, sonra gülüşmeler, şakalar, komiklikler derken evleniriz, sonra iki çocuk yaparız, yazlığı buradan alırız hatırası var diyerek. Çocukları özel okulda mı, devlette mi okutalım tartışmasına gireriz. Bana sarılmadan asla uyuyamaz, sabahları kahvaltımı o hazırlar, çok zengin olduğu için bana pastacı dükkânı açar, pastacı mı? Ben pasta yapamam ki! Anaokulu açsın o zaman ayda bir uğrarım, sonra bir gün benim memelerim kıymalı pide gibi olunca gidip 19'luk bir sürtükle aldatır beni, kızın yaşında diye kıyameti kopartırım, arayıp bütün sülalesine şikâyet ederim, donuna kadar mahkemede alırım, o beni aldattığı kızı da gidip vururum. Pis orospu, nasıl yuvamı yıkarsın sen! Allah belanı versin senin de onun da. Verdiğim onca emek haram olsun, saçımı süpürge ettim iki çocuğumuzu büyüttüm, bana bunu mu reva gördün? Ayy ne diyorum ben, bir dur bir soluklan PuCCa, önce bir tanış bebeyle. N'apsam ne etsem diye sansar gibi düşünmeye başladım...

Geldi oturdu diğer tarafa sonra arkadaşları geldi, onların neye benzediğine bile bakmadım direk hedefe kilitlendim. Kaşı, gözü, burnu her yanı heykel gibi. Kesin sevgilisi var hatta haremi var. Dönüp bana bakmaz bile, yani ben erkek olsam kendime bırak bakmayı sümüğümü sürmem yahu. "PuCCa, kaybedecek neyin var kızım, en azından olmasa bile uğraşırsın, bu bile eğlenceli olur" diyerek hoopp tak tak tak planı programı yaptım çocukla yüz göz olmak üzere. Tekne durdu bir yerde insanlar atlıyor falan suya, bunlar da atladı tabii. Teknelerin amaçları genelde bu oluyor, benim gibi denizden korkan biri neden orada bilmiyorum işte. Şimdi ben boyumu geçen yerlerde yüzemem, imkânsız. Yanımda Kızıl duruyor, ben yüzmüyorum ve bunalımdayım diye aklı sıra beni yalnız bırakmıyor. Çocuklar suda cıp cıp oynuyor böyle, o suya girip en azından onlarla oynarsam konuşma bahanemiz olur diye düşünüyorum ama ben o suya bir tabur asker tecavüz etse giremem!

Baktım baktım baktım suya, etraftaki insanlara, yüzenlerin açılarına baktım... Dedim buradan atlayayım, ne olacak hem belki korkumu yenerim, hem herkes orada kesin biri beni kurtarır. Hem çocuğun dikkatini çekerim. En azından kötü de olsa "boğulan kız" olurum. Sonrasında muhabbet ederiz yukarıda "bizim de yengemin amcasının karısı Kilyos'ta boğularak öldü" falan gibi şeylerini anlatır, sonra evleniriz çocuklarımız olur falan filan... İşimi garantiye alayım dedim, alt taraftan makarna var ya uzun ince sosisler onlardan birini attım aşağıya. Ardından da ben atladım çığlık atarak, -ki "yüzme bilmiyorsun ne atlıyorsun" derlerse "şerefsiz arkadaşım attı yaeeee beni" demek için...

Atladım suya bir cesaretle ama öleceğim, suyun içindeyim, kafam dışarı çıkmıyor bi türlü... Nasıl çırpınıyorum, çırpındıkça daha çok batıyorum. Bir türlü yukarıyı göremiyorum. "Sıçtın PuCCa, bir delikanlı uğruna ölmediğin kalmıştı hah onu da yapıyorsun ya! Cehenneme gitsen yeridir, yan şu halinle malın kızı, ayy neden kimse gelmiyor lan ciddi ciddi ölüyor muyum ne?" diye düşünürken biri beni tuttu yukarı çıkarttı, ben öksürmekten etrafımı göremedim, uğultular falan duyuyorum, oradaki adamlardan biri götümden tutmuş, yukarı doğru itekliyor, o kadar feci durum ki çıkamıyorum yukarı, diğerleri de götümden tutup itmeye başladı. Çıktım sonunda, fok gibi attım ortaya kendimi. Debeleniyorum öksürüyorum falan, burnumdan beynim akacak, bütün sümükleri çıkardım resmen.

Filmlere inanmamayı da bu sayede öğrendim. Hani boğulunca yakışıklı bir bebe geliyordu, kız seksi bir biçimde seriliyordu da çocuk dudaklarına doğru yaklaşıp olaya başlıyorlardı. Yemin ederim sümüklerim akmış, öksürerek sağa sola debeleniyorum o halde kimse suni teneffüs yapmaz zaten bana. Sonra kendime geldim etrafımda bizim kızlar ağlıyor salak salak, diğer kız vallahi ben atmadım diye elimden tutmuş. Yukarı çıktık, aynen dediğim gibi geldi bu çocuk ve arkadaşları, işte boğulan insanlarla olan hikâyelerini anlatıp durdular. Ben ise yorgun, korkak ama arkadaşını suçlamayacak kadar iyi kalpli, hassas bir kız edasıyla dinledim hayatımın erkeğini salak saçma boğulma hikâyelerini. Kendimi suda boğarak dikkati çekmeyi başardım, akşam için de Yanartaş'a gitmek için sözleştik. Bizim kızlara dedim ki, "siz aman gelmeyin, kıçımdan ayrılmıyorsunuz bir bok olmuyor, kalkın gidin kendi hayatlarınızla ilgilenin". Bunalımda olmanın en kötü yanı bu işte, arkadaşlarının nefesini sürekli ensende hissediyorsun. Yani evet bu sabaha kadar bu durumdan çok memnundum ama şu an hayır. Direk hedefe kilitlendim, o çocuk benim olmalı. Zaten İstanbul'da yaşıyor, yani yaz aşkı, burada yattık kalktık muhabbeti de olmaz. Ya olmasın zaten öyle bir şey, şu zamana kadar yapamadım, her beraber uyuduğum adam en az bir sene yanımda kaldı, sonra terk ettiler ama ilişkim olsun istiyorum ben. Biriyle bütünleşmek benim derdim, o yüzden bu kadar çok canım yanıyor ya. Ben hemen ilişki kafasına bürünüyorum, direk Türk kızı kafası yani... Her yere beraber gitmeliyiz, her şeyi beraber yapmalıyız, insanlar birimizden bahsederken diğerini unutmamalı vs vs. Bu da var ya şu yüzyılda en zor şey yemin ederim.

Neyse işte akşam için bir güzel hazırlandım, içim de kıpır kıpır böyle, gittim servisi beklemeye başladım. Geldi servis, arkadaşları tarafından satışa uğramış yalnız ve ürkek bir genç kız edasıyla bindim. Valizimi atan adamla sevgili de servisteydi, aman eksik kalmayın kültürel faaliyetlerden. Onca gündür gitme, tam benim gideceğim zaman git; arkada bağıra bağıra konuşma seslerini duydukça cinnet geçiriyorum olduğum yerde. Bir de ön koltukta oturan çekirgeye benzeyen bir geri zekâlı sürtük var ona da uyuz oldum. Yalnız başına gelmiş, benimkinin pansiyonunda kalıyormuş. Dönüp dönüp bir şeyler diyor çocuğa. Paso "ayy yalnız geldim ben de buralara ihihih" diyip duruyor. "Mal karı ya yesin kurtlar da gör gününü, yalnız gelmiş. Bana mı geldin salak" diye saydırıyorum içimden.

Mır mır mır küfrede küfrede geldik çıkacağımız yere. Allah kahretsin işte orada beni, çocuk uzun boylu diye dolgu topuk sandalet giymiştim. Bir Allah'ın kulu da beni uyarmadı dağa çıkacaksın diye. Ne bileyim, aşk gözümü öylesine kör etmiş ki gideceğim yerin dağın tepesi olduğunu bile unutmuşum. Daha 100 metre olmadan sıtma krizi gibi soluklanmaya başladım zaten, ayaklarım burkulup duruyor. Ulan neden o ateşi az aşağıya yapmazsınız ki, doğalgaz boru hattını şuracığa döşeyin işte. Ya da yürüyen merdiven yapar insan şuraya, diye taşların üzerinde sürünüyorum. Bir de kayıyor taşlar vırck vırck, düşsem gitsem ayılar yer valla. Tam hayatımın aşkını bulmuşken sen şu işe bak.

Öyle bir terliyorum ki 55 kilo ter attım, bir Hansel olsam dönüş yolumu terlerimi izleyerek bulabilirim. Ben kendimle bu kadar ilgilenirken çocuğa bir baktım önde o Çekirge kızla rahat rahat muhabbet ede ede gidiyorlar. Arada bir dönüp "PuCCa iyi misin?" dese de benimle alakası yok. Yorulmamışlar bile gayet referandum sonuçlarının ne olacağını tartışarak güle oynaşa devam ediyorlar yollarına. Dedim ben PuCCa isem şu yolu boşuna tırmanmam. Fenerimin ışığını kapatıp attım ormana. Sonra çocuğa seslendim, "fenerimi kaybettim" diye. Geldi bu Çekirge'yle yanıma, kıza dedim, "sen git önden, biz geliriz şimdi en azından önde ışık olsun, versene şuna fenerini" diyerek, çocuğun elinden aldım bir hışımla feneri, kızın ellerine sıkıştırıp yolladım onu. İkimiz fenersiziz, tek tük insan geçiyor, ıssız bir dağ başı romantiklik diz boyu, uuu beybi bendeki hareketlenme deprem oldurtacak nitelikte. Kız bizi beklemek için ne zaman dursa ben de duruyorum. Duruyorum ki gitsin o, bir kurtulalım ondan, bela oldu ya manyak! Sonunda başardım kız gözden kaybolunca, bizden sonra gelenlerin peşine takılıp çıktık yukarı, Çekirge'yi önde gördüğüm an hemen bunun koluna giriyorum "ayyy biraz duralım mı" diyorum.

Öyle böyle derken çıktık tepeye, kültür mültür okey, tamam her şey güzel de vallahi çocuk olmasa bin küfür ederdim o çektiğim eziyete. Ben de bekliyorum dağın ortasından lavlar fışkırıyor, yani o kadar yolu terleye terleye iki kibrit alevi için mi çektim? Orada çocuk her gördüğü taşa "aaaaa harika mükemmel bu ne mucize" diye hayranlık duydu, ben ise "ahh bebeğim ahh sen dağa taşa hayran, ben sana offf offf" diye içlendim... Aşağıya inerken biraz daha romantik geçti yolculuğumuz, Çekirge'yi orada kaybettiğimiz için diğer arkadaşlarıyla da ben tek kelime konuşmayıp buna kilitlendiğim için yalnız kaldık. Fenersiz bir şekilde milletin fenerlerinin ışığıyla kol kola indik aşağıya... Ben arada bir kayıp "aauuww" diye çığlık atarak romantikliğimizi bozsam da çok güzel bir yolculuk oldu. Serviste beraber oturduk, iyice ısındık birbirimize, ben inerken sordu, gece Öküz Bar'a gidelim mi diye. Orada görüşürüz o zaman dedim.

Odaya bir geldim, öyle bir terlemişim ki o kokuyu üstümden atmak için kırk kez kese yapmam lazım. Büyük ihtimalle o da camış gibi terlediği için kokumuzu almadık. Girdim banyoya bir güzel keselendim. Sonra çıktım, o yorgunlukla üzerimde havlu uyuyakalmışım. Bir uyandım güneş açmıştı. Allah beni kahretsin. Hayallerimin beyaz atlı prensini ayı gibi yatacağım diye kaçırdım!!!

Memelerimle Bir Yere Gelmek İstiyorum

Sabah kalkar kalkmaz, direk kızları uyandırdım, "Ya siz neden beni uyandırmadınız, çocuk barda beni bekliyordu, çekirge surat kesin onu kapmıştır. Niye böyle yapıyorsunuz" diyerek anlamsız bakışları altında ağlamaklı bir şekilde isyan ettim. Hayır, zaten şurada kaç günüm kaldı, çocuğu tavlamam gerekli, ben de bu zamanı uyuyarak geçirdim. Uyuduğum için gözkapaklarımı bile kesip atabilirim şu an o derece sinirliyim.

Çekirge suratlı yelloz, bende sana yaz aşkımı kaptıracak göz var mı ha, diyerek, "kalkın bikinilerinizi giyin kızlar denize gidiyoruz" dedim. Bir güzel kirpiklerimi boyadım, saçımı başımı yapıp çıktım. Kızlar "salak mısın gözün pavyon şarkıcısı gibi olmuş suya girince Crow'un başrol oyuncusu gibi olacaksın" deyince, "Bilim adamlarının icat ettiği en akıllıca şey, suda akmayan rimeldir hatunlar. Kirpiklerim zaten sapsarı kızım iyi böyle" diyerek lahana bebek gibi çıktım yola... Dün, sabahları denize gittiğini söylemiştim. Zaten 35 metre bir plaj var, kumun üzerinde fok balığı gibi yayılıyorlardır büyük ihtimalle diye bastım gazı kendime.

Önce baştan sona kadar plajı gezdim dolandım, baktım çocuk yok, en görünebilir yere havluları serip bekledim. Kızlar yüzmeye gitti, bense malak gibi orada yattım. İzmirlilerin yüz karasıyım resmen, tatillerde sadece cüzdan bakmaya yarayan aparattan öteye gidemiyorum arkadaşlar arasında o yüzden. Kurdun kuzuyu beklemesi gibi sinsi sinsi yerimde dururken, çocuk ve yanında arkadaşı geldiler. Ohh çok şükür ki çekirge suratlı karıyla gece bir şey olmamış. Yoksa yan yana olurlardı, yani umarım öyledir. Bu görünce bizi, yanımıza geldi hemen. "Gece bekledim ya seni, pansiyonunuza geldim hatta ama göremedim" dedi. Ben de emekli amcalar gibi uyumuşum dememdim de, biraz cool durayım, hani buraya da geldik ama senin yüzünden değil gibi dursun diye "Aa evet, senle görüşürüz demiştim di mi gece? Özür dilerim tamamen çıktı aklımdan biz gece sahile indik" dedim. Bütün asaletimle döndüm sonra. Ardından da iki gündür sadece ter atıyorum, göbeğim dümdüz olmuş, onun özgüveniyle ayağa kalkıp salınayım dedim. Ayağa kalktım, havlumu bir daha serdim düzeltme maksatlı, sonra denize doğru kıvırta kıvırta kızlara seslenmeye gittim. Kızlar geldi, hep beraber otururken, her kalabalık grupta olan şey oldu ve bir fotoğraf çekilelim muhabbetine girildi. İşte o an bende şimşekler çaktı. Ananı sikecem senin Erik efendi, bu çocukla foto çektirip profilime koyacağım. Hem zayıflamış, dirileşmiş su gibi fiziğimi görüp kahrolacaksın, hem de hemen birini bulmuş diye dertleneceksin diyerek, çocuğu tuttuğum gibi kolundan, hemen poz verdim. Kızıl'a da verdim telefonu, "çek çek çek bizi hadi 3-5 çek" diye sağlı sollu Survivor'da süzülen Ebru Destan gibi attırdım kendimi. Sonra fotolarıma bakmak için, telefonumu elime aldım, hah işte ben o sırada öldüm. Allah'ın neden popoyu arkamıza yaptığını da anladım! İyi ki arkamdaymış her gün o garip şeye bakmaya nasıl dayanırdı yüreciğim? Üstelik kızların "ayy tığ gibiseean" naraları da düpedüz yalanmış. Hâlâ Arap sabunundan yapılmış Rönesans devri heykelleri gibiyim. Az önceki özgüvenden zerre kalmadı bende. Hâlâ şişmanım lan ben, bu nasıl olur, depresyondan aç dolaşıyordum yahu... Şişman olsam iyi bıngıl bıngılım... Bu kez kıçımı tuta tuta geçtim oturdum yerime, altıma serdiğim havluyu da bir güzel örttüm battaniye gibi bacaklarıma, n'apayım yani milleti kadınlardan soğutmanın alemi yok şimdi. Yazık günah, insan ırkının devamı için bunu yapmak zorundaydım.

Ben öyle, her yanım kapalı dolanırken o orospu çekirge suratlı karı geldi, dememe gerek yok sanırım, fiziği çok güzeldi. Allah'ım neden böyle yapıyorsun, hep rakiplerime veriyorsun uzun bacağı, bana dayıyorsun koca götü. Sek sek sekerek oturdu yanımıza, gene başladı "ayy ben yalnız geldim" geyiklerine, sonra da denize giriyorum dedi ve kıçının arasına girmiş bikiniyi gözümüze soka soka gitti. 5 dakika sonra benimkinin de arkasından gittiğini tahmin etmişsindir. Bir defa boğulma numarası işe yaradı, bu kez ıı ıh tutmaz diyerek kaderime razı oldum. Bebelerin oynadığı kıyıya gidip orada onlara baka baka kaderime isyan ettim. Böyle nasıl mutsuzum, bizim kızlar da diğer tarafta yüzüyor, neredeyse bütün insanlık orada yüzüyor hatta. Ben sadece kendi kendime yalnızları oynuyorum. Belki diyorum işe yarar mutsuz durayım, bu görür yanıma gelir neyin var der. Yok, benimki Çekirge'yle zıp zıp zıplıyor suyun içinde.

Sonra o geri zekâlı çift geldi, havaalanında valizimi fırlatanlar. Onlar yan tarafımdan girdiler suya, yine yanımda mıç mıç olunca beni daha da deli ettiler. Zaten yaralıyım bir de

bunların sevişmelerini izliyorum peheyy derken bir şey oldu. Bir anda herkes bana bakıyor gibi geldi. Halla halla dönüyorum, yan tarafta sabahın köründe deli sikmiş gibi bira içen çocuklarla göz göze geliyorum, diğer tarafa dönüyorum başka çocuklarla... Dedim ne oluyor lan, acaba telefondaki görüntü mü kötü gösteriyordu. Baksana hiç bu kadar bakışı aynı anda üzerimde hissetmemiştim. Bir kendine güven geldi bana. O gazla kendimi daha da göstermek için ayağa kalktım. Sonra Serpil Çakmaklı gibi yayılarak suyun oraya bildiğin yattım. Sadece bacaklarımı sokup oturdum kenarına. Allaahh beni bir görmen lazım orada, afram tafram saçlarımı attırıyorum, gözler bayık bayık. Seksi seksi figürler bacaklarımla suyu fırlatmacalar. Ben öyle kendimden geçerken bir baktım, benimki çıktı diğer taraftan bana doğru yaklaşıyor.
O yaklaştıkça ben gülümsüyorum, bir yandan da Çekirge'ye bakıyorum "nassı kodum sana ama" diyerek. Sonra bir anda omzumu biri dürttü, bismillah ne oluyor dedim ki, o valizimi atan hayvan, bana bir şey anlatmaya çalışıyor. "Ne diyosun beee" diye çekiştirdim kolumu, yavşağa bak diye de sinirleniyordum ki "göğsün fırlamış göğsün" deyince kaynar su başımdan aşağıya döküldü. Apar topar elimle düzelttim. Bir memem çıkmış dışarı bikiniden resmen, diğer olduğu yerde. Göğsün fırlamış ne ya, göğsün açılmış falan desene Allah'ım Yarab'bim bir de sen neden diyorsun mal herif, sevgilin söylese ya. Bu ne terbiyesizlik, bi de mememe bakmış. Daha doğrusu herkes, ya evet turistlerinki paso açık ama bir tanesi değildir eminim. Off rezil oldum, oysa daha üçüncü aşamaydı çocuğun memelerimi görme seviyesi, yüzde ellisini gördü şimdi. Gittim şezlonga geçtim, havluyu iyice sardım oturdum yerime.

Yanımdaki şezlonga oturdu, muhabbet etmeye başladık. O sırada bir şeyi fark ettim, bu çocuğun muhabbeti hiç çekilir cinsten değil. Yarım saat boyunca işinden bahsetti durdu. Bilgisayar programcısıymış öyle bir anlatıyor ki ama zannedersin Bill Gates herif. Sürekli bir övüyor işini, bir an beni yanlış mı anladı, işe alacağımı falan mı düşündü dedim. Utanmasa cv'sini getirip önüme serecek. Araya girmeye çalışıyorum, ıı ıh adam dinlemiyor bile beni, transa geçmiş bir şekilde kendisinin şirketlerindeki en iyi eleman olduğunu bana kanıtlamaya çalışıyor. Bu çocuğun kesinlikle bir özgüven sorunu olmalı, oturup saatlerce yaptığı işi öven adamın zannetmiyorum ki harika bir hayatı olsun. Ya asosyal, yıllık izni alınca ilk geldiği yer burası ya da pipisi için mikroskop gerek. Şöyle çaktırmadan baktım, valla şort mayosunun oradan bakınca gayet fil hortumu gibi duruyor. Acaba işlevi mi yok, belki de musluk çabuk açılıyordur. Ya da ön sevişmeden bihaberdir, off ben ne iğrenç kızım yahu, adam orada alt tarafı işinden bahsediyor ben de oturmuşum yatakta nasıldır bu herif diye düşünüyorum. Temennim iyi olması yönünde, gerçi bana ne fark eder ki ne olursa olsun orgazm olamadığım için sonu hep hüsran. Şu beline vurmayanın diline vurur olayı var ya, hah tam benim için söylenmiş. Mesela Kızıl, çatır çatır sevişiyor neredeyse gün aşırı ama kızla muhabbet et, seksten bihaber gibi davranıyor. Öpüşmek de yanında, ihih mihihi, böyle bir tavırlar, bir afra bir tafra. Ben sevişemiyorum, seviştiğimden zaten bir şey anlamıyorum ama iş konuşmaya makaraya gelince bla bla bla hiç susmuyorum. Susmak demişken sussa da adam bir araya girsem, akşam ne yapacağımızdan bahsetsem çocuğa... Hâlâ bana anlamadığım bir şekilde dünyada ilk kez yapılan projesinin ona getirdiği artıları anlatıyor. Çok da sikimde, bana mı yaptın o projeyi, yalnız öyle bir tavrım var ki, sırf çocuk elden gitmesin diye, iş ve işçi bulma kurumundanmışım da çocuğa kariyer planı yapacakmışım gibi ilgiyle dinliyor modunda görünüyorum. Bahsettiklerini duymuyorum bile, umarım ilişkimizin ilerleyen zamanlarında çenesinin yayının gevşeme sorununa bir yol bulabilirim. Keza bu hiç hoşuma gitmedi…

Derken bizim Çekirge geldi benimkinin yan tarafına oturdu, saçlarını kurulayarak vücudunun ıslak bölümlerini iyice sildi. Ayak bileklerinden başlayıp, göğüs uçlarına kadar havluyu bir güzel gezdirdi, havluyla bildiğin ön sevişmesini yaptı, o sırada bir anda fark ettim, kızı inceleyen tek ben değildim, benim çocuk da saatlerdir bana anlattığı şeylerden kızın götüne başına bakmak için ara vermiş. Film arasındaki reklam kuşağı gibi oturmuşuz onu izliyoruz oh ne âlâ memleket. Ben de yanında karıyım diye kışın ortasında Alaska'da kalmış gibi havlulara sarılmışım. Sonra bizimki yemin ederim götünü bana doğru çevirip kıza direk dönüş yaptı.

Kıskançlık o kadar pis, o kadar lanet bir duygu ki bana ait olmayan adamı, sadece iki gündür tanıdığım bir kız için delik deşik edebilirdim. O benim malım, onu ilk ben gördüm diyerek kızın o uzun bacaklarını koparmak istedim. Oyuncağı kendinden güçlü biri tarafından elinden alınmış küçük bir kız çocuğu gibi hissettim kendimi. Oturup ağlayacaktım vallahi, o derece koydu o adamın götünü bana dönüp kıza kafayı çevirmesi. Hayat ne kadar acımasız, hani iç güzellik mavrası, hani önemli olan ruh zamazingosu??? Bu söylemler sanırım sadece kışın geçerli oluyor, şimdi ben nasıl ruhumun derinliklerinde yatan saf kediciği bu çocuğa göstereceğim ki? Gerçi ruhum ne kadar güzel, orası tartışılır ya neyse. Ya da zekâyla ilgili şeyleri burada nasıl kullanabilirim, oturup havuzun kaç saatte dolup, üç musluk alta eklersek nasıl boşalacağını mı anlatayım? Anlatsam da anlamaz ki, atı alan Üsküdar'ı geçti valla. Bizimki o çekirge suratlı lanet aşüfteyle muhabbeti koyulaştırdı. Güneydoğu okullarına kitap gönderelim kampanyası bile yapsam şu anda zannetmiyorum ki ilgi alaka benim üstümde olsun. Şu an ilgilendiği tek şey, kızın saçlarından akan su damlacıklarının memesine doğru süzülüşü.

O da bilerek mi yapıyor nedir anacım, karı giyinikken manikürcü Mualla abla, soyunukken Victoria's Secret mankeni mübarek. Deminden beri bana anlattığı işyeri başarı öyküsünü sar baştan yapıp kıza anlatmaya başladı, kız da bir dinleyip yorum yapıyor ki sürtük! Acaba buradan mı kaybediyorum, olay ilgimi çekmiyorsa muhabbete katılmıyorum adamla, kıza bak ama nasıl bıcır bıcır konuşuyor, her konuştuğunda benim kıskançlık damarım pıtpıtpıt atıyor. Çocuğun göt çatalındaki kıvırcık kılları izlemektense bari başka cıfırlara bakayım diyerek çevirdim kafayı. Sonra bizim kızlar geldi yanıma, onlarla böyle kakara kikiri muhabbete girdik. Çocuk nerede bol kız var durumuna girmiş olacak ki bu kez götü kıza dönüp bizle muhabbete başladı. Ben de zafer kazanmışım edasıyla "nasıl kodum ama ahah" bakışlarımı atıp, çocuk ne dese bu kez gülümseyip onay vermeye başladım. Sonra beynime ya güneş geçti ya da bebenin anlattıkları artık bende amcıklanma yarattı, eve gitmek için koyuldum yola. Akşam bari bir şeyler yapalım diye sözleşip kızlarla beraber geri döndük kendi muhitimize... Bu gece ne yapıp ne edip o çocuğu Çekirge'den uzak tutmam gerekli. Allah'ım sen bana yardım et, ya beni iki saat içinde beş kilo zayıflat ama şekilli olsun pilis, ya da bir şeytan tüyü ekle orama burama...

Bazen, Ne Yaparsan Yap Olmuyor Bazen...

Bu akşam benim için çok önemli, artık zaman daralıyor, iki üç gün sonra gideceğiz ama ben hâlâ bir arpa boyu yol almadım. O çekirge suratlı karı alacak çocuğu murdar edecek, ben de böyle arkalarından bakakalacağım... Akşama doğru hazırlanmaya başladık, giyecek tek bir kıyafet bulamıyorum. O lanet olası valizin içine sadece çul çaput doldurmuşum gibi geliyor. Bir de böyle bir odanın içerisinde kızlarla giyinme muhabbetini hiç sevmiyorum. Bir tane şortum var, o şortu yatağa yatıp fok gibi kıvranarak giyebiliyorum ancak, evet yani dar geliyor n'apayım ama oluyor neticede. Hah şimdi onu böyle giyeyim desem, kızlar başlayacak "bence olmadı, patlatacaksın, 34 beden şortun içine o götün sığmaz" diye benim moralimi bozacaklar. Bir de şu makyaj malzemesi olayı var, taksidiyle bile bir Rus kızı kiralayabileceğim fondötenimi hunharca "ayy ne güzelmiş bi süreyim" diye alıp cort cort yüzlerine sıvadıkları zaman içim gidiyor resmen. Ben onu gıdım gıdım 17 sene kullanmayı düşünürken, yarısını avucuna boşaltıyor hatun. Parfüm olayına hiç girmek istemiyorum, herkes aynı tornadan çıkmış gibi kokuyor odadan çıkarken.

Bara geldik, böyle içiyoruz falan, çocuk gelirse neler konuşacağımdan bahsediyorum. Bir yandan da iki dakikada bir parlatıcımı tazeliyorum. O da nasıl iğrenç bir şeydir, durup durup saçım yapışıyor, saçım yapışmazsa o küçük sinekler yapışıyor. Ama hâlâ inatla sürüyorum o cıvık münasebetsiz maddeyi. Benimki geldi içeriye arkadaşlarıyla, kaşı, gözü, dudakları, duruşu, omuzları, bacakları Allah'ım ne güzel yaratmışsın sen bu çocuğu. O kadar vakit harcamış ki onu yaratırken, biz yamuk yumuk olmuşuz diye düşünüyorum. Geldi yanımıza böyle, işte konuşurken eli belimde, benim elim onun omzunda bir şekilde başladık muhabbete... Bak bak bak bendeki seksi hamlelere bak sen, o her konuştuğunda dudaklarına bakıyorum, ben konuşurken ise gözlerine... Böyle bir süre çocuğu kumpasa aldım derken gene geldi o çekirge suratlı. Tamam orası göt kadar yer zaten, gidilecek iki tane mekân var biliyorum ama neden diğer tarafa gitmiyorsun da yanımıza geliyorsun? Bacakları da nasıl güzel ya hatunun, içimden böyle geçiyor ama yanımdaki kızlara dönüp dönüp "Çirkinlikten yıkılacak ya, sürtük gibi bir şey bence. İnsan neden tatile yalnız gelir, aranıyor kesin. Bacakları da bi boka benzese çırpı" diye söyleniyorum. Söyleniyorum ki bana hak versinler en azından içim rahat etsin. Ama etmiyor işte, gözüme gözüme sokuyor o bacakları, hayır yani çocuk sikmezse ben sikecem o derece bakıyorum her zerresine salağın.

Neyse ki bu kez götünü dönmedi bebe bana, gayet yanımda durdu bizim kız da kedinin balık kasası önünde dolanması gibi dolandı durdu baya etrafımızda. Biz bu arada baya samimiyiz saçlarımı tutuyor, bir şey söylerken kulağıma iyice yanaşıyor bir de sonrasını düşün der gibi gülüyor falan. Çekirge'yi hiç sallamıyor bile adam, kız da herhalde anladı durumu, çekti gitti yanımızdan. Ben yine zafer kazanmış duruşumla arkasından kadeh kaldırdım, "biz bu götü boşuna büyütmedik sevgili bağyan" diyerekten.

Bir on beş dakika sonra anladım ki çok büyük konuşmuşum, ben kimle dans ettiğimi bilmiyormuşum meğersem, abi nasıl bir sürtükse yüzü asık, sanki tuvalette 27 kişinin tecavüzüne uğramış gibi mahşun, böyle evlatlık alınmış da sokağa atılmış besleme gibi bir acı var suratında, geldi yanımıza. Çocuğun eli omzumda duruyor o sırada, benim olduğum yere doğru yaklaşıp adama "Yaa iki gündür beni rahatsız eden bir tip var, şimdi pansiyona yalnız gitmek istemiyorum, arkamdan gelecek büyük ihtimalle. Yalnız gelince buraya böyle oldu off. Yaa senden bir şey rica etsem benimle pansiyona kadar gelir misin telefonumu almam lazım da unutmuşum salak gibi" dedi. Resmen bunu dedi, ohaa ben bile bunu yapamazdım sanırım... Ablacığımm sen neymişsin böyle, "yalnız tatile geldim de" olayını baştan sona kadar iyice sömürdün valla. Yok takip ediliyormuş, yok yalnız gidemezmiş, yok telefonunu unutmuş. O telefonunu unuttuysa ne olayım, o kadar yolu ikisi yalnız yürüyecek, sonra odaya girecekler, sonra kız "tatile yalnız geldiğim için canım yarak istiyo" diyerek bizimkinin üstüne atlayacak, sonra bizimki zaten dünden hazır. Allah'ım sen aklıma mukayyet ol, ben bu kızı parçalarım vallahi... Bizim çocuk da, "aa tabii" dedi, çekti elini omzumdan.

PuCCa bir yol bul derken aklıma en mantıksız şey geldi, kıza dedim "ben gelirim seninle, zaten işim var" diye çektim kolundan, çocuğun tek kelime konuşmasına izin vermeden kızı çıkardım oradan. Orada ne işim var yahu hiç bilmiyorum, elin kızını pansiyona neden götürüyorum onu da bilmiyorum, tek bildiğim geri zekâlı oluşum. Yolda yürüyoruz kızla, tek kelime çıkmıyor tabii ikimizden, ne işin var dedi doğal olarak "bi işim var yaaa, sabahtan halledemedim" deyiverdim. Elalemin pansiyonunda nasıl bir iş uyduracağım aklıma gelmedi yani, sinsi sinsi işler peşindeymişim gibi davrandım. Hatun anladı ama sırf çocukla yalnız bırakmamak için kalkıp geldiğimi. Ayy n'apayım sinir oldum, orada o kadar adam varken sen tut benim kolumdaki herife sırnaş. Acaba kızla konuşsam mı, "Bak bacım, çok zor bir dönemden geçiyorum, evleneceğim adam beni terk etti, kaldım ortada çük gibi. Sonra depresyona girdim, şimdi tam hoşlanacağım birini bulmuşken yapma haa, sen istesen hemen başkasını bulursun hadi be" falan mı desem?

Oldu canım başka? "O çocuk bana ait olmalı başka çıkar yolu yok..." Çıkar yol falan derken kızı korkutayım mı lan, kimsecikler geçmiyor buradan. "Burada geçen sene kızın birini öyle bir öldürmüşler ki, ayy duyunca çok üzülmüştüm. Kız, sen kalk yalnız başına tatile gel, ayy sonun benzemesin aynen senin gibi böyle akşamları falan fink fink gez. Tatil yeri tabii gezecek yavrum n'apsın, neyse kızın geliş gidişlerini üç tane dallama takip ediyor. Sonra bir gün böyle kız giderken yolda bir atlıyorlar üstüne, kız çığlık çığlığa ama kimsecikler duymuyor. Nasıl duysunlar, yani Allah korusun tabii de şurada kesseler bizi kimsenin ruhu duymaz. Kızın önce cinsel organını daha kız kendindeyken kabak dolması oyar gibi oyuyorlar bıçakla. Üstüne kulaklarını kesiyorlar, burnunu falan. Her yerini doğrayıp, ormanın farklı yerlerine gömüyorlar. Ayyy ne kötü! Hâlâ da katilleri bulunamamış, ne biçim insanlar var di mi? Geçen ayda burada bir cinayet olmuştu kesin duymuşsundur yine böyle senin gibi yalnız gelmiş kız tatile…" diye başlayıp en az altı tane götümden uydurduğum hikâyeleri anlattım kıza. En son "yarın dönsem mi" diyordu. Geldik pansiyona biz bir güzel, ben o olmayan işimi halledeyim bahanesiyle bunu yemek bölümünde bekledim. On dakika geçti yok, yirmi dakika geçti yok, yarım saat geçti kız yok. Lan dedim acaba kız yalan söylemiyordu da cidden belalısı vardı, takip edip bizi atladı mı şimdi hatuna diye, görevliyle odasına gittik kızın. Allah'ın geri zekâlı mahluku uyuyakalmış. Beni tamamen unutmuş, içi geçmiş, dönemeyecekmiş benimle tekrar oraya. Ya madem uyuyacaktın gelip söylesene bana, bekliyorum yarım saattir. Kalktım gittim sinirli sinirli, hatuna bir tomar küfür ede ede… Pansiyondan bir çıktım, yola koyulmaya başladım ki aklıma Çekirge'ye anlattığım hikâyeler geldi. Kendi kıçımdan uydurduğum şeylere bir anda inandım. Nasıl korkuyorum, her yerden böcek sesleri geliyor, yol ıssız tek ışık yok. Aşağısı, yukarısı her taraf orman... Burada Atilla Taş olsam, götümü yırtsam hayatta duymazlar, bir de var ya kaybolduğumu taa sabah anlarlar. Bizim kızlar sarhoş olmuştur bile, beni aramazlar, nasılsa odaya gitmiştir derler. Bari ben arayayım onları da yolun yarısına kadar gelsinler, hem de sağda solda birileri varsa beni kesmek için bekleyen, duyarlar belki. Ya var ya Allah kahretsin, bildiğin korku filminin içindeyim abi, telefonumun şarjı yok. Bu bir komplo mu lan yoksa kız bilerek mi getirdi beni buraya? Ama yok, ben tamamen kendi mallığımdan geldim, off arkamda biri mi var acaba? Bir tane de araba geçmiyor ki otostop çekeyim, hah aferin PuCCa otostop çek, sonra arabadakiler katil ruhlu sapık çıksın, yoldan sapıp ormana gitsin, seni bir güzel kesip biçsin. Bari telefonla konuşuyor gibi yapayım da elleşmesinler bana, evet evet hatta polis bir arkadaşımla konuşuyor gibi yapayım. Hatta cinayet amirliğinden olsun bu kişi, cinayet amirliği diye bir şey mi var yahu, neyse yoksa bile önemli değil şu saatte.

Allah'ım arkadan sesler geliyor, aha şimdi sıçtın kızım, deli gibi kesecekler seni, inşallah bir kişidir ya, taş maş atarım kafasına. Ayak sesleri daha da yakından geliyor sanki, daha da yaklaşıyor. Arkamı dönsem mi acaba, ya peki bu sesler bir insana ait değilse? Ya arkamı döndüğüm an o beyaz gelinlikli hayaleti görürsem? Vardı ya hani bir hurafe, beyaz gelinlikli kadın otostop çekiyormuş sonra meğer ölüymüş. Pippa Baca örneği var bir de önümde, ona da nasıl üzülmüştüm ya, sen tut barış için gelinlik giy gez, barzonun biri tecavüz etsin, seni kessin. Hayır, bir de sonra "ne işi varmış" muhabbeti dönecek, sana tecavüz edip öldüreni suçlamak yerine, vayy efendim o saatte orada ne arıyormuş diye mavra çekecekler. Nasıl ikiyüzlü, nasıl iğrenç bir milletiz yahu, şu sevgilisi tarafından testereyle kesilip çöp konteynırına atılan kız vardı ya, Münevver Karabulut, hah onda bile neler neler söylediler, yok efendim kızın ne işi varmış da sevgilisinin evinde, tabii ki doğranırmış bilmem ne. Bunu söyleyen de zannedersin ki hiç manita evine gitmemiş. Lan hepimiz lisedeyken bir şekilde erkek arkadaşımızın odasını gördük, kim kimi ne diye kandırıyorsa, başımıza gelmediği zaman hemen ahlak bekçisi oluyoruz. Hemen yafta yapıştırılıyor, "kız zaten o yolun yolcusuymuş" diye noktayı koyuyorlar hanım ablalar. En kötüsü de bu sanırım, bu yakıştırmayı yapanların daha çok kadın oluşu; onların belirlediği sınırlar dışına çıkan herkes orospu ve başlarına gelen her şeyi hak etmişlerdir.

Ya o değil de sanırım ben de onlardan biri olacağım. Direk arkamdan diyecekler vallahi, "o saatte o yolda ne işi varmış, oh olmuş orospuya" diye. Kimseye anlatamam ki, "bi sürtük vardı, hoşlandığım çocuğu elimden almasın diye kalktım onla geldim, sonra beni oyuna getirdi" diye, zaten öbür dünyada faks makinesi olmadığı için iletemem de sadece mallığına doymasın diyecekler bana. Ya bu arada ses yaklaşıyor yavaş yavaş, çığlık falan mı atsam ne yapsam? Geleceğim yere de yakınlaştım koşayım ya da ya, zaten şurdan deparı bi attım mı ufuuuuuuuu on dakika içerisinde mekâna varırım, hiç arkana bakma PuCCa, bas kızım, ayak sesi yakınlaştı bir nefes hissediyorum arkada, bu kez sıçtın, hadi koş!

Bir koşmaya başladım Allah Allah, Elvan Abeylegesse kaçtı içime adeta, patır kütür nasıl koşuyorum, hayatımda bu kadar hızlı koşuyu en son lisedeyken yapmıştım. Foça'da yazlıktaydık, sevgilim de İzmir'de kalmıştı, karnesinde zayıf mı vardı ne vardı tam hatırlamıyorum. Çocuk o zamanlar, yaz aşkı bulurum ederim diye gece sokağa çıkmamı yasaklamıştı. Ben de sen de çıkmazsan falan demiştim, ama tabii ben fink fink geziyorum. Sonra bir gün bir aradı sizin evin oradayım in aşağıya sürprize geldim diye. Ayyy sahilden eve kadar bir koşuşum vardı ki, Road Runner'ım bildiğin, kapının oraya geldiğinde kusmuştum, bütün iç organlarım yer değiştirmişti sanki. İşte şimdi de o hızla koşuyordum, memelerim yerlerinden kopacak sanki, koşmak kadınlara özgü bir eylem kesinlikle değil, sapığa mahal vermeyeceğimi bilsem bicikleri iki elimle tutar öyle koşarım ama adam yanlış anlayabilir bu da istiyor diye saldırabilir. Ama o kadar rahatsız ediyorlar ki o memeler, sırf şu olay yüzünden otobüs kaçarken bile koşamıyorum, bütün cool'luğumla kalıyorum olduğum yerde. Ama şu anda sıçarım cool tavrına da uçuşan memelerime de, koşmazsam kesecekler lan beni diye mekânın önüne gelene kadar patır patır koştum da koştum. Sonra içeriye attım kendimi, nasıl nefes nefese kalmışım ciğerlerim ağzımdan çıkacak üç buçuk kilo teri durduğum an fışkırttım bütün gözeneklerimden. Gergedan doğuruyormuşçasına bir sesler çıkartıyorum Allah'ım sana geliyorum diyerek, bir taraftan da gözlerimle benimkini arıyorum, nefes borumun içini, tırtıklarını resmen hissediyorum, öyle acıyor ki nefesimi her içime çekişimde geriliyor bir anda.

Sonra böyle bulanıklıkta benim çocuğu gördüm, yanına almış iki tane turist kızı böyle can cana kan kana bir samimiyet içerisinde. Bana bunu yapmaaaaa diye Tanrı'ya isyan edecektim o anda. Daha bir tanesini yolladım, şimdi de bunlarla mı uğraşacağım, üstelik bu daha zor. Kendime gelmek için bizim kızların oraya gittim, onların da ağızlarına sıçtım çocuğu ne diye yabancı kaynakların eline bırakıp özelleştirilmesine izin veriyorsunuz diyerek. Tansiyonum ve kalp çarpıntım geçince benim bebenin yanına doğru sokuldum, suratıma en saf gülümsemeyi koyarak "ihih napıyorsunuz burada" dedim. Çocuk döndü bir bana baktı, bir de yan tarafındaki iki tane Fransız mı artık neyse ince kemikli hatunlara baktı... Sonra benimle birkaç kelime konuşup, o da ayıp olmasın diye, döndü kızlara doğru, o bokum gibi İngilizcesiyle hatunlarla yarım yamalak konuşmaya devam etti.

Bir süre düşündüm orada, ya benim ne işim var, adam istemiyor işte bu bariz belli! Daha nereye kadar uğraş vereceğim ki, hadi diğerini ekarte ettim ee bu, yarın başkası, ertesi gün başkası. Yani neden hâlâ uğraşıyorum ki adam istemiyor işte, bu kadar çok tek gecelik ilişki yaşayacağı hatun varken beni o kategoride bile görmüyor demek ki. Bu inat ve hırsım yüzünden zaten ne bok oluyorsa oluyor, yani ille göz koyduğum adam benim olmalı. Olmuyor işte PuCCa, bu kadar çaba, emek yazık günah yahu... Kendi kendime kızıp çektim gittim uyumak için pansiyona. Bir de tabii o koşturduğum yolun yorgunluğu vardı. Beni uyku paklar dedim, en iyi becerebildiğim şey zaten o diyerek...

Evrenin Kurallarını Tek Tek Senin Götüne Sokayım...

Çok sıkıntılı bir şekilde uyuduğum için sanırım kabus görüyordum rüyamda, dişlerimi öyle bir sıkmışım ki çenemin ağrısına uyandım. Çocukluğumda yaşadığım evdeydim yine, çıkacak kapı bulamıyordum bir türlü, çığlık atmaya çalışıyor ama atamıyordum. Saate baktım, 2 buçuğa geliyor, millet hâlâ eğlenmededir tabii bizim kızlar da gelmemiş. Acaba çıksam mı diye düşündüm, sonra aynaya bakınca vazgeçtim. Gözlerim öyle bir şişmiş ki alt tarafı iki saat uyudum bu şişkinlik niyeyse, şu gözlerim şişeceğine dudaklarım şişse ya... Kendime yiyecek bir şeyler almak için pansiyonun kantinimsi yemekhanesine çıkayım dedim, madem manita olaylarına giremiyoruz bari yemek yiyelim. Oraya gidip cips mips alıp, tv'nin önüne geçtim, millet dışarıda sarhoş olup birbirlerini okşayıp severken ben burada emekli öğretmenler gibiyim. Bir de yan tarafımda bir amca var, herif de ne diye buradaysa ona şikâyet ediyorum milleti. Yaşlanmışım gibi hissettim o an orada, artık hiçbir şeyden zevk bile almıyordum baksana. Bir de yandaki adamla konuşmaya çalışıyorum ama beni hiç sallamıyor bile, ya sağır ya da benden rahatsız oldu. Ama öylesine vurdumduymaz ve yalnızım ki, sanki her dediğime cevap veriyormuş gibi anlattıkça anlatıyorum herife bir şeyler. En son kuş gribinde bir sürü kuş öldürdüler diye böceklerin bayram ettiğini, kıyametin böcekler yüzünden geleceğini öyle mantıklı bir biçimde, detaylı örneklerle açıklıyordum ki amcaya, arkamdan bana seslenen kişiyi duymamışım bile.

Sesi duyunca inanamadım, bu o çocuktu, şu an arkamdaydı ve beni çağırıyordu. Bir dakika PuCCa, hemen heyecan yapma, belki arkadaşlarından birine az önce araba çarptı ve çocuk onu haber vermeye geldi sana, ya da biri telefonunu çaldı çocuğun, yakınındaki tek hırsız tipli keko sendin ondan geldi... Yani hemen umutlanma kızım derken ağzım kulaklarımda döndüm, "efeannndiimmm" diyerek. Türk filmlerindeki sahneler gibiydi, erkek kişi kızı sevdiğini en sonunda fark edip ona dönüyordu. Koltuktan fırlayıp, ona sarılmam lazımdı, "birbirimizi hiç bırakmayalım" diyerek koklaşmamız gerekliydi, alta da verdik mi "hayat bayram olsun" temalı bir müzik, al sana en kral 80 dönemi renkli komedi Türk filmi.

Tabii gerçek hayat filmlerdeki gibi değildi, bilmem bunu uzun uzun açıklamama gerek var mı? Çocuk zil zurna sarhoştu, büyük ihtimal Fransız kızları oradaki hippilerden birine kaptırdı, pipisini sokacak en yakındaki kişi bendim. Ama yine de kafası bu kadar iyiyken beni burada bulması bile filmlik bir durum olabilirdi diye iyi niyetli düşünmeye çalıştım. Hemen kalktım oradan çocuğu alarak bahçeye çıkarttım, bankların oraya oturttum, hemen odaya alamam ya oha artık o kadar da

hızlı hatun değilim. Aslında alsam mı ya, zaten sarhoş salak sabah hatırlamaz da. Ya da dur biraz daha içsin, o kadar içince kalkışa geçemez helikopteri. Sonra utanır, yarın daha iyisini yapmak için uğraşır… Evet evet, hemen içeriden bira alayım da çocuğa içsin içsin sızsın yanımda… Erkekler kızları mıncıklayayım diye içiriyor, biz de bizi mıncıklamasın diye heyy yavrum heyy… Gene başladı işinden gücünden bahsetmeye, başımı omzuna koydum ben de başka şeyler hayal ettim o bunlardan bahsederken. Çocuklarımızı düşündüm, isimleri ne olur dedim. Sonra bu adam işkolik bir şey mutlu olur muyum dedim. Boşanma davasını hangimiz açarız acaba dedim. Ben bunları düşünürken çocuğu dili ağzımın içinde dolanmaya başladı. Lan biz ne zaman öpüşmeye başladık derken koyverdim kendimi. Oda darmadağınık şimdi, içeriye gideceğiz acaba öncesinde ben gidip toplasam mı? Ya kızlar gelirse pat diye, olayın ortasında ne bok yerim?
Mesaj atayım, bari güneşi görsünler bugün bir şey olmaz.
Uu beybi elleri kolları tarantula gibi adamın, her yanımda dolaşıyor. Evet, evet biz en iyisi odaya gidelim, inşallah külodumu banyoda ortaya atmamışımdır. Prezervatifi var mıdır acaba? Sorulmaz ki de şimdi ama olması lazım. Ya dün gece ben uyurken buradaki bitli turistlerden biriyle olmuşsa, ya sonra AIDS olursam? Gerçi AIDS'liler acayip zayıflıyor ama yara bere içinde kalıyor her yanı, off salak mıyım neyim prezervatif kesin olmalı. Ama şimdi sormayayım odaya gidince sorarım, lakin soracak durum yok nefes alamıyorum çünkü suratını iyice gömdü kafama.

Tuttum kolundan odaya doğru götürdüm, az önceki amcaya da o kadar ahlak dersi verirken şimdi hoş olmadı tabii, neyse ki bir daha görmeyecek beni… Girdik, hemen apar topar yerdeki kıyafetleri kızlardan birinin yatağının üstüne attım. Çocuk oturdu diğer yatağa, gelsene diyerek elimden tutup beni fırlattı yanına... Böyle üç sene kız yüzü görmemiş gibi gömülünce bir ara boşluk bulup prezervatifi sordum. Var dedi, üzerimden kalktı, cüzdanını çıkartıp içine bakmaya başladı. O an böyle yatakta fahişe gibi beklemektense ben de bari kızlara mesaj atayım da gelmesinler dedim, telefonu şarjdan çıkartıp elime aldım ve o an evren denilen olayın varlığına inandım!

7 arama 1 mesaj yazıyordu. Aramalar İngiltere numarası, mesaj Erik'ten... "Uyuyorsun sanırım, haftaya geliyorum, çok özlüyorum seni" yazıyor. O an etraf karardı, her yer uğuldamaya başladı, mesajdaki kelimeler yer değiştiriyordu sürekli, anlamak için bir daha okuyordum. Nefes alamadığımı hissettim, az önce boynumu öpmeye çalışan adam kaybolmuştu sanki, yoktu, sadece ben vardım odada bir de yazdığı mesaj, geliyordu. Aradan kaç dakika geçti bilmiyorum telefonun sesiyle kendime yeniden geldim, elimde titreyince o uğuldamalar gitti, yerini telefonun melodisi aldı. O İngiltere numarası yanıp yanıp sönüyordu, yanımda birazdan sevişeceğim adam vardı ve beni öldüren adam arıyordu beni.

Açmamam lazımdı, onu süründürmem lazımdı, istediğim bu değil miydi, köpek gibi dönüyordu işte, bensiz yapamıyordu, o da anladı ve geri geliyordu, beni seviyordu, gidişi sadece bir buhrandı, bir sıkıntı anıydı, bir kaçıştı ama şimdi daha iyi anlamıştı, beni özlemişti. Açtım telefonu, ondan bir ses gelmesini bekledim, duydum: "Alo PuCCa, uyuyor muydun?" Lan tamam çok romantik, aşk dolu bir bulamaç içindeyim şu an ama uyuyor muydun ne yahu? Bilmem kaç kez aramışsın işte, açmadığıma göre gecenin bir yarısı, uyuyordum demek ki daha ne devam ettirirsin aramayı? Neyse, sonra bir şeyler saçmaladım çok kısa bir şekilde. "Haftaya geliyorum, ne olur bize zarar verecek bir şey yapma" dedi ve kapattı.

Kafamda sürekli "bize zarar verecek bir şey yapma" cümlesi çınladı durdu. Ya bu orospu çocuğu bir çip falan mı taktı üstüme, ben ne zaman birini bulacak olsam araması için? Bu ne şimdi, bu ne yani, kalkıp gidiyorsun, en olmadık zamanda beni terk ediyorsun. Üstelik Amasya'ya Bursa'ya falan da değil, sırf arkasından gelmeyeyim diye tee İngiltere'ye gitmemişse ne olayım. Sonra canın sıkılıyor dönüyorsun. Sen kimsin de benle dalga geçiyorsun, kimin bokusun? Sen nesin yani, ne bu hareketler? Bir sinir oldum, yanımda kimle telefonda konuştuğumu anlamaya çalışan ve suratıma aval aval bakan, kotunun üst düğmeleri açık adama doğru yöneldim. Öpmeye başladım onu, o kadar sinirli ve hırsla öpüyordum ki sanırım canını acıtmışım çekti kafasını. Sonra yatağa doğru yatırmaya çalıştı, yumuşak hareketlerle, yanaklarımı boynumu öpmeye başladı... O öptükçe Erik'ten uzaklaşıyordum, bana yaptıklarının intikamını alıyordum sanki. O albümüne koyduğu kız aklıma geliyordu, o fotodaki kız kimdi? Onla sevişmişler miydi, aynen bu çocuğun beni öptüğü gibi onu öpmüş müydü? Onu tavlamak için çaba sarf etmiş miydi? Ben acı çekerken, ölüyorum derken, nefes alamazken o orada o ecnebi orospuyla birlikteydi belki. Çocuğun altından kalktım, üstüne doğru çıktım, üzerimdeki tişörtü çıkarttım, çocuğun pantolonunu çıkartmak için aşağıya doğru eğildim. Off bu da salak mı ne? Bu yaz günü kot giymiş, pişik olacaksın Allah'ın malı, üşendim pantolunu çıkarmaya boynunu öpmeye başladım... Ya bu nasıl bir güven, yani canı istediği zaman kalkıp dönebileceği biri miyim ben, demek ki hep böyle olacak, ne zaman zoru görse bu çocuk kaçacak. Allah kahretsin seni Erik, nefret ediyorum senden, neden bana bunları yapıyorsun? Tam unutuyordum seni, tam silmiştim, tam bitti artık n'apalım demiştim. Şimdi neden dönüyorsun, Allah belanı versin senin... Derken o gazla sanırım çocuğun boynunu ısırdım, çığlık attı, beni savurdu üstünden. Zaten sinirliyim bir de 14'lük kız gibi bunun çığlığını duyunca daha da sinirlendim.

"Ne bağırıyorsun be, yat adam gibi şuraya" diye dayılanınca kendime geldim. Lan n'apıyorum ben, adamın birine resmen Erik'in sinirini çıkartarak tecavüz ediyorum. Tövbe Allah'ım yaa, manyak mıyım neyim, neden böyle oluyor ya, diye iki saniye önce bağırdığım çocuğa sarılarak ağlamaya başladım.

Büyük ihtimalle manik depresif olduğumu düşündü o an, bir süre ağlamaya devam ettim, o da sanırım bu odadan nasıl kurtulurum diye düşünüyordu... Sonra bahçeye çıktık, banklardan birine oturduk, kafamı omzuna koydum, oturdum Erik'le baştan sona kadar bütün hikâyemizi anlattım. Bana akıl verdi, kendi aşk hayatından örnekler sundu, kendini onun yerine koyup kafamdaki soruları cevapladı. Çok sarhoştu ama baya açıldı, beni de açtı. "Seni seviyor ki geri dönmüş, bazı şeylere doymadığını düşünen bir insanın evliliği sırtlaması çok zordur. Belki o da bunu fark etti, belki istediği sadece sendin, aileler araya girince korktu. Bak sen bile annesinden nefret ediyorsun, bu bile arada kalacağı için korkmasına bir sebep değil mi? Ama şimdi pişman olmuş, olmuş ki dönüyor" dedi. Az önce sevişmeyi düşündüğüm, günlerdir tavlamak için takla attığım adam kankam oldu bir anda. Bilseydim böyle olacağını, Çekirge'yle yiyiştirirdim bunları, herkes mutsuz oldu bak şimdi benim yüzümden... Kız yarın dönüyormuş, bu da ertesi gün gidiyor, ben zaten terelelli. Kimse kimseye yar olmadı, aman bana ne milletten, ben şu an sadece Erik dönüyor kısmına adapte olmuş vaziyetteyim.

Sonuçta dönüyor, ne olursa olsun... Hayatın ikimize ne göstereceği hiç belli olmayacak bu saatten sonra. Belki de artık korkmaz evlilikten, belki de kim bilir ben onunla evlenmek istemem. Belki de annesinin kafasına bir göktaşı düşer ve iyi bir insan olur.

Huzuru Bulmak İçin Önce Tuvalete Gitmelisin

Olimpos'a Erik'in üzerimde bıraktığı ağır birikintiden kurtulmak için gelmiştim, şimdi de onun için paldır küldür geri dönüyorum. İçimde heyecan var, bir insanı affetmek ne kadar kolay bir şeymiş meğer benim için, yani evet hayatım boyunca durup durup bu yaptığı şeyi gözüne sokacağım ama şu an içim kıpır kıpır. Arkadaşlarımın hepsi şu an saçmaladığımı düşünüyor, aman ya onların düşüncesi de hiç umurumda değil vallahi, herifin koynuna girecek olan benim, onlar ne diye durumu bu kadar kafaya takıyorlarsa anlamadım gitti.

Yine bir tomar para vererek uçak biletimi aldım, bu kez fazla koymadı çünkü mutluluğa gidiyordum. Önce eve gidip eşyalarımı hazırlayacaktım, sonra ev arkadaşım denilen bıyıklı psikopatla konuşup evden ayrılacaktım, ardından Erik gelince o içine sıçıp bıraktığım eve dönecektim. Bu kez o evi benimseyecektim, belki de sorun buydu, ne bileyim o ev hiç bizim evimiz gibi gelmemişti. Erik'in eviydi ve ben orada yaşayan sevgilisiydim. Bu kez hem onu evliliğe alıştırmak hem de kendimi bir yere ait hissetmek için koltuk takımlarına kadar karışacaktım. Hayatımda hiç evim olmadı benim, ya babamın evi, ya annemin evi, ya sevgilimle ya ev arkadaşımla oldu. Hepsi de nasılsa buradan gideceğim hissi veriyordu. Kendimi ait hissetmiyordum oradaki hiçbir odaya. Erik'in evi de aynen öyleydi, hiçbir şeyine karışmıyordum o yüzden, orası ona aitti çünkü. Ama bu kez öyle davranmayacaktım, bu kez her şey bizim olacaktı. Ya o değil de Pekmez mevzusu biraz karışacak, aman inşallah uzun süre karşımıza çıkmaz o sümsük. Çocukla da işim bitti ya hemen sümsük oldu, off n'apalım yani sümsük işte.

Kafamda bir sürü planla bindim uçağa, tabii bu kadar şeyi aynı anda düşününce insan çişini yapmayı unutuyormuş. Kapıdan girip yerime oturduğum anda idrar torbam zonkladı ve bahtıma sıçayım, yine ortada oturuyorum. Bu kez bir yanımda çiko teyze, diğer yanımda entel ablayla beraber. Çiko teyzenin etlerini götümde hissediyorum, o derece. Ona baktıkça, "Allah'ım iştahımı açtın ama beni böyle yapma" diye dualar ediyorum. Bir taraftan da hadi kalksın da şu lanet çişimi yapayım diye bekliyorum. Kalkışa geçti sonunda ama benim torba da kalkışa geçti, o nasıl bir baskı, içimdeki vanayı zorluyorlar sanki, yahu ne içtim ben böyle tutamayacak seviyedeyim. Tuvalete gitmeye de biraz çekiniyorum açıkçası. Ya kimi kandırıyorum utanıyorum, hayatımda hiç uçakta işemedim ben, filmlerde görüyordum sadece o da seks kısmını... Şimdi buradan kalksam gitsem, bir defa herkes bana bakacak, bu çok çirkin bir durum. Bir de ya ben tam giderken hostes "otur oturduğun yere iki dakika tut" diye carlarsa n'aparım? Hepsinden öte bi sürü rivayet var bu tuvaletlerle ilgili; uçak düştüğü zaman tuvalette olan kesin ölüyormuş, hiç kurtuluş şansı yokmuş. Bir de kadının biri bir gün tuvalete girmiş, bir türlü kurtaramamışlar klozetten, altı delik ya, kadın oturunca kapamış tabii orayı, elektrikli süpürge gibi çekmiş götünü aşağıdan basınç. Sonra herkes gelmiş kadını çekmeye çalışmışlar yok, kurtaramamışlar, yapışmış oraya, kavanoz açar gibi kenarlarından fıslatarak çıkartabilmişler ancak. Ya bunları duyunca ister istemez korkuyor insan. Tabii bir de şey var, ya ben tam giderken biri uçağı kaçırmak isterse, sonra ben ayaktayım nasıl olsa deyip, beni rehin alırsa, sonra ilk beni öldürürse. Ayyy olmasın öyle bir şey, tam Erik'le barışacakken aman diyeyim... En güzeli sıkayım dişimi biraz daha, altıma işersem de belki çikonun üstüne atabilirim, götü götüm sayıldı zaten, terlerimiz bile ortak damlacıklarla akıyor...

Hayatımın en utanç verici anısı buz mavisi kot yüzünden başıma gelmişti bir kez, o geldi bak şimdi aklıma... Ergenliğimin başlangıç devresindeyim; memelerim kayısı kıvamında sporcu sutyeni takıyorum, bacaklarımdaki sarı sarı tüycüklerin gitmesi gerektiğini yeni yeni kavramışım. Saçlarım Bendeniz modeli... O zaman da böyle genç kızlığın simgesi acayip moda olan boru paça buz mavisi Loft kotlar var. İlk kotumu almışım böyle, bayramlığım gibi yatağımın kenarına falan koyuyorum. Onu giyip giyip evde fotoğraf çektiriyorum. Komşu oğlana da aşkımdan ölecek durumdayım, yazlıktan dönecek, onu balkonda bekliyorum kotumla beraber.

Sabahın köründe geldiler bunlar, arabadan eşyalarını çıkartıyorlar. Yanık teni, siyah metalci tişörtü, saçlar hafif uzamış önüne doğru düşüyor, bir yandan onları arkaya attırıyor, diğer taraftan gitarını omzuna geçiriyor. İşte bu, benim küçük Monçiçiler gibi sevimli aşkım bu! Hemen kendimi ve buz mavisi kotumu çocuğa göstermek için koştur koştur ekmek alma bahanesiyle indim aşağıya. Benim havaları bir gör, o nasıl afra nasıl tafra; zannedersin üzerime Dolce Gabbana'nın kıyafetlerinden birini giymişim. Asansörden indim, bunlar bekliyor elinde eşyalarla. Göz göze geldik böyle, onun gözlerinin benim şahane kotuma inmesini bekledim, inmedi. Onun yerine beni iterek "Çekil de şuradan geçelim be! Seni mi bekleyeceğiz saatlerce" dedi. O öyle hırçın ve serseriydi, sevgisini hiçbir zaman gösteremezdi, o yüzden bu haşin tavrına ses çıkarmadım. Onun kalbinin bir pamuk şeker kadar tatlı ve pembe olduğuna inanıyordum. O zamanların tabiriyle tam bir metalciydi. Çaldığı müziklerden bütün apartman şikâyet ediyordu, benim de başımı ağrıtıyordu ama hep bana bir mesaj vermeye çalıştığını zannediyordum. O aşağıdan Korn çalarken, ben ona Çelik'ten "Kim Daha Çok Seviyor" adlı parçayı gönderiyordum, Emel Sayın üzerine radyodan çektiğimiz şarkı kasetinden son ses açarak. Aramızda bir şey olduğuna o kadar emindim ki, o yüzden bana yavrusunu kaybeden ayı gibi carlamasına ses çıkarmadım. Bir baktım annesi elinde bir sürü valizle içeri girmeye çalışıyor, hoop hemen o yaşta olmama rağmen gelin genlerim devreye girdi. Ağzımı gevşete gevşete "Nermiiinn teyzaaa yardım edeyim" diyerek kaptım elinden valizlerden birini. Benim çocuk da asansörün kapısını açık bırakmış bekliyor, içeri girerken kolu koluma bir değdi... "Allaaahhhhımm sana geliyorum" diye içten içe nasıl çığlıklar atıyorum. O kolumu bir daha hiç yıkamamayı düşünüyorum, o sürtünmeden dolayı böyle karnımın içindeki kurtların nasıl dans ettiğini bile hissediyorum...

Bu kadar samimi olmuşken aman bırakmayayım dedim. En dibe geçtim, bunlar da sıkıştırdılar önüme bir ton valizi, bindiler ana oğul. Ben göklerdeyim; en büyük aşkımla, "canısımla" aynı asansördeyim, böyle kesip duruyorum sağdan sağdan onu, on sene sonra doğacak çocuklarımızın hayallerini kurarken drankkk diye asansör durdu. Kaldık içeride, hem de duvar tarafına denk geldik. Bizim asansör de o yıllarda her gün üç kez içinde insanları bırakmazsa rahat etmezdi. Önce böyle bir sevindim "Hobereyyy daha yakınlaşacağız" diye, sonra yavaş yavaş bunalmaya başladım. Asansör çok sıkışık, beni valizler sıkıyor, çocuk sürekli ergenliğin verdiği çılgınlıkla küfürler saçıp duvara tekme atıyor. Bir on dakika falan geçti bayılacağım ama dayanamadım çocuğa bağırdım, "kes artık ya, bir sussan indirecekler bizi " diye. Döndü bana doğru, yemin ederim gözlerinin içindeki alevleri gördüm. Bir höykürmeye başladı, "Geri zekâlı, sen zaten neden bindin bizimle! Senin yüzünden kaldık, yer mi vardı sanki seni bir gömerim buraya" diye. Pıstım kaldım, sesim soluğum kesildi. Annesi bir yandan çocuğu sakinleştirmeye çalışıyor, çocuk da minnacık alanda bana saldırmaya çalışıyor, aşağıdan yönetici Yunus Amca'nın vik vik sesi geliyor...

Ben artık dayanamadım; stresten, korkudan ve kotun karnımı sıkmasından, saldım kendimi. Şırıl şırıl çişimi yaptım orada. Bacaklarımın arasından sıcak sıcak akarken, gözyaşlarım da gözlerimden süzüldü. Sonra zaten uyuştum, annesinin "üzülme kızım" diye beni teselli etmesini, çocuğun ise acımasızca bana hâlâ bağırışlarını hatırlıyorum. Asansörü indirdiler aşağıya sonunda, bütün apartmanın önünde çıktım buz mavisi kotum ve paçalarından akan çişimle. Eve geldiğimde ölmek istedim, haftalarca babaannemlerde yaşadım. Sonra her ergen geri zekâlığı gibi bunu da unuttum. Hatta çocuk da unuttu. Ama yönetici Yunus Amca unutmadı, her apartman toplantısında bunu anlattı durdu pezevenk! Hâlâ ne zaman karşılaşsak o bakışları görüyorum, sidikli diye adım kaldı o apartmanda. Hayatımın bir kısmını Yunus Amca ölse de şu baskıdan kurtulsam diye geçirmiştim.

İşte şimdi de aynı durumdayım, Allah'ım işesem şuraya bir daha kimi nerede göreceğim yani, diye diye uçak indi sonunda. Ben o kapıdan nasıl çıktım, valizi malizi almadan tuvalete nasıl koşturdum hiç hatırlamıyorum bile. Hatırladığım sadece klozetin üzerinde dünyanın en mutlu insanıydım, çiş yapmak kadar güzel bir şey yokmuş vallahi...

İkimizin Adı Bir Cümlede Geçmediğinden Beri, İlgimi Çekmiyor Kimin Ne Söylediği

Bu evden kurtulacağıma o kadar seviniyorum ki, içinde mutlu bir günüm geçmedi çünkü. Evin içine girdiğim andan itibaren üzerimde böyle pis bir baskı oluşuyor. Girer girmez koşa koşa odama gittim, çıkardım bütün valizlerimi, toplanmaya başladım. İçeriden Bıyıklı'nın sesi geliyor, evi temizlememiz mi gerekliymiş neymiş. Lan daha yeni girdim eve, bir dur kendimi temizleyeyim, sürekli konuşuyor ama sürekli... Hiç susmadı ve sadece emir veriyor, ev arkadaşım değil babaannem mübarek. Bir de şimdi bu kadına ayrılmam gerektiğini söylemem lazım, ya var ya hayatta beceremediğim şeylerden biri de bu. Ne sevgililerimden, ne işimden ne de böyle ev arkadaşlarımdan adam gibi anlaşıp ayrılamıyorum. Çünkü "ben gidiyorum" kelimesini kullanamıyorum. Habire bir atraksiyona giriyorum bu yüzden, ya son dakika hiç sesimi çıkarmadan tüyüyorum ya da yalan söylüyorum. Çalışırken, işten ayrılmam gerek başka iş bulmuşum ama bi türlü çıkacağımı söylemedim adamlara. Son gün gelip çatınca kalktım gittim tam istifa edecektim ki on beş gün kuralını öğrendim. Ayrılacağını söyledikten sonra on beş gün çalışıyormuşsun yerine biri geçene kadar. Ee anacım diğer işe de başlamam lazım, ben de ertesi gün işe gitmedim. Aradılar, kardeşim açtı "ablam trafik kazası geçirdi kaburgaları kırıldı" dedi. Üç gün sonra da yeni başladığım kanalda gördüler beni, tabii bir daha oranın kapıları bana asla açılmadı. Böylesi daha kötü, hem yalancı hem salak durumuna düşüyorsun...

Şimdi de bu kadına gidiyorum demem lazım, ama nasıl derim bilmiyorum, o hâlâ cam silmekten bahsediyor. Ya ne camı silmesi kime neyi gösterecekse anlamadım ki, karşı apartmanımız zaten porno site içeriği gibi, travestiler, zenciler, Japonlar ve İranlılar yaşıyor bir apartmanda. Hepsi de garibim perdelerini bile açmıyorlar, oturup bizim camdaki pislikleri mi konuşacaklar? Hayır madem çok rahatsızsın, kalk kendin temizlesene, ben neden siliyorum o camı? Hayatımda cam mı silmişim ben? Bu hâlâ bik bik ötüyor, kalktım salona gittim yanına oturdum. Ayrılacağımı söylemek için kendimi hazırladım, ellerimi bacaklarımın arasına koyup, şirin bir yüz ifadesiyle söze giriyordum ki "Aslında perdeleri de yıkamak gerek, kış geliyor ya şu peteklere de baktıralım. Senin odadaki az ısınıyor üşüme sonra" deyince bir hüzün kapladı beni, benimle uzun uzun planları vardı, kışı beraber geçirmek istiyordu, hatta üşümememi istiyordu. Uzun zamandır kimse beni önemsemediği için duygulandım, böyle bir buruldum. Ben bunu bu kadına nasıl yaparım oldum. Kendimi eski sevgililerim gibi orospu çocuğu hissettim, tam ben bir şeyleri planlayıp hayatıma ona göre yön vermeye başlıyordum, onların gidesi geliyordu. Şimdi ben bunu bu kadına nasıl yapacaktım, onun o gözlerine bakarak, suratına karşı "seni terk ediyorum" nasıl diyecektim? Bıyıklıysa günahı ne yani, ne yapsın abla azgın, titiz bir hatun. Sorun benim zaten, camları bile silmek istemeyen pisliğin tekiyim baksana. Şuna bak, kedi gibi nasıl bakıyor bana, söyleyemeyeceğim vallahi ayrılacağımı falan. Evi mi yaksam acaba ya, bu sayede hem ikimiz de birbirimize kırgın olmayız, ev yandığı için sevgilime taşınıyorum derim ne olacak yahu. Neyse şimdilik kalsın bu ayrılacağımı söyleme mevzusu diyerek içeri doğru gittim. Sonra arkamdan kadın, salon takımını değiştirmek istediğini ama paranın üçte ikisini benim ödeyeceğini söyleyince az önceki ona acıyan halim gitti. Süphanallah ibretlik bir uyanıklık abidesi, neymiş evde fazla durmuyormuş o yüzden ben daha fazla para ödeyecekmişim. Bunu da öyle bir anlatıyor ki, böyle suratıma baka baka tek tek sözleri geçiriyor. Paran var mı diye sorsana bana ya da salon koltuklarını değiştirmek istemiyor muyum? Ama yok, kadın istiyor ya, olacak hanımefendinin isteği. Baktım hâlâ konuşuyor gittim bir çırpıda söyleyiverdim evden ayrılacağımı.

İşte o noktada nasıl çirkefleştiğini görmen lazım, Yarab kadının içinden bildiğin canavar çıktı. Nasıl bağırıyor, nasıl yeri göğü inletiyor. "Lan dur bi sakin ol, evden ayrılıyorum seni üç çocuğunla ortada bırakmıyorum be kadın!" dedim en sonunda. Vay efendim neymiş, üç aylık kira ödeyecekmişim, onu ortada bırakmışım, o nereden bulsunmuş şimdi ev arkadaşı, yok salon koltuklarının da yenisini alıp gidecekmişim, en çok ben oturmuşum. Nasıl bağırıyor bana, artık böyle sussun diye kafasına vazo atacaktım. Aynen eski sevgililerim gibi, insan gerçek yüzünü ayrılırken gösteriyor. Ne var ne yoksa kusuyor, tuttuğu çetelelerin hepsini hesaplayıp senden pay bekliyor. Ayy dedim, yeter senle mi uğraşacağım diye aldım topladım valizlerimi hızlı hızlı taksi çağırıp arkadaşıma gittim. Pencereden çıkıp bağırıyordu ben inerken, mahkemeye vereceğim seni bilmem ne diye. Duyan eden de kim bilir ne düşünmüştür Allah'ın manyak psikopatı...

Arkadaşımın evine öyle elimi kolumu sallaya sallaya gittim, durumu anlattım... Zaten beş altı gün sonra Erik gelecekti. "O gelene kadar, bu eşyalar burada kalsın, ben bi gün orada bi gün burada idare ederim nasılsa..." Sonrasında ben Erik'ten bahsederken takındığı bakışı gördüm, valizlerimi kafasında parçalamak istedim resmen. Akşam olup iki üç hatun gelince aynı bakışı gördüm onlarda da. Erik'ten ne zaman bahsetsem o küçük gören, nefesi burnundan verip hımmff diye bir ses çıkartan tavır var ya, "giderken aklı neredeydi" tavrı. Size ne yani, giderken aklını bende bırakmış olamaz mı? Aklı başına şimdi gelmiş olamaz mı? Evleneceğimizi söylediğim zaman da aynı hımmf'lamayı duymuştum, kız arkadaşları o yüzden sevmiyorum, ilişkin hakkında istediği yorum yapıp, kendisine göre çevirebiliyor. Sırf arkadaşın olduğu için "sen üzülme diye söylüyorum tatlım" cümlesiyle söze başlayıp ağzına sıçma hakkını kendinde buluyor. Etrafımdaki herkesin ne düşündüğünü biliyorum, ben salağım, malım, öyle bir durum olsa onlar asla affetmezler. İnsanoğlu kendisini ne kolay başkasının yerine koyabiliyor oysa, bana hımff'layan kızların hayatına baksam benden beter durumdalar ama işte kendilerini görmeyip beni küçümsemek daha kolay geliyor onlara. Sürekli eski sevgilileriyle yiyişip kendine yeni birini bulmaktan aciz, sürekli onların ekseni etrafında dönen hatun yarım saattir benim yerimde olsa Erik'e neler yapacağını anlatıyor. Hiçbir şey yapılmıyor işte, bazen öfkeyi, gururu bile hiçe sayıyor demek ki sevmek. Sahi seviyor muyum ben Erik'i?

Bundan tam bir sene önce bu saatlerde, Erik'in evindeydik, çok şarap içmiştik ve o karnımın üzerinde uyuyordu. O zaman da bu soruyu sormuştum kendime, "sahi seviyor muyum ben acaba" diye. Sevmesem neden affedeyim diyorum, neden öfkeleneyim ya da neden sadece ona bağlayayım hayatımı. Ama hatırlıyorum bir yerlerden, sevgi böyle bir şey değildi sanki, büyüdükçe insanın sevmek olgusu da değişiyor olmalı. Sadece yaşanmışlıklara bölünüyor ya da ne bileyim mesela karnımın içinde kelebekler var ama hepsi o kadar yorgun ki ağrıtmıyorlar bile karnımı. Karşımdaki kız, Erik'le bizim asla olamayacağımızı anlatıyor mesela, çoğu yerinde haklı çıkıyor hep, peki bunu bile bile neden kabulleniyorum diyorum, belki de budur sevgi. Belki de kabullenmektir, hayatını onun için değiştirmektir, onu sevip sevmediğini hep sorgulamaktır, hep onun için yaşamaktır. O zaman ben kendimi hiç sevmemişim demek ki, belki de en baştan beri sorun sadece buydu…

Zaman Olduğundan Daha mı Hızlı Akıyor, Birini Bekleyin Hemencecik Duruyor

Gelmesine bir gün kaldı ve ben heyecandan ölmek üzereyim. Ama kafam sürekli gidip geliyor, nasıl olsa burada diyorum biraz süründüreyim. Belki de kızlar haklıdır ne bileyim, adam beni kandırıp siktirip gitti yahu, ben de çiçeklerle karşılayacak durumdayım… En azından bir ara tafra yapayım ki bir daha yapmasın, canı sıkıldığı zaman kalkıp gidemeyeceğini anlasın. O da bunu diyetini ödesin, o kadar canımı yaktı ki onun da yansın. Bugün aradı, aradığında sırf bu yüzden soğuk konuştum. Zaten telefonda konuşamıyorum onunla, yabancılaşıyorum, sanki her gece nefesini omzumda hissettiğim adam değilmiş gibi geliyor bana. Konuşma uzadıkça öfkeleniyorum bazen, hep aklıma Facebook'undaki kız geliyor, sormak istiyorum korkumdan soramıyorum. Bazen olur ya, vereceği cevabı bilirsin, gerçeği de bilirsin ama duymak istemezsin. Bu da benim için öyle bir durum, gider gitmez hemen facebook'a öyle bir fotoğraf atması bile benim için yıkım olmuştu. Kendimden çok aslında arkadaşlarımızın ne diyeceğini düşünmüştüm valla, "çocuğa bak, hemen gitti buldu, bu salakta burada ağlasın dursun" türü şeyler hepsinin aklından geçmiştir eminim. Var ya hep bu üçüncü kişiler yüzünden gurur denilen nane ortaya çıkıyor. Şimdi dilime geliyor onu sormak ama soramıyorum, onun yerine ben de "geliyorsun ama ben İzmir'deyim belki görüşemeyiz bir süre" deyiverdim. Böyle dedim ki önemsemediğimi sansın, böyle dedim ki bana yalvarsın ne olur gel özledim diye. Ama o ne yaptı, "Aaa daha iyi ya, annemi görmeye gidecektim ben de zaten. O da kıyameti kopartırdı sana geldim diye". Ananın da senin de yedi sülalenizi tövbe tövbe, hâlâ anne diyor. Neyse bakarız belki dönerim falan filan diye kıvırdım. Gelir gelmez annesiyle falan görüşemez, benimle görüşecek, bunu bana borçlu çünkü! Salak hâlâ annem diyor, Allah'ım şu telefonu götüne sokmak istiyorum annenin de senin de...

Offf şu bekleme olayı kadar kasvetli bir zaman geçiriş süzgeci yoktur sanırım. Şu stresimi bir de çocukken yaşamıştım sanırım, aynı o his var içimde. Çocuğum daha, o zamanlar Mc Donalds yeni yeni türemiş memlekette. Böyle onların kola bardaklarıyla sokakta dolaşmak falan acayip cool bir hareket görünüyor. Hatta öyle ki ilk kola bardağımı saklayıp bir hafta okulda onunla su içmiştim. Hele bir de orada doğum günü muhabbetleri var ki, doğum günü olan kişi gözümde dünyanın en şanslı insanı. Sınıfta sevilmeyen bir öğrenciyim, sevilmeyen demeyeyim de hiç kimsenin konuşmadığı biriyim. Her gün üvey babamdan dayak yiyip yiyip okula gidiyorum, ağzım yüzüm mosmor, saçlarımı ise kendi ellerimle kopartıyorum o yüzden kel kel duruyor. Çok çirkin bir çocuğum, hatta biraz korkunç... Kimse beni sevmez diye düşünüyorum o sıralarda, aklıma geldikçe böyle çocukluk hatırlarım yağmurda kalan hastalıklı yavru kediler geliyor gözümün önüne. Öyle bir şeyim ben de işte. Sınıf başkanı bir kız var, gözümde kız Paris Hilton gibi bir şey, havalı, zengin, annesi babası onu çok seviyor, öğretmenler ona tapıyor, herkes onun arkadaşı... En arka sıradan hep onu izliyorum böyle, hayal kuruyorum onun ailesi gibi ailem olsaydı keşke diye, o zaman ben de en önde otururdum arkadaş olurduk, hem belki saçlarım da olurdu, güzel biri olurdum, belki severlerdi beni diyorum.

Neyse kız böyle doğum günü kartı hazırlamış, tek tek sınıftaki herkese dağıttı. Böyle heyecanla bekliyorum ben de, kız kartı bana verdiği zaman neler diyeceğimi içimden tekrar ediyorum, saçlarımı düzeltmeye çalışıyorum, benimle belki uzun konuşur diye bekliyorum. Derken bana gelince elinde kart kalmadı, o sırada öğretmen içeri girdi kız döndü gitti. Herkesi doğum gününe davet etmişti ama ben kalmıştım, öndeki kızlar konuşuyorlardı Mc Donalds'ta yapacakmış, ne alalım diyorlardı. O kadar çok üzülmüştüm ki o an, kendimi o kadar aciz hissetmiştim ki, o kadar utanmıştım ki hatta içten içe ağladım resmen, gözyaşlarım çıkmasın rezil olmayayım diye ellerimi sıka sıka yutkunuyordum. Tam o sırada önümdeki kız masama kartı bıraktı, "Selvi yolladı bunu" dedi, döndü önüne. Hemen baktım Selvi'ye gülüyordu bana, ben de gülümsedim. O an dünyanın en mutlu insanıydım, doğum gününe davetliydim ve benim için özel olarak kartı yollamıştı. Eve uçarak gittim resmen, hayatımda ilk defa birinin doğum gününe gidecektim, sınıfın en gözde kızının hem de en havalı mekânda olan bir doğum gününe. Benden mutlusu yoktu, kendimi gerçekten çocuk gibi hissettim o an... Bazen insanların pencerelerine bakıp bizim gibi yaşayan var mı derdim hep, kardeşlerim yanımda olmadığı zaman çocuk olduğumu unutuyordum çoğu kez. Kurduğum hayaller, oyunlar, cümleler hep kaçmak, kurtulmak, gitmek üzerine oluyordu. Ama kardeşlerim yanıma gelince o zaman benden mutlusu olmuyordu... Ama işte onlar babaannemlerle yaşadıkları için o sıralarda sadece tatilde görüşüyorduk. Sonra zaten bir daha ayrılmamak üzere birleştik hepimiz çok şükür.

Eve geldim, akşam annem işten geldi masada oturuyoruz. Benim konuşmam yasak olduğu için annem gözüme baksın diye uğraş veriyorum ama kadın da gömülmüş tabağına dönüp bakmıyor bile. O kadar heyecanlıyım ki hemen anneme söylemeliyim, bir de oraya beni ancak annem götürebilir yalnız başıma gitmemin imkânı yok. Artık bulaşıkları yıkarken söyledim anneme, "sabah birkaç işim var oradan sonra gelir seni alırım evden" dedi. Hemen koşarak odama çıktım, ertesi gün giyeceğim kıyafetlerimi hazırladım, hediye olarak babamın bana aldığı hiç takmadığım tokaları ve evdeki Budala kitabını hediye paketi yaptım. Yorganın altına geçip ertesi günün hayalini kurdum, insanlarla nasıl konuşacağımı falan düşündüm. Ertesi gün benim için bambaşka bir sayfa açılıyordu resmen, artık arkadaşlarım bile olabilirlerdi belki. O tokaları da kesin severdi, benim saçım yamalı eşek gibi olunca o tokalarla daha da hastalıklı görünüyordum... Ama o kıza çok yakışacaktı, her taktığında beni hatırlayacaktı.

Sabah oldu, hafta sonu olmasına rağmen erkenden kalktım hemen giyindim kıyafetlerimi kahvaltımı yaptım sonra da elime aldım hediyelerimi annemi bekledim... Öğlen geçti, şimdi gelecek dedim, gelmedi... Kapının orada sürekli bekledim durdum, gelmedi... Her çıtırtıyı o sandım, gelmedi. Akşamüstü oldu, saat sürekli geçiyordu, gelmedi... İçimden yüze kadar sayacağım kesin gelecek dedim, gelmedi... Artık hava kararmaya başladı, gelmedi... Doğum günü bitti, insanlar eğlendiler, hediyelerini verdiler ama annem gelmedi. Akşam saat 9'da geldi, beni bayramlıklarımla koltukta elimde hediyelerle gördü, "Ayyy ben unuttum ya seni" dedi, üstünü giyinmeye gitti. O koltukta kaldım öylece, bu bir rüya olsun uyanayım dedim, gideyim o doğum gününe diye dua ettim. Ama maalesef gerçekti, hiçbir şeyi oraya gitmek kadar çok istememiştim sanırım. Odama çıktım, elbiselerimi çıkarttım ağlaya ağlaya uyudum.

İşte şimdi de kendimi o günkü gibi hissediyorum, içimden yüze kadar saydığımda Erik gel lütfen, gel ve beni sev sadece…

Soluk Borumun İçinde Bir Şey Var, Nefes Aldırtmıyor Bana, Siktir Git Artık Oradan!

Sonunda Erik geldi, ilk gün beraber oluruz diye düşündüm ama beni aramadı bile. Buradaki numarası kapandığı için nerede ne bok yiyor bilemedim. Tek bildiğim şey döndüğü idi… Akşama kadar hop oturdum hop kalktım bekledim onu, sonunda beyefendi aramayı aklına getirdi. Annesinin yanına gitmiş de, kadın ona yemekler hazırlamış da, çok özlemiş de annesini, uyuyakalmış bilmem neymiş. Ya iyi tamam, ben İzmir'de falan değilim hadi kalk gel dedim. Dünyanın en rahat adamı biçimiyle "gelemem" dedi. "Annem şimdi kıyameti koparır, zaten bundan sonra seninleyim bırak şu yaşlı kadının gönlünü edeyim. Bu kadar bencil olma yalvarırım" dedi.

Yani aslında biraz da haklıydı, neticede annesi yani, sanki metresinin yanındaymış gibi bendeki afra tafra ne oluyorsa.

Çok özlediğim için sanırım, bir de o da benim gibi hissetsin istediğimden, hemen gelsin beni görsün istedim. Yani ben olsam onun yerinde tuvalete bile gitmeden yanına koşardım. Kızmamam lazım ama insan, daha doğrusu insanını bilmem de ben, bencilim ne yapayım... En azından içim rahat artık nasılsa hep beraber olacağız. Ben de bari bugünü arkadaşımla geçireyim dedim. Onca ağdayı, sanki bu kız için yapmışım gibi hissettim biraz ama olsun. Valizlerimi her an Erik gelip beni alır diye kapının önüne yerleştirdim. Oturduk kızla beraber açtık bir şişe şarabı bir de Sezen Aksu şarkılarını başladık içmeye. Sonra nerede kayış koptu, artık kaçıncı şişeydi hiç hatırlamıyorum kendime gelir gibi olduğumda Erik'in kapısının önündeydim. Üzerimde geceliğim, altımda spor ayakkabılarım, yanımdaki kız benden beter o ev terliğiyle çıkmış apartmanın önünde bekliyoruz. Bir rüzgâr falan esti sanırım, bir aydınlanma yaşadım, o an yanımdakine baktım o benden Leylâ koyver gitsin dedim, apartmanın önünde "Eriiikkkkkkk" diye bağırmaya başladım, ben bağırıyorum kız "bu kızı üzme orospu çocuğuuuuu" diye bağrıyor. Millet cama çıkıp bize bağırıyor, biz bir de onlara bağırıyoruz. Tam bildiğin rezillik, cama annesi çıktı, hemen apartmanın içine kaçtık kızla. Kendimi liseli kıza âşık bilardocu Bekir abi gibi hissettim o an. Annesinin de sesini duyuyorum, "terbiyesizler saat kaç biliyor musunuz" diye. Yalnız bir sorun vardı, Erik ortaya çıkmadı. Yani ne bileyim aramadı bile o an. O kadar çok bağırdık çağırdık annesi duyduysa o kesin duymuş olmalıydı!

Lan Erik beni kandırdı mı yoksa? Annemin yanındayım diyerek burada başka bir kıza mı gitti? Milletlerarası bir de kendine taa buradan sevgili mi yaptı bu adam? Ya daha ilk geldiği gün bana kazık mı attı, ya da o fotoğraftaki kızla döndü de onunla mı şimdi, belki de Türkiye'yi gezdiriyordu. Sultanahmet'e götürmüştür onu, yaa götürmesin onu bir yere... Bu saatte zaten götüremez camiye de... Kafamda bir milyon tane şey geçti durdu ve o geçişler esnasında kendimi kapılarının orada buldum, arkama da arkadaşım saklanmış, bir taraftan da beni gazlıyor "hadi hadi hadi" diyerek, çaldım kapıyı... Kalbim boğazımda atıyor ama inşallah evdedir diyorum, gerçekle yüzleşmek istemiyorum çünkü, yoksa ne yaparım diye düşünüyorum bir yandan da. Yoksa gerçekten öldürmem gerekli onu, bir kere hapse düşsem hâkime anlatsam bu durumu direk bırakın kız haklı der. Kapıyı annesi açtı, baya şaşkın şaşkın baktı bana, ben de içeriye doğru kafamı uzattım oğlunu görebilirim umudu ile...

Bu sahneyi bir defa daha yaşamıştım, Erik'le kavga etmiştik, eve kız attığını zannetmiştim, koştur koştur evine gitmiştim ve annesini görmüştüm aynen böyle... Sonra beni eve almamıştı annesi sevmiyor diye. Öksüz gibi kalmıştım kapının önünde kibritçi kız gibi beklemiştim bir daha açsın diye... Annesinin bakışları çocukluğumu hatırlatıyordu bana, o yüzden sevmiyordum, beni sevmemesini sevmiyordum daha doğrusu. O çocuklarını benimle oynatmak istemeyen annelerin bakışı vardı kadında. O bana her baktığında eziliyordum, hep suçlu gibi hissediyordum kendimi. Oğlu bir taneydi, oğlu çok değerliydi ama ben sadece onu yokuşa süren bir sünepeydim onun gözünde. Değersizdim, harcanabilirdim, sevilmeye değmezdim onun için. Aynen diğer anneler gibiydi, çocukları mükemmel, çalışkan, zeki, harika ama ben onların bu mükemmelliğine gölge düşüren bir zavallıydım sadece. Hayatımda hiç kimse beni o annelerin kendi çocuklarını sahiplendiği gibi sahiplenmemişti, değerli görmemişti, kimseden korumamıştı, belki de buydu o kadar nefretin sebebi. O bakışlarını yine dikti üstüme, baktı baktı baktı. Tek kelime geçmedi aramızda, artık arkadaşım dayanamadı, "Erik gelmiş, gelmiş mi, yani geldi mi, evde mi" dedi. Kız bile korktu kadından. Dudaklarının kıpırtısını izlemeye başladım, kadın hiç konuşmadı ama sağa doğru burkup dudağını içeriye kafasını uzattı, "Erik" diye biraz yükselterek sesini çağırdı, sonra yine döndü o küçümser ifadesiyle baktı, içeriden sesini duydum "Banyodayım çıkarım şimdi" diye. O sesi duydum ya nasıl rahatladım anlatamam. Bütün kemiklerim gevşedi bir anda, bizi içeri alsın diye bir adım yaklaştım ki kadın omzumdan tuttu, "Yeter bu kadar eğlence, evine git daha da ufalma bizim karşımızda" dedi. Kapıyı suratıma kapattı.

Kapıyı suratıma çarpması değil de, "bizim karşımızda" lafı evlat acısı gibi koydu bana. Ben üçüncü tekil şahıstım onlara göre, öyle ya ben kimdim ki zaten onların karşısında, gecenin bir yarısı içip içip geceliğiyle kapılarına dayanan bir manyaktım. Oğlu benim dengim değildi, kapının önünde bir süre öyle dikildim, yanımdaki arkadaşım da bakakaldı, öylece bekledik, bir umut belki Erik kapıyı açar dedim. Onu çok özlemiştim çünkü ama açmadı. Götümüze baka baka yanımdaki kızla geri döndük, geri dönüş yolunda hüngür hüngür ağladığımı belirtmeme gerek yok sanırım.

Ertesi gün oldu Erik aradı, bütün gece kafamda ona söyleyeceğim, annesi için kuracağım cümleleri biriktirmişken, adamın sesini duyunca hepsini unutuverdim, tek istediğim yanına gitmek oldu, sarılmak istiyordum ona, "hepsi geçti bak bitti" demesini istiyordum. O kadar çok istiyordum ki bunları, telefonda ne dediğini anlamıyordum bile. Öğlen yemek yiyelim falan bir şeyler diyordu başta, benim kafamda annesi gittiyse valizleri bugün akşam götürürüz eve planı vardı... Sonra kelimeler arasında birkaç tanesinin birleşimi hiç hoşuma gitmeyecek bir cümle oluşturdu. "3-4 güne kadar geri döneceğim İngiltere'ye. Annem bende kalacak o sırada, ben sana gelirim bu akşam, gece geri dönerim eve" dedi.

Şimdi bu cümlede o kadar çok kırılıp dökülüp parçalarımı götüne sokacağım şey var ki! Geri dönmek ne demek? Burada kalmayacak mıydı bu çocuk, ben bütün planımı buna göre yapmamış mıydım? Bu bir, ikincisi ise, annesinin onda kalması ne demek? Gece geri dönecekmiş bir de... Ben daha ilk cümleyi toparlayamazken ikinci darbe daha koyucu oldu.

"Geri mi döneceksin? Nasıl yani ee burada kalmaya gelmedin mi?"

"Evet döneceğim, kısa bir tatil oldu bu farkındayım."

"Ya sen bana dönüyorum demedin mi buraya temelli?"

"Hayır, öyle bir şey demedim, sen öyle düşünmek istedin."

Bu kadar kolayca söyleyiverdi, gideceğini de zaten aynı ses tonu ve rahatlıkla söylemişti, şimdi de bunu aynı şekilde yaptı. Peki o zaman beni neden arıyorsun, bana neden bunu yapıyorsun orospu çocuğu, madem gelmeyeceksin, madem olmayacaksın, madem kalmayacaksın neden benim hayatımın içine sıçıyorsun? Ben sana ne yaptım be adam, gittiğinden beri bir kez bile aramadım, üstüne düşmeyeyim, boğulmasın, bunalmasın, haklı çıkartmayayım dedim. Benimle evlenmek isteyen de sendin, bana o hayalleri kurdurtan da sonra çok normal bir şeymiş gibi, bakkala gidip geliyorum der gibi "gidiyorum ben, evlilik için çok erken" dedin. Buna da eyvallah dedim, sonra da benle dalga geçer gibi terk ettin beni. Bunu bile kabullendim ama bu da ne şimdi? Testerenin psikolojik işkenceler çektiren versiyonu musun sen nesin anlamıyorum ki! Senin gibi herifin anasını avradını sikerim ben, sen nesin lan düdüklü makarna, kimin bokusun ki canının istediği gibi oyun oynayabiliyorsun benimle? Bu kendine güven ne diye, kaşın gözün yerinde okey ama bir bak kendine Allasen, yatakta başarısızsın bir kere, tamam geç boşalan adam alna götürülecek kadar kutsaldır da aynı pozisyonda iki saat kalınca alev alıyor insanoğlu. Ne öpüşmeyi biliyorsun ne ön sevişmeyi, direk cumburlop deliğe odaklanıyorsun, senle yatağa girmek bazen işkenceydi be. Zaten bir defa bile orgazm olamamıştım, sen sevin kendini iyi hisset diye ve artık canım yandığı için oldum diyerek seni gazlamıştım. Sonra salağın tekisin, hâlâ annem annem diyen bir herifsin, tembelsin iş güç umurunda değil, ayakların terliyor sonra, her gün çarşaf değiştirmek zorunda kalıyordum senin yüzünden. İki damacana su dökmüş gibi oluyordu yatak. Sonra konuşamıyorduk iki kelime, ne siyaset, ne coğrafya, ne genel kültür hatta magazin bile. Parfümünü bile annen seçiyordu, külotlarını bile annen ütülüyordu, benimle yaşıyordun ama hâlâ annem de annem diye ölüp bitiyordun. Kavga etmeyi bile beceremiyordun, tartıştığımız anlarda köpek yavrusu gibi pısıp kalıyordun. Sen geri zekâlının biriydin yahu, sen bir maldın, sen annenin dibinden ayrılamayan bir embesildin. Peki ben neden seni bu kadar sevdim, neden bunca şeye evet dedim inan hiç bilmiyorum, bu da benim mallığım olarak geçsin kayıtlarıma.

Bunları söyleyerek telefonu kapatmayı çok isterdim ama diyemedim, anlamayacak nasıl olsa dedim. "Erik, ben bu ilişkiyi kafamda bitirmiştim zaten, buradaki yedek oyuncun olmaya niyetim yok. Annenle sana mutluluklar, lakin ondan başkasıyla mutlu olamayacaksın" dedim ve telefonumu kapattım. Artık bitti, görmek bile istemiyorum onu, görürsem biliyorum yine affederim, yine her şeyi bok ederim. Ama şimdi tek istediğim bir daha hayatıma girmemesi...

Gidişi, geri dönüşü kadar yakmıyor canımı.

Organlarım Gibi Seni de Bağışlıyorum; İstediğin Kişinin Gözü Kulağı Olabilirsin

Tam bir hafta boyunca telefonumu hiç açmadım, çok direndim, çok acı çektim ama bu kez kararlıydım, bitmeliydi. Ama Allah biliyor ya içimden geçeni, istese gelirdi diye çok bekledim. Arkadaşlarıma beni sorar, kimde kaldığımı hemen bulur dedim. Ortak arkadaşlarımızın ağzının içine baktım durdum bir kelime etsinler Erik'e dair diye ama maalesef. Sadece gittiği gün haberini aldım, gitti diye… Gelmek yerine gitmeyi tercih etti. Çoğu kez yatarken hayal kurdum şimdi gelse, kapıyı çalsa, alsa beni yanında götürse. Ben gelemiyorum, kalk sen gel dese diye bekledim, gelmedi.

Hayır, gelmediği gibi benim hayatımı da bir daha piç etti. Ya aslında çocuğun da bir suçu yok, be geri zekâlı PuCCa, sen ne diye daha ortada fol yok, yumurta yok kalkıp onunla yaşarız diye evini barkını terk edersin? Evinde kaldığım kızları da zorluyorum salonlarında yaşıyorum bildiğin. Allah'tan o kadar şanslıyım ki kızlardan bir tanesi taşınacak, o evde kalacağım. Gerçi iyi şeyler de olmuyor değil, kardeşim yarın geliyor mesela, o da artık benimle birlikte yaşayacak. En azından ev olayını çözdüm de Bıyıklı'nın yanına dönmeyeceğim.

Dün akşam kızların arkadaşları geldi eve, nasıl yorgunum anlatamam. Uyuduğum yer salon olduğu için sesimi de çıkarmıyorum. Oyun falan oynuyoruz böyle ama yorgunluktan öleceğim o vaziyetteyim. Bir de sabahtan bir litre sinameki otunun suyunu içmişim iki kilo vereyim diye, zırt pırt tuvalete koşup duruyorum. Diyorum ki şu köşedeki koltukta kimseyi rahatsız etmeden uyuyayım, karnımın gurultusunu duyuyorum vazgeçiyorum. Yaa o kadar korkuyorum ki uyku yani bu, bir pırt yapsam rezil oldum demektir. Hayatım boyunca benden çıkmayacak bir etiket bu...

Üniversitede bir arkadaşım vardı, yazık yavrum ortada bir yerde kaçırıverdi diye hâlâ millet bununla anıyor kızı. Kız bir gazetenin bölge bilmem nesi oldu, başarıya başarı demedi, ödüle ödül demedi ama ne zaman adı geçse "ahaha nasıl zortlamıştı ya hayvan o götten o ses nasıl çıkar abi, karının götü yırtıldı abi otuz kilo gaz çıkardı ahahah" deniliyor kızla ilgili. Ne kadar doğal, insanlık hali desek de maalesef öyle değil, osuruk önemli bir hadise. Çocukluğumda öğrendim ben bu saldığımız iki dakika lahana gibi kokutan olayın aslında başımıza neler neler açacağını...

Gece hayatı denen pis alışkanlığa ben bir ramazan günü başlamıştım... Hikâyeye böyle de başlayınca devamında gaz çıkardığı için mafyanın eline düşen birinin yaşamı gibi durdu. Aman neyse şimdi biz çocukken, ramazanlardan birinde böyle bir moda vardı, millet teravih namazına gidiyor. Ben de o dönem yeni yeni kendime geliyorum, böyle artık ezik arka sıra çocukluğundan bir kademe atlamışım. Kardeşlerimden biri yanıma gelmiş, o gelince tabii bir kendine güven gelmiş bana. Birkaç arkadaş bulmuşum kendime, mahalleden oyun oynamaya çıkıyoruz beraber ama bunlar sürekli cami denilen yerden bahsediyor, bir anlatıyor piç kuruları o camiyi, o atmosferi, şey gibi geliyor, Laila, Reina dolaşmak gibi. Herkes camide toplaşıyor, muhabbetler, komiklikler hep cami ve namaz üzerine. "Ahahah Emineeee dün camide ne olmuştu hatırlıyor musun?" "Kıs kıs kıs kıs evet evet hatırlıyorum." Büyük merakla giderdim, ne olmuş ne olmuş diye sorardım, o Emine denen şıllık iki elini beline koyar gözlerini devirir, "söyleyemeyiz canım, söylesek de anlamazsın o bizimle ilgili" derdi. Zor zar bulduğum arkadaşlarım bir bir benden kopmuştu, hepsinin bir gece hayatı vardı; hepsi teravihe gidiyor, orada gülüp eğleniyorlar, arkamdan dedikodumu yapıyorlar, yolda börek yiyorlardı. Ben ise balkondan ağlayarak onları izliyordum. Zaten bunalımda bir çocuktum, içime kapanıktım, o piç kuralarının da beni böyle ezmesi kahrediyordu küçücük bedenimi. Anneme desem "ben teravihe gidiyorum o yee beybi" kadın direk ağzıma sıçardı, laik parmağını gözüme gözüme sokarak, Cumhuriyet'in temel ilkelerini tek ayak üzerinde saydırırdı bana. O zamandan bu zamana değişen tek şey Refah Partisi'nin artık olamayışı yani. Hâlâ aynı muhabbetler, bir türlü gerilemek bilmeyen ülke, sakız orucu bozar mı, dövmeyle abdest alınır mı, Saadettin Teksoy şeytan taşlar mı? Neyse işte hal böyle olunca ben de her çocuk gibi yalana başvurdum. Üstelik bu söyleyeceğim yalanla cennete girmem garanti diye düşünerek vicdanım rahat rahat "anneeee ben komşu kıza gidiyorum pasta yapmışlar gelicem hemen sonra" dedim. Komşunun tuvaletinde abdest aldım, kızın annesi de bana tülbendini ödünç verdi.. Arkadaşım ve bir tane salak kız kardeşi, bir de o Emine denen kaltak çıktık teravih yoluna. Anam bir eğleniyoruz yollarda hoopidi hoppidi zıplıyoruz tavşanlar gibi. Yalnız ben hoppidi sıçrarken azcık hava kaçırdım, okuldaki din kültürü dersinde de abdestin nasıl bozulduğunu öğrenmiştim. Yani ben artık abdestsizdim. Şimdi kızlara desem ben kabarcık çıkardım, büyük trajedi, geleceği gören de bir kızdım. Bir gün Facebook diye siktiri boktan bir şey icat edilir. Okulunun hayran sayfası yapılır, ardından senin için "aaa şu sarışın kız osuruklu PuCCa değil miydi ahahah" diye dalga geçerler dedim. O yüzden hiç gıkımı çıkarmadan büyük suçluluk duygusuyla gittim camiye. Camiyi de yeni yapmışlar hâlâ inşaat alanı neredeyse, içerisini de bez gibi bir şeyle ikiye ayırmışlar. Bir tarafında erkekler, bir tarafında kadınlar duruyor. Biz bebeler de bahçede koşturuyoruz inli cinli hikâyeler anlatıyoruz birbirimize. Benim ağzım kulaklarımda ama nasıl mutluyum. Hava karanlık ben dışarıdayım, okuldaki hoşlandığım çocukları görüyorum. Bir de nedense o zamanlar pek bir sevecen kızdım, her gördüğüme âşık oluyordum, hatta görmediklerime bile. İmamın bir oğlu var diye de bahsediyorlardı çocuğu görmeden ben ona da vurulmuştum. Ramazan ayındaydık ve popülerdi imamlık, imamın oğlu da rütbece yüksek bir mevkiydi neye benzerse benzesin. O yaşta neye benzeyecek zaten Murat Dalkılıç'a mı? Tüyü çıkmamış top kafalı bir çocuktu işte... İmamın oğlunu göreyim diye yakalamaç oynarken erkek tarafına kaymaya çalışıyordum derken bizi içeri toplamaya başladılar. Ahanda dedim, sıçtın PuCCa, abdestsizsin yüzün gözün çarpım çarpım çarpılacak. Nasıl kalbim gümbür gümbür atıyor ayakkabıları çıkartıyoruz kapının önünde ama benim gözlerimden yaşlar akıyor resmen, hemen Ahmet San gibi bir kadın fark etti beni. Yetenek avcısı gibilerdir bunlar, nerede din yoluna kendini harcayacak olan tip var şap buluverirler. Sonraki Kuran kursu maceramda da kardeşimi keşfetmişti böyle biri. Geldi tuttu kolumdan, şefkatli bir biçimde kafamı okşayarak "Ne oldu sana boncuk gözlü, neden ağlıyorsun?" diye sordu, ya kadına ne diyeceğim, "gaz yaptım çarpılır mıyım teyze" desem herkes duyacak. Hiçbir şey diyemedim, ağlamaya devam ettim, kadının gözlerine baka baka hatta öyle ki kadına sarılacaktım o derece korktum Keto gibi yamulmaktan. Kadıncağız da iman aşkı zannetti, "işte iman gücü, ağla kızım ağla o gözyaşlarının hepsi hak yoluna bismillah" diye girdi içeri. Hak yoluna diye bok yoluna gidecem lan ben, ağzım burnum çarpım çarpım çarpılacak teyze de diyemiyorum, yusuf yusuf atıyorum, bir yandan ağlıyorum...

Geçtik içeri sıralandık tespih gibi. Yüzümü kontrol ediyorum yok, düpdüzgün, yanımdakine soruyorum var mı bende farklı bir şey, yok diyor. Dedim tamam yırttım, osuruğum gökyüzüne ulaşamadan suya dönüşmüş. Perdenin yanında duruyorum, seccadem yok hırkamı serdim yere, önümde arkadaşımın salak kardeşi, yanımda arkadaşım. Bir oh çektim, oh çekmemle bağırsağımı bir şeyin tetiklemesi aynı anda oldu. Yine bir gaz baloncuğu dışarı çıkmak için karnımda kıvrım kıvrım kıvranıyordu. Dedim nasıl olsa tepeye ulaşmadan suya dönüşüyor saldım sinsi sinsi onu da. Arkadaşımla da daha namaz başlamadan perdeden bakalım dedik, "PuCCa imamın oğlu yanındaki" diyince ben göklerde. Çocuk da götüme benziyo o zamanın kriteleriyle ama olsun napalım âşık olduk bir kere.

Sonra aslında bu caminin benim eğlenmemem dışında bambaşka bir şey için var olduğunu hatırladım. Burada Allah'a yakındım, okulun müdür odası gibi bir yer, istediğin kişiyi ispitle müdüre, gitsin ağzına sıçsın. Suçluysan azcık ağla üzül, kendini akla özür dile, "bi dahaa yapmıcam" de. Ohaa dedim çok güzel vicdanen mesut gidebileceğim buradan. Hemen kafadan, ispitlinecek insanlar listesi, suçlarım listesi, âşık olduklarımın listesi, bir de dilek listesini çıkardım. Namaz başladı işte dualar ediyor imam, kayınbabam yani, benim aklımdan dini bütün bebeler yapmak geçiyor. "Allahuuekber", hayatımda kimseye bu bebe kadar kadar âşık olmadım, "esselamu aleyküm ve rahmetullah", şu anda yanımda, yarın hemen sıraya E kalp P yapmalıyım, "el Fatiha" Fatiha'yı bilmiyorum bari dua edeyim. "Allaam utanıyorum ama beni o çocukla evlendir lütfen, dini bütün bir insan, bence sen yaparsın, herild yani yaparsın, annem de işten ayrılsın babamla yeniden birleşsin, üvey babam ölsün okey? Kardeşlerim hiç yanımızdan ayrılmasın, bi de halalarım konusunda bir şey yapar mısın? Yaptığım her şey için affet valla bi daha yapmıcam ama nolurrr bu çocuklan evleneyim nolursunnn" diyerek duamı bitirdim. Eve gidip en huzurlu uykumu uyudum sonrasında. Hem duam kesin kabul olacaktı, camide ettik boru mu? Hem de hayatımın erkeğiyle yan yana oturmuş gibiydik...

İkinci gün yeniden ben komşuya gidiyorum diye çıktım, yollarda hoppidi hoppidi hoplayarak eğlene coşa gittim. Yakalamaçlar cinli inli hikâyeler, kıssadan hisselerle mutlu mesut geçirdim o akşamı. Perdenin kenarında bir yer tuttum imamın oğlunu beklemeye başladım, zırt pırt perdenin altından sokuyorum kafamı, o sırada popoma şaplağı yiyorum bizim kadınların birinden, bir daha sokuyorum adamlar bağırıyor bana ama imamın oğlu yok. Namaz başladı kafam takıldı imamın oğluna, bir hayaller kuruyorum secdede kafamı kaldırasım gelmiyor. İşte bebe gelecek beni kurtaracak, herkesi dövecek beni çekip alacak, üvey babamı öldürecek, Allah ona o sırada öyle bir güç vermiş olacak, biz bu camide yaşayacağız, kira derdimiz olamayacak, üstelik camide olduğumuz için kötü insanlar gelip bana zarar veremeyecek. Aptal aptal hayallere dalıp gittim öyle. Bilmediğim dualarda başladım kişisel dileklerimi yukarıdakine anlatmaya. Ben bu imamın oğlunu yaptım Süpermen. Kalbim nasıl atıyor ama. Namaz da uzun baya anam eğiliyorum kalkıyorum yok bitmiyor bir türlü. Sonunda bitti çıktık dışarı yine böyle malak malak oyunlar oynuyoruz derken, o şıllık, o kahpe, o pislik, o gözleri çıkasıca Emine örtüsünü omzuna atmış attıra attıra götünü geldi yanımıza.

"Size bişi sölücem ama aslaaaa kimseye söylemek yok, birine söylerseniz anneniz babanız fakirlikten ölsün, eviniz başınıza yıkılsın, hayvanlar sizi çiğ çiğ yesin..."

"Taam valla billa tellaa sölemiciz söle neee?"

"İmamın oğlu bana arkadaşlık teklif etti."

Orada yıkıldım, beni sadece ilahi bir güç kurtarabilirdi, o da gidip salak Emine'yi seçmişti. Nefes alamamaya başladım, kafamdaki örtü sıktı sıktı başımı, her yer dönmeye başladı. Kafam öne eğik döndüm teravih yolundan. Sonra orada olayı anladım, benim osuruk büyük ihtimal yukarı kadar çıktı. Vay sen misin benim evime abdestsiz giren dedi ilahi adalet, benim ağzıma sıçtı. Çarpılmak dedikleri olay dedim sanırım bu, ağzın burnun çarpılmıyor ama çarpılmış kadar etki edecek bir şey yapıyor sana bu kozmik güç. Dedim neyse ben mahalledeki Bora'ya âşık olmaya devam edeyim bari…

İşte ondan beridir, en büyük korkularımdan biri birisinin yanında pısst yapmak… Korkunç bir şey hele bir de kokuyorsa, yani şimdi gözünde canlandırmak gibi olmasın ama midem zaten feci halde bir çıksa insanlar burada gaz zehirlenmesinden ölebilir o derece… Karnımı tuta tuta gitmelerini bekledim resmen. Baktım gitmiyorlar, gittim tuvalete klozetin üzerinde sızıp kaldım. Yapacak başka bir şeyim yok gibi gelmişti valla…

İnsanın Kardeşi Gibisi Yok

Sonunda kardeşim yanıma taşındı ve ben dünyanın en mutlu insanı oldum. Bir defa hem en yakın arkadaşım, hem ailem, hepsinden öte bulaşıkları yıkayacak yahu…

Bu saf, hukuk fakültesini kazanmıştı, üç sene geldi gitti sonra "beceremeyeceğim ben, hukuk mukuk yapamıyorum, resim çizmek istiyorum" dedi, bu da son dakika aklına geldi yani… Okulu yarım bıraktı, güzel sanatlara girmeye karar verdi. İlk sene tabii falso, kazanamadı, bu yıl da benim yanımda çalışacak o sınavlara büyük ihtimalle kazanamayacak ama olsun. Yani yaptığı resimler için yüzüne karşı çok güzel desek bile arkasından kahkahayı basıyoruz. Bir tek babam dürüst davrandı kıza, "Sen bu yaptığın tablolarla bırak güzel sanatı manatı, bunları Menemen'de yol kenarında satsan iki kuruş para kazanamazsın" dedi. O da babamın bir sanat cahili olduğunu söyleyerek, onun yaratıcılığını baltaladığını düşünüp yanıma geldi. Şimdi de içeride başka şeyler deniyor, dergilerden kestiği çıplak kadınları yağlı boya ile tabloya falan yapıştırıyor, ben de çok beğenmişim gibi "ya bu mükemmel" diyorum. N'apayım yahu, işin ucunda bulaşıkları yıkaması var.

Kardeş dediğin şeyin dünyaya geliş amacı bence ablalarına daha mutlu bir yaşam sürdürmeleri olmalı. Yani ne bileyim mesela çöpü kardeş döker, bakkala kardeş gider, manitayla buluşulacaksa evdekileri kardeş zapt eder. Ama her iyiliğin bir kötülüğü vardır, ablaların canla başla aldıkları bütün kıyafetlerini hunharca kullanırlar. Sanırım bizimkiyle de aramızdaki tek sorun bu kıyafet mevzusu. Yani sadece bundan kavga ediyoruz, o bir kıyafet canavarı gerçekten. Sadece kendisi giyse iyi, bütün arkadaşlarına da giydiriyor, Allah'tan Facebook diye bir şey çıktı da fark ettim bu durumu. Albümlerine bir bakıyorum kızların hepsi PuCCa koleksiyonundan giyinmişler. Yine de en sevdiğim canım ciğerim odur, doğduğu günden beri ikimiz bir götün ayrı lopuyuz o derece yakınız ve ayrılmayız birbirimizden. Aramızda iki yaş olduğu için zaten çok rahat anlaşabiliyoruz abla kardeş olduğumuz sadece ev işi yaparken aklımıza geliyor, o da benim aklıma geliyor daha doğrusu.

Çocuğuz, o zaman bu ve erkek kardeşim babaannemlerde kalıyor, ben annemin evinde. Her gün dua ediyorum Allah'a bizi birbirimizden hiç ayırma diye, yazları birleşiyoruz ama her yaz sonunda kıyametleri kopartıyoruz, aylarca yatak döşek hasta yatıyoruz ayrıldık diye. Sonra onu da yanımıza verdiler, biz beraber okula gitmeye başladık bununla. Beni bir gör nasıl mutluyum, nasıl gururluyum. Bunu sınıfına bırakıyorum, teneffüste koşarak sınıfının önüne gelip çıkmasını bekliyorum. Her gün beraber bahçede oturuyoruz, okuldan eve el ele Teletabiler gibi dönüyoruz. Bir gün her okullu kız gibi bu salak bitlendi. Ama nasıl bit anlatamam, saçları da çok güzel belinde ve dalgalı, denizkızı gibi saçları var adeta. Önüme alıyorum bitleri temizlemeye çalışıyorum yok bir türlü temizlenmiyor. Anneme de söylemek istemiyorum, bizi ayırır diye korkuyorum. Bari ayırırsa beni de onun yanında göndersin ben de bitleneyim diye, her gün yanında uyuyorum ama maalesef o lanet bit bir türlü bana bulaşmıyor. Kızın o güzelim saçları sirke ve o küçük iğrenç böceklerle dolu. Ayy iki tırnağımın arasına alıp çıt çıt çıt yapa yapa kaç gece uyuyamadık ama yine yok, o bitler bana mısın demedi anacım, hâlâ ilk günkü yerlerinde durdular. O zamanlar da birinden duymuşum sinek ilacı biti öldürüyor diye. Şu sinek ilacı arabaları var ya, onların peşine salıyordum kızı koş koş bitlerin ölsün diye bekliyordum, sonra yine kafasını dizlerime koyuyordum ama maalesef o böcükler hâlâ çipil çipil bana bakıp duruyorlardı oradan.

Sivri zekâ ben, dedim şimdi sinek ilacı az gelmiştir bu kıza, gittim bodrumdan gazyağını aldım saçlarına boca ettim, her tarafını yıkadım böyle ama ölecez orada o kokudan. Artık baygınlık geçiriyorduk ki gitti kardeşim, makas getirdi "kes gitsin abla, yoksa bizi ayrı yerlere gönderecekler yine" dedi. Ben de tamam diyerek kırt kırt kırt kestim yamuk yumuk kızın saçlarını. Evdekiler anlamasın diye de bere taktım kafasına, sonra annem işten eve geldi, kapının orada kalp krizi geçiriyordu, "bu koku ne, ev yanacak, bi yer açık" diye çığlık atmaya başladı, mutfağa giriyor yukarı banyoya çıkıyor koşturup duruyor biz de kapının orada şaşkınlıkla onu izliyoruz. Aldı bizi bahçeye çıkarttı, ev patlayacak diye de çığlık atmaya devam etti. "Anne yok gazyağını döktüm" deyince önce bir tokat attı bana. Sonra kan beynine iyice geldi, kardeşimin beresini gördü, indirdi onu. "Sen ne yaptın kardeşine" diye tırnaklarını kollarıma geçirerek beni sallamaya başladı, kardeşim hemen tuttu kolundan "ben kestim bit vardı" dedi, bu kez bir daha çığlık attı, "pislik misiniz siz" diye kafasını kaşıyarak bir kriz daha geçirdi. Biraz kendine gelince ise aldı bizi götürdü kuaföre. Kardeşimin saçını erkek çocuğu gibi kestiler, onu aynadan bir gördüm dudaklarını büküp kendini izliyordu. Dayanamadım, benimkini de kesin dedim. Akşam da sarılarak uyuduk, "büyüyünce prenses gibi saçlarımız olacak, upuzun hiç kestirmeyeceğiz hem de" diye hayal kura kura uyuduk. Sonrasında cidden onu bildim bileli saçları hep uzun oldu, bir daha da bitlenmedi zaten.

Dünyanın en saf kızıydı, her türlü kandırıyordum onu, ne desem inanıyordu, hiç sorgulamıyordu bile. Şimdi de öyle, içeri girsem misal "Abdullah Gül aradı, yarın akşam yemek varmış köşkte gelin diyor" desem hemen "ne giyecez ya bizzz" diye atlar, hiç lan bu kız yalan söylüyor diye düşünmüyor. Onu o kadar çok kandırmışım ki bazen söylediğim yalanları bile unutuyorum, dün millet bize gelmişti toplanmıştık film falan izliyoruz. Konu nereden, nasıl açılıp dramatik mevzulara geldi hatırlamıyorum ama bu durdu, "ablamın arkadaşının başına bir şey gelmişti, aklıma geldiğinde bile ağlıyorum" dedi. Ne gelmiş lan benim arkadaşımın başına diye düşünürken anlattı hikâyeyi. "Kız kendisine yeni bir çizme almış, sadece bir kere giymiş o çizmeyi sonra bir gün işe gitmek için hazırlanırken bir bakmış kardeşi kendisinden önce giyip çıkmış çizmeyle. Bu hemen telefon etmiş, 'bundan sonra aklın varsa görünmezsin gözüme, o çizmeleri bana sormadan nasıl giyersin, yeter artık senle uğraştığım' diyerek bir ton şey söyleyerek kapamış telefonu. Sonra işe gitmiş kıza sinirli sinirli, ardından bir telefon gelmiş 'kardeşiniz trafik kazası geçirdi, şu an hastanede hemen gelin' diye. Koşa koşa gitmiş hastaneye ama yetişememiş kardeşi ölmüş. Kıza eşyalarını verirken çizmeyi de vermişler, kafayı yemiş sonra o çizmeleri parçalamış elleriyle, 'keşke yaşasaydın da bunlar senin olsaydı, keşke yaşasaydın da hep giyseydin' diye."

Öyle bir anlattı ki bunu ağlamaya başladık orada, bi yandan da hatırlamaya çalışıyorum lan bu hangi arkadaşımındı, ben niye hatırlayamadım derken olay aklıma geldi. Bu salak kendisine bir ayakkabı almıştı ve manyak gibi ayakkabısını hiç giymiyordu, özel günler bilmem neler diye saklıyordu. Ben de sabahları giyip çıkıyordum gizli gizli. Bir gün yakalarsa falan kıyameti kopartmasın diye bu hikâyeyi uydurup anlatmıştım. Hani ayakkabıyı göremezse yerinde, ablamdan değerli mi desin dedim. Sonra da unutmuşum, hayatta en çabuk unutulan şey söylediğin yalanımdır zaten o yüzden bu da aklımdan silinip gitmiş. Şimdi orada millet böyle duygulanmış, uzaklara dalmış gitmiş, kardeşlerine yaptıkları kötülükleri düşünüyor, oturup "ehehe seni nasıl kandırdım kereste" desem yakışık almayacak, o sebeple sustum öyle bekledim. Kızcağız belki de bu hikâye yüzünden hayatı boyunca beni kırmamak için çırpınıp duracak ama n'apalım... Ya dur ben kardeşime bir rumuz bulayım en iyisi, kendisine Zodyaklı diyor, Zodyaklı olsun rumuzu evet...

Sonrası mı, Sonrası Güzellik...

Rüyamda bir tane bardak bulmuşum, içindeki su hiç bitmiyor. Lıkır lıkır su içiyorum, sürekli ama hiç doymuyorum o suyu içmeye... Bir uyandım ağzım kupkuru böyle deli gibi susamışım... Yalnız bir gariplik var ki sanırım uyandığım yer yaşadığım ev değil. Koltuğun kenarına suratımı iyice dayamışım, elimi de üste atmışım, koltuğun desenini hayatımda ilk kez görüyorum. Sonra birazcık kendime geldiğimde oraya sıkıştırıldığımı fark ettim ve bir esmer el belimdeydi, esmer olduğu kadar baya da kıllı bir kol takip ediyordu eli. Adamın biriyle yan yana yatıyordum, hiç bilmediğim bir koltuktaydım, sanırım pipisi popoma değiyordu... Gözümü bir daha kapadım, belki rüyadayımdır diye ama açtığımda tekrar anladım ki rüya değildi. Şu an bir erkekle yatıyordum ve bir şeyler hatırlamaya çalışıyordum. Eline bir daha baktım, yok daha önce görmediğim bir el. Sonra üstümdekilere baktım kıpırdamamaya çalışarak, her şeyim tastamam, elimi altıma doğru götürdüm, çok şükür alttan çıtçıtlı badim yerinde duruyor altında da denemek için giydiğim -şükürler olsun- Penti'm... Şöyle göz ucuyla bir daha baktım, çorap harbiden kaçmamış, Abduş'un bile cart diye götüremediği çorap sekse bile karşı gelmiş, yani bir şehir efsanesi daha doğrulandı. Gerçekten kaçmaz çorap var ve ben gece sevişmemişim. O zaman burası kimin evi ve beni sıkıştıran bu adam da neyin nesi?

İşin en zor kısmını atlattığıma göre adamın kim olduğuna bakmam lazım, gece sanırım çok içince orada bulduk da neden bu eve gelip burada sıkış tepiş yattık onu anlamadım. Bir de acaba hangi semtteyiz, ben eve nasıl gideceğim, en önemlisi cüzdanım, çantam, telefonum inşallah yerindedir... Çok güzel bir erkek parfümüyle arasına karışmış kusmuk kokusu geliyor burnuma, parfümü de bir yerden hatırlamıyorum, arkadaşlarımdan biri desem yok yani. Geceyi hatırlamaya çalışıyorum, off her şey aklıma parça parça geliyor. Yavaşça dönmeye çalıştım, önce pipisini dayadığı götümü iyice kendime çektim, sonra elini belimden hiç oynatmadan yanımdaki adama doğru dönmeye başladım, döndüğümde o kadar dipdibeydik ki bir anda algılayamadım, burnum burnuna değiyordu çünkü, tek kişilik çekyatta iki kişi uyumuşuz, sinirlenerek kafamı geriye çektiğim an kim olduğunu gördüm, ayy Allah kahretsin ya, bunu nasıl yapabildim diye elini belimden bir hışımla ittirdim, çocuk gözünü açtı o sırada. "Kalk şuradan, neredeyim hemen söyle iğrenç pislik herif" diye bağırmaya başladım, adam ağzımı kapatmaya çalıştı, daha da sinirlendim, ittim aşağıya doğru, çekyattan yere düştü, kalktım nerede olduğumu anlamaya çalıştım, bazı bölümleri hiç hatırlamıyordum ama olayın gidişatını, bizim nasıl karşılaştığımızı hatırladım. Hatta en başından beri olanı anlatayım...

Kesinlikle yukarıdaki yaşanılan her şeye bir denge vermiş. Her şey dört dörtlük giderken, ufacık bir olay oluyor ve bir anda sıçışa geçiyorsun. Ya da dibe batmışken bir anda çıkıyorsun hiç beklemediğin zamanda üstelik. Evim barkım yok, rezillik diz boyu ben ne halt edeceğim derken kısa bir sürede neredeyse hayatımı toparladım. Normalde bu olayı on senede yapamazdım, hem üşenirdim hem şansım açık olmazdı genellikle. Bir tane bile satılmaz dediğim kitabın satışı o kadar iyi gitti ki ben bile inanamadım. Erik'le kafam öylesine meşguldü ki bu hayatımın fırsatını bile anlayamadım resmen. Var ya, götümü yırttığım, bir tane torpil bulmak için çırpındığım gazetede köşem bile var artık. Kriz var diye işten çıkartan kanallardan "ilk bizde çık TV'ye" diye teklifler yağıyor ve ben hâlâ Erik beni terk etti diye üzülüyorum... Kafelerde falan kızların elinde görüyorum kitabı kalp krizi geçiriyorum heyecandan ya da hayran olduğum adamlar bana "süper yazmışsın" diyor, felç geçiriyorum. Hayatımdaki diğer güzel şeylerin farkına varmaya başladım sanırım, ev olayını da çözdüm, beraber kaldığımız kızlardan biriyle ayrı eve çıkmaya karar verdik, yanımda da kardeşim var üstelik, o kadar huzurlu ki içim sürekli dağa taşa vuruyorum aman bir sorun çıkmasın diye. Ama işte taşındığımız evin kirası biraz tuzlu, bi de Etiler'de olunca eşya konusunda sıkıntı çektim, hayattaki tek varlığım valizlerim çünkü. Onlardan da nefret ediyorum artık, habire yanımdalar, habire dolup dolup boşalıyorlar. Bir süre odamda yatak yok yani, salon koltuklarının birinde kıvrılıp uyuyorum. Aman yatak olsa ne yapacağım ki, aylardır bir faaliyet de yok benim cancağzımda. Garibim öyle öksüz kaldı, o da boynu bükük bana bakıyor, atacağım hamleyi bekliyor. Ama o kadar yorgunum ki vallahi içimden de bir adama dönüp bakmak gelmiyor. Bazen birileriyle tanıştırıyorlar beni, önce birbirimizi tanımak için götümüzü yırtacağız, beğendirmek için yalanlar atacağız, sonra alışacağız ve sonra yitip biteceğiz, değmez bunun için yorulmaya diyerek es geçiyorum. Biraz nefes almam lazım sanırım, kendimi toparladıkça daha dağıtıyorum ama bu kez gerekli her şey bu kadar güzel giderken, şimdi bir de bununla bozmak istemiyorum. Böyle arkadaş gezmeleri, tozmaları bilmem neleri mutluyum hayatımdan... Her gün dışarıdayım neredeyse ya aslında onları bir kessem yatağı bırak kendime yeni oda bile yaptırırım da kalsın ya böyle daha iyi diye düşünüyorum.

Hah bu şekilde hayatımı toparlamışken ben, hayat tesadüflerle dolu derlerdi inanmazdım, ya bu arada bu sözü bilmem kaç senelik hayatım boyunca en az 100 kez kullanmışımdır. Ve hâlâ utanmadan inanmazdım diyebiliyorum, neyse akşam dışarıya çıktık kızlarla topluca, Seks and the Fikirtepe staylamızla fink atmaya başladık. Yakışıklı radarları, bekâr erkek paylaşımları, tehlikeli erkek uyarıları derken gece baya güzel geçiyordu... Sonra mekânda başka arkadaşları gördük, onlara doğru yol alırken, yanlarında duran çocuğu bir yerden hatırlıyorum diye böyle kendi kendimi yemeye başladım. Bir de karanlık içerisi ama böyle kesin tanıyorum çocuğu o derece eminim. Bakıyorum sürekli, o da bakıyor, nereden, nereden derken, memesini göstererek kapatma işareti yaptı. İşte o an hatırladım bu geri zekâlıyı. Olimpos'ta çantamı fırlatan, manitasıyla sürekli halvet halinde olan ve mememi gören mal. Yanında bu kez kız arkadaşı yoktu ve gözleri fıldır fıldır dönüyordu salağın. Kafamı çevirdim hemen, kızlara doğru dönüp dans etmeye devam ettim. Sonra çocuklardan biri "Aaa sen Ceri'yi tanıyorsun değil mi?" dedi, "nereden tanıyacağım be o salağı" deyince anlattı bana kim olduğunu. Meğersem Twitter'da yazan popili bebelerden birisiymiş bu, baya seveni sayanı var yani. Vayy dedim sen dur, benim kim olduğumu bilmiyor diyerek, hemen telefondan buna mention attım, "off amma keko bişiymişsin sen, o esmer kız sana sümüğünü atmaz" diye yazdım. O da anında bana cevap verdi "sen önce memeni kapatmayı öğren". Yani kim olduğumu biliyordu, tabii çocuğun kim olduğunu gelip bana söyleyen tip, benim de kim olduğumu ona söylemiştir Allah'ın emri yani... Sonra ben yine içtim içtim içtim... Geceye dair hatırladığım tek şey en son taksinin içine kusuyordum ve adam bize bas bas bağırıyordu.

Şimdi buradaydım, burası kimin evi haberim bile yok ama bu beyni kuşbaşı et doldurulmuş tiple sarmaş dolaş uyumuşuz. Allah'tan uyumuşuz sadece, hayır bir de malum artık sevgili olaylarına girmeyince ben pıtırcığı biraz özgür bırakmıştım. Yani orası hiç hoş durumda değildi, ertesi gün "benim adım orman" şarkısını bana söylemesini istemezdim bu öküz oğlu öküzün. Çantamı arıyorum bulamıyorum bir türlü, "çantam nerede, bana taksi çağır gidiyorum hadi" diye bir tur daha bağırdım. Önce bir uyku sersemi çantamı aramak için böyle bakındı sonra o da kendine geldi, "lan sen ne aptal bir kızsın, çantan içerideki odadadır, arkadaşın içeride uyansın gidersiniz dur işte." Kapıya doğru elimi attım, "Madem arkadaşım içeride sen niye sapık gibi yanıma sokuldun pislik!" diye bir bağırdım, hayır bir de odada bir tane daha koltuk var, küçük bir oda böyle, ikili bir de üçlü çekyat var orada yatmışız biz, açmamış bile beyefendi, çükünü sürtmek için. Kim bilir ben uyurken memelerimi bile ellemiştir, pislik cinsi sapık... Kapıyı tuttu bu çıkmamam için "Ya arkadaşın içeride müsait olmayabilir bir dur, öyle lak diye girme. Meraklı mıydım sanki burada uyumaya." Lan madem meraklı değildin ne diye götüme girdin domuz! "Ya bu nasıl iş, arkadaşım yanda ben burada, ne sandınız siz bizi pislikler aç şunu kızı alıp gideceğim buradan, seni de polise şikâyet edeceğim. Kim bilir çantamdan para bile almışsındır, Olimpos'ta gördüğüm an anlamıştım senin ne içim bi adam olduğunu çekil aç şu kapıyı."

Bir sinirle baktı bana orada, ayyy o kadar korkunç baktı ki beni dövecek gibiydi, açtı kapıyı çıktım dışarı, ben çıktım, kız da karşı odadan çıktı "ne oluyor ya ne bağırıyorsunuz" diye. "Kalk gidiyoruz, polise gidicez hadi" diye tuttum kolundan. Sonra kız beni oturtturdu ve hatırlamadığım bütün detayları bir güzel anlattı. Anlatmadığı yerleri de videoya çekmiş izleterek tekrar yaşattı. Blair cadısı gibi bir sahne oldu orada... Gece boyunca ben bu çocuğa sarmışım, video da masanın üzerinde dans ediyorum bunu yanıma çağırıyorum, cüsseme bakmadan hop hop zıplıyorum kucağına. Sonra biraz benle ilgilenmediğinde "yaa sen gelsene yanıma şiiii gelsene yaaa" diye yanıma çağırıyorum. Bildiğin dört yaşında arsız şımarık çocuk gibiyim, gece de tutturmuşum yalnız uyuyamıyorum beni uyut öyle git demişim. Ayy tam bir orospuyum yani, adam da yanımda uyuyakalmış. Sarhoş olduğum zaman belli bir noktadan sonrasını hiç hatırlamam. Her sabah bana neler yaptığımı anlatırlar abartıyorlar der geçerim. Ama bu kez anladım ki benim asla içmemem lazım, asla hem de. O kadar çok utandım ki orada, adama hem sapık dedim hem tecavüzcü yerine koydum, bir de hırsız muamelesi yaptım. Özür dilerim demek için döndüm, hâlâ o bakışlarıyla bana bakıyordu, "ya ama sarhoş muşum tamam büyütme işte" dedim ama o gene de bakmaya devam etti... Hayır, suçlu ben oldum bir de ona yanıyorum sarhoşmuşum ne yapabilirim, böyle bir olayda onların beni adam gibi yatırıp, uyutması lazımken. Beni masaların üstlerine çıkartıp oynatmışlar, dalga geçmişler sonra utanmadan bana gösteriyorlar bir de pis pis bakıyorlar. Geri zekâlılar.

Başın Öne Eğilmesin Aldırma PuCCa Aldırma, PuCCa Aldırma Vayyyyy!

Sabah kapının içli içli çalmasıyla uyandım, delikten baktığımda iki tane yarma gibi herif kapının önünde bekliyordu. Daha doğrusu bir tanesinin eli zilin üzerinde takılı kalmış beynimi sikiyordu, kapıyı açıp "ne var lan ne" demeye kendimi hazırlamıştım, açtım tam bağıracakken adam "Emniyet" deyince benim popo yağları bıngıl bıngıl atmaya başladı. Polis neticede, insan ister istemez korkuyor, çocukları bile "seni polise veririm bak" diye büyütüyorlar daha ne olsun. Bin tane şey kafamdan geçti o sırada. "Kimliğimi nerede düşürdüm acaba, ahan da biri fabrika soydu üstüme kaldı ne bok yicem şimdi. Ya abi bir kere salaklığıma denk geldi, boş senede imza atmıştım taa üniversitedeyken ondan mı geldiler ki? Bilmeden birini mi öldürdüm acaba, sarhoşken falan olabilir yani, kimi öldürdüm lan? Ya biri öldüyse bana onu haber vermek için geldilerse. Allah'ım ne olur eski sevgililerimden biri ölmüş olsun ailemden biri olmasın. Lan acaba arkadaşlarımdan biri öldü de katili mi arıyorlar, katil ya etrafımızdakilerden biriyse ya bizi de keserse? O Oğuz mandası kesin seri katildir, kesin yani, bir insan yedi bin lira maaş alıp her gece ucuz bira mı içermiş. Bütün parayı silaha veriyordur piç! Biliyordum ahan da katil o!" diye kendi kendime iç sesimle paranoyakçılık oynarken, adamlar cüzdanındaki amblemi gösterip içeri geçebilir miyiz dediler. Ben de saf saf aldım içeri herifleri...

Salona geçti adamlar, ya ev de öyle kötü ki akşam çamaşırları yıkamışız külotları koltuğun üzerine asmışız. Evde üç kız yaşayınca salon adeta Bedri Baykam sergisi gibi olmuş. Peteklerin üzerinde gecelikler, sutyenler koltuk kenarlarında duruyor. O kadar çok renkli iç çamaşırımız varmış ki adamlar genelev işlettiğimizi düşünecekler diye korktum. Bir panikle hooppp hepsini topladım attım içerideki odaya. İçeriye gittim, Zodyaklı hâlâ uyuyordu, sessizce uyandırdım. "İçeride polisler var sakın çıkma dışarı, bekle burada bir şey olursa sana çağrı atcam hemen polisi ara" dedim, geçtim içeri. Sanki evde yalnızmışım gibi. Korktum bir de, paldır küldür girdiler eve adamlar, gösterdikleri amblemin orijinal olduğu ne belli, bir de hemen çekti herif geriye. Gerçi hoş on saat gösterse de anlamam ya. Bir orijinal çantayla sahtesi arasındaki farkı şıp diye anlarım ama bu biraz zor tabii... Belli mi olur abi, belki de hırsızlar, sapıklar ohh keka cüzdana demirden bir yıldız koy sonra gir istediğin eve... Geçtim salona oturdum kapıya yakın koltuğa, pis pis ne mal olduklarını anlamaya çalışarak baktım onlara. "Erik xxx'i tanıyor musunuz?" dedi, benim o an kanım dondu, az önce eski sevgililerim ölsün duam kabul olmuştu sanırım. Hiçbir duamı umursamayan yukarıdakinin panik halinde düşündüğüm şeyi umursayası gelmişti.

Adam ölmüştü, artık yoktu. Daha günler önce nefret ediyordum ama ölmesini isteyecek kadar değil. Ölmesini istediğim eski bir sevgilim vardı ama bu Erik değildi. Çünkü acısı daha çok tazeydi, adam gibi nefret bile ettiremedi kendinden, keşke yaşasaydı, Allah'ım nasıl ölür diye kendi kendime sorular sorarken, adamlardan biri "İyi misiniz?" dedi, kafamı kaldırdım, "bir şey mi oldu yoksa ona" dedim. "Tanıyor musunuz, şifresi çalındığı için başvurmuş bize, gelen İP'ler sizin, ondan rahatsız ettik sizi" diyince bir oh çektim.

Tee ne zaman Erik'le daha ilk günlerimizde böyle, ben de her güven sorunu yaşayan genç kız gibi, mailini kırmaya çalıştım. Kırmak bile denmez, hak etti denir. Adamın gizli sorusu, "en sevdiğiniz tarihsel kişilik" cevabına "Atatürk" yazdım tak açıldı. Yani şimdi bu hack'leme sayılmıyor bence, direk bana şifreyi vermiş sayılıyor. Amaan işte açılınca maili önce bir geçmişten bugüne kadar olan maillerini okudum. Adam beş sene boyunca birçok maili silmemiş. Eski sevgilileriyle yazışmalarından başladım okumaya. Sonra msn'ini açtım, kızların hepsini tek tek silecektim ki kuzeni oradan bana "Erik şu an yanımda sen kimsin?" diye yazınca panikledim, hemen şu kontör isteyen şebekeler oluyor ya, maili hack'leyip listesindekilerden para kontör istiyorlar. Hah benden şüphelenmesin diye kalktım sivri akıllı ben, kişisel iletisine bana kontör yollayın yazdım. Kuzenine de google'da ilk bulduğum banka hesap numarasını yolladım "para yollayın buraya" diye. Ardından da hemen kapattım msn'i.

Ertesi günde Erik'le buluşacağız, Kadıköy iskelesinde bekliyor beni, gittim hoplaya zıplaya yanına "savcılığa gidiyoruz, gel" dedi. Aha dedim, sıçtın kızım PuCCa, şimdi ne bok yiyeceksin adam sana dava açacak. Hiçbir şeyden haberim yokmuş gibi davranarak sorular sordum, salak salak şımarıklıklar yaptım. Derken girdik içeri, bu olayı anlattı bana, bir de sinirli nasıl var ya burnundan soluyor resmen. "Allah onların belasını versin, kırıyorlar böyle şifreleri para pul sömürüyorlar. Korkuları da yok pezevenklerin, görecekler onlar günlerini" diye höykürüyor resmen. Niye bu kadar dellendiyse de anlamadım, mailinde önemli bir nane de yoktu ki, iki üç tane eski manitadan gelen ayrılık sonrası sitem mailleri, birkaç tane fotoğraf, kalanı penis büyütücü reklamları. Amma olay çıkardı bunun için, şimdi adama oturup abartma falan desem benden şüphelenebilir diye o celallendikçe ben gazladım. "Ver ya şerefsizleri ver mahkemeye, itlere bak şu cesarete bak! Sen susarsan ben susarsam nasıl çıkarız karanlıktan aydınlığa, ver bebişim dilekçeni ben yazayım" dedim, kendi sonumu kendi el yazımla yazdım. Bir güzel yazdım o dilekçeyi, sadece kimlik numarası bölümünde bir rakamı yanlış yazdım, ne olur ne olmaz diyerek... Sonra bu girdi içeri, savcıya mı ne olayı anlattı bir güzel. Sonra yemeğimizi yedik, fingirdeştik falan filan. Sonrasında birkaç hafta korkuyla bekledim, ses soluk çıkmayınca aman dedim msn kırmaktan kime ne olmuş ki peheyyy diye umursamadım.

İşte PuCCa dün yediğin hurmalar, gelir bugün o koca götünü tırmalar. Şu an suçlu ben gözüküyormuşum, şifre kırıldıktan sonra sadece benim İP'den girilmiş maile. Suçlama dolandırıcılık üzerine olduğu için sadece şifre kıran biri değil artı bir de dolandırıcıyım. O verdiğim banka hesap numarası da Kayseri'de bir reklam ajansına aitmiş, sadece dolandırıcı değil bir de çeteciymişim. Dedim sıçtın PuCCa, hemen başladım "Biz nişanlıyız zaten o dilekçeyi de ben yazdım hatta. Sonra akşam aldık şifreyi. Aynı evde yaşadığımız için de tabii sevgilim girdi çıktı nete oradan" dedim. "Sizi Emniyet'e kadar götürmek zorundayız, şu an şüpheli gözüküyorsunuz ifadenizi alacağız" dediler. Hay hay diyerek çıktım onlarla Emniyet'e doğru. Uğur Mumcu'nun katillerini bulamayan adalet,

Erik'in şifresini kıranı da nasıl buluyorsa, bir de evi falan da taşıdım oysa ona rağmen buldular valla. Bir bana işliyor zaten bu tür şeyler, millet soyar çırpar sokakta fink atar. Biz kırk yılda bir hata yaptık, hemen alın beni içeri aman durmayın!

Bekleme yerinde dururken, içim içimi yedi, hapishaneye düştükten sonrasını düşündüm. Böyle bir şeyden de ilk ve tek giren ben olurum herhalde, düşünce suçundan falan girsem hadi bir havam olur da bunu insanlara da anlatamam ki. Sadece ibretlik öykü diye paylaşılır. "Sevgilisinin mail hesabını hack'leyen genç kız, on yıl hapis cezasına çarptırıldı. 'Yine olsa yine yaparım, boru mu onun adı gizli soru zor bir şey yapsaymış o da' deyip, pişkin pişkin cevap veren genç kız kameralarımıza da saldırmayı ihmal etmedi. Hapishaneden çıktıktan sonra 'Nasıl Lezbiyen Oldum' adlı kitabını çıkartacağını söyleyen genç kız 'adalet istiyorum' diye bağırdı."

"İçeride kadınlar beni ne biçim döver var ya, tembelin, götü iş tutmayanın tekiyim. Katiller matiller var bir de orada, anlatamam ki durumumu. Girince bari, birini şişledim falan diyeyim de havam olsun, ezilmeyeyim şimdi onca suçlunun arasında. Beni ziyarete gelirler mi acaba? Deniz Seki içeri girdiğinde o topalak kafa zurnacı sevgilisine ne küfür etmiştim, onun bile arkasında durmamıştı herif, beni de kimse ziyarete gelmez şimdi. Bari incik boncuk alayım da Eminönü'nden kendime, girince oraya kendimi takıya tokaya vereyim, çıkınca da pazarlarda satarım onu" diye hayallere dalmışken, içeriden çağırdılar beni, geçtim oturdum, daktilonun başında biri vardı, yanında da başka bir adam, o sordu, ben attım, daktilocu yazdı.

Erik tabii İngiltere'de olduğundan adama ulaşamamışlar, o yüzden sadece benim ifademi alıp bırakacaklarmış. Adamlar çok umursamadı aslında da Erik'in olmaması biraz kötüymüş, davanın kapanması için Erik lazımmış, yoksa bu böyle sürüp gidecekmiş. Ben hep şüpheli gözükecekmişim. Şimdi Erik'e söylesem, o sırada ben çalmıştım şifreni diye, hayatta çekmez davasını. Bir de salak çocuk, bir ton yalan söyledim, hepsini tek tek ortaya çıkartır. Dedim İngiltere'de o, buraya gelmeyecek ki "telefon açarız öyle hallederiz" derken tam, benim telefonum çaldı, arayan numaraya bir baktım, o Olimpos'taki, sonra sabah yanında uyandığım geri zekâlı arıyor. Kolyem kaybolmuştu, arabada evde bir yerde çıkarsa arasın diye vermiştim telefonumu. Büyük ihtimal kolyeyi bulmuş, o an aklıma bir şey geldi. Çocuğu meşgule attım, hemen numarasını verdim. "Türkiye'deki numarası bu idi Erik'in, orada da bu açık biz bununla konuşuyoruz" diyerek bunun numarasını verdim.

Sonra da kağıdı imzalayıp koşturarak çıktım dışarı hemen aradım bu çocuğu "Seni polisler arayacak, adın Erik, İngiltere'desin, ben sevgilinim, şifreni o gece geri aldın. Davayı kapatmak istiyorsun". "Ne diyorsun sen ya" falan dedi, "hemen gel beni Vatan'dan al, anlatırım çabuk ol, gelene kadar ama sakın telefonunu açma yabancı numaraya." Herif bir şey anlamadı tabii yarım saat sonra geldi yanıma. Arabasına bindim, kendimi James Bond'daki gizemli kız gibi hissediyordum. Hoş ondan takriben yirmi kilo fazlam vardı ama olsun, olaya kendimi nasıl kaptırmışsam "sür ve arkana bakma" demişim adama, gidiyoruz, soruyor ne oldu ne bitti diye, anlattım ben de.

Bu da ağzıma sıçtı, böyle şey mi olurmuş, adamlar arasa anlamayacaklar mıymış Türkiye'de olduğunu. Bu daha büyük suçmuş, neden onu karıştırmışım bu işe, adamı arayıp söylemeliymişim, yediğim boku kendim temizlemeliymişim, o böyle bir şeye alet olamazmış bla bla bla. Amaan sanki banka soyacağız, alt tarafı aradıklarında, "davadan vazgeçiyorum" diyecek bu da iyice abarttı, idam edecekler gibi bir de korktu salak. Sonra telefonu çaldı, bilmediği bir numara ekranda, bembeyaz oldu suratı ama nasıl var ya anlatamam suratıma ölü balık gibi bakıyor. "Her şeyi anlatacağım" dedi. Dur dur ben hallederim dedim, aldım telefonu elinden, ya yanlış vermişim telefonu bu bende kalan numarasıydı falan diyeceğim. Artık ne yapayım yani, adam tirtir titriyor önümde, "kariyerim bitti, iş hayatım bitti" deyip duruyor. Sanki adam öldürdük korkak tavuk!

Açtım telefonu, bir kız sesi "kontörüm bitmiş Selen'den arıyorum neden açmıyorsun yaaa" dedi karşıdaki ses, "Pardon kimsiniz" dedim, "Ayy yanlış mı aradım xxx'i aramıştım ama." "Yoo yoo onun telefonu da siz kimsiniz onu soruyorum." "Pardon da sen kimsin asıl" diye kızla biz birbirimize girdik orada, çocuk telefonu elimden almaya çalışıyor ben kıza bağırıyorum, "seviyeli konuş benimle bana bak gelmeyeyim yanına" diye carlıyorum. Çocuk aldı telefonu kapattı, sonra suratıma öyle bir baktı ki, o sabah uyandığımızdaki bakışın aynısı.

"Nee? Vermeseydin telefonu halla halla."

"Ya sen ne yapıyorsun, hasta mısın kızım?"

"Asıl sen ne yapıyorsun pislik, kız arkadaşın var o gece sarmaş dolaş vay vayy vayyy... Kıza iyilik yaptım ben. Akıllansın o saf yavrucak, kiminle birlikte olduğunu bilsin."

"Ya sana ne bundan, sen n'apıyorsun ya, sen manyak mısın? Bas git şu arabadan elimde kalacaksın yoksa, hasta ruhlu karı!"

"O tatildeki kız di mi, yazık vallahi yazık kıza. Gitmiş senin gibi adama inanmış, kontörü de yokmuş kızın, bak arkadaşından arayıp güzel güzel de haber veriyor."

Sonrası çocuğun sinir krizi geçirdiği yer oldu, bildiğin kriz geçirdi, direksiyona falan vuruyor, kızı arıyor onla kavga ediyor sonra dönüyor bana sövüyor. Ben de ses çıkarmıyorum n'apayım, hayatımın bokunu yiyip orada salak gibi bunun numarasını verdim. Böyle var ya bazen beynim duruyor, gerçekten duruyor, paniğe kapıldığım an hep saçma salak şeyler yapıyorum. Şu anda o anlardan biri, hiç sesimi çıkarmadan adamın sinirinin geçmesini bekliyorum. Beni elli kez arabadan kovdu, bilmem kaç kez küfür etti ama gurursuz gibi, "sakinleş konuşalım bir" diyorum. Bir yandan da tırsıyorum, tam şu an polisler ararsa bu sinirle anlatır, bir de dediği gibi olursa bu da suç sayılırsa, polisi kandırmaktan da alırım ceza. Bir süre geçti, arabayla Avrupa yakası turunu da attık o süre zarfında, sonra adamın işe dönmesi gerekliymiş ama o sinirle onu da erteledi, eve bırakmaya karar verdi beni, anladı ki yolda bir yerde inmeyeceğim çünkü. Evi tarif ettim, kapının oraya geldik, biraz daha sakinleştik.

Bu oturdu sakin sakin anlattı. "Bak kızım, şimdi arasınlar ben o dediğin kişiyim desem bile bu adamdan bir imza isteyecekler, yani sadece telefonda halledilmez. Başına daha doğrusu benim başıma büyük iş getirirsin. Avukat arkadaşım var arayalım beraber, ne yapabiliriz konuşalım, tamam mı güzel kardeşim, ne olursun ama sonra in arabadan ve bir daha beni arama tamam mı ne olur." Sonra aradı arkadaşını, Erik'in avukata vekâlet vermesi gerekiyormuş, ancak öyle çözülürmüş. Bu da polis molis ararsa kimseyi tanımıyorum diyecekmiş. Yapacak bir şey yok deyip, indim arabadan, adam da arkasına bakmadan vınn diye çekti gitti.

Ben şimdi ne bok yiyeceğim ya... Umarım Emniyet'te büyük bir yangın çıkar ve bütün dosyalar yanar, bilgisayarlar erir ve bu olay unutulur. Ya da Erik ölür ve dava kendiliğinden kapanır. Acaba Erik'i mi öldürsem, biraz üzülürüm gerçi ama ayy ne diyorum ben ya.

Evlilik Değil Derdim, Derdim Huzur

Çevremdeki bütün avukatları arayıp hepsinden msn davam için tek tek akıl aldım ve hepsi de aynı şeyi söyledi, vekâlet ya da zaman aşımı! Önümde iki yol vardı, ya Erik'e gerçekleri anlatacaktım, çocukluğuma verip beni affedecekti. Ya da zamana bırakacaktım, gidişat neyi gösterecek bekleyecektim. Ama ben ikisini de seçmedim, gittim onun yerine Erik'i aradım. "Senin yüzünden başıma gelmeyen kalmadı, çocuk pornoları falan filan off iğrenç neler neler oldu, iki gündür Emniyet'teyim senin boklarını temizlemekten. Sana ADSL şifreni Beşiktaş yapma demiştim işte! Biri o şifreden girmiş, çocuk pornosu indirmiş. Suçlu sen, daha doğrusu biz gözüküyoruz. İmzanı mı tasdikleyeceksin ne yapacaksın bilmiyorum, avukat buldum bir tane ona yolla. Bunu da burada ben hallederim, senin arkanı toplamak zaten ancak benim işim. Sen her zamanki gibi siktir git, ben nasılsa buradayım. Senden de başıma getirdiğin bu işlerden de nefret ediyorum. Şu aldığım etikete bak, iki gündür ne haldeyim biliyor musun?" diye ağlaya ağlaya anlattım.

Bu önce bir afalladı, ne diyeceğini bilemedi, nasıl ya falan filan derken "avukatın telefonunu ver, hemen arayıp yolluyorum sakin ol" dedi. Arkadaşım da yanımda, aradı onu, yanımda konuştular. Kız olay benim dediğim gibiymiş gibi anlattı anlaştılar kapattı telefonu. Sonra aradan bir yarım saat geçti Erik aradı, "PuCCa, annemi aradım şimdi de, çok saçma böyle şey olmaz diyor, bizim bir tanıdık avukat var onla halledeceğiz, numaranı istedi benden, bir konuş iyice anlatsana. Bu dava benim üstüme açıldıysa en azından ailemin yeri belli oraya neden gitmediler? Annem bizim kaldığımız evde, onun yanına giderlerdi" dedi.

Senin o anneni sikeyim ben, gerçekten sikeyim yani, geri zekâlı kadın her bokun içinde olmazsa olmaz. Her şeyle ilgili bir bilgisi var salağın, bu da nasıl bir süt kuzusudur hemen anasını aramış. Sonra o benim canımdan can alan cümleyi kurdu, "Annem dedi ki, bu kız senle evlenmek için numara yapıyor bence, imzanı ve kimlik fotokopini alıp kendini senle evlendirecek bak gör, böyle bir planın varsa saçmalama." Bu cümleyi annen kurdu hadi anlıyorum, çünkü o kadın fesat, pislik, mendeburun teki, peki sen neden bunu bana çok sakin bir şekilde anlatıyorsun be adam! Nefes alamadım bir an, ölüyorum zannettim bu kelimelerin her biri beni parçaladı o an. Demek ki ben böyle görünüyordum, beni istemeyen bir adamla kendimi zorla evlendirecek kadar aciz. Demek bu adam beni hep böyle görmüş. O sırada da hoparlörden dinliyorduk Erik'i, avukat arkadaşım da duydu bunları, elini omzuma attı, kapat işareti yaptı. "Bu kadar iğrençleşme" diyerek kapadım telefonu. "PuCCa, konuyu kapattır bence, daha kötüye gidecek. Onu kandırdığını da öğrenirse bu kez hiç çıkamazsın işin içinden. Ya doğruyu söyle ya bırakalım zamana" dedi, aradım fatura da acı acı girecek bana diyerek, "şaka yaptım ya, porno falan yok, sahte Microsoft varmış, imza attım gittim bir şey değil yani" dedim, bu işin arkasını bırakmasını umut ederek kapattım telefonu.

Sonra oturdum, annesinin o söylediği cümleyi düşündüm. Gerçekten de bu kadar zavallı mı görünüyordum acaba? Evlilik kelimesini bu kadar çok dilime pelesenk yapmak kötü müydü? İnsanlar için varoluş amacı sadece evlenmek olan bir kız mıydım? Filmlerdeki dizilerdeki o ikinci plana itilmiş karakter miydim? Peki, buna rağmen neden hâlâ evlenememiştim?

Öyle ikiyüzlü bir toplumda yaşıyoruz ki aslında, evlenmek isteyen kadınları kezbanlıkla suçlayıp, evlenmeden birlikte yaşayanlara orospu muamelesi yapıyorlar. Evlenmek istemiyorum dediğim zaman entel ama sürtük, evlenmek istiyorum dediğim zaman cahil ama namuslu oluyorsun anlayacağın. Bir de etrafımdaki kadınların "ayy evlilik mi aman bizden uzak dursun" söylemleri kulaklarımda çınlayıp duruyor. Gerçi, bu lafı söyleyenler benden önce koştur koştur gidip evlendiler o ayrı mevzu.

Ben bu evlilik kafasını sürekli aşağılayan insanların bilinçaltlarında evliliği "birine yamanmak" olarak gördüklerini düşünüyorum. Çünkü bana karşı argüman olarak sadece bunu sunuyor, "koca eline bakmak". Ya neden elin herifi bana baksın, bir adamla hayatımı birleştirmeye karar vermek, çocuk sahibi olmak istemekle bir herifin eline bakmanın ne alakası var? Ben de çalışıyorum, ben de çırpınıyorum hangi yüzyıldayız da hâlâ evliliği yamanmak olarak görebiliyorsun? Senin kendi düşüncen bu ise bunu bana neden etiketliyorsun. Sen demek o kadar zavallısın ki biriyle sadece yamanmak için evleneceksin, kafandaki tek düşünce bu; sonra da bunu, ben evlenmek istiyorum deyince kendi düşünceni benimmiş gibi sunacaksın. Hayır, bir de sevdiğim adamla evlenmeyeceğim de senle mi evleneceğim manyak!

Yasalar ve toplum çocuğumu bir imza karşılığında büyütmeme izin verdiği için evlenmek istiyorum. Çünkü bir çocuğum olsun istiyorum, hayatımın en kötü geçen zamanlarını kendi parçama güzel geçirtmek istiyorum. Birinin canı olmak istiyorum, yalnız kalmak istemiyorum. Yaşlanmaktan ölesiye korkuyorum, ileride tek başıma kalırsam korkusuyla yaşayamıyorum. Sevdiğim adamın yanımda olduğunu bilmek istiyorum, aile olmak istiyorum. Beyaz pudra tonlarında bir ev istiyorum, koyu yeşil bir çalışma odası, büyük bir balkon akşamları kızartma yiyip bira içeceğimiz. Oyuncakları her yana saçılmış çocuk istiyorum. Yatak odası hep düzgün kalsın istiyorum, üzerinde ipek örtüsü olsun, ne işe yaradığını hiç anlamadığım kırlentlerle süslü olsun istiyorum. Çocukken birinin evine gitmiştik, aynen böyleydi evleri ve ev vanilya kokuyordu, o evden hiç ayrılmak istememiştim, keşke ailem bunlar olsaydı demiştim, o hayalimdeki aileyi istiyorum şimdi, bunu istemekten de utanmıyorum. Ha hayattan iyi bir iş ve kariyer istemişim, ha bir aile istemişim. O yüzden çekinmeden her yerde evlenmek istediğimi söylüyorum, her söylediğimde "ıyy Kezban" bakışlarını görüyorum salak hatunların ama hepsi sike sike istemedikleri o yola girecekler nasıl olsa, ben de isteyerek girmek istiyorum.

Yine de o söyledikleri laf beni çok kırdı, sanki o mal oğluyla evlenmek için tutuşan bendim. Ortada fol yok yumurta yokken bana evlenme teklifi eden kendisiydi, alıp yüzükleri evimin önünde bekleyen kendisiydi, burası bizim evimiz diyen kendisiydi. Şimdi ben evlilik delisi oldum, şu saatten sonra değil Erik'le evlenmek, aynı kaldırımda bile yürümem, suratına sıçtığımın embesil tipleri.

Çemen Gibisin Sevgilim, Yerken İyi de, Sonradan Belli Oluyor Bütün Leşliğin

Evdeki kızlarla kahvaltıya gitmek için Hisar'a doğru yola koyulduk bu sabah. Gittik, her zamanki gibi yer olmadığı için birileri doysun da kalksın diye beklemeye başladık. Bence bu kahvaltı mekânları zenginlerden intikam almak için yapılmış. Adamlar paralarıyla rezil oluyorlar yahu. Etrafımız sağlı sollu güneş gözlükleriyle oturan, valeye asgari ücretin onda biri kadar bahşiş bırakan tiplerle dolu. Ama gel gör ki içeri alınmıyorlar, orada öyle kazık gibi beklemek zorundalar.

Her şeyin para olmadığını gösteren tek yer bence bu mekânlar. Yer yoksa içeride, garsonlar durup "buraya sadece maaşın ilk günü gelenler, hadi hadi çabuk yiyin yemeğinizi pis fakirler, sırada bekleyenler var" demiyorlar. Herkese aynı muamele; "Hepiniz bu mekâna gelmek zorundasınız köpekler, bekleyeceksiniz!" modunda takılıyorlar. Biz de öyle; her yanımız gece babalarının paralarıyla gezmiş bebeler, solaryumlu, yanık sarı ve kabarık saçlı, dudakları banyo terliğiyle dövülmüş gibi olan kızlarla dolu, bekliyoruz masamızı. O kızları kıskanmıyorsam şerefsizim. Bir insan evladı eşofmanla bile nasıl o kadar bakımlı durabilir? Daha dün gece deli gibi sarhoş olmuşsun, sabah saçın başın nasıl Emine ablanın kınasına gider gibi yapılı duruyor? Ben gayet bakkala açık deterjan almaya giden evin kızı modundayken, onların bu halleri beni varlığımdan utandırıyor. Allah'tan yüzümüzün yarısını kaplayan güneş gözlüklerimiz var da insanın utandığını bile göstermiyor. Biz sıra beklerken yan tarafımıza ev arkadaşımın hınısından hınısı bir arkadaş topluluğu geldi, onlar da kahvaltı yapacakmış. Allah'ım, çocuklardan birini bir gör, daha doğrusu görme al eve besle büyüt. O kadar yakışıklı ki, işi kesinlikle süper modellik falan olmalı. Yüzü, dudakları, kasları, bacakları, saçları, kolları her bir yanı özenle yaratılmış, Tanrı bunun üzerinde üç buçuk sene çalışmış olmalı. İki dakika boyunca adamın her zerresini kestim, iç organlarına kadar inceledim neredeyse, ıı ıh bir tane bile kusur bulamadım.

Ben adama avanak avanak bakarken, bize masa buldular, hemen bunlara da söyledim, "aa gelip bizle yesenize" diyerek, aldık bunları da içeri geçtik. Oturduk masamıza, siparişleri vermeye başladık, ben tabii mönüyü okuyamıyorum bile, çocuğa bakmaktan ne yaptığımı unuttum resmen. Sonra ondan bundan şundan isteyerek, normalde kahvaltı masasında suratına bakmayacağımız besinleri doldurduk masaya. Bir tomar para veriyorsun kahvaltı tabağına, iki kilo portakal, bir kilo kivi, üç beş tane peynir, iki dilim domatesi doğrayıp getiriyorlar önüne. Tabak gırla doluymuş gibi görünüyor ama var olan tek şey aslında portakal. Bir de mevsimi desen değil, nereden bulup sıkıştırıyorlar onca portakalı şaşırıyorsun. Zeytinler, yumurtalar bilmem neler de aldılar, başladık biz yemeğe. Şimdi makyajsızım ve kendime güvenim sıfır. Kirpiklerim siyah olunca sanki dünya güzeli olacakmışım gibi düşünüyorum, makyaj yapmadığım zaman kendimi ucube gibi hissediyorum. Beyaz tenli olmanın zararı aslında bu, esmerler ne güzel hiçbir bok yapmasalar bile kanlı canlı duruyorlar. Ben iki allık sürmeyeyim "geçmiş olsun tatlım lösemi olmuşsun" diyorlar. Bir de kirpiklerim güya uzun ama sarı işte, bacak kıllarım gibi kirpiklerim olaydı iyiydi, yani en azından rimele gerek kalmazdı. Şimdi bu Yunan tanrısı gibi bebenin karşısında oturup, lahana bebek gibi olan sıfatımı ortaya çıkartıp çocuğu korkutmanın âlemi yok! Bir de ambiyans uygun, herkes güneş gözlükleriyle kahvaltısını yapıyor, ben de yapayım dedim demesine de beceremedim bir türlü, yediğimi göremiyorum, gözümde bir ağırlık, saçlarım önüme düşüyor, sürekli elim burnuma geliyor, ittirip duruyorum o gözlüğü. Yok anacım, rahat edemedim gözlükle. Etraftakilere bakıyorum, kimse gözlüklerini çıkartmıyor, güneş bile yok oysa, üstümüzde koskoca branda var. Bir de ben normalde de gözlükle uzun uzun duramam, popçu falan olmuyorsam sebebi budur. Bir açılış çıkışında falan gözlüksüz röportaj veririm, anında biter kariyerim. "Ne ka gözlük o ka popçu" seviyesi diye bir şey var çünkü. Bir de burnumun kenarları kıpkırmızı olur, bir baş ağrısı sarar beni. Toka falan da takamam öyle, darlanırım onlarla.

Şimdi de böyle patladı patlayacak gibi oldum, dedim ne yapalım, beni seveceksen böyle sev beybi feysim, bal dudaklım diyerek, gözlüğü çıkarttım. Ohh be dünya varmış meğerse, yediğim içtiğim kanlı canlı önümde duruyor işte şimdi. Bir taraftan da saçlarımı yüzüme yüzüme götürüyorum ki bir parça da olsa kapatsın bari diye. Bu arada çocukla hiç muhabbet etmiyoruz, masa ikiye ayrılmış gibi, onlar kendi arkadaşlarıyla konuşuyor biz kızlarla. Bir ortak nokta bulmalı derken, çocuğun önündeki kırmızı salçamsı şeyi gördüm, bıçağımı oraya doğru uzatmak için yola koyuldum, tabii elim uzanmadı. Ben de en şirin halimi takınarak, "şunu uzatabilir misin" dedim. O da önündekine baktı, "Aaa çemen mi yiyeceksin? Dur, şu tarafa koyayım, ben çok severim çemeni, biz Kayseriliyiz annem harika yapar bunu. Seveni de çok görmedim" diyerek önüme uzattı. O kırmızı şey çemenmiş, bu sıcakta çemeni nasıl yerim diye düşünürken istemsizce elim, onu ekmeğe sürüp ağzıma ağzıma götürdü. Adam çok severmiş bu bir, Kayseriliymiş bu iki, oturup ayy ben bunu yemem diyemedim. Tam ortak noktamız çıkmışken, neden bozayım bu durumu? Yedim de yedim valla, ben lop lop götürürken onu, bizimki de çemenin tarihçesini bana anlattı durdu. Benimse aklımdan geçen tek şey, Kayseriliymiş ya bu kesin zengindir ama uyanık ve cimridir, diyeceğim de uyanık olsa kahvaltısını neden burada yapsın? Bir de işin kötüsü biz bununla evlenirsek, anası paso bize pastırma, çemen yollar durur. Neyse en azından o yolladıklarıyla evimizin altında bir şarküteri dükkânı açarım. Bütün gün pastırmalarımın başında oturup, esnafla muhabbet ederim. Benimki ama ilginç bir dükkân olur, böyle her yerde şirin inek resimleri falan durur. Kahvaltı masaları koyarım dükkânın önüne, pembe pötikareli masa örtüleri sererim onların üzerine. Taze çiçekler koyarım, her saat başı taze çay, çok güzel bir dükkânım olur. Yani pastacı açma hayali kuran kızların, pastırma versiyonunu yaparım.

Ortak noktamızı bulmuşken kaçırmayayım diye, tabaktakinin hepsini yedim. Bu arada son dakika fark ettim ki ben bu kadar yerken çocuk bir habbe bile ağzına atmadı çemenden. Neyse sonra bitti kahvaltı, biz çocukla telefonlarımızı aldık, şirin şirin uzaklaştık mekândan, yürüye yürüye eve doğru yol aldık biz de. Sonra eve bir geldim, Allah'ım nasıl kokuyorum, bütün gözeneklerimden pastırmalar fışkırmış resmen. Gittim hemen duş aldım, yok hâlâ kokuyorum. Bir türlü geçmiyor koku, keseleniyorum, her yanımı yağlıyorum, parfümlüyorum ama ıı ıh, bin çeşit baharatın yanık yanık kokusu çıkıyor üzerimden. Sadece üzerimden çıksa iyi, tuvalet leş gibi kokuyor. Kızlar bana bas bas bağırıyor, "Allah belanı versin senin, her taraf çemen kokuyor. Nasıl başardıysan biz bile kokuyoruz" diye kıyameti kopartıyorlar. Bütün çarşaflarımı, kılıfları yıkıyorum ama yok geçmiyor, bir gün oldu, iki gün oldu, ıı ıh hâlâ duruyor, o koku sinmiş, saç derime kadar kokuyor. Ben bu kokudan nasıl kurtulurum diye düşünürken çocuk aradı, bilmem ne yerde bilmem ne konseri varmış oraya davet etti. Dedim yok anacım almayayım, hayatım boyunca bu kokuyla yaşamak zorunda kalmak istemiyorum. Tuvaletteki koku yüzünden evin oradaki kafeye inip çişimi yaptım kaç sefer, bir de orayı kokuttum, artık oraya da gidemiyorum. Seninle birlikte olursam artık, senin gözüne girecem diye pastırma yaparım kendimi. Böyle düşünerek vazgeçtim kendi ayağıyla gelen kısmetimden. Bir de sanki on beş kilo yemişim, alt tarafı ufacık bir tabaktı yahu, hâlâ nasıl o kokuyu salıyorum etrafa hayret ettim.

İşte asıl hikâye buradan sonra başlıyor; kliplerde görüp sesini kısıp izlediğim, ölüp ölüp dirildiğim, kadınlar için bir masturbasyon malzemesi sayılan şarkıcılardan bir tanesi benimle tanışmak istemiş. Gazetedeki yazıları çok beğeniyormuş, bilmem neymiş bla bla bla. Buralar önemli değil, önemli olan kısmı ben bu herifle tanışmak için her bir yanımı veririm diyordum, kader bu, Allah'ın bana lütfu, "herif kendi benimle tanışmak istedi" diyerek evde çığlık çığlığa bağırmaya başladım ve her zamanki gibi bir PuCCa klişesi olarak onunla evlendiğimizin hayalini kurdum.

"Şok şok şok, xxx'in gönlünü kaptırdığı balık etli kişi kim? Gece eğlenmeye çıkan xxx mekân çıkışında kameralarımıza yakalandı. Oldukça mutlu görünen pop star bu mutluluğun nedeninin yanındaki hanımefendi olduğunu açıkladı.

Ünlü pop star gönlünü balık etli ama memeleri kıvamında, ne idüğü belirsiz birine kaptırdı. Onu ilk gördüğü andan itibaren âşık olduğunu söyleyen pop star, 'Onu çok seviyorum, yazılarını zaten seviyordum, gördüğüm an ona âşık oldum. Her gün uzun bacaklı, lokum gibi kızları dürtmekten sıkılmıştım. Her gün her gün mankenlerle sevişmek artık sıkmıştı beni, insanoğlu her öğün sufle yiyebilir mi? Yiyemez ben de o yüzden hindi dolması yiyeyim dedim ve PuCCa'ya âşık oldum. Onunla evlenip hayatımı ona adamak istiyorum. Bundan sonraki albümümdeki bütün şarkılar ona ithafen olacak. O benim canım aşkım, şunun suratına bakın allasen insanın yiyesi geliyor, her yanı lop lop et, maşallah benim aşkıma' diye salak saçma bir açıklama yaptı.

Bu olay ülkedeki dombili kızları umutlandırdı, PuCCa'nın evinin önüne milyonlarca çiçek bırakan çirkin ama sempatik kızlar, 'Teşekkürler PuCCa, sayende artık mankenler devri kapandı, o açlıktan ağzı kokan yellozlar da kilo almaya başladı. Sen bizim önderimizsin' dediler."

Kendi kendime, havuzlu villada oturup, kocamdan dolayı kankitom olan Demet Akalın'la Amerika'da öğle yemeği yiyip, akşama eşimin konserine yetişme hayallerine daldım gittim. Yalnız ben bu hayalleri kurarken, küvette plastik taburenin üzerine oturmuştum, ev arkadaşım bir yandan, Zodyaklı diğer taraftan beni keseliyordu. O lanet çemen kokusunu çıkartmak için var güçleriyle her tarafımı ovuyorlardı. Çalışın kızlar, çalışın, bu yaptığınız şey karşılıksız kalmayacak, kocamı bir defa öpmenize izin vereceğim diye onları avutsam da bana küfür etmekten geri kalmıyorlardı. O kadar çok keselenmişim ki pespembe oldum resmen. Derimin yüzde ellisi küvette duruyordu yani, o derece canım çıktı. Bir tomar krem, parfüm bilmem ne derken artık o çemen kokusundan ilelebet kurtuldum...

Bir güzel giyindim süslendim, 50 bin tane kıyafet değiştirdim. Hiçbir şey gözüme güzel gelmiyor, bir şey giyiyorum Petek Dinçöz'le beraber program sunsam kimse yadırgamaz, o derece alaturka bir kıyafet. Başka şey giyiyorum, Yıldız Tilbe ile sahneye çıksam kimse bunun ne işi var orada demez, o derece paçoz bir şey. Biraz resmi olayım diyorum bir bakıyorum vergi dairesi memuru gibi olmuşum. Biraz havalı durayım diyorum, Bülent Ersoy'un etek fırfırlarına benzemişim. Hiçbir şey beni memnun etmiyor, daha doğrusunu söylemek gerekirse hiçbir şey bana yakışmıyor! Bir de öyle pavyondan düşmüş orospuyu kırklar gibi yıkanınca gözeneklerim olmuş gergedan götü gibi. Hepsi açık açık maşallah, adeta bir Bolu tüneli, öyle geniş öyle derin yani. İki üç saat boyunca bütün kıyafetleri giy çıkar derken sonunda bir body altına da şortu uygun buldum kendime.

Adamla tanışmak için korsan taksiyi aradım bir güzel. Bu arada öyle bir yazmışım ki şimdi okuyunca fark ettim, herif beni otel odasına falan çağırmadı, yeni albümü mü ne varmış, işte ben de gazetede yazıyorum ya artık menajeriyle beraber bir yerde oturup yemek yiyeceğiz. Gönül isterdi otel odasını ama aslında o gönül neler neler ister, üstünde zıplamalar mı, saçlarını ensesinden tutup onu öpmeler mi, elini ayağını yatağa bağla... Devam etmeyeyim, herkesin fantezisi kendine. Bu arada pratikte yalnız ama teoride yalnız gitmiyorum buluşmaya. Bizim kızlar da arkamdan kafeye gelecekler, çocuğu gün yüzüyle görüp çaktırmadan fotosunu çekmek için. Birbirimizi hiç tanımıyormuşuz gibi yapıp, onlar başka masada oturacaklar. Böyle de keko, görgüsüzüz yani. Neyse kafenin oraya geldik biz, ben önden indim kızlar biraz dışarıda bekledi. İçeri girerken de böyle her daim bir popçuyla tanışır havasıyla, gözlüklerimi kafama doğru götürdüm, etrafıma bakındım bakındım bakındım ama adamı bir türlü göremedim. Bir masaya oturdum, başka masaya da bizim kızlar oturdu başladım beklemeye. Bekle Allah bekle kimse yok, şimdi arasam mı diyorum ayıp mı olur diye de düşünüyorum. Bekle bekle bekle derken kapıdan girdiler, Allah'ımm Yarab'bim o kaş o göz Tanrı bunu popçu olsun da gelsin benim kucağıma otursun diye yaratmış resmen. Beni tanımadıkları için hemen kalkıp el salladım böyle, bir taraftan da etrafımdakilere bakıverdim havalı havalı. Geldiler oturdular masaya, adam bana merhaba dedi, ben bir heyecanlandım, bir heyecanlandım anlatamam. Hayır neden bu kadar heyecan yaptım onu da anlamadım, fan'ı değilim bir şeyi değilim, sorsan bir tane şarkısını bile bilmem, benim için yakışıklı sıfatı taşıyan bir insan evladıyken, bir anda orada elim ayağım birbirine dolandı. İki kelimeyi bir araya getiremiyorum, sürekli boğazım kuruyor, elim ayağım sanki bana fazlaymış gibi geliyor, onları nereye koyacağımı bile bilmiyorum. Ağzımdan o kadar salak saçma şeyler çıkıyor ki anlatamam. Her yer uğulduyor sanki...

"Gazetedeki yazılarınıza bayılıyorum, çok gülüyorum ya, çok bizden, çok doğal."

"Ben de gazeteyi seviyorum evet, doğallık önemli evet evet, ben bazen gülerim evet."

Aynen bu şekilde konuşuyoruz, o kadar saçmalıyorum ki sarhoş desen sarhoş değilim. Biraz tansiyonum düştü sadece, göbeğim çıkmasın diye yemek yemeyerek gelmiştim. Ondan mı böyle oldum ne oldum anlamadım ki. Zamanı durdurma gibi bir gücüm olsa, yemin ederim şu an kullanırdım. Hooop durdururdum zamanı, kendime iki tokat atardım. "Bir kendine gelsene kızım, manyak mısın nesin? Adam karı yazıyor ama konuşamıyor diyecek. Bir nefes al, bir şey yap, bu ne hal yahu. Hadi geçtim karizmanı falan kariyerinin içine sıçıyorsun" demek isterdim. Hatta kendimi dövmek isterdim... Yavaş yavaş baş dönmem, uğultular, tansiyon düşüklüğüm ve gözlerimin kararması en önemlisi saçmalamam geçti. Normal normal sakin sakin konuşmaya tam başladık ki az önceki o geçirdiğim ne boksa heyecandan deli gibi terlediğimi fark ettim. O kadar terlemişim ki diz kapağımın arkasından bir damla süzüldü. Elimi yüzüme bir attım boncuk boncuk olmuşum. Yaa off insanın yüzünün terlemesi kadar da korkunç bir şey yok. Yazın işkence resmen bana, makyaj yapsan yağmurda ıslanmış Aysel Gürel gibi olursun, yapmasan hasta gibi. Sürekli saçlarının kenarlarından akan tercikleri silip silip durursun. İşte şimdi de öyle bir an oldu, heyecanım tam geçti şimdi de ter başladı ama en korkuncu da terle birlikte dışarıya çıkan koku!

Çemen kokusundan kurtuldum zannederken, o içeride sinsi bir pislik gibi beklemiş beklemiş beklemiş benim zayıf anımda ortaya çıkmıştı resmen. Buram buram çemen kokuyordum yine, sabah onca keseyi ben yapmamış gibiydim. Kendimi şarküteri reyonundaki kocaman pastırma gibi hissediyordum. Sandalyede oturan bir pastırma, her hareket edişimde, her kafayı sallayışımda, her gözümü kırptığımda o koku yayılıyordu sanki. Çömlekte kuru fasulye gibiydim, pişiyordum ve pastırmalarım her yana koku saçıyordu.

Robocop gibi durmaya karar verdim ben de, hiç kıpırdamadan öyle bekledim. Artık sordukları soruları da duymuyordum, hatta hiçbir şey duymuyordum tek duyduğum şey baharat kokularıydı. Tuvalete gidip lavaboda kendimi liflemeyi bile düşündüm ama masadan kalkar kalkmaz arkamdan konuşurlar diye yapmadım. Baktım koku geçecek gibi değil, ben de panik yaptıkça daha çok terliyorum, bir de hiç konuşamıyorum "ben kalkayım artık toplantım var" diyerek izin istedim. Onlar da ne yapsınlar kalktılar benimle beraber, çıkarken öpüşme vedalaşma kısmına geldik. Ben böyle elimi uzaktan uzaktan uzatıyordum ki çocuk bir tuttu belimden öpmek için yanağıma uzandı... Ayyy bu da cana yakın olduğunu gösterecek başka bir zaman bulamadı sanki, ben kaçıyorum adam çekiyor resmen. Yanağı yanağımda ben nefes almıyorum, gözeneklerimden koku çıkar diye. Tamam bir yanağımı öptün yeter bırak diye geriye atıyordum ki kendimi, bir daha çekip diğerine uzandı. Allah'ım bunu başka zaman göstermezsin bana, ben istemiyorum ya, kokuyorum ya şimdi yapıştırırsın adamı. Sonra tam kafasını çekerken kokuyu hissettiğini fark ettim. O surat ifadesi, o yüzünün aldığı şekil, o burnunu hafif yukarı kaldırıp, dudağındaki tiksinti duruşu. Onu gördüm ya, resmen o iğrenmeyi gördüm yüzündeki.

N'apayım ama ben o kadar kaçtım ettim kokum çıkmasın diye, sen dibime dibime geldin be adam diye bağıracaktım resmen. Battı balık yan gider, herif aldı kokuyu madem, gel dedim gel bunu sen istedin. "Ayyy ölmeden seni öptüm ya gözüm açık gitmez" diye şakalıklar komiklikler yaparak çektim bir daha adamı kendime, sarıldım bir güzel öptüm şapır şupur. Bu kez kaçmaya çalışan o oldu, adam kendini ittire ittire helak oldu. Ya n'apayım madem rezil oldum, bari sonuna kadar olayım ne olacak yani. Çıktım dışarı kızlar da arkamdan geldi, eve gidene kadar bütün baharatlara tek tek küfür ettim!

Ben Ölemedim Bir Türlü, Vurgun Vurgun Üstüne

Bir yere yetişmeye çalışırken giyeceğin şey muhakkak kirli sepetindedir, saçın şekil almaz, çorabın kaçar, ojen ayakkabını giyerken bozulur... Bunlar asla değişmeyen kurallardır. Ben de bu sabah aynen bu şekilde götümde Urfa biberleri patlıyor gibi hazırlanmaya çalışıyordum. Şu en son Erik davasında telefonunu verdiğim bebe vardı, ya hani, Ceri; onun baya iyi bir avukat arkadaşı varmış, bu durumdan nasıl çıkabilirim bana yol göstermesi için tanıştıracaktı. Çocukla o gün o kadar kavga ettik, en son bir daha suratını görmek istemiyorum diye bas bas bağırıyordu, sonra dayanamadı herhalde aradı beni tanıştırayım dedi. Ben de okey dedim, ne kadar çok kişiye sorarsam o kadar iyi. Bir de çok önemsiz gibi görünüyor ama öyle de bir korkuyorum ki bu durumdan, anacım ne seri katiller, ne mafyalar, ne hortumculara bir şey olmuyor ama benim bu bahtsızlığımla kesin bok yoluna giderim. Çocuk beni aşağıda bekliyor, ben hâlâ ne makyajımı yapmışım ne başka bir boku. O da yavrum sabahın köründe kalkmış gelmiş, biraz düşünür insan bu kız bu saatte uyanık olur mu diye. Hiç gram düşünce yok bu erkeklerde vallahi bak, bir de aşağıdan kornaya basıp basıp duruyor. Sanki mahallede tek ben yaşıyorum, bir iyilik yapacak burnumdan getirdi geri zekâlı martı kaşlı mal!

Akşamdan ne güzel kafamda hazırlamışım ne giyeceğimi ne edeceğim, o body'i hangi ara, ne diye kirli sepetine attıysam bütün sinirlerim bozuldu. Yarım saat boyunca dolabın önünde çömelip sadece ne giyeceğimi düşündüm. O kadar düşünmenin sonunda bir tanesini bulup geçirdim üstüme son dakikaya yetişiyordum ki takıları unuttuğumu fark ettim. Bluzuma uyan küpeyi aldım, çantamı alıp televizyonu kapatmak için salona geçtim. Tam küpeyi takıyordum ki elimden kaydı koltuğun altına düştü. Eğildim, iyice yere yapışıp ahşapı yalaya yalaya, küpemin tekini çıkartmaya çalışırken televizyonda tanıdık birinin ismini duydum. Elim orada kaldı öylece, dönüp bakmaya cesaret edemedim ondan mı bahsediyor diye. Bir daha ismini ve titrini duyunca ondan bahsettiklerini anladım. Kafamı çevirmeye cesaret edemedim ama kolumu iyice soktum koltuğun altına o küpeyi alabilmek için...

Onu görmeyeli o kadar uzun zaman olmuştu ki, yüzü hafızamdan silinmiş sayılırdı. En son AŞTİ'de ona el sallıyordum, o ağlıyordu, ben ağlıyordum. 4 senelik bir ilişkiyi Ankara İzmir otoyoluna serip gidiyordum. Aklımda hep o görüntüsüyle kalmıştı, ilk maaşımla ona aldığım lacivert çizgili hırkası, azıcık saçlarına abanarak sürdüğü jölesi, Alişan ve Ata Demirer'in çocukları olsa ancak böyle olur dediğim suratı. Nasıl bir aşktı ona hissettiğim, nasıl sevmiştim onu, nasıl bağlılıktı, nasıl kör kütük bir durumdaydım. Üniversite birinci sınıftan beri beraberdik, birbirimizin tam tersi karakterlerde olmamıza rağmen göt göte yaşıyorduk. Aynı ev, aynı sınıf, aynı yatak, aynı şehir... 24 saatim onunla geçiyordu, ne normal bir arkadaşım, ne çevrem ne sosyal bir aktivitem vardı. Hayatım sadece oydu, onun da bendim. İlk günler çok güzeldi bu durum ama sonra can sıkıcı bir hal almaya başladı, kıskançlıklar, delirmeler, kaçma isteği, alışkanlığın verdiği sapkınlık derecesinde bağlılık.

Üniversite bitti, bu ilişki de bitsin dedik, herkes kendi yolunu çizmeye gitti. Ben İzmir'e gittim, o Ankara'da kaldı. Ardından dayanamadım, onsuz bir türlü başaramadım, adım atarken bile özlüyordum, acıktığımda bile onu özlüyordum. O kadar alışmıştım ki ona, nefes alırken canım yanıyordu. Dünyada ondan başka hiç kimse yok gibiydi.

Ondan başkasına âşık olmam imkânsızdı, ben onunla vardım, ben onun bedeninin bir parçası olmalıydım. Öyle gereksizdim, öyle vasıfsızdım ki yanımda sadece o varken kendimi tamamlıyordum. Olmadı, yapamadım kalktım gittim onun yanına yaşamaya. Çok iyi bir kanalda işe başlamıştım, millet götünü yırtıyordu orada çalışmak için ben götüme bakmadan uzaklaştım oradan. Herkes "yapma, salaklaşma, bir erkek için değer mi" deyip duruyordu. "O bir erkek değil, o benim canım, o beni yaratan var eden adam" diyordum. Onu ölesiye seviyordum. Çünkü hayatımda ondan önce beni bu kadar sahiplenen kimse olmamıştı. Kimse beni onun gibi korumamıştı, kimse beni onun gibi sevmemişti. Çocukluğumdan beri hep birinin beni gelip kurtaracağını hayal ederdim ve o kişi buydu. Elini göğsüme koyduğu an benim bütün sorunlarım bitiyordu, yanında çocuklaşıyordum, o bana çocuğu gibi bakıyordu. Beni benden daha çok düşünüyordu, yemek yiyeceğim saati, ilaçlarımı, faturalarımı, her şeyimi o hallediyordu.

Daha doğrusu ben öyle sanıyordum, ben bunları iyi bir şey zannediyordum. Kazın ayağı öyle değilmiş, Ankara'ya taşındıktan sonra bunu anladım. O beni sahiplenen adam gidip yerine komplekslerinin acısını benden çıkaran, başarısızlıklarının cezasını bana vurarak yenmeye çalışan insan gelince bir kurtarıcıya ihtiyacım olmadığını fark ettim. İlk başta dayaklara göz yumuyordum, şu an olsa kıyameti kopartacağım olaylara o zamanlar ses çıkartmıyordum. Nasıl bir eziklikse benimki, demek ki bu böyle bir şey, çocukluğumda da dayak yiyordum, şimdi de benim hayatım başkalarının darbelerini sırtımda hissetmekle geçecek diyordum. Bunu cidden diyordum, şurada bin tane maval okumak isterdim kadın hakları bilmem neyle ilgili ama okuyamam. Salaktım, aptaldım, bildiğin maaşım var, çalışıyorum evin kirasını bile ben ödüyorum ama benden bir yaş büyük bir çocuktan pata küte dayak yiyorum. Bir bağlılığım, bir gebeliğim var mı? Yok, ama yine de ses etmiyordum işte. Öyle de zayıf, öyle de sevilmeye açtım demek ki... Sonra bu kadar şeye rağmen nişanlandık, çocuğun daha işi yok bu arada, ne demeye nişanlandıysak ben de bilmiyorum. Tek hatırladığım yüzüğü parmağıma taktığım an, kulağıma eğilip "o yüzük o parmaktan çıkarsa parmağını keserim" dediğiydi. Ardından iş buldu, iş bulunca biraz daha insanlaşmaya başladı, artık hayatının merkezinde değildim. Kendine güveni geldi, hatta öyle bir geldi ki artık merkezi geçtim hayatında bile yoktum. Telefonundaki tek isim benken, bir süre sonra telefonunda ismimin olmadığını gördüm. Artık eve gelmiyordu, ailesinin yanına gidiyordu, artık beni kıskanmıyordu da, artık beni sahiplenmiyordu. Beraberken yüzü hep asık, hep sinirli, hep benden uzakta duruyordu. Bitmişti, o bitirmişti ve ben bunu hazmedemiyordum, ilişkimiz devam etsin diye yapmadığım şey kalmadı. Artık kafayı yemiştim, sağlığım iyi değildi, hiç yemek yemiyordum, hiç konuşmuyordum, sadece onu nasıl geri kazanırım diye düşünüyordum. O benden uzaklaştıkça ben ona daha çok sarılıyordum. Bir türlü kabullenemiyordum bittiğini, beni o kadar çok seven bir adamın benden hiçbir suçum yokken bu kadar uzaklaşmasını algılayamıyordum. Hayatımın artık tek bir amacı vardı, ilişkiyi kurtarmak... Başaramadım.

Parmağımdaki yüzükle o şehirde kalakaldım. Yapayalnız hissediyordum kendimi, hiç kimse yoktu, herkesi öyle bir uzaklaştırmıştım ki etrafımdan bir kişi bile kalmamıştı. Çok iyi hatırlıyorum, bir gün eve bir geldim hırsız girmiş. Her yer her yerdeydi, bilgisayarı, televizyonu alıp götürmüşler. O gün evde kalmaya çok korkmuştum, birini aramak istedim, telefon rehberimde sadece o ve onun akrabalarının telefonu vardı. Hiç kimsem yoktu o şehirde... Ben de götüme baka baka geri dönmüştüm İzmir'e.

Eğildim, elimi koltuğun altına daha da ittim, kolum parçalandı parçalanacak. Hâlâ o haber devam ediyordu, hâlâ ismini söylüyorlardı ara ara ve ben küpemin tekini bulamıyordum. Lanet olsun, o küpe taa en uca kadar gitmişti, şimdi koltuğu çekmem gerekecekti ve haberlerde hâlâ onun adı yankılanıyordu. Kanalın haber dairesinde çalışırken sabahları ilk işim ajanslarda bu çocuğun adını aratmak olurdu. Trafik kazası geçirmiştir, evlerinde doğalgaz patlamıştır, mutlaka bir şey olmuştur ve hastaneye ilk giden ben olmalıyım diye. Ben gitmeliyim, beni görmeli yanında derdim. Sonra ölmesini dilerdim, ölsün ki cesedinin hatırına güzel anayım onu ve ölürken gördüğü son yüz de benimki olsun. Öyle de sapıktım yani... Ama bu, ölüm haberinden bile daha ağır geldi. Evlenmiş dedi perforeyi okuyan kadın, evlenmiş yani, ölümden daha normal gibi evlendi dedi, o kadar sakin. Evlenmiş... Kanallarında çalışan bir spikerle evlenmiş ve bunu haber yapmışlar. Çok önemli bir mevzuymuş gibi, dünyada neler olup neler bitiyor, dandik bir spikerle evlenen top kafayı haber yapıyorsunuz.

Kolumu çıkardım koltuğun altından, çömelmiş bir biçimde televizyona baktım, yüzünü gördüm... Seneler önce otogarda bana el sallarken görmüştüm o yüzü, saçları seyrelmişti, gülüşü aynıydı, gözleri aynıydı, onu gördüm yıllar sonra... Oysa hayallerim farklıydı, bir caddede karşılaşacaktık ve birbirimize ait olduğumuzu düşünecektik. Oysa şimdi 52 ekran televizyonumda bana bakıyordu, karısının elini tutarak... Evleneceğini duymuştum, hatta evlenmiştir kesin demiştim. Ama bunu görmek çok koydu, koymak değil aslında hissettiğim aynen şuydu; hani bir Türk filmi vardı Hülya Avşar, İbo'nun düğününü uzaktan seyrediyordu. Na işte aynı o kadın gibi bakakaldım orada. Onlar eğleniyordu, gülüyordu, üstelik bizim düğünümüzü yapacağımız mekânda... Bakıyordu bana yanındaki kadını öperek, alnını öpüyordu, elini tutuyordu, yüzünü avuçlarının arasına alarak gözlerine bakıyordu ve ben sadece ağlıyordum.

O mutluydu, o çok mutluydu... Senelerimi verdiğim adam, dandik yüzüklerle nişanlandığımız adam, domates ekmeği paylaştığımız, yatakta beraber ağladığımız, seni asla bırakmam diyen adam çok mutluydu... Hiç aklına geliyor muydum o an, hiç düşünüyor muydu beni, hiç acımıyor muydu bir yeri? Ama çok mutluydu, top gibi kafası, seyrelmiş saçları ve iğrenç Atatürk yaka papyonu...

Ben olsam onu taktırmazdım işte... Ben orada olsam heyecandan yüzüne bakamazdım işte, ben orada olsam gülmekten röportaj veremezdim işte...

Ama o kadın veriyordu, canımı acıtırcasına, beni tanıyormuşçasına üstüne basa basa sevildiğini söylüyordu... Seviliyordu, iki dakikalık bir haberdi, sadece iki dakika sürmüştü, o iki dakikada beni seneler öncesine götürüp, beni orada öldürüp cesedimi koltuğun altındaki küpem yapmışlardı. Tam iki dakika sürmüştü, dört senelik aşkın faturasını izlemek. O iki dakika hayatım boyunca hiç sevilmeyeceğimi suratıma bir daha vurdu.

Salondaki halının üzerine oturdum ağlıyorum... Kaburgalarım ezilene kadar, iç organlarım parçalanana kadar ağladım. Artık nefes alamıyordum ağlamaktan, artık hiçbir şey duymuyordum. Bütün okul anılarımızı düşündüm, yüzünü yanımda düşündüm. Bunları düşündüğüm anlarda o başka bir kadının yanında mutluydu.

Onun uğruna yaptığım her şey boşunaydı. En son bana 24 Haziran'da, yani yıldönümümüzde attığı mail vardı "mutlu musun bizi bu hale getirdiğin için" diye... Cevap vermediğim için kızdım kendime, gerçi cevap versem ne değişecekti, o kadınla evlenmeyecek miydi? Biz bir arada mı olacaktık? En son bakışı aklımda, bana el sallarken, hep aklımda öyle kalacak zannediyordum, ta ki başkasının alnından öpüşünü görene kadar. Allah'ım beni hiç mi sevmiyorsun, hiç mi? Böyle bir şeyi nasıl bana gösteriyorsun? Her sevdiğim adamın düğününü görmek zorunda mıyım ben? Ben sana ne yaptım?

Şu an iki kilo tuz ruhu içmiş gibiyim, iç organlarım parçalanıyor. Aklımda sadece o kadının alnını öptüğü sahne var. Ben neyim peki, ben kimim? Şu halime bak, kaç sene geçti hâlâ aptal saptal bir aşka ağlayan geri zekâlının tekiyim. O hayatını kurdu kendini buldu peki ben, ben hâlâ salağım.

Ben bu adamı seneler önce toprağın altına gömmüştüm, üstüne başkasına âşık bile olmuştum, hatta acı bile çekmiştim de şimdi neden bu oldu? Şimdi neden bu kadar çok ağlıyorum, neden kaburgalarım eziliyor, neden bana bunu yapıyordu kader. O küpe oraya düşmeseydi ben onu görmeyecektim, o televizyon neden hiç izlemediğim kanalda açık bekliyor, neden beni terk eden bütün sevgililerim hayatının aşkını buluyor. Neden hiç sevilmiyordum, neden hep terk ediliyordum, neden bu kadar çok bağlanıyordum, neden ben hep seven taraf oluyordum, neden bu kapı kırılırcasına çalıyordu?

Kapı öyle bir tekmeleniyordu ki, kendi böğürmelerim arasında duyabildim. Gözlerimi sile sile gittim açtım kapıyı. Adam aşağıda beni bekliyordu avukata götürmek için tamamen unuttum tabii ben onu. O da başıma bir şey geldi zannetmiş, içeriden de çığlıklarımı duyunca kapıyı kırmaya çalışmış. Nasıl bir malsa, çelik kapıyı neyle kıracaksa denemiş işte. "Ne oldu?" dedi, ben adama bir sarıldım, bir ağlamaya başladım, az önceki böğürmelerim yanında hiç kalır. Bütün sümüklerim gömleğine aktı da aktı. Ağlaya ağlaya bir şeyleri anlatmaya çalışıyordum anlamı olmadığını fark ettim, çünkü hiçbir şey anlamıyordu. Sadece işe gideceği için gömleğindeki sümükleri nasıl temizleyeceğini düşünüyordu. Ben de susup ağlamaya devam ettim. Sonra ayakkabılığın oraya beraber oturduk. Ben dizine yattım o saçlarımı okşadı. Bütün hikâyemi sarhoş olmuşum gibi anlattım ona. Giriş kapısının orada ne kadar o şekilde durduk hatırlamıyorum, sadece artık ağlamaktan uyuyakalmıştım. O kaldırıp salona yatırdı beni sonra da gitti.

Uyandığımda gözlerim yüzüm öyle bir şişmişti ki. Bir sene ağlamazdım artık, zaten gözyaşım da bitmişti büyük ihtimalle. Böyle pis bir his kapladı içimi, hani o kötü olayların ardından uykuya dalarsın sabah olunca hepsi rüya olsun dersin ya, na öyle bir histi işte. Geçmişe dair en büyük sayfayı da kapatmıştım artık, en zor olan buydu, senelerdir bir türlü kapanmıyordu, artık bitmişti. Öyle ya o da evlenmişti, ben ise hâlâ başka bedenlerde kendimi aramaktayım.

Aklımda başkasının alnını öptüğü sahneyle kazınacak. Oysa güzel bir gülüşü vardı, keşke öyle kalsaydı. İçinde yüzlerce çocuk sahibi bir baba vardı, korumak isterdi hep, sevmek isterdi ama uzaktı. Gözleri vardı kirpiğinin oynamasından ne hissettiğini anladığım, bir de sözleri... Evet ya o sözleri, gülüşünün aksine karnımı deşen kelimeleri. Orospu bir annenin tokadından bile daha ağır özneleri, bir de emir kipinde bana çektiğin siktirleri...

Evren, Sen mi Büyüksün Ben mi, Bak Bakalım!

Bu yıl sanırım eski sevgililerimi öldürme yılım olmalı. Hepsi sağ olsunlar tek tek elimden kayıp gidiyorlar. İlle git PuCCa yenisini bul, bizden sana fayda yok diyorlar. Ben de onların yeni mutlu hayatlarını düşünüp düşünüp kahroluyorum. Sadece mutlu hayatlarını düşünsem iyi, seviştikleri pozisyonları bile düşünüyorum ara ara. Şimdi kesin bacak omza yapıyordur bilmem ne diye. Adalete bak, sonra PuCCa neden küfrediyorsun? N'apayım sevgi kelebeklerini alıp içime mi doldurayım? Öyle çok mutlu olsun, ayy piyango ona vursun, ben kahrolayım, o şen şakrak yaşasın ihihih kadınlarından değilim vallahi. Mazoşist miyim yahu, ne diye mutlu olsun elin karısıyla? Çok mutlu olası varsa benle olsun zaten. Ölsün, kahrolsun, kendini kessin, bana muhtaç olsun, yana yana ağlaya ağlaya kapıma gelsin, sürünsün dursun, yüzü güldüğü an donu düşsün rezil olsun! Benimle olmayacaksa mutluluk onlara haram olsun. Hepsinden nefret ediyorum geri zekâlılar. Lan madem evleneceksiniz, benimle neden evlenmediniz de gittiniz benden sonra bulduklarınızla evlendiniz halla halla. Ama yok, bu kez kesinlikle karar verdim, ben de hayatımın aşkını bulacağım. Ki bu kez eski yaptığım hatalar olmayacak asla.

Yani ben de artık kendimi biraz tanıyordum, bir defa karşısındakini yoran bir kadındım. Sorunlu bir hatundum, dengesizdim, ne istediğimi bilmeyen ama her şey avucumda olsun isteyen birisiydim. İlişkide kavga etmediğimiz zaman huzursuz oluyordum. Huzurdan bile sorun çıkartıyordum. Sürekli taktik, oyun peşindeydim. Çünkü o kadar doyumsuz ve güvensizdim ki ancak bunlarla eğleniyordum. Devamlı sana ait değilim alt mesajı vererek, aşkımdan ağlıyordum. Söylediğimle hissettiğim çoğu zaman birbirini tutmuyordu. Bazen kimi sevdiğimi bile bilmiyorum. Bir adamı düşünürken, geçmiştekiyle hayale dalıyordum. Her biten aşkta bir önceki sevgilimi unutuyordum ve her aşka bitene inat başlıyordum. Aslında hepsini seviyordum sadece zamanlamada hata yapıyordum. Biriyle birlikteyken daha iyisini arıyordum. Sadece sıkıldığım için bile yedekte tuttuklarıma ara gazı veriyorum. Sonra utanmadan sadakat bekliyordum, böyle biriyken ben neden yalnızım diyorum. Bu söylediklerim Ankara'daki bebe için geçerli değildi gerçi, onda gözüm erkek namına bir şey görmüyordu. Bunlar kendime dair özeleştirilerim. "Hiç mi iyi huyun yok, iğrenç karı" dersen, var ama şu an konumuz bu değil.

Bunların sorumlusu; babamın bana ergenlik döneminde okuttuğu Rus klasikleri. Kızım olursa kesinlikle buluğ çağında "Budala"yı okutmayacağım! "Tom Amca'nın Kulübesi"ni okusun, büyüyünce hayatının çay partilerinde geçeceğini zannederek İpek Ongun okusun, zaten kendi kitabımı okutamam, annesinin ne derece psikopat olduğunu bilmesine gerek yok. Zamanında okuduk okuduk o histerik hatunların baş kahraman olduğu, bir türlü mutlu sona ulaşmayan klasikleri, gel benden şimdi bir ilişki bekle adam gibi. Eğer kendimi sürekli Nastasya Filipovna ile özdeştirip devamlı taktik oyun peşinde koşmasaydım şu an üçüncü çocuğuma hamileydim yemin ederim.

İyi yönümü, kötü yönümü biliyorum, ilişkilerimin neden sürmediğini biliyorum, o zaman ne bekliyorum ki hâlâ, bu kez mis gibi akça pakça bir ilişkim olacak. Üstelik geçmiş hesaplaşmalarım da yok. Evet, ben hazırım!

Yalnız bir sorun var, ortada adam yok. Hoşlandığım bir kişi bile yok lan, tarıyorum arıyorum vallahi yok. Kalbimi kıpırdatacak bir tane bebe ortada dolanmıyor. Var ya işte bu en zoru. Kimseyi sevmediğin dönem, boş, anlamsız, gereksiz geliyor. Bana önce hoşlanacağım bir dallama, sonrasında da onunla yaşayacağım bir ilişki gerek. Bunun için de kursa mursa yazılıp ezik büzük heriflerle gerekli gereksiz bilgi depolamanın anlamı yok. Off zamanında çok yaptım vallahi, bir boka yaramıyor, o kurslara yazılan tipler paso loser. Gece mekânlarda bulsam desem, o da imkânsız çünkü gecenin yarısını sarhoş geçirdiğim için hiçbir şey hatırlamıyorum sabah. Beni de o sarhoşlukta gören adam bir daha aramak bile istemez. Home office çalışmaya başladığımdan beri öyle çevrem de yok. Zaten hep, ya işyerinden ya okuldan buluyordum sevgililerimi. Arkadaş çevresi desem, nerede sevgilisinden ayar yemiş hatun var o benim arkadaşım. Yani ancak lezbiyen bir kadro oluştururuz onlarla.

Yok yok yok! Bir tane herif bulabileceğim ortam yok! Yapacak bir şey de olmayınca elimdeki son kozu oynamaya karar verdim: Mistik güçler.

Etrafımdaki kızların yüzde 90'ı, secret mecret bir haltlar yiyip duruyor. Evrene para istediğini söylüyormuş evren buna para getiriyormuş, bilmem ne de bilmem ne yani. Zerre inandırıcılığı olmayan saçma sapan kurallarla örtülü bir inanış, hede hödö gibi geliyordu bana bu durum. Ta ki işin olumlu yanından değil de olumsuz yanından bakmaya başlayıncaya kadar. Olumsuz olan her şey başıma gelmiş meğersem, olumlular gene ortada yok. Vayyy dedim, ne kaybedeceğim, kuralları kendime çevirip bu işe bir de bu taraftan bakayım diye verdim kendimi evreni aldatmaya. Kurallarımı koydum, başladım olaya. Takriben bir ay içerisinde manita buldum buldum, bulamadım artık buna da inancım kalmayacak ben yine İspanyolca kursuna devam edeceğim.

Hayali Sevgili...

İlk olarak bununla başladım çünkü gerçekliği kanıtlanmış bir durum. Sevgilin varken her yanın erkek dolar, sağdan soldan kısmetlerin taşar gider. Ama ne zaman heriften ayrılırsın o zaman sular kesilir. O etrafında olan adamların hepsi bir anda kaybolur, bir daha ara ki bulasın. O yüzden sanki bir sevgilim varmış gibi davranmam gerekli. Günün her saatini beraber geçirdiğimiz insanlara ne ara sevgili yaptığımı anlatmak biraz zor olacaktı. Ama bunu da başardım. İstanbul'da yaşayan ama işi dolayısıyla altı ay Antalya'da kalmak zorunda olan biriyle internette tanıştım dedim. Önce bir garipsediler, "lan sen internetten tanışmaya eziklik diyordun, ne oldu" dediler, büyük söz söylemişim dedim. Gittim bir de foto buldum, artık affetsin beni fotonun sahibi, onun adına Facebook hesabı açtım, gittim kendimi onla arkadaş yaptım. Bir hafta falan bu şekilde kendi kendime kızlarla dertleştim. Sonra artık görüşmemiz gerek ayağıyla, "adam bugün gelecek, buluşacağız ne giysem" diye böyle yalandan heyecanlanmalar falan yaşadım. Ayy bu çok rezildi gerçi, resmen ilk buluşmaya gider gibi giyindim süslendim, ben bile inandım bir ara manitam olduğuna, çıktım dışarı. Sonra Beşiktaş pazarına gittim, kızlar beni bir tek orada yakalamazdı çünkü. Donlara bakarken, kızlara mesaj attım "yaa çocuk çoookkk tatlı sanırım âşık oldum" diyerek. Oysa ki o sırada karşımda kafasına dantelli sutyeni geçirmiş pazarcı amca vardı. Eve geldim, açtığım profille kendimi ilişkide gösterdim. Sonrasında uzak mesafeli ilişki yaşadığım biri olduğuna herkes ikna oldu. Bildiğin psikopatlık ama olsun değer bunun için valla. Kardeşime bile anlatmadım olayı, kendi kendime güzel bir ilişkiye adım attım.

Evren şu yaptığımdan sonra kesin bana bir kısmet yollayacak, yollamalı yani başka şansı yok!

İç Çamaşırı Çekmecesi

Çekmecem üçe ayrılıyor, regl donlarım, seks külotlarım, günlük çamaşırlarım diye. Seks külotlarımın çoğunun üzerinde hâlâ etiketleri duruyor. Erik gittiğinden beri ne gelen var ne giden ahh ahhh. Millet çarşısını pazar ederken benimki Hira mağarası oldu resmen. Örümcek artık ağ yapmayı bıraktı, beton ördü oraya. O donların hepsini tek tek giydim, ayy o fırfırlı külotlar ölesiye rahatsız etti ama olsun değer buna, gelecek gün yakınsa çekilecek çile kutsaldır dedim. Var olan bütün her şeyimi giydim, korseler, jartiyerler, taşlı tangalar, file çoraplar, dantel gecelikler. Evde Banu Alkan gibi dolandım durdum vallahi. Yalnız jartiyer bir insana bu kadar mı yakışmaz, bu kadar mı kötü durur. Allah'ım aynada kendimi gördüm, kendimden tiksindim yemin ederim. Hangi akla hizmet onu almışım ben anlamadım ki. Tombik bacaklarımı daha kısa ve lop lop gösterdi resmen, hiçbir cazibesi yok, zaten lastiklerini nereye takacağımı bulmak için yarım saatimi harcadım. Taşlı tangalar da bir alerji yaptı beni, kıçım olur olmaz yerlerde öyle kaşınıyordu ki, koşa koşa tuvalete gidip hart hart hart kendimden geçe geçe kaşıyordum. Popo çatalımın orası kabuk bağladı resmen... Hayat böyle bir şey işte, manitasyon olaylarına gireyim diye Penti'nin var olan bütün jartiyer çoraplarını eve stokladım. Allah'ım sen beni utandırma da hepsini tek tek giydir bana..

Evlenmek İstemiyorum

Hayatta örneği binlerce kez görülmüş bir durum var ki bunu kendi lehime çevireceğim. Bir şeyi istemediğin zaman kesinlikle olur! Misal adamın birine deli gibi âşıksındır, ağla ağla geberirsin aşkından sonra adamdan ne zaman vazgeçersin, artık hayatını kurarsın pat karşına çıkıverir. Kısaca beklemezsen bin defa geçecek olan otobüs gibi işte. Belki de o yüzden evlenemiyorum bir türlü, yani etrafımdaki ağzını yaya yaya konuşup "ben evlenmek istemiyorum yaeeee" diyen karıların hepsi taktı koluna kocayı, giydi gelinliği, ben hâlâ evde yatış durumundayım. Onlar istemediği için oldu belki, bir şeyi çok istersen falan da olmuyormuş yani. Olsaydı zaten herkesin eski sevgilisi elli kez geri dönmüştü. O sebeple artık sağa sola, eşe dosta evlenmek istemediğimi söyleyip durmaya karar verdim. İnsanlara pek inandırıcı gelmese de zamanla alışırlar benim bu durumuma.

Büyük Konuşmak

Ne varsa atalarda var vallahi, çok güzel demişler büyük konuşursan başına gelir diye. Büyük konuşma olayı gerçekten var, tecrübelerimden biliyorum maşallah ne konuştuysam başıma bir bir geldi. O yüzden konuşacağım şeyleri tek tek seçiyorum artık. Misal, "Engin Altan Düzyatan'la ıssız bir adaya düşsek, muzlara sarılırım adamla olmam". Oysa içimden geçenler, ıssız ada, hindistancevizi aromalı kremler, hamak mamak Mavi Göl filmi nınınınınının!!!!!!! Sonra "Murat Boz yani gelse yalvarsa ağlasa, yanına bir de Murat Dalkılıç'ı alsa, senin oralarını buralarını yalamak istiyoruz dese, gene de suratlarına dönüp bakmam". "Ayyy hem zengin, hem yakışıklı, hem çıtır, hem dürüst, hem akıllı, hem sadık, hem komik bir adamla birlikte olmak mı, Allah yazdıysa bozsun hayatta imkânsız yani." Diğerlerinden olmasa bile bu olaydan acayip umutluyum kesin bir şeyler olacak, yüzde yüz çalışıyor yani bu durum! Bu kez başaracağım inanıyorum, başarmam lazım evde kalıyorum lan!

Erik, Senden Öylesine Nefret Ediyorum ki Götün Parçalansın İnşallah!

Dünyadaki en zor şeylerden biri hayali sevgili yaratmakmış meğersem. Birini bulamazsam eğer kafayı yiyeceğim sanırım. Ben bile inanıyorum ara ara bir manitam olduğuna. Telefon çalmış gibi yapıp odaya gidip kıkır kıkır kendi kendime gülmeler, böyle sürekli "ayy sevgilim kızar, ayy sevgilim şunu sever, ayy aşkımı çok özledim" gibi şizofren şizofren cümleler. İyice sıyırdım sıyıracağım, hayır işin kötüsü bu durumdan zevk alıyorum. Kendi hayalimdeki kusursuz sevgiliyi yarattım, her şeyi sınırında, komik, sahiplenici ama kısıtlayıcı değil, güçlü, kendine güveni sonsuz, yakışıklı, çapkınlıkla alakası yok ama flörtöz, güzel gülen, güzel konuşan, anlayan, dinleyen, her konu hakkında fikri olan, zeki, seksi, gecede beş posta atan öhöömmm... Yani imkânsız ötesi bir adam yaptım kendime. İlişki masturbasyonu yapıyorum kabaca diyecek olursam.

Ama bu osbir çekmem bir anlık zevk verse de gerçeklerle yüzleşince daha çok canımı sıkmaya başladı. Arkadaşlarımdan bir tanesinin düğünü var ve doğal olarak davetliyim. Kocaman da bir davetiye yollamış eve, "Bu mutlu sikiş günümüzde seni aramızda görmekten onur duyarız. Gel de bir haline ağla ezik karı, ben bile evlendim, sen bırak evliliği sevgili bile bulamadın. Hayatın boyunca da bulamayacaksın. O dişlerle sana kim bakar, Veli Efendi Hipodromu'nda kadrolu at diye çalışırsın ancak. Koca götlü orospunun birisin, ben ise hanımefendiyim gelinim hahayyy. Köpek gibi düğünüme gelip, beni kıskanıp, içten içe kudurup çeyrek altın takıp gideceksin, anladın mı?"

Tabii davetiyede böyle yazmıyordu ama alt mesaj aslında buydu. Bu sene o kadar çok gelin damat muhabbetinin içerisinde oldum ki artık nikâh cüzdanı kusacağım. Yeter diyerek, bütün evli çiftleri taramalıyla yok edeceğim onu istiyorlar. Yapacak bir şey yok sike sike gideceğim o düğüne, kızı da bir sevmem ki sorma. Hani böyle, aslında hiç sevmediğin ama bir şekilde yapmacık samimiyetin olduğu insanlar olur ya hah bu da öyle işte benim için. En son Erik'le yüzük taktığımızda herkesin ortasında "kesin bir hata işlemiştir ondan takmıştır, neden taksın yoksa" demişti. Yani neden evlensin seninlenin kibarcasını söylemişti. Gerçi hoş haklı da çıktı kız, şimdi de yıkılmayıp ayakta olduğumu göstermem lazım ona ve mendebur arkadaşlarına. Hayali sevgilimle gidemeyeceğime göre en azından düğüne benimle beraber gelecek birini bulmam gerekli. Erik gitti ama bak hayatım devam ediyor gibisinden. Onun tanımadığı, ortak arkadaşımız olmayan biri olmalı. Hangi salak benimle gelir acaba diye düşünürken, hah yaa tabii kim gelecek, o Olimpos'taki gıcık bebe gelir!

Ankaralının evlendiği gün, çok kötü durumdaydım ya hani, bu işte o günden beri her gün günde beş kez arıyor. Güya kendince iyilik yapıyor ama her aradığında herifi kafama bir daha sokuyor. Diyorum "yaa tamam o an kötü oldum, zaten artık sevgilim var, onu çok seviyorum, çok mutluyum", bu hâlâ arayıp "iyi misin, bak üzülme değmez kimseye" deyip duruyor. Buna da iyi ki ağladık, iyice bokunu çıkarttı ama en azından şimdi bir işe yarayacak diyerek aradım adamı. Anlattım böyle böyle ben o kızdan nefret ediyorum, eski sevgilimin arkadaşı, sevgilim gelemeyecek Antalya'dan buraya, yalnız gitmek istemiyorum benimle gelsene diye. Önce mırın kırın etti, sonra biraz duygu sömürüsü yaptım kabul etti. Akşam beni kuaförden alması adına sözleştik, ben de mutlu mesut bir şekilde kızın düğün hazırlıklarına yardıma gittim.

Ettim de beni ne diye çağırdı onu da anlamadım. Kızın çok yakın arkadaşı değilim bir şey değilim, işin garibi sadece beni değil herkesi çağırmış neredeyse. Kuaförde bekliyoruz ama hepimiz birbirimize bakıyoruz, mültecileri ufak bir odaya tıkmışlar gibi görünüyoruz adeta. Hiçbir işe de yaramıyoruz oysa, herkes birbiriyle sidik yarıştırıyor. Evliler evliliğin nimetlerinden, bekârlar özgürlüklerinden bahsediyor. Saçımı yaptırayım diye bekliyorum, bana sıra gelene kadar kendi düğünüm olur zaten.

Kendi kendime ayna karşısında tel tokalarla bir şeyler başarmaya çalışırken gelin hanım geldi yanıma. "Ayyy PuCCiişşş ya, ben çok üzüldüm Erik'in gitmesine" diyerek sarıldı bana. Omzundaki bütün simleri dayadı ağzıma resmen, bir yandan sarılıyor bir taraftan da sallanıyor. "Ahh canım yaa, belliydi ama biliyor musun? Biz uyarmaya çalışmıştık seni Erik'le ilgili. Yani o biraz havai bir adamdı. Esma ile birlikteyken de böyleydi. O kıza neler yapmadı neler. Gerçi sana yaptığının yanında... Öyle ortada bırakmış seni, evi barkı toplayıp resmen kaçmış senden ha! Ne biçim insanmış bu ya, kaçacak ne yapmışsın ki sen ona? Adam gibi söyleseymiş ya seni istemediğini… Burak'lara söylemiş işte sana teklif ettikten bir gün sonra; 'abi ne bok yedim bilmiyorum evlenmem hayatta o takılsın öyle sevinsin' demiş." Ağzıma yüzüme yapışmış simleri çıkartmak için kafamı çektim, sarılmasın diyerek ittim kendimi geriye doğru. Sonra o söyledikleri kafamın içinde bir bir yankılandı.

İnsanın eski sevgilisinin kendi hakkında söylediklerini duyması çok ağırmış. Öyle ki, sanki beraberken duyabileceğin her şeyi duymuşsun gibi hissediyorsun, başkasına bir şey anlatmasına ihtiyacı yok diyorsun, sonra biri gelip canını yakmak istercesine onun kelimelerini sana aktarıyor ve aktardıklarında hiçbir sevgi kelimesi geçmiyor. Yaşadıklarının hepsinin anlamı yitip gidiyor o noktada. Sanki bir sene boyunca aynı evde yaşadığın, yanında uyandığın, bedeninin her zerresini ezberlediğin, nefesini dudağında hissettiğin adam değil de bambaşka biri gibi geliyor sana. Bu muymuş diyorsun yaşadığımız. "O takılsın öyle, sevinsin." Buymuş işte onun hissettiklerinin özeti. Bana söylemeye cesaret edemeyip arkadaşlarımıza anlattığı, ayrılmayı bile en adice, şerefsizce yaptığı ilişki sadece buymuş. Ne çok anlam yüklemişim oysa o korkak, zavallı, sefil yaratığa. Sonra daha ben bunun etkisinden çıkamamışken, o gelin makyajıyla gözlerimin içine bakarak, bana acıyarak ama kendi için sevinerek "geçen Burak'ı aradı, çok rahatmış orada, dönmem belki de hiç diyormuş, iyi ki gitmiş daha kolay unutursun" dedi.

Daha kolay unutmak, unutmak zaten başlı başına kendi içinde çelişen bir eylem… Unut diyor önce, sonra unut-ma diyor, önce unuttuklarını sana tekrar hatırlatıyor emir vererek üstelik. Ardından da unut-mak diyor. Kafan allak bullak oluyor, ne yapman gerektiğini anlayamıyorsun, beynine komut hep yanlış gidiyor. Erik benim için bitti mi, sonsuza kadar bitti. İçimde gram heyecan, üzüntü, nefret yok. Sadece hayal kırıklığı vardı, sağ olsun bu hatun onu da bir güzel gazladı. Bense sanki hiç sikimde değilmiş gibi, sanki Fenerbahçe-Beşiktaş maçından bahsediyor da ben de anlamıyormuşum gibi dediklerine yapmacık yapmacık gülümseyerek yanıt verdim. Bir süre daha sevilmediğimi, adamın kaçtığını, değer görmediğimi suratımı vurdu da vurdu. Sonra yanımıza diğer kızlar gelince sıra kendisiyle ilgili olan şeyleri anlatmaya geldi. Nasıl mutlu olduğunu, binlerce kez anlattığı ilk tanışma hikâyelerini, nasıl evlenme teklif ettiğini, darısının başımıza olduğunu söyledi. Sonra bir gaza geldi, senelerdir tanıdığım, evlendiği çocuk Burak'ı öyle bir anlattı ki. Dünyanın en sünepe bebesi oldu İngiltere prensi. Adamı bir anlatıyor ki, "Ayy canım ya düğünü alkollü istedim diye hiç masraftan kaçınmadı. Evin küvetindeki mermerlerle bile tek tek ilgilendi. Aşkımmm beni çok seviyor, gözümün içine bakıyor ağzımdan bir kelime çıkacak mı diye. Tuvalete gitsem özlüyor beni, sürekli eli elimde. Hayatta aldatmaz o kadar eminim ki. Bana ilk gördüğü anda vurulmuş, portremi sırtına dövme yaptıracakmış. Bla bla bla." O kadar çok konuştu ki dayanamadım, az kalsın "in de heriften, bir tur da biz binelim" diyecektim. O raddeye getirdi vallahi, seni sikecek gece, bizi mi sikecek de bu kadar reklamını yaptın adamın tövbe tövbe, konuşturuyor beni bak...

Kuaför faslı bittikten sonra teker teker almaya başladılar kızları salona götürmek için. Ben de beni götürecek çocuğu arıyorum ama yok açmıyor bebe telefonunu. Kızlar tek tek gidiyor, benimki ortada yok. Gelmeyecek dedim, bari şunlarla gideyim, gelin kız gene bana acır gibi bakışlarını atıp "bu da mı kaçtı yoksa" diyerek o küçücük beyniyle espri yaptı. Ben de gururuma yediremedim, "bekleyeceğim onu, gelir şimdi trafiğe takılmış" dedim. Oturdum beklemeye başladım. Bütün herkes salona gitti, iki başka müşteri geldi fön çektirdi, kızın biri ağda yaptırdı ama bizimki gelmedi. Beni sattı diye düşündüm, düğüne de öyle gitmek istemedim, eve gitmek için tam kapıdan çıkıyordum ki bunu kapının orada gördüm. Yanına koşarak gidip "Sen neredesin be embesil! Saat kaç haberin var mı ha? Ne dedim sana, neden bir işi de düzgün yapmıyorsun, sen ne mal bir insansın yahu. Nerede araban, hadi gidelim" diye çocuğun konuşmasına izin vermeden bindim arabaya. Arabada da motoru bozulmuş Murat 131 gibi hiç susmadım. Açıklama yaptı ama dinlemediğim için şimdi hatırlamıyorum bile neden geç kaldığını.

Sonra düğün salonuna geldik, içeriye girmemle kalbimin daralması aynı anda oldu. Makyaj ve iğrenç elbiselerle mutasyona uğramış bir sürü kadın pistte göbek atıyor, adamlar rakı içiyor, çoluk çocuk ayak altında fır dönüyor. Yani ne kadar çok paran olursa olsun şu sahne sanırım her düğünde var. Bizim eski mahalledeki Pamuk Müzikhol'de de aynı, şu bilmem ne otelinin bilmem ne salonundaki düğünde de. Düğünler başlı başına anlamsız zaten, sırf akrabalar sevinsin diye tomarlarca para harcanıyor. Hepsinden öte güzelleşmek adına daha da çirkinleşiyoruz ya iki tane göbek atmak için. Şu maşalı saçı kim bulduysa, o kızgın maşa götüne girer inşallah. Yani insanım diyen kişi o işkenceyi nasıl yapar kendine, kaskatı buklelerle dolanıyorlar, parfümlerinden önce saç spreyinin kokusu her tarafı sarıyor ya iğrenç. Bir de o tip saçı yaptırmak için kuaföre tomarlarca para veriyoruz peheyyy. Kıyafet konusuna hiç girmeyeyim, 19 yaşında kızların doksan model Seda Sayan gibi giyinmesinden artık gına geldi. Onların arasında biz de yerimizi aldık, en azından bedava yemek ve içki var diye kendimi avuttum durdum. Eski çalıştığımız yerdeki arkadaşları her görüşümde yanımdaki çocuğun koluna girdim, böyle yapay sevgililik halleri. Sonra fark ettim ki kimsenin sikinde değil benim terk edilmiş olmam. Yani yanımda bir adamla gelmeseydim bile olurmuş. Boşu boşuna o kadar strese girip paniklemişim, aslında neden siklerinde olsun ki? En fazla benim için "zavallı salak, gene ortada kaldı" derler ve biter. Yani ben bile herkese bir kulp takıyorum, aha evlenen hatun için bile "geri zekâlıya bak, loser bir adamı kapakladı" diyorum, ya da yan tarafımda oturan çocukluk arkadaşım için "hayatının baharında sikti attı gençliğini" diyorum, ya da arka tarafimda duran geçen sene boşanan kadın için "bu da boşandıktan sonra kabak çiçeği gibi açıldı, maşallah vermediği kimse kalmadı" diyorum. Sonra geçen sene evli editörlerden biriyle birlikte olduktan sonra şimdi kolunda başkasıyla gelen kız için "resmen herifin yuvasını dağıttı sürtük" diyebiliyorum. Ama en fazla beş saniye düşünüyorum onları, umurumda mı değil, mükemmel bir hayatları olsaydı da bok atacak mıydım, kesinlikle atacaktım! Eee madem o zaman ne bok yemeye insanlar bana ezik diyecek diye kıvrandım durdum? Yemek yiyelim de kalkalım diye yanımdaki çocuğa söyledim, o da sağ olsun biraz fazla beleşçi çıktı, içki bedava diye neredeyse bir şişe votkayı götürmüş, kaşı gözü kaymış herifin.

Gelinle, damatla tokalaşıp tam gidiyorduk ki adamın çişi gelmiş, o girdi tuvalete ben de dışarıda onu beklemeye başladım. O an, hayal mi gerçek mi çok mu içtim anlayamadım ama karşıdan hayatımın en büyük kabusunun geldiğini gördüm. Kırmızı yanardönerli bir elbise içerisinde simsiyah saçlarını attıra attıra bana bakarak yaklaşıyordu. Her attığı adımda kalbim ağzımdan çıkacak gibi oluyordu. Hayatımın en zor yüzleşmesine saniyeler kalmıştı ve ben ne diyeceğimi bile daha bilmiyordum. EsmaCeyhan bütün ihtişamı ve intikam duygusuyla bana doğru geliyordu...

EsmaCeyhan'la aynı kanalda çalışıyorduk, kanala ilk geldiğimde çok yakın arkadaş olmuştuk. Esra Ceyhan'a benzediği için ona EsmaCeyhan diye rumuz koymuştum. Sürekli olarak soru sorması, gıcık gıcık davranışları, soğuk soğuk laf sokuşları, arkadaştan öte içinde seks olmayan lezbiyen bir ilişki yaşıyor gibi sümük yapışmaları, istemediği bir durumda kıyametleri koparışları, karşısındakinin zayıf noktalarını bularak oraya oynaması, saplantılı hayatıyla bir süre başımın belası olmuştu. Erik'le seneler önce bir hafta mı ne yatıp kalkmışlar, bu durumu kafaya takıp Erik'i hayatının merkezine koyarak onun sapığı gibi dolanıyordu etrafında. Öyle ki biz Erik'le bir süre EsmaCeyhan'dan ilişkimizi saklamıştık. Ölesiye korkuyordum ondan çünkü onun arkadaşıydım ve saplantılı aşkıyla birlikteydim. Ya o değil de ben de az orospu değilmişim, biraz hak etmişim sanki. İlişkimizi açıklayınca bir süre hayatımı zindana çevirdi kanalda, sonrasında da zaten yaptığımız program bitti ve hepimizin işine son verildi. Bu benim için büyük bir fırsat olmuştu, artık bu aşk üçgeninde yoktum çünkü. Hiçbir şeyi saklamak zorunda da değildim, ilişkim yavaş yavaş rayına oturmuştu yani. Çok çok sonrasında hakkında tek aldığım haber, Ankara'da bir televizyon kanalında çalışıyor, oraya taşındı olmuştu. İyi de şimdi ne işi vardı bu kızın burada, keza düğünü olan hatunla kanlı bıçaklıydılar. Gerçi hoş, EsmaCeyhan'ın kanlı bıçaklı olmadığı kimse de yoktu hayatında ama düğününe gelecek kadar da saçmalamaz diyordum. Yanılmıştım, şu an karşımda zafer kazanmış gibi bana bakıyordu. Bu yüzleşmeye hazır değildim oysa, neler söyleyeceğimi düşünmemiştim bile. Erik'in beni terk edip gitmesi onun için büyük bir zaferdi, benden üstündü artık. Erik ona geri dönmemişti ama benim de olmamıştı, o haklı çıkmıştı kendince, ben de artık onun gibi biriydim, Erik'in hayatına giren herhangi bir kızdım. İşte şimdi bu noktada yüzüme vurmak için karşıma dikilmişti. Öyle bir afalladım ki elim ayağıma dolandı. Hani birine yalan söylerken yalanını anladığı o an var ya, hani çaresizce kalırsın, hani kaşını gözünü nasıl şekle sokacağını bilemezsin. İtiraf etsen bir dert, yalana devam etsen başka derttir. İşte kendimi o andaki gibi hissettim, ne yapacağımı bilemeden karşısında durdum kaldım öyle.

Gözümün içine içine, gözbebeklerimin ta derine baktı baktı, sonra da bir sarıldı bana... İki elini omzumun üzerinden götürüp, boynumu sıkarak "Ayyyyy sen de mi buradaydınnnn" diye nefes almamı engelleyecek derecede sarıldı. Lan dedim, acaba beni böyle mi öldürecek ne yapacak, en son kanalda birbirimizin cesetleri üzerine yeminler ediyorduk, bu sevgi gösterisi yapmacıklığın ötesinde biraz fazla değil mi? Baktım boğulacak gibi oluyorum çektim kendimi. O da omuzumdan tutarak içeriye doğru sürükledi beni, masalardan birine oturttu, sandalyesini dibime kadar çekti, ellerini dizlerime koyarak, "Ayyy ya tatlım kilo almışsın sen ama yakışmış vallahi yakışmış. Ben severim böyle lop lop kol. Eee ne yaptın ne ettin bakalım anlat" diye başladı muhabbete. Evet, o yine aynı EsmaCeyhan'dı ve bana sadece Erik'le ilgili şeyleri duymak için iyi davranıyordu. Cümle arasına koyduğu kelimelerle de beni aşağılıyordu, yani hiçbir sorun yoktu, o aynen bıraktığım gibi, bense biraz kilo almış vaziyetteydim. Sonra baktı ki ben konuyu Erik'e bir türlü getirmeyeceğim, "Haa bu arada geçen gün Erik aradı beni, baya uzun konuştuk. Yavrum biraz hastalanmış, buradaki yemekler yok tabii orada, midesi sürekli kötü oluyormuş. Ben de ona dolma yollayacaktım da kargodan izin vermediler. Saçlarının yeni kesimini gördün mü çok çirkin olmuş, o saçları düzeltmeden dönme memleke......"

Bundan sonrası uğultu, baş dönmesi, ne oluyor lan durumu. Ananın amı Erik, ananın amı yani! Abi o kadar mı yalnız kaldın orada da bu kızı aradın ya da aradığında yeniden samimi oldun? Bu ne lan, hayatımız bu kız yüzünden sikilip atılmamış mıydı bizim, şimdi bu ne? Maşallah zaten bir tek beni aramamışsın o siktiğimin İngiltere'sinden. Bir bana muhtaç olmamışsın, değiştirdiğin saç modelini bir bana göstermemişsin. Hasta olduğunu bile bu geri zekâlı sapık karıdan öğreniyorum. Hem bu nasıl bir ortam ya, eski sevgilimin eski sevgilisinden onun hayatının nasıl gittiğini öğreniyorum. Sinirim tepeme çıktı çıktı çıktı, her şey bitmiş olabilir artık içimde, Erik'e karşı zerre duygu kalmamış olabilir ama bu ne allasen! Bir baktım benim çocuk beni arıyor içeride, ben de ona doğru el sallayarak ayağa kalktım. "Erkek arkadaşımın yarın işe gitmesi gerekli biz gidelim" dedim, dedim ki EsmaCeyhan bana bunları anlatarak canımı sıkamayacağını, boşuna kürek salladığını düşünsün diye. Vedalaşmak için elimi uzattım, elimi tutmadı. "Sana böyle olacağını en başta söylemiştim. Seni sevmeyeceğini de, beni dinlemedin" dedi ve gülümsedi. Ben de uzattığım elimi omuzuna götürdüm, "o sözleri kendine de söyleseydin ya" diyerek adama doğru ilerledim.

Ben giderken adım gibi eminim götümü izliyordu, götüme baka baka "ayı gibi olmuş, bu koca götlüde ne buldu Erik" diyordu. Götümden nefret ediyorum, EsmaCeyhan'dan nefret ediyorum, düğünlerden nefret ediyorum, Erik'ten nefret ediyorum, yanımda bir adamla gelmek zorunda kalacak kadar düşmemden nefret ediyorum, götümden nefr.. ayy onu söylemiştim neyse işte. Allah belanı versin Erik, İngiltere kıtası götüne girer inşallah!

Ayıplarımı Görürsün Diye Çıkamıyorum Saklandığım Yerden

Düğün gecesi çocuğun evinde kaldım, yaa uff buna bir rumuz yazayım en iyisi ben. Böyle olmuyor çünkü neden bahsettiğim bile değil. "Ceri" olsun bunun adı. Hem internetteki rumuzunun bir bölümü, hem de Çeri domates gibi, biraz domatesi de andırıyor zaten. Tipi olmasa da iç özellikleri olarak. Çok yumuşak kalbi var, yani çok sinirli ama birazcık duygu sömürüsü yap, salağın yelkenler hemen suya iniyor. Bir de çok sulu, pek bir yılışık, Ceri olsun evet bunun adı. Ne diyordum, gece onun evinde kaldım, anahtarı unuttuğum için bizim kızları rahatsız etmeyeyim dedim geçtik oraya. Ben onun yatağında uyudum, o salonda. İlk sarhoş olduğumda uyandığım ev bunun zannetmiştim, değilmiş. O ev daha çok öğrenci evi gibiydi, bu bildiğin aneanne evi. Yalnız başına yaşıyor güya ama yatağının üzerindeki örtü, bir tomar kırlent, her rengin birbirine uyumu, tek lokma toz olmamasına bakılırsa ananesi iki günde bir gelip evini temizliyor. Yatak odası acayip düzenli, kataloglardakiler gibi aynı, bir de benim odama bak peheyy, ben yatağı bile toplayamazken herifin iç çamaşırları bile ütülü. Evet, çekmecelerini kurcalıyorum ne var yani? Çünkü geri zekâlı hâlâ uyanmadı, ben de bu odada kaldım ve canım sıkılıyor. Merak ediyorum bir de ne var ne yok diye, yani bence yaptığımda bir ayıp yok. O değil de donları ne kadar büyükmüş adamın, heyyy maşallahhhh beyaz görünümlü zenci sanırım, bu donu ancak öyle bir malafat doldurur. Bir sürü gömleği var ve hepsi jilet gibi ütülenmiş. Bakalım kız arkadaşına dair bir şeyler kalmış mı dolabında. Daha yeni ayrıldığına göre büyük ihtimal vardır, eşofmanların orada olabilir dedim ama ıı ıh kız her şeyini toplamış gitmiş valla helâl olsun. Bu herifle de yaşamak ne kadar zordur, çok dengesiz bir kere, hemen sinirleniyor, bir de çok düzenli. Yani külotlarının olduğu çekmeceye lavanta kesesi atan bir adam yahu. Çekmecelerinin içleri bile düzenli, her şeyi renklerine ve şekillerine göre dizilmiş. Büyük ihtimalle birbirimizi üçüncü gün şu işlemeli kırlentlerle boğardık bu herifle. İçeriden sesler geliyor uyandı sanırım, çıkayım bari odadan o da buraya girmek için beni bekliyor olabilir.

Odadan çıktım, mutfağa doğru bir gittim anam o ne? Adam oturmuş kahvaltı hazırlamış, hem de neler neler var masanın üzerinde, gazete almış, ekmek almış ve bunların hepsini ses çıkarmadan yapmış. Oha süper bir şey bu, çok uzun zamandır evde oturup kahvaltı yapmamıştım vallahi. Geçtim oturdum sandalyeye üzerimde onun pijamaları, bir yandan kahvaltı yaptık bir yandan da muhabbet ettik. Ardından masayı kendi topladı, hem de aynı anda bulaşıkları makineye dizerek. Hadi gel hafta sonunu film izleyerek geçirelim dedi, gitti film koydu bir tane yandaki koltuğa geçti oturdu. Ben de pencereden dışarıya bakıyordum ki gördüğüm şey karşısında bu adamla mı birlikte olsam lan diye bir daha düşündüm. Ohaa adamın havuzu var lan! Bildiğin havuz yani, bir de derin de değilmiş tam benim yüzeceğim şekilde. Havuzu olan bir adamla birlikte olmak kulağa çok güzel geliyor. Mangal partileri, bütün yaz kalıcı bronzluk, yüzerek atletik olan bir beden ve havuz başında düğün! Bir de evin bütün işlerini bu yapar zaten pek bir hevesli, yapmaya gocunmaz da. Ben de gezerim tozarım eğlenirim. Acaba çok mu zengin ama bu kadar zengin olsa ne diye Olimpos'a tatile gelsin yahu, bir de dışarıda sürekli bira içiyor. Yani benim havuzlu evim olsa Paris'e tatile giderim, havuza yapılmış bir ayıp yani amele yerlerde tatil. Allah hep böylelerine veriyor işte, bana gelince de gıdım gıdım koklatıyor ahh ahh… Filmi izlerken "erkek arkadaşını arasana adam merak etmiştir seni" dedi. Erkek arkadaşım mı, kim lan o diyecektim ki evreni kandırdığım aklıma geldi. Öyle ya bir sevgilim vardı, belki de bu bir işaretti yahu, yani ben tam bu adamla ilgili "acaba" diye düşünürken, lap diye bana bunu sorması... Yani evren bana bekle bir sabret mesajını vermiş olmalı. Kaderimdeki kişi bu da değil yani, boşuna hayal kurup kandırma kendini demek istedi bence.

Her sevgilisi olan ama o sırada sevgilisinin istemediği bir bok yiyen kız gibi telefonumu alıp içeri geçtim. Hani işte manitayla konuşmak babında, ne kadar fake olsa da sevgilim kıskanç bir adam. Elin herifinin evinde kaldığımı bilmesi hoş olmaz yani. İçeride biraz oyalanıp ardından film izlemeye gittim yanına. Ben içeride oyalanırken Ceri de masaya bir ton yiyecek içecek maddesi koymuş. Valla sevgililiği bilmem de bu adamdan süper ev arkadaşı olur. Gelip bizim evde yaşasa, yemeğimizi yapsa, temizliğimizi yapsa, sonra dedikodu yapsak falan baya anlaşırmışız aslında.

Biz filmi izlerken kapı çaldı, Ceri otomata basmak için kapıya doğru yöneldi, bir yandan da "kapıcı bu saatte gelmez" falan diye mırıldanıyordu ki, otomatın oradan bir kadın sesi geldi. Sesin oradan yankılanmasıyla adamın beni kucağına alıp içerideki odaya fırlatması aynı anda oldu. Kendimi bir anda koltuğun üstünde buldum, ne oluyor falan diye dayılanıyordum ki beni bir daha kucağına aldı odadaki televizyon sehpasının arkasına sıkıştırdı. Bildiğin sıkıştırdı ama yahu bi dur götüm sığmıyor neden saklanıyorum diye isyan etmeye çalışıyorum ama yok adam elimi ayağımı tutmuş beni sehpanın arkasına itekliyor. Kapı bir daha çalınca, eğildi, "Allah'ını seversen ses çıkarma, ne olur yalvarıyorum sesini çıkarttığın an biteriz ikimiz de" dedi, fırlayarak gitti odadan. Salak, kız arkadaşından ayrılmamış sanırım götüne patladı şimdi. Lan, bari değecek bir şey için patlasaydı, ne yattık, ne kalktık boku bokuna bu kadar adrenalin salgıladı kereste. Dedim, benim için iyilik yaptı, yazık çocuğa ben de iyilik yapayım bekleyeyim bari.

Sonra kız geldi içeri sesleri duyuyorum böyle, bu önce almak istemedi, tartışmışlar herhalde ki "ne işin var" falan diyor. Ama kız bir fettan, nasıl carlıyor, girdi içeri sesin yaklaşmasından anlıyorum. Kız sürekli bağırıyor, bana şunu yaptın bunu yaptın bilmem ne diye. Ayy Allah'ım, madem adamdan memnun değilsin ne basıyorsun evini salak, senin yüzünden burada sıkıştım kaldım, çişim de var. Hayır, bu söyleyeceklerini telefonda da söyleyebilirsin yani. Sürekli bağırıyor ama bir şeyler devirip duruyor da bir yandan. Neden kavga ettiklerini anlamıyorum bile, tek anladığım kız çok hakaret ediyor. Olimpos'ta gördüğüm hatun sanırım bu, ay ne carlak ne fena bir şeymiş meğersem. Kesinlikle çocuk haklı yani, ben onun yerinde olsam bu karıyı iki dakika tutmam evde, adamı bir konuşturmadı. Herif de amma sünepe çıktı yahu, "sana ne" dese ya kıza, bitmiş ilişkileri hâlâ gezip tozmasına karışıyor. Dün gece telefonu açmamış, kesin bir bok yiyormuş, değerini bilememiş, herkes kıza söylemiş ama o insanları dinlememiş, hayatını mahvetmiş bunun için, neler nelerden vazgeçmiş ama bu hiç anlamamış ayyy klişe şeyler. Aman demek ki her kız aynı şeyleri söylüyor, o yüzden bu erkekler bizi siklemiyor kavga ederken. Adam bu salağa, tamam tamam dedikçe hatun daha da delleniyor yalnız, yalnız benim içim şişti burada bıdbıdbıd beynimi sikti resmen. Şu halime bak bir de, elin evinde metresmişim gibi saklanıyorum. Yalnız herifin tv arkasında bile bir gram toz yok, helal olsun valla.

Hah tam artık bitti, kız çıkıp gidiyor evden diyordum ki lanet olsun ayakkabılarımı gördü sanırım. "Bu ne? Bu orospu ayakkabıları kimin? İki gün ayrı kaldık hemen fahişelerle mi doldurdun evi? Allah belanı versin pislik" diye bir başladı devamında ne hakaret ne hakaret. Başa sardı resmen motoru, derken "biraz parana kıysaydın da kaliteli orospu tutsaydın, şu ayakkabının paçozluğuna bak hastalık kapma bari şerefsiz köpek" diyince Allaahhhhh dayanamadım ben, hem çocuğa sabahtan beri yaptıkları için, hem bana orospu dediği için, hem de ayakkabılarımı beğenmediği için. Sen kimsin de bana paçoz dersin pis ucube diye çıktım saklandığım yerden. Ben o ayakkabılara ne kadar para verdim biliyor musun sen! İndirime girsin diye her gece yatmadan önce dualar ettim, internet sayfasını sık kullanılanlarıma ekledim. O ayakkabının fiyatı etmezsin sen, ayrıca da orospu sensin diye daldım aralarına.

Ceri'nin sevgilisiymişim gibi, "Yeter be, sabahtan beri amma kafa ütüledin. İstemiyor adam seni hâlâ dolanıp durma burada sokak kedisi gibi…" diye giriş cümlemi yaptım, Ceri'nin koluna doğru yanaştım, tek kaşım havada zafer kazanmış edasıyla siktir bakışımı çektim… Sonra kıyamet koptu, var ya hem de ne kıyamet. En son komşular ayaklandı birine bir şey oldu diye. Kızla saç saça bir girdik biz, hayatımda en son bu şekilde lisede kavga etmiştim sanırım. Beni bir dövdü, gerçekten dövdü ama. Evire çevire dövdü hem de bildiğin ağlaya ağlaya yalvarıyordum saçımı bıraksın diye. O odadan çıktığım için bir pişman oldum, bana ne ikisinin arasında olan şeyden, halla halla ne diye karıştıysam. Kız resmen gelmeden önce Van Damme yemiş öyle gelmiş. Saçımdan mı tutup sürüklemedi, kafamı ayakkabılığa mı vurmadı, ellerimi burkup suratıma tokatlar mı atmadı... En son Ceri'nin arkasına saklanarak ağlıyordum, beni ondan kurtarsın diye. Bir de ne götüme güvenip kıza afra tafra yaptıysam yedim dayağımı oturdum yerime. Ceri de baktı olmuyor ben dayak yemekten öleceğim, aldı kızı dışarı attı. O zaman bir kendime güvenim geldi, yok ya kız, kapının oradan "Senin yerin orası kızım! Haddini bileceksin. Adam seni kapıya koydu böyle işte" diye bas bas bağırdım. Kız kapıya tekme atıyor, ben oradan bağırıyorum. Bir taraftan da düşünüyorum lan kapı bir kırılsa sıçtım, bu sinirle bu kez beni pişmaniye gibi tel tel eder bu hatun diye. Elime aldım az önce hakaret ettiği ayakkabımı kapı mapı açılırsa da kız dalarsa diye kendimi onla savunurum dedim. Sonrasında sesler kesildi, kız gitti. Suratımı öyle bir cırmalamış ki her tarafım yara bere içinde kaldı. Gerçi olan garibim Ceri'ye oldu, o kız bu çocuğu hayatta sağ bırakmayacak bence. Ben o potansiyeli gördüm psikopat manyakta. Ceri'ye de söz verdim, yediğim boku temizleyeceğime, kızla benim yüzümden ayrıldılar ona kız ayarlayacağım. Ancak öyle affedecekmiş beni, ben de diyorum EsmaCeyhan'ı buna ayarlayayım, hem diyetimi öderim hem bu zaten alışkın sapkın karılara garipsemez, yadırgamaz bizim hatunu. Mutlu mesut yaşar giderler ben de zırt pırt havuzlarına gelir gelir dururum...

Ölüm, İnsanın Sadece Kendi Halini Düşündüğü En Bencil Eylemdir

Ceri'nin evindeki o düzeni görünce kendi evimden utandım resmen, o yüzden ben de eve gelir gelmez temizlik yapayım dedim. Ama sadece demekle kaldım, yatağın üzerine oturdum ve neler yapacağımı düşündüm. Bir de dayak yemiş gibi deyiminin gerçek anlamını öğrendim. Her tarafım tutulmuş resmen, etlerim acıyor, suratım yara bere içinde, kollarım mosmor. Hâlâ kendime inanamıyorum ya, benimle alakası olmayan bir adamın sevgilisinden dayak yedim. Bir de kendimi güçlü zannederdim, peheyyy karı beni boks minderi gibi kullanırken yalvarmaktan boğazlarım şişmiş vallahi. O kadar yorgunum ki, düşünce gücüyle temizlik yapmaya çalıştım o derece, koltuğun üzerindeki elbiseleri yerleştir, kirlileri yıka, bulaşıkları yıka, yerleri süpür diye sıralamaları düşünüyordum ki telefon çaldı. Teyzem arıyordu, hayırdır inşallah diye açtım kadın bana ölüm haberi verdi. "Dayın öldü, sizden kimse yok gelsenize" dedi. Telefonu kapattım koltuğun üzerindeki kıyafetleri düşünmeye başladım. Sonra bir daha söylediği söz aklıma geldi, "dayın öldü". O söz bir taraftan kafamda yankılanırken ben koltuğun üzerindekilerle meşgul olmaya çalışıyordum.

Dayım ölmüş, küçükken birkaç kez gördüğüm adam ölmüş. Dayım yani akrabam ölmüş, bir insan ölmüş ve ben koltuğun üzerine adapte olmuş durumdayım. Onu düşünmeye çalışıyorum, üzülmeye çalışıyorum ama olmuyor bir türlü. Tek düşündüğüm şey sutyenimi çekmeceme koymam gerektiği. İzlediğim kaza haberlerine bile ağlayan ben, hiçbir şey hissetmedim ve hissetmediğim için ölesiye kızdım kendime. Dedim bari, tek başıma suçluluk duymayayım nasılsa kardeşim de tanımıyor, o da üzülmez içim rahatlar diye gittim odasına söylemeye. "Dayım ölmüş lan" dedim, daha hangi dayımın öldüğünü duymadan, attı kendini yere. Nasıl ağlıyor, nasıl ağıt yakıyor, yanlış mı anladı acaba diyorum, tekrar ediyorum, yok o hâlâ ağlamaya devam ediyor. "Sen tanıyor muydun dayı mı?" dedim, sustu bir an düşündü, "hangi dayımmış ki, ona göre tanıyıp tanımadığımı söyleyeyim". Lan madem hangisi olduğunu bilmiyorsun ne kıyameti kopartıyorsun, dayı dayıymış neticede akrabaymış falan filan saydı da saydı bana. İçimi rahatlatmak için gittim kızın yanına, beni daha çok suçluluğa boğdu geri zekâlı. Bizden kimse yokmuş, bari gidelim dedik cenazeye.

Zodyaklı benden daha tecrübeli olduğu için bu konularda ne yapılır ne edilir diye yolda bana bir bir anlattı. Filmlerdeki gibi siyah şeyler giydik, 'acımız büyük' gözlüklerimizi de taktık çıktık yola. Anne tarafından akrabalarımızın çoğunu tanımıyoruz, böyle boşanmış ailelerin çoğunda vardır sanırım bu durum. Bir taraf hep daha uzak durur, bize de halamlarla yakın olup dayımları sallamamak düşmüştü bu durumdan. Gerçi hoş, onlar zaten birbirleriyle de o kadar yakın değillermiş. Annem bile gelmemiş, bizim ne işimiz varsa aradıkları için gittik. Ölmüş gitmiş adama ne ayıbını düşündüysek, adımızı bile bilmiyordur büyük ihtimalle diye diye içimi rahatlatmaya çalıştım ama yanımda sürekli ağlayan kardeşime baktıkça "Allah'ım duygusuz da değilim ama bu kız neden böyle" diye yeniden iç hesaplaşmalarıma geçmek zorunda kaldım.

Mezarlığa ulaştık sonunda, kim neresi falan diye ararken bulduk akrabalarımızı. Ama geç kalmışız gömülme işlemleri bitmiş dağılmaya yakın gelmişiz oraya. Hiçbirini tanımadığımız için ikimiz öksüz gibi kenarda bekledik öylece. Kime başsağlığı dilenir, orada ne yapılır, altın maltın takılır mı her geleneğe sokulan çeyrek bunda da var mı? Böyle her türlü saçma sapan formalite aklımdan geçti durdu. Onlar aklımdan geçerken biz köşede malak malak milleti seyrettik. Sonra "sen git, ayy sen git" diye Zodyaklı'yla itişe kalkışa yengemi bulduk yanına gittik. "Şule'nin kızıyız da bir ölü varmış ona şey etmeye geldik" gibi geri zekâlı bir laf çıktı ağzımdan. Sonrasında kadın on dakika önce kocasını toprağa gömmemiş de, öğretmenler fidanlığına ağaç dikmeye gelmiş kadın edasıyla "Ayyyyy siz onlarsınızzz, canlarımmm canlarımmm hiç değişmemişsiniz ayol. Sen PuCCa'sın di mi, belliii küçükken de böyle tombiktin, her yanın etti seni sıka sıka bitiremezdik. Nasıl büyümüşsünüz genç kız olmuşsunuz yahu siz" diye şapır şupur yalaş yapış bir durumun içerisine girdik. Ardından da neden bilmem ama onların evine doğru yol aldık.

Bu arada hiçbiri siyah giymemişti, gayet normal günlük kıyafetleriyle gelmişlerdi. Biz de full makyaj, siyah döpiyeslerle resmen Fransa İçişleri Bakanı'nın cenazesine gelmiş moddaydık. Arabaların oraya geçtik, bizi yengem hemen yanına aldı, oturduk tıkış tepiş. Hiç kimseyi tanımıyoruz, orada ne işimiz var bilmiyoruz, ne yapacağımızı da bilmiyoruz. Tek bir ölü var ortada ve o bizim akrabamız. Kucağımda Zodyaklı oturuyor ve sürekli kıkırdamak geliyor içimden. Biz aynadan bakıp bakıp birbirimize sırıtıyoruz.

Ardından eve geldik, yıllardır bu ailenin ferdiymişçesine geçtik milletten önce salona oturduk. Fısır fısır konuşup kim kimin nesiymiş anlamaya çalıştık derken bir anda kedilerin delirmesi gibi Zodyaklı koşarak mutfağa gitti. Beş dakika sonra elinde su şişesiyle döndü, millete su dağıtmaya başladı. Allah'ım biz bu kızla nasıl kardeşiz anlamıyorum, baştan sona yalakalık akıyor hatunun paçalarından. Hayatta aklıma gelmez millete su vermek, bizimki ise hemen sahiplendi evi. Bir baktım, teyzelerin yanına da kuruluverdi, yüzünü bile hatırlamadığı dayımla ilgili kafadan anılarını anlatıp duruyor insanlara. Ben de şaşkınlıkla izliyorum yemin ederim. Bir de kırk yılın cenaze işlerinden sorumlu müdürüymüşçesine her şey hakkında bilgisi var. Teyzelerin dibine geçmiş ellerini şaklata şaklata konuşuyor onlarla, ben de kenarda eziklenmiş bir şekilde oturuyorum. Nasıl bir baskı oluşturdu üstümde, evin büyük kızı olarak o konumda benim olmam gerekirken boşluğu hemen doldurdu. Pislik çocukken de böyleydi, Kuran kursuna gitmiştik bir defa, hocaların gözdesi olmuştu, bense kenarda Yoncimik şarkıları söyleyen cehennemlik ergen.

Şimdi de aynı şeyi yapıyor, teyzelerin gözdesi olmaya bayılıyor nedense, iki teyze görür görmez hemen ev kızı moduna sokuyor kendini. Hayır, yapsın yani vallahi gözüm yok sadece o öyle yapınca direk, evin işe yaramayan, tembel, saygısız, sevimsiz ablası ben oluyorum. Dedim bari bu noktada ben de hamle yapayım ki çoğunu ilk kez gördüğüm akrabalarım hakkımda kötü düşünmesin. Hemen koşturarak gittim yengemin yanına yardım edeceğim bir şey var mı diyerek, o da bana dağ gibi bulaşığı gösterdi, "şunlara el atarsan iyi olur aslında" diyerek. Lan cenaze evinde yemek mi yediniz hayvanlar, bir de o kadar kadın var, beni mi beklediniz bulaşık yıkamak için. Bulaşık makinesine doğru elimi uzattım ki, kadın tuttu bileğimden "makine bozuldu ahhh dayın yaptıracaktı onu" diye bir ağlamaya başladı. Elim ayağım kaldı öyle, ne yapacağımı hiç bilemedim o noktada. Sarılsam mı diyorum, fazla samimi oluruz sarılmayayım diye çekiyorum kendimi. Ne desem acaba diyorum, makineyi biz mi yaptırsak acaba, dayım da yani affedersin ama insan şunu tamir ettirir de vefat eder. Kadın da büyük ihtimalle ona ağlıyordur, bundan sonra elde bulaşıkları yıkayacağım diye. Yazık vallahi yazık, o değil de ben ne yapsam şimdi elimi sırtına doğru götürüp "geçecek" diyeyim en iyisi, yani hep böyle yapıyor olmalılar. Derken kadın bir sarıldı belimden doğru, hiçbir şey yapamadım, ben de ağlamaya başladım hüngür hüngür. Kadın ağlıyor, ben ağlıyorum "bize bunu neden yaptın dayı" falan diye de gaz veriyorum ara ara. Sonra geçti ağlama nöbetimiz, kolları sıyırıp bulaşıkları yıkamaya başladım. Yengem de arkamda oturup beni izledi öylece. "Dayım çok iyi adamdı ya" diye salak bir cümle çıktı ağzımdan, yani orada zaten ne söylesem bir önemi olmaz, kadın acısından beni anlamaz diye saldım kendimi.

Ben öyle deyince az önce hüngür hüngür ağlayan kadın bir carladı ama nasıl var ya. "Neresi iyi insandı be! Bana neler yaptı neler, başkasından çocuğu var, o kadına gitmiş ev açmış burada makineyi tamire götürmeyen adam o orospuya araba bile almış. İyi biri varsa o da benim! Çoluğuma çocuğuma bir şey olmasın diye sesimi çıkartmadım bunca sene. Bak bak öldüğünde kim yanındaydı, o kadın geldi mi bakalım yooookk. Beni aldattığın o sürtükler neredeydi, kim bilir kimlerin koynundaydı. Değdi mi be herif, sana demiştim son nefesinde ben yanında olcam, yapma etme bu yuvayı yıkma diye. Dinlemedi, iki am için terk etti gitti beni. Çook pişman oldu sonra ama bak şimdi toprak altında. Allah verir cezasını dedim hep, uyardım ben onu…" diye bir saydırmaya başladı. Ayyy Yarab bir an içime dayım kaçtı da kadının üstüme saldıracak gibi hissettim. Ses çıkarmayayım dedim, yok bağırdıkça bağırıyor, götüm götüm geriye doğru adımlamaya başladım, mutfak kapısının oraya kadar gelip etraftakilere bakmaya çalıştım kimse de bakmıyor bana. Kadın çıldırdı önümde beni dövecek nasıl bağırıyor, en sonunda yaşlı bir teyze duydu da geldi yanımıza aldı yengemi götürdü odaya. Ben de tırsa tırsa bulaşıkları yıkadım.

Zodyaklı içeride konu komşuyla beraber cenaze sohbetlerini yaparken ben bitirdim bulaşıkları geçtim yanlarına oturdum ki, yengem geldi "çay yapalım gel de bi yardım et" dedi. Ne çayı yahu, ben daha yeni o kadar bardağı yıkadım canım çıktı. Çay da ne hem güne mi geldi bu insanlar, herkes kendi evinde içsin çayını çorbasını. Daha yeni gömdün kocanı toprağa bu nasıl bir hizmet aşkıdır. Git odada ağla be kadın diye içimden söylene söylene arkasından gittim. Çayın suyunu koyarken bu gene başladı benle dertleşmeye. Ben de her an yine çıldıracak diye yusuf yusuf attım. Ama bu kez bir şey yapmadı, sakin sakin nasıl aldatıldığını anlattı.

Dayım önce Rus bir kadınla beraber oluyormuş, bu duymuş ama yuva yıkmaya değer görememiş bir türlü. Sonra bu kadına gitmiş ev almış, orada bir dellenmiş evi terk etmiş çocukları alıp. Dayımın daha çok işine gelmiş evi terk etmesi anında oturdukları evi satılığa çıkartmış. Sonra bizimki ben de o evi sana verecek göz yok diye geri dönmüş. Sonra bu kadından bir çocuğu olmuş, şu an 14 yaşında imiş. Ardından bu kadını da aldatmış, sonra da öleceğini mi hissetmiş ne yapmışsa evine geri dönmüş. Peki dedim, "O diğer çocuk ne yapıyor şimdi?" "Ne bilim ne yapıyor o da anası gibi orospu olmuştur, ev aldı araba aldı onlara mis gibi yaşıyordur işte bir de bana bak, bütün cefayı ben çektim" dedi.

Ardından benim kafamdan gayrimeşru kızın ne olduğuna dair düşünce silinmedi gitti. O kadar çok üzüldüm ki o kıza, babasının öldüğünü bile bilmiyor şu anda. Resmi bir babası bile yok hatta, hangi şehirde, nerede, nasıl yaşıyor? Bütün hayatı nasıl bir damgayla geçecek, ondan onu tanımadan, hiçbir günahı olmadığı halde nefret eden insanlar var burada. Babasının mezarını görmek onun da hakkı değil mi? Yani elimde olsa o an o kızı bulup, yanıma alacaktım. O derece içime dert oldu, mıh gibi işlendi derler ya. Niye bilmiyorum, yengeme hiç üzülmedim mesela, bana bulaşıkları yıkattırdığı için değil, ne bileyim hiç samimi gelmiyor gözyaşları. Hatta herifi bu öldürmüştür diye bile düşünmüyor değilim. Ama o kız, hiç görmediğim, hayatımda hiç tanımayacağım, kim olduğunu bile bilmediğim kuzenim, onun için çok üzüldüm. Çok güzel hayatı olsun diye o kadar içten diledim ki, çayın demini çektiğini bile fark etmedim.

Hiç tanımadığım akrabalarımın evinde, hiç tanımadığım dayımın ölümüne değil de, hiç tanımadığım kızının yaşamına üzüldüm. Nasıl yaratıldıysak, ölüm üzmüyor bence, asıl üzen şey bencillik. İnsan kendini düşünüyor o sırada, apartmanda biri öldüğünde bile aklıma ilk gelen şey "ya babamın başına bir şey gelirse". Yani ölen kişiye ağlamıyorum, ya başıma gelirse diye ağlıyorum. Başıma geldiği zaman da "beni neden yalnız bıraktın, ben ne yapacağım" şimdi diye ağlıyorum. Allah'ın işi sanırım bu, ölümünde sabır dedikleri olay bu sanırım, insanın kendini ne kadar sevdiğini hatırlatıyor. Ölen ölüp gidiyor, peki o kız acaba ne yapacak bundan sonraki hayatında? Babasının öldüğünü nasıl öğrenecek, nefret edecek mi ondan, iyi biri mi olacak yoksa babasız kızlar gibi her dokunduğu adama âşık mı olacak? Keşke o kızla tanışabilsem ve desem ki yalnız değilsin. Ama öncelikle şu kardeşimi içerisinde bulunduğu menopoz teyze sendromundan kurtarmam gerekli…

Aşk Acısı Çekmekten Daha Beter Bir Şey Varsa O da Hissizlik…

Sen tut günlerce ağla zırla geber hatta, Erik aşağıya, Ankaralı yukarı vayy ölüyorum bitiyorum diye hayatında var olan hiçbir şeyin tadını çıkartma, şimdi olana bak. Hiç kimseden hoşlanamıyorum, kimseye bir şey hissedemiyorum. Boş beleş bir ot gibiyim adeta. Resmen biri için cayır cayır kavrulmayı özledim. Yan yana uyumayı, ona yemekler hazırlamayı, ona sürprizler yapmayı… Bir dakika lan, ben bunları normalde de yapmıyorum ki neyini özledim yani? Neyse bir sevgilim olsun istiyorum ya artık, sanırım bu yalancıktan kendime sevgili yapma olayı biraz psikolojimi bozdu. Bir de etrafımdaki herkes sağ olsun kendilerine manita yapıyorlar, bir ben öksüz, bir ben gariban bir ben abazan kaldım!

Bildiğin abazanım, aylardır erkek yüzü namına bir bok görmedim. Millet çatır çatır sevişiyor ben osbir çekerken ağlıyorum. Onda bile düşünecek kişi gelmiyor aklıma, ayy onu mu düşleyeyim, yok yok bunu düşleyeyim, aman o çok kıllı mıllı derken hoop hevesim kaçıp bitiyor. Ben ne zaman sevişeceğim Allah'ım? Kocasını, ilişkisini, sevgilisini her bir bokunu geçtim, örümcek ağı kapladı yemin ederim orası. Dünyanın en kolay bulunan şeyi sevişilecek erkek olduğunu ben de biliyorum, bakkala iki ekmek üç yumurta almaya gider gibi kendimize gecelik adam yapacağımızın farkındayım ama sorun ben kimseyi beğenmiyorum. Ayy ben de neysem sanki, olsam olsam Adriana Lima'nın kaburga kemiği olurum. Tipime sıçayım, koca ağızlı, koca götlü, sorunlu bir manyağım da nedir bu kimseyi beğenmeme mevzum anlamadım gitti.

Geçecek sanırım, bu hayatım boyunca böyle devam etmeyecek ya, ya devam ederse, ya bu bir lanetse? Ortanca halamın kaderi na işte böyle, kadın bir süre sonra kimseyi beğenmemeye başladı ve şimdi 40 küsürlerde yalnız. Ya ben de öyle olursam, ya hiçbir zaman çocuğum olmazsa, ya bütün etrafımdakiler evlenirse ben de böyle çük gibi ortada kalırsam? Bir gün kapıcı on iki kez kapıyı çalıp açmadığımı görünce polise haber verirse, kapıyı açtıklarında evdeki kedi beni yemiş olursa? O bile çiftleşiyor üstelik. Bir kedimiz var dünyanın en azgın hayvanı desem yeri, kolumuzu bacağımızı, sikmedik bir yanımızı bırakmadı şerefsiz! Baktık olmuyor gittik dişi kedi bulduk. Şimdi de içeride onun canını çıkartmaya çalışıyor. O bile çat çat çat sevişiyor, o bile mutlu, onun bile bir çifti var. Ya benim yoksa, ya ben her dokunduğu adamı bırakınca mutlu eden kadın lanetlisiysem. Ayyy dur daha fazla devam edemeyeceğim, kalbim daraldı yemin ederim, erkek erkek erkek sanki bu dünyada başka sorun yok beyin özürlü PuCCa, insanlar nelerle uğraşıyor sense burada osbir çekerken gözyaşlarına hâkim olamadığından dert yanıyorsun, diyerek şu geçen gün evinde kız arkadaşından dayak yediğim Ceri'ye EsmaCeyhan'ı ayarlamak için çıktım gittim yanlarına.

Kafenin birinde buluşacağız şimdi, EsmaCeyhan'a haber verdim gel eski günleri konuşuruz diye, çocuğa da söyledim bir kız var aranızı yapacağım tam senlik diye. Önce Ceri geldi, ona işte EsmaCeyhan'ı anlattım da anlattım baya, bir allayıp pulladım ki kızı ben bile inandım, neredeyse çocuğa ayarlamayayım bize götürüp besleyeyim diyecektim. Sonra muhabbete baya daldık ki aradan iki saat geçmiş bizim kız ortada yok, aradım açmıyor telefonunu. Bir daha aradım ıı ıh gene açmıyor, tekrar tekrar derken baktım açmayacak, yapacak bir şey yok diyerek çantama atıyordum ki mesaj geldi.

"Hangi yüzle hâlâ benimle konuşmaya cesaret ediyorsun anlamıyorum. Üç gün Erik'le yattın eline ne geçti, o hâlâ benim en yakın arkadaşım. Sen ise dışarıda kalan bir zavallısın. Benimle muhatap olma artık" yazıyor.

Lan sen kimsin ki senle muhatap olayım, sorunlu manyak karı. En yakın arkadaşıymış çocuğun da bilmem ne de. Allah'ım bu hatunun da şu tripleri beni çıldırtıyor. Şeytan diyor git evine tut saçından bir güzel döv, geçen sene yaşayamadığın aşkın acısını al kaltaktan. Ohhh iyi yaptım da o takıntınla birlikte oldum. Bir sene boyunca evirdim çevirdim yatakta topaç gibi oynadım. Sen yatağında hüngür hüngür ağlarken ben Erik'le uyandım. Sen kendini kesmeye karar verdiğinde Erik bana yüzük takmaya karar vermişti. Ohhh içimin yağları çıpıl çıpıl eridi, gram pişmanlık duymuyorum elinden aldığım için onu. Geri zekâlı, seni kim ne yapsın lan sabah programı kılıklı histerik, yalancı manyak. Arkadaşmış da bilmem ne, arkadaş arkadaşı siker mi lan sürtük! Yine olsa yine yaparım, koy beni geçmişe ben yine Erik'le birlikte olur seni kanser ederim hiç üzülmem bu kez üstelik. Gözünün önünde de fingirdeşirim o çocukla, bir dur o bir dönsün şu ülkeye, suratımı görecek senin hastalıklı manyak Müge Anlı'nın kayınçosunun bacısı, sorunlu mal.

Ayy sinirlerim bozuldu yemin ederim, ben seni buraya bir erkekle baş göz etmek için çağırıyorum sen gelmişsin bana neler yazıyorsun. Derin derin nefes aldım, telefon elimde fırlatmamak için zor tuttum kendimi. O sırada bir baktım ki Ceri dili dışarıda kızı bekliyor. Bu da nasıl bir abazan çıktı yahu, daha dün ayrılmışsın bir nefes al be herif, hemen başka vajina peşine düştün. Bir de akıl var mantık var benim ayarlayacağım kıza sen nasıl güvenirsin? Ben olsam şahsen kendime zerre güvenmem, şu tipime halime baksana her yanımdan birine bir şey yapsam da eğlensem akıyor. Hâlâ nerede kaldı bu kız deyip duruyor. Hayır, herifin pezevengi olduk resmen, ben hayır işleyeyim dedim, adam diyor ki "senin yüzünden ayrıldık bana kız borçlusun". Sanki iki buçuk litre kola istiyor dallama, lan kız dediğin şey kolay mı bulunuyor, sen kendine bulamamışsın ben nasıl bulayım sana? Dedim, "bebişim, gelemeyecekmiş kız n'apalım biz yemek yiyelim sonra takılırız sana iyilerini bulcam merak etme, zaten bu hatun karaciğerinden kendine kemer yapardı". Sonrasında ise, çocuk önce bir gülümsedi, sonra bana bir bakış attı kafasını öne eğip iki yana sallayarak. Dudağını da sağa doğru burkarak, pop şarkısına klip çeken türkücü gibi, ben gerçeği biliyorum bakışını attı. "O neydi şimdi" dedim, "Ya sen benden hoşlanıyorsun değil mi? Bu sana kız ayarlayacağım demeler falan. Beraber günü geçirelim diye atılan yalanlar, düğüne gitmek zorundayımlar. Sevgilin var madem öyle önce bir ondan ayrıl" dedi ve orada benim film koptu.

Zaten EsmaCeyhan'a sinirliydim Allah ne verdiyse bas bas bağırdım çocuğa, öyle ki ne dediğimi kendim duymuyorum. Öyle bir sinirlenmişim ki "Ya sen kimsin koca kafalı, sana neden âşık olayım ben, benim deli gibi âşık olduğum bir adam var, gelecek yıl evleneceğiz, gelecek buraya, onun yanında sen kimsin keko? Evin havuzlu diye çekilecek çile misin oğlum" diye bir girdim, şu an aklıma bile gelmeyen hakaretleri tek tek saydırdım adama. Sonra bir kendime geldim, adamcağız karşımda bir şeyler geveliyordu. Bir an ben de sevgilim olduğuna inanmışım, birilerini aramaya çalışıyordum çünkü. Akşam arkadaşımın doğum günü olduğu aklıma geldi, dedim bari benle gelsin orada bir tane salak buluruz buna.

Gittik beraber, herkes bizi önce sevgili sandı, sonra adam benden nasıl nefret ediyorsa, her sorana "hayır hayır yaa ne sevgilisi yok öyle bir şey" demeye başladı. Böyle masada oturup buna kız seçmeye başladık, sevgilisi olmayanları ayırdık. Bir grup kız var böyle, maşallah Penti'nin bacak güzellik yarışmasından çıkmış gibiler. Sürekli kıkırdamalar, bacakları gözümüze gözümüze sokmalar. İyi tamam anladık uzun bacaklısınız da ayıp denilen bir şey var. Sıralamaya koyduk, bu gece kesin biriyle olacak, kafamızda planımızı yaptık. Sonra bir şey oldu, ya bu arada bu kadar hızlı anlatıyorum çünkü asıl olaya geçmek istiyorum, diğer her şey siktiri boktan bir değeri yok anlatmanın diye.

Ceri beni dansa kaldırdı, tam elini tutuyordum ki elimi alıp, kendi omuzuna koydu, o da belimi sardı. Bir heyecan bastı beni orada. Kendimi mezuniyet töreninde gibi hissettim bir an. Kalbim nasıl atıyor anlatamam heyecandan ellerimin içleri terledi şıpır şıpır su oldu böyle. Ceri'nin gözlerine bakamıyorum resmen, kafam eğik on beş yaşında oldum bir anda. Nefesim kesiliyor, kafasını yanağıma doğru uzatıyor bir şey söylemek için ben hiçbir şey duymuyorum. Sadece uğultu o kadar heyecanlanmışım ki etraftaki kimseyi de görmüyorum. Zaten neden dans ettiğimizi de anlamıyorum, kimse dans etmiyor çünkü. Mekândaki herkes şarkıya eşlik ediyor, sadece biz düğün salonunda damadın kaynı ve yengesi gibi duruyoruz. Sonra kulağıma eğildi, dudağını resmen kıkırdağımda hissettim, belimden birazcık daha çekip kendine iyice yanaştırdı, burnuyla saçımı itekleyerek, "şu sarışın ne ayak, onu yapsana bana" dedi.

İşte o an heyecanlanmamın ne kadar gereksiz olduğunu fark ettim. Elimi çektim, yerimi kimse kapmadan gittim oturdum. Bu da geldi arkamdan, koluma girdi, "ya çok fena şu sarışın kesin onu istiyorum" dedi. Sarışını da bir gör buna hayatta bakmaz yani. Kızı da tanımıyorum ama belli yahu, kız da tam Gökhan Özen tiplilere verecek bir hava var böyle. Ne yapsın bu salağı dedim, iyi gel o tarafa geçelim bari deyip aldım Ceri'yi gittik kızın olduğu tarafa. Kenarda duruyoruz, bunlar da bizim hemen dibimizdeler. Ben o sırada neden heyecanlandığımın analizini yapıyorum. Neden heyecanlandım, abazanım çünkü başka açıklaması yok bu işin! Aylardır erkek yüzü görmeyince biri dokunduğu an böyle oluyor demek ki. Yoksa bu salak am budalası için mi kalbim çarpacak peheyyy diye kendi kendime konuşuyordum ki bir baktım, o sikseler ayarlayamaz dediğim kızla bunlar bir muhabbet bir muhabbet. Ayyy kızın içine düşecek, az önce benle dans eden, elime belime dokunan adam kızın ağzının içinde resmen. Kıskanıyor muyum diyorum kendi kendime, yok kıskanmıyorum yani neden kıskanayım ki, o salak sarışın orospunun neresini kıskanayım? Bebek gibi yüzünü mü, inci gibi dişlerini mi, üzerine cuk oturan kıyafetlerini mi, herkesin onla ilgilenmesini mi yani neyini kıskanayım? Peki bu salağın neresini kıskanayım, kim ki yani bu, tipim bile değil. Evet yakışıklı, evet çok komik, evet çok samimi, evet çok tatlı, evet çok sahiplenici, evet çok güzel kokuyor, evet dokunduğu an içim eridi ama yani neden kıskanayım ki. Off ben gerçekten bu çocuktan mı hoşlanıyorum acaba? Hoşlanmayayım ya, baksana gördüğü her memeye gidiyor, kızla nasıl samimi şuracıkta sikişecekler.

İnşallahhhh o çırpı bacakları Ceri'nin götüne girer kızın. Allah'ım o kızı yok et ne olur gözümün önünde fingirdeştirme, ben hoşlanmıyorum bu bebeden yapma bana bunu ne olur.

Baktım olmayacak verdim kendimi içkiye orada. Ne yapayım yani, artık o kadar çok yoruldum ki bir erkek için daha uğraşmaya gücüm yok. Adam gibi ilişki istiyorum, ben artık sevilmek istiyorum. Oyun, dalavere, gelgitler, vurkaçlar çok sıkıldım, bunaldım. Tek istediğim omzuna yattığım an huzuru bulacağım bir adam. O da Ceri değil, kabak gibi belli. Herif benden hoşlanmıyor bile varsa yoksa başka karılar.

Verdim kendimi içkiye onları izleye izleye derken bir uyandım klozetin üzerindeyim. Ama klozet bizim evdeki klozet değil. Önce bir kendime gelemedim, neredeyim, yıl kaç falan oldum. Sonra önümdeki bacakların tepesine doğru baktığımda Ceri'nin suratını gördüm. O an nasıl mutlu olduysam ayağa kalkıp sarıldım çocuğa. O da eğdi kafamı "ne var ne yoksa o lanet olası midende çıkart şuraya, kendine gelmeden kalkmayacaksın" diye bağırdı, ben o sırada zaten çoktan böğürmeye başlamıştım. Salonda oturup telefonuyla ilgileniyordu, elimde havlu çıktım banyodan, özür dilemek için yanına gittim, bir yandan da evde sarışın orospuya bakıyorum o da burada mı diye. Göremeyince geçtim diğer koltuğa oturdum. "Yaa özür dilerim ben gene hatırlamıyorum, sarı abla nerede?"

"Hatırlama zaten aklın varsa. Saatlerce seni aradık, başına bir şey geldi sandım yüreğim oynadı. Tuvaleti kilitlemişsin, uyumuşsun içinde. Güvenlik görevlileri seni oradan çıkartalım diye akla karayı seçti."

"Sarışın kız nerede, ne oldu ona?"

"Aldım seni, taksicinin gözlerini kapatmaya çalışıyordun, artık kaza yapacaktı adam, seni indirip dövecekti resmen."

"Sarışın nerede, neden gelmedi?"

"İki saat bahçede İstiklal Marşı'nı okudun rezil oldum komşulara."

"Ya sarışın kız nerede diyorum ben."

"Üzerine kustun kızın kalktı gitti."

"Eee sen neden gitmedin ardından?"

"Çünkü bok gibiydin, gidersem orada kesin başına bir şey gelirdi. Çünkü sende çocuk zekâsı bile yok. Çünkü sen götünle içiyorsun, çünkü seni tanıdığım günden beri başıma bela dışında başka şey getirmedin. Sevgililerin seni terk edip gitmekte öyle haklılar ki. Evlat olsan sevilmezsin. Annen olsam senin doğduğun gün kapının önüne koyarım. Sorumsuz, saygısız, bencil, umursamaz birisin. Hayatında hiçbir zaman adam gibi bir şeyin olamamış. Sadece güleyim gezeyim içeyim. Şu haline bak, kaç yaşındasın ve ne haldesin. Sadece içiyor, kusuyor, sabah bir bok hatırlamıyorsun. İçince bambaşka, uyanınca bambaşka oluyorsun. Ben senin yerinde olsam, neyse ya ben asla senin yerinde olamazdım."

Sonra ağladım. Çok ağladım hem de. Birinden hoşlanıp pişman olmanın en acı şekliyle ağladım. Benim için bu kadar ağır şeyleri düşünen birinin yanında olduğum için ağladım. Evinden gitmek istedim, o hâlâ sarhoş olduğumu düşündüğü için kapıyı kilitledi. Ben gitmek için uğraştım, o beni susturmak için. Bu kadar ağır lafları hak etmedim. Sadece mutsuzdum içtim oysa. Sonra ağlamaktan beynim bulandı sanırım, durduğum yerde sızmışım yorgunluktan.

Uyandığımda salondaki üçlü koltuktaydık, ben kenarına doğru iyice kaymışım, o ise bir eli omzumda olacak şekilde bana sarılmış. Kafası tam saçlarımın olduğu yerde benim yüzüm ise boynunda. O kadar güzel kokuyor ki, o kadar güzel sarılmış ki uyandığım için üzüldüm bir an. Sonra gece söyledikleri aklıma geldi, sanırım ben çok ağlayınca acımış teselli etmek için böyle sarılmış sonra da uyuyakalmış. Benden hoşlanmıyor, hatta insan olarak bile sevmiyor büyük ihtimalle. Bu sefer uğraşmayacağım, ilk baştan bu kelimeleri duyduğum bir adam için asla adım atmayacağım. Usulca kalktım yanından, içerideki odadan pike alıp üzerine serdim. Anahtarı da masanın üzerinden alıp kapıyı açıp çıktım gittim…

Beni Öldürmeyen Acı Güçlendirir Diye Diye, Van Damme Gibi Oldum

Sabahın bir körü eve geldim, yatağa yatıp geceyi unutmaya çalıştım. Böyle kendini pis hissettiğin zamanlar olur ya hani, uyursam geçer diye düşündüğün anlar. Aynen öyle bir andaydım, bir daha Ceri'yi görmek istemiyordum, o sözleri, yaptığım saçmalıkları, ergenlik çağına yeni girmiş kız gibi ondan hoşlanışım, ayy bunların hepsini unutmak istiyordum. Sadece uyuyayım, uyandığımda normal hayatıma döneyim. Sağa dönüyorum, Ceri'nin kokusu sanki bileğimde, sola dönüyorum kalbim pıt pıt atıyor. Neden diyorum sarılarak uyudu o zaman bana? Neden uyuyacak, adam am budalası bir salak da ondan, belki uyanırım da fiki fiki yaparız diye düşünmüştür. Sinirleniyorum, diğer tarafıma dönüyorum, bunu düşünse ondan önce de evinde kaldım, o zaman bir hamle yapardı. Beni sikmek bile istemiyor yani. Allah'ım bu nasıl bir acı, herkese sokmak istiyor ama beni öyle bile görmüyor. Acaba çok mu çirkinim? Hani lan önemli olan iç güzellikti, içim de mi çirkin, pis acaba ya. Off yanında keşke derneklerden, bağışlardan falan bahsetseydim. Var ya keşke o gün o dilenciyi görünce "Bunlar hayvan gibi zenginmiş, bir sürü arabaları varmış. Haberlerde izlemiştim, adam topal bile çıkmadı, villada oturuyormuş" klişesini yapmasaydım. İyi biri gibi görüneyim bari bundan sonra yanında, bayramda huzurevine falan gidelim diyeyim de böyle götümden kelebek fışkıran iyilik perisi gibi görsün beni. Belki o zaman düdüklemek ister. Yok sanırım ben iyice kafayı yedim, düşünüp üzüldüğüm şeye bak, yatılacak kız kategorisinde olmadığım için kahrediyorum kendimi. Mal mıyım neyim ya... Belki de beni çok zeki bulmuştur, kendine göre fazla görmüştür. Yani evet, bence de zekâmdan korkmuştur. Haklısın buna ben bile inanmadım. Zekâmdan neden korksun herif, sanki düşünce gücüyle atom bombası yapıp götüne sokacağım salağın, zaten bu da istedikleri herifi elde edemeyen salak kızların bahanesi. Adamın kendilerini istemediğini bir türlü kabul edemiyorlar; aynen benim eski sevgililerimin benden sonra yeni bir hayat kurduklarını kabul edememem gibi. Şimdi de kabul edemiyorum işte! Karı karı diye ölürken beni niye istemiyor ki? Memeyse meme işte bizimki de halla halla. Hayır, asılsa üstüme düşse adım gibi eminim istemeyeceğim adamı da böyle olunca bir hırs oluşuyor bende, ille olmalı diye. Bir de o söylediği sözler neydi öyle, nasıl çirkin, alt tarafı sarhoş olmuşum kalbimi bu kadar kırmanın ne anlamı var değil mi? Böyle kokusu, o sarıldığı anlar aklıma geliyor, karnımdaki tenyalar grup seks yapmaya başlıyor. Sonra sözlerini hatırlıyorum, tenyaları ahlak zabıtası basmış gibi hissediyorum. Ayıp, utanç, bir daha karşılaşmama hissi... Şu an on dört yaşındayım, ne bir eksik ne bir fazla, beynim sadece karnımdaki kıpırtılara çalışıyor. Allah'ım ne olur kısa kestirip at şu hissi, ne olurrr...

Tam ben böyle kendi kendimle savaş halindeyken, iç sesimin aptal saptal sözlerini dinlerken içeriye kardeşimle ev arkadaşım geldi. Oturdular yatağa, bir suç işlemişim de onu suratıma vurmak istemeyen ebeveyn gibilerdi. "Ne oldu lan ne bakıyorsunuz?" dedim ama onlar bu kez daha acıyarak bakışlarını diktiler bana. Ev arkadaşımız elini dizime koydu, gözlerini kıprıştırarak olaya girmek için hamle yaptı ama giremedi. Aynı şey gibilerdi işte, hani böyle misafirliğe gidersin, salona 50 lira koymuşlardır ama onu seni denemek için yapmışlardır. O parayı alacak mısın diye tetikte beklerler, aldığın an artık bitmişsindir. Sonra ebeveynlerin sana hırsızlıkla ilgili uzun bir nutuk atmak için yanına gelir. Seni korkutmadan, suçlamadan, yaptığının hata olduğunu anlatmaya çalışırlar. Hah işte bunlar da sanki öyleydi, lan dolaptaki Nutella'yı yediğimi mi öğrendiler acaba ya da kız evde yokken ayakkabısını giydiğimi mi anladı? Banyo lifini mi kullandım lan yoksa, ama yok pembe olan benimdi. Benimdi değil mi, inşallah benimdir, ıyyy götüne mincosuna her bir yanına sürtmüştür bu. Allah'ım o lif inşallah benim lifimdir.

Ya ne yaptım da bunlar böyle karşımda bekliyorlar acınası gözlerle, lan yoksa kanser miyim? Siktirrrr biliyordum işte yaa, vallahi biliyordum. Yani her dizinin sonunda muhakkak kızda bir tümör çıkıyor, ahan da benim de sonum böyle olacaktı. Ellerimde kabarcıklar için doktora gitmiştim geçen gün, unuttum tahlilleri almayı, herhalde onu aldılar. Acaba ne kadar ömrüm kaldı, tümör neremde şu anda? Büyük mü, bedenimi kapladı mı, mezarım nerede olacak, İzmir'de olsun ya, ya da dur millete pislik olsun mezarımı Paris'te isteyeyim. Nasıl olsa beceremeyecekler, ben öldükten sonra hep içlerinde burukluk kalsın, "Ayy PuCCa'nın son istediğini de yerine getiremedik" diye kahrolsunlar. Beni unutamasınlar, paso ağlayıp dursunlar, evet evet öyle yapayım ben, madem önce ben öleceğim bu en büyük hakkım olur. Ya kemoterapi ile zayıflar mıyım acaba, yoksa o şişiriyor muydu?

Söylediklerinde bana, masuscuktan güçlüyüm ayağı yapayım ben. Sanki gün aşırı kanser oluyormuş gibi karşılayayım. Önemli olan sizsiniz, siz güçlü olun, bu grip gibi bir şey numarası çekeyim de arkamdan "çok güçlü kızdı helal olsun, çok savaştı" desinler. Söylediklerinde ağlamayayım evet, tuvalete gider ağlarım bir güzel, derneklere falan üye olayım. Orada benim gibi birini bulurum hemen nikâhı bastırırım. Ne kadar ömrümüz kaldı hadi hadi diye darlayabilirim de hem. Ufuuuuuu tek amacımı da gerçekleştirmiş gibi olurum. Lan ya evlenemezsem, bunlar duvak koyarlar kesin, o yüzden evlenmek istemediğimi söyleyeyim de öyle bir atraksiyona girip Teşvikiye'de beni rezil etmesinler. Hatta ben mektup yazayım, şu sürtüğün bir kelebekli ayakkabısı vardı, gözüm kalmıştı onda. Onu mezarımın kenarına yerleştirsin. Giyemesin benden sonra, ohhh içimin yağları erir yemin ederim.

Lan öleceğim hâlâ pislik derdindeyim, ya şimdi söyleyecek heralde, gözlerime bakıyor. Ağlama PuCCa, ağlama. Ya gözlerim acıyor, gözyaşım aktı akacak şimdi. Off öleceğim ya resmen, neden ben Tanrım, neden ben, daha genceciktim. Yani evet reklamlarda benim yaşım genç kategorisine girmiyor ama en azından orta yaşa da girmiyor. Daha çocuklarım olacaktı, daha kızımla alışverişe gidecektim, daha pudra tonlarında yatak odam olacaktı, daha yazlığı Foça'da alacaktık, ya daha babaannemin annesi bile ölmedi ben neden ölüyorum ki? Ağlayacağım sanırım, sen de gir artık konuya karşımda yalanıp duracağına, vallahi ağlayacağım, gözlerim titriyor şu an. Ayy hadi gir konuya artık lanet olsun öldür beni öldür...

Kızın kollarına attım kendimi. Nasıl ağlıyorum Yarab'bim, o güçlü duruş falan yok yani, hatta öyle ki kendimi yerlere attım. "Neden ben neden, ben sana ne yaptım Yarabbb" diyerek. İkisi de karşımda salak salak bana bakıyor, bense ölüm dediğin nedir gülüm modunda ağlamaklı konuşuyorum. Sonra biraz kendime geldim, oturdum yatağın kenarına, "babama söylemeyelim, adam üzülmesin" dedim. Sonra ise içimden, babama söyleyeyim ya, söyleyeyim de arabayı belki bana yollar üzülüp. Ama dur, ben demeyeyim, Zodyaklı söylesin daha dramatik olur diye düşündüm.

Zodyaklı iki kolumdan tuttu, "Bir kendine gel be hasta mısın nesin" dedi, ben bir daha ağlamaya başladım. Sonra da "Ya PuCCa, bi saçmalama, neden ağlıyorsun, kim kanser" deyince olay biraz belirginleşti. Kanser manser değilim sanırım, bunlar başka bir şey için gelmiş odama. Borç mu isteyecekler ne yapacaklar, ayy onun için geldilerse hemen bir hikâye uydurayım parasız kaldım falan diyeyim. "Ya neden böyle aç köpek yavrusu gibi bakıyorsunuz o zaman, geri zekâlı karılar, ne oldu" dedim. Yine o bakışı yaptılar, kız konuya girdi, bir eli dizimde vaziyette.

"PuCCa, biliyorum zor dönemler geçiriyorsun. Yani çiftleşememek ya da sevişememek bir insanda kötü şeylere neden olabilir, seninki de biraz böyle olmuş, tabii abartı da bu durum."

"Ee sadede gel, kedi gibi beni çiftleştirecek misiniz? Olum benim sevgilim var zaten."

"PuCCa, senin sevgilin yok. O yarattığın şey senin kafanda kurduğun bir hayal. Sen şizofren olmuşsun sanırım, seni doktora götüreceğiz. Şifreni doğum tarihi yapacak kadar salak bir kız olduğun için Facebook'una girdik, adamın profilini kendin hazırlamışsın. Bir de geceleri başka yerlerde kalmalar falan, Dexter mi oldun ne yaptın amına koyim anlamadık."

Aha şimdi sıçtım. İşin yoksa evrene mesaj hadisesini anlat bunlara, anlatsam da anlamazlar ki, şunların bakışlarına baksana hele az önceki ağlama sahnemden sonra sikseler aklayamam kendimi. Bir de ne diyeceğim ki, o güne kadar hep secret mevzusunda ağzıma geleni sayıp dalga geçmiştim. Benim de var ya çenemin yayını siksinler yemin ederim, ne diye oturup dalga geçersin ki geri zekâlı. Yapacak bir şey yok, oturup baştan anlatmam lazım bu durumu. İşin sonunda ya beni deli zannedecekler ya da salak. Ama ne yapalım bir kere yedik bu boku...

Başladım bütün maddeleri tek tek anlatmaya, önce biraz mırın kırın ettiler sonra kafalarına yattı; sonuçta ikisi de yiyişmelik külotlarını giyip dolanmaya başladılar. Bir yandan da evrene para mesajını nasıl yollayalım diye plan program yaptılar...

Paspasın Altında Unuttuğun Anahtarım, Beni Ararken Hep Üzerime Basıyorsun

Kendimi, pazara giden anneannelerin kıvrılarak diz altına düşmüş varis çorabı gibi hissediyorum. Düşmüşüm, lastiğim eti fırtlatmış, kimsenin umurunda değil. Umurlarında olan sadece, dışarıya çıkarken giyilmiş olmam.

Ceri ile iki gün boyunca hiç görüşmedik, ben de bu iki gün boyunca, dur lan, ben bu iki gün boyunca ne yaptım? Haa ne yapacağım tabii ki durup durup yemek yedim. Adam aklıma her geldiğinde kendimi yemekle cezalandırdım. Elim telefonda bekledim durdum, birinin telefonunu beklemek o kadar kötü ki. Ya bu kız sabahın körü kalkıp gitmiş yanından hiç mi merak etmezsin nerededir diye. Ama yok adam aramadı resmen. Beklememek için telefonun sesini kısıyorum kenara koyuyorum, üç dakikada bir bakıyorum aranmış mı diye. Arayanlar hep salak salak tipler. Abicim ne arıyorsunuz beni diye carlamak istiyorum. Dün babamla konuşuyorum, baktım biri arıyor sinyali verdi, adamın suratına nasıl kapattım o telefonu hiç bilmiyorum. Banyoya bile girerken bornozumun cebine koyuyorum telefonu bir umut arar diye. Sürekli Twitter sayfasına bakıyorum, sayfayı yenilemekten F5 tuşum bozuldu o derece. Adam ne yazsa, üstüme alınmak için çırpınıyorum. O da anacım habire gündem siyaset yazıp duruyor. Ben de bir şey yazmıyorum ki merak etsin arasın beni diye ama ıı ıh aramıyor. Aklıma bin tane şey geliyor, "evinde gözlüğümü unuttum, ya haberlerde adını gördüm ölmüşsün, aa seni mi aradım başkasını arıyordum, rüyamda seni gördüm" ve hepsinden aynı anda vazgeçiyorum. Böyle bir şeyden aramayayım diye, ne arayacağım, bir de arayıp zaten aşure kazanı gibi olan götünü daha da şişirmemin âlemi ne diye, bir de atar yaptım kendi kendime...

Ardından telefonum çalmaya başladı, telefonun zıttırı dıttırı melodisi sanki bir aşk şarkısını söylüyordu, eski bir filmde akşamüstü sahnesi gibiydi o an. Akşamüstlerinde genellikle kötü bir şey olmaz, çünkü hep beklenilen bir durum vardır, gece ya kıyamet kopacaktır ya da sabahtan kopmuş şimdi yıkıntıları onarıyorlardır. En güzel filmler akşamüstlerinde biter genellikle, güneşin batışına doğru ilerler hep kahraman. Akşamüstleri hep güzeldir, özeldir, o değil de telefonu açmazsam o güneş götümde batacak. Açtım telefonu, "naber" dedi, samimi adam işte ya, alo falan değil direk naberle girdi olaya. "Kendine güvenini siktiğim, naber ne lan! Öldüm iki gündür aramıyorsun diye, burada hop oturdum hop kalktım, üç saat tweet girmediğin an kafamda seni milyonlarca Angelina Jolie ile çiftleştirdim. Sen utanmadan naber mi diyorsun bana." Bunları adama söylemedim tabii, mertliğe bok sürdürmemek adına sanki çok önemli bir iş yapıyormuşum da telefonu omzumla kulağım arasına sıkıştırıp, zorla konuşmaya çalışıyormuş gibi yaptım. Hani sanki beklemiyordum oturup aramanı dercesine. "Ya ne olsun işte iş güç" dedim, ardından hemen "evdeysen almaya geliyorum seni, hazır ol" dedi. Sanki pezevenk küçük kardeşi ile konuşuyor. Lan belki gelmeyeceğim, belki akşam işim var, belki senle olmak istemiyorum, bu nasıl bir güvendir böyle? Nereye gideceğimizi bile söylemiyorsun, tabii ki gelmeyeceğim seninle. Hatta bunu öyle bir söyleyeyim ki kahrolsun; otursun düşünsün reddedilişini, içine oturayım. Hayat böyle çünkü, ne kadar sikersen o kadar yer edinirsin karşı tarafın hayatında. Bunları düşünürken ağzımdan çıkan ilk kelimenin "evdeyim gel gel" olması tabii çok boktan oldu.

Hayattaki bazı kuralları bilip, oyunu oynayamamak çok ağır... Misal, şimdi yapmam gereken bu değildi. Gayet umursamaz davranmam lazımdı ama ben ne yaptım sana hastayım imajını verdim. Off ya, neyse geldiğinde artık sallamam hatta ekerim dedim. Ama adam kornayı çalar çalmaz ben hopppp anında aşağıda bayramlıklarını giymiş küçük kız çocuğu gibi beklemedeydim. Arabasına bindim, oturdum ön koltuğa, ağzım kulaklarımda böyle yanaklarım fazla allıktan kırmızı, dudaklarımı yedi kilo parlatıcıyla sıvamışım, apartmandan aşağıya inene kadar küçük sinekler yapışmış oraya. Adeta bir sinek öldürücü görevinde, adamı etkilemek adına minnacık elbise giymişim. Altımdaki korse külot karnımı sıktıkça sıkıyor, gece halvete bir girecek olsak, donu çıkardığım an sıkışan gazlar harekete geçecek. Nereye gideceğimizi sormadım bile, bir yere gidiyorduk işte. Biz giderken adama uzun uzun baktım. Ya yemin ederim hayalimdeki erkek bu işte. Tipini, işini, karakterini boşver, bana "nereye gidelim" diye sormayan adam. Ya şu soru kadar erkeği bitiren bir halt yok bence. Erik öyleydi işte, sıçarken bile bana soruyordu o derece. Ne zaman dışarı çıksak "nereye gidelim, ne yiyelim, nerede duralım" her şeyi bana soruyordu. Ama bu öyle mi, baksana o kadar güveniyor ki bir de gideceğimiz yeri sorma gereği bile duymuyor. Canım ya, şu arabayı kullanışına bak, direksiyonu kavrayışına, götünü iyice yaymasına. İşte hayallerimin erkeği, evet tip olarak hayalimdeki değil, bir Murat Boz nereee bir Ceri nere? Bu böyle bir Anadolu kaplanı gibi, kaşlar falan, bir de dişlek, al işte ya bir sürü dişlek bebeler yaparız ve dünyayı dişleklik ele geçirebilir bu sayede. Zaten büyük ihtimal ben bu azgınlıkla üç futbol takımı kadar çocuk doğururum. Harbiden kaç ay geçti yahu, ne adam yüzü gördük ne bir şey, adam direksiyonu her çevirişinde benim dudaklar da Yaşar Alptekin görmüş Banu Alkan gibi öne doğru uzanıp uzanıp duruyor.

Durdu bir yerde, indik gidiyoruz. Yemek yeriz falan diye beklerken biz hoop girdik mekânın birine. Obaaa arkadaşlarıyla tanıştıracak beni falan derken anammm bir de ne göreyim, o geceki sarışın kız bize doğru geliyor.

Orospuuuu çocuğu! Kızla işi pişirmiş, bugün onunla buluşmak için gelmiş, bir de utanmadan beni yanında getirmiş. Allah ikinizin de belasını versin, inşallah kızın kukusu Japon yapıştırıcısıyla kapanır da bir bok yapamazsınız. İnşallah penisin kesilir, inşallah ülkede seks yasaklanır. Allah'ım ne olur bir şey yap et, ülkede seksi yasaklat. Deli dana gibi bir hastalık yap yine, bunu hemen yap ama neolur lütfen, son dakika diye geçsin, sevişen herkes masuscuktan ölüyor olsun. Ya da sadece sarışın orospular ölsün!

Kaşım gözüm ayrı oynuyor ama nasıl sinirliyim anlatamam, kız geldi "yaa hoş geldin canımmm" diye bir sarıldı Ceri'ye, canını siktiğim. Sonra bana baktı, "O gün elbisem nasıl mahvoldu var ya, ha ha aman çok içme, sen de hoş geldin, geçin içeri, masa ayırdım size" dedi. Kendimi abisinin yanında gelen küçük kız çocuğu gibi hissettim. Orada fazlalıktım, kızın doğum günüymüş, bizi de çağırmış. Daha doğrusu onu çağırmış herhalde ayıp olmasın diye benim için de gelsin demiş.

Bizimki de kekliği ürkütmemek için yanında getirdi büyük ihtimal. Geçtik masaya oturduk, benim surat bir karış asıldı tabii. Kız devamlı masamıza gelip gidiyor, bizimkiyle yapay samimiyet halindeler vıcık vıcıklar, iğrençler. Bu gece kesin düzüşecekler ben de avcumu yalayacağım. Aptalım ben işte aptal, ne diye hemen koştur koştur gelirsin bu salağın arkasından. Kalktım barın oraya gittim bari adam rahat rahat işini görsün diye, orada boş bulduğum bir yere oturdum, kendi kendime küfrede küfrede bira içtim. Bu kez sarhoş olmamam da lazım, zaten geçen sefer rezil olmuşum. Bu kez edebimle gururumla evime dönerim dedim.

Sonra yanımdaki çocuğu fark ettim. Gayet eli yüzü düzgün, benimle konuşmaya çalışan bir bebe. Ayy ben seni yerim yerim, Allah bir kapıyı kapatıp diğerini açar diye ona doğru dönüp başladım muhabbete. Bir taraftan da Ceri'ye bakıyorum bizi görüyor mu diye, bakışları tam bizim olduğumuz yere doğru gelince çok komik şeyler diyor gibi basıyorum ahahaha diye kahkahayı. Adam Nobel'den bahsediyor ciddi ciddi, ben konsomatris gibi yanında duruyorum resmen. Ayy n'apayım ama mekânda bu mu konuşulur, zaten sesini zor duyuyorum anlattıklarını anlamıyorum. Sonra bir baktım, bizim olduğumuz yere doğru geliyor, o geldikçe ben de yanımdaki çocuğa doğru ilerliyorum, o yaklaşıyor ben yanımdakine sırnaşıyorum, derken geldi araya girdi, kulağıma doğru eğilip, "sevgilin Antalya'da değil mi kızım senin, n'apıyorsun böyle, boynuzlayacaksan adamı bari yanımda yapma" dedi.

Hoppalaaa bi de olduk orospu, bi sinirlendim ne dediğimi hatırlamıyorum bile ama olmayan sevgilimi bana güvenen adam yaptım, bilmem ne falan filan derken kendimi dışarıda onunla bağırışırken buldum. Adam oturmuş bana bas bas bağırıyor, sevgilimi aldatıyorum diye. Ya saçmalama sevgilim yok da diyemiyorum, kıskandıramıyorum da. Bir anda güvenilmez bi kaşar oldum. Adamda azcık umut kırıntısı bile varsa benden hoşlanmasına dair, o da bitti gitti o an. Gözlerinde gördüm ya benden tiksinme ifadesini. Sonra biz orada tartışırken o geri zekâlı sarışın mal çıktı. Başka mekâna geçeceklermiş hadi gidiyoruz dedi. Baktım Ceri kızı görünce açtı çipil çipil gözlerini dünyanın en güzel varlığına bakıyormuşçasına baktı ona. Bana hiç öyle bakmadı bu adam, ilk tanıştığımızda zaten valizimi attı, sonra küçümser bakışını gördüm o barda karşılaştığımızda. Ardından sabah uyandığımızda benden nefret eder bakışları. Şimdi de tiksinir bakışları. Bir de kıza bakışına bak, nasıl içine düşecek, cehennemin dibi dese kalkıp gidecek. Yapacak bir şey yok PuCCa, bu adam senden hoşlanmıyor diyerek "gidiyorum ben eve, size iyi eğlenceler" dedim. Tam arkamı döndüm ki, bir baktım Ceri de vedalaşıyor. Benim yanıma geldi, aracı diğer tarafa park ettik dedi.

"Ya sen git ben taksiye binerim, kızı bırakma aç kurtlara."

"Seninle geldim, seninle dönerim. Yolun yarısında değiştirmem yönümü. Haa sen ama o çocukla işi pişirdim diyorsan bilemem."

Bunları deyip beni eve bıraktı. Off hayat çok zor, birinin hayatında ne bok olduğunu anlamadığın zaman daha zor... Aslında şöyle söylemek lazım, ne bok olduğunu bildiğin ama kabullenmediğin zaman daha zor, ya da ayy devam edemeyeceğim zor işte daha ne uzatıyorsam. O değil de ya beni bıraktıktan sonra sarışının çekirdeğinden reçel yapmaya gittiyse... Allah'ım hâlâ seks ile ilgili yaptığım beddualar geçerli, lütfen.

Kıllar Bile Dönüyor,
Sen Dönmüyorsun Canımın İçi...

Dünyadaki her şeyin bir sebebi varken, o minnacık sinir bozucu börtüböcüğün bile bir amacı varken; koltuk altı kılının çıkma nedeni nedir anlamıyorum. Madem bir yararı var ben neden onu çıkar çıkmaz alıyorum? Neden erkeğin kıllısı makbulken ben ağda ile cebelleşiyorum? Bir gün kadınlarda kıl moda olacak bunu biliyorum. Valla bak, erkekler gibi biz de saldım çayıra mevlam kayıra modunda dolaşacağız. Ama o gün gelene kadar şu lanet olası bacaklarımı almalıyım. Teknoloji gelişsin diye bekledim ama en fazla gelişeceği nokta lazer ve karınca yumurtası yağı olunca ondan da vazgeçtim. Lazer benim hiçbir işime yaramıyor, tüyleri sarı olan bir insanım ayıpçıl yerlerde ise kızıl. Bu arada kıl rengimi bile sana anlatmam çok hoş oldu, şu an kendimden tiksindim, ama valla bu cidden sorun. Lazer denilen lanet olası şey benim bacakları görmüyor bir türlü. Simsiyah çıksın diye basıyorum jileti ama yine yok, babamın sakalı gibi katır kutur oluyor yine o lanet makineler görmüyor. Yine seansım vardı bir umutsuzlukla kalktım gittim lazere. Hayır, bir ton para vermişsin yazık günah işe yaramasa bile en azından azalsın artık dedim.

Küçük Ceylan'ın hayattan beklentisi kalmayan imajını da aldım yanıma, girdim odaya, pantolonumu çıkarttım. Kız geldi içeri, "Sana bir sürprizim var ıttırı bıtrıırı cihaz geldi şimdi, sarı tüylerini de görecek. Yani pıtırcığını da alabilirizzz" dedi. Pıtırcığım mı? Pıtırcığım ne halde şu an acaba? Bir pıtırcığımın olduğunu bile unuttum ben, sadece çişimi yaparken aklıma geliyor. Ya orası Nuri Alço edasında kirli kızıl sakallı eheh diye kendimce espri yaptım iğrençliğimden utanacağım halde. Ya benden sonrakine beni anlatırsa, "Ayyy senden önceki kız çok fenaydı, hiç mi düşünmez insan, ya kaza yapsan Allah korusun salkım saçak çıkmış dışarı. Tecavüz etseler, bir de sırf bu yüzden dayak yer, püüü senin kalıbına bir de kadınsın derler hayvana" diye…

Yapacak bir şey yok diye anadan üryan yattım, kafamdan da bir daha buraya gelmeyeyim başka yer bulayım diye geçiriyordum. Allah'ım nasıl utanıyorum nasıl anlatamam, bir yandan da konuşuyorum. "Yaa işte ben bilemedim de" falan dedim, kız kaldırdı kafayı "Yaa boşver nelerini görüyorum ben, senden önce giren kadının paçalarından sarkmıştı yemin ederim üç karıştı."

Biliyorum ben malımı, bunlar hep böyle çünkü bir önceki giren muhakkak absürt bişi yapıyor. Ağdacılar da böyle, eski mahallemdeki kim bakire, kim değil, kim farklı şey istiyor, kiminki yamuk, çirkin, çizgi şeklinde hepsini biliyordum. Kız sağ olsun cak cak alırken anlatırdı. Benden sonrakine de beni anlatacak kızıl pıtırcık diye. Neyse dedim, saldım kendimi. Sonra lazer aşamasına geldik, pat pat bir başladı. Allaahhhh yok böyle bir acı. Bacaklarım böyle acımıyordu ama orası anam anam sanki kesiyolar, hatta yakıyolar alev alev. Bir çığlık atıyorum içeride sünnet var sanacak dışardakiler. Allah'ım bit artık, bit ya da al canımı şurada ne olur. Pat pat pat bu nasıl bişidir, bu nedir, değer mi lan buna... Acıya azıcık alıştıktan sonra bir koku sardı etrafı, ayyy o ne, yanık yanık iğrenç bir kıl kokusu. Offf çok korkunç... O kokuyu anlatmak bile istemiyorum, yaşanır yani, anlatılmayacak kadar kötü ve iğrenç. Sonrasında kalktım giyindim ve tek kelime söylemeden çıktım.

Kendimi otel odasından çıkmış fahişe gibi hissettim o an, kimsenin görmemesi lazımdı beni, büyük ihtimalle sesimi de o kokuyu da duymuşlardı. Yani evet herkesin öyle ama insan yine de garip oluyor. Koştur koştur gittim tuvalete kendimi sıkmaktan gelen çişimi yapmak adına. O sırada bir baktım 27 tane çağrı. Anam kim öldü derken, Ceri'nin adını gördüm. O anki yüz halimin fotoğrafını çekseler, Abidin mutluluğun resmi diye karakalem portremi çizerdi. Bi insan evladı 10 dakika içinde 27 kere aranmışsa önemli bişi olmuş demektir ama burada önemli olan onun beni aramasıydı tabii. Hemen aradım, ararken olduğum yeri unuttum sifona bir bastım foşur foşur sesi duydu, nerede olduğumu da anladı tabii.

"Yaa anahtarımı kaybetmişim, senin çantanda mı? O su sesi ne? Duyamıyorum seni."

Anahtarını kaybetmiş, demek ki dün evde kalmamış. Bu saatte aklına gelmiş eve gitmek. Yani dün o sarışın orospuyla sevişmişler işte. Allaah'ımm ben sana ne yaptımm, neden bana bunu yapıyorsun! Derin nefes aldım, kaşlarımı yukarıya doğru kaldırdım, pantolonum bileklerimde tuvaletin aynasından kendime bakarak, gayet kararlı ve ciddi bir şekilde;

"Benim çantamda ne arasın anahtarların? Gece kimin evinde yattıysan onda unutmuşsundur. Cebinden düşmüştür kesin ya da artık kadın hırsız mıdır nedir almıştır anahtarını, sen burada benle konuşurken evini soyuyordur. Gerçi ben sana diyecektim onun hakkında öyle duyumlar var diye ama dinlemedin tabii. O değil de AIDS olmazsın inşallah, sana söylemiştir umarım. Ayyy söylemedi mi, yaa gaf yaptım sanırım. Hemen hastaneye giderdim senin yerinde olsam evi mevi boşver. Yaa ama hemen de ortaya çıkmaz ki, önce zayıflarsın, sonra bedeninde mide bulandırıcı yaralar çıkar, sonra bağışıklık sistemin çöker. Bir daha kimseyle de yiyişemezsin. Çok kötü oldu ya, keşke uyarsaydım. Hakkında dedikodu da olabilir tabii, bilemem. Dün işte o çocuk anlatıyordu, fark etmedin mi zaten çok zayıftı. Hastalık zayıflığı var ya o. Ama bence dedikodudur üzülme yani."

"PuCCa, bi dur iyi misin sen? Ne AIDS'si, ne kadını, ne evi, ne soygunu. Bi sakin ol. Ofis çekmecemin anahtarı cüzdandaydı, çıkışta da çantana koymuştuk cüzdanı, ufak anahtarı bulamıyorum, çekmecemi açamıyorum şu an."

"Gece nerede kaldın?"

"Evdeee..."

Bir ohh çektim, pantolonumu da çektim onun yanında mis gibi. Sonra kalktım mutlu mesut aynada o şapşal halimi izledim. "Sen neredesin" dedi, o an aklıma daha çocukça bir şey gelemezdi sanırım: "Hastanedeyim, bayılmışım buraya getirmişler beni. Şimdi eve geçeceğim." Böyle deyince ben, bir panik oldu, bir telaşlandı. "Nasıl oldu, nerede, ne dediler, bir şey var mı? Hangi hastane, hemen geliyorum bekle ayrılma bi yere" dedi.

Ayy dedim, tamam oldu bu iş, adam beni seviyor bence. Yani yoksa kalkıp gelmez herhalde, geçmiş olsun der kapatır di mi telefonu? Hemen önce makyaj yaptım, sonra hastayım dediğim aklıma geldi, makyajı sildim. Oturdum bekledim hastanenin giriş katında. Bir baktım, geliyor ama nasıl koşturarak. Aşk abi işte bu, adam âşık bana, ölüyor benim için deyip yanına doğru kalktım, kalkarken de böyle sendelemiş gibi yaptım ki hani hâlâ başım dönüyor sansın. Geldi hemen, koluma girdi. "Ne dediler, ben sorayım gidip, doktorun hangisi oluyor? Ne kokuyorsun sen ya böyle tavuk gibi" dedi. Aha dedim sıçtık. Gel gel diyerek zorla dışarı çıkardım. Arabasına bindik. Benim ağzım kulaklarımda, "o da beni seviyoo" diyerek mutlu mesut ilerledik. Eve doğru gelince, eve çağırayım film izleriz, makarna dvd falan filan uu beybi diye aklımdan bir ton şey geçerken tam çağırmaya hamle yapıyordum ki;

"Seni alacağım diye apar topar çıktım işten, oraya dönüyorum şimdi. Telefonun açık olsun merakta bırakma beni. Akşam sarışınla buluşacağız, abinin işleri var, yani anlarsın ya. Kız dünden beri 50 mesaj attı en azından. Bu iş oldu demektir, artık borcunu da sildim bana birini ayarlamana gerek kalmadı. Hafta sonuna görüşürüz bir şeyler yaparız belki hatta sizin kızlara da söyle" dedi.

Dahası bunu söylerken o kadar rahat, o kadar gevşekti ki. Sanki kuzeniydim dümbüğün. Bana ne lan senin gece ne bok yiyeceğinden. Ahh kalp krizinden öleceğim sanırım. Bu arabadan cesedim çıkacak. Arabasını parçalamak istiyorum, kafasını camdan çıkarıp boynunu kırmak istiyorum. Ölsün istiyorum ya ölsün gerçekten ölsün. Yani benim olmayacaksa neden yaşıyor, bu akşam başkasıyla yatacaksa neden nefes alıyor, şu an şebelek gibi bakarak bana neden gülüyor? Neden hâlâ ölmüyor bu adam, ahh ben öleceğim sanırım.

Kapıyı kıracakmış gibi öyle bir çarptım ki, hatta inince arkamı dönüp tekmelemek istedim o kapıyı. Nefret ediyorum ondan, gıcık alıyorum, pislik biri o, kötü biri, zaten tipsiz de geri zekâlı beyinsiz bok yiyen... Ahhh sanırım ölüyorum, bu pıtırcığımdan daha çok acı veriyor bana, bu regl sancısından daha beter bir acı, bu ağdadan daha kötü, bu Erik terk ettiğinden beri hissettiğim ilk acı, sanırım ölüyorum bu kez…

O Adamı İlk Ben Gördüm, Benimdir, Akıllı Ol Sarışın Yelloz!

Evde bir süre kendime gelemedim, gerçekten ölüyorum sandım. Koltuğa yığılıp, kimi düşünmem gerektiğini düşündüm bulamadım. Artık Erik aklıma gelmiyor, Ankara'dakini özlemiyorum, Pekmez'e karşı bir suçluluk duymuyorum. Sadece yeni bir sancı var karnımda ve çok mutsuz ediyor beni. Dizlerimi karnıma iyice çekiyorum, kendime umut yaratmaya çalışıyorum, son görüntüsü aklıma geliyor, bütün umutlar bitiyor. Başka şey düşünemiyorum, başka acı çekemiyorum şu an. Sadece neden bu adam beni sevmedi diyorum. Allah o sarışının belasını versin diyorum, Allah ikisinin de belasını versin, hatta Allah onları hiç birleştiremesin, ikisi de kimseyle birlikte olmasın. Madem benim olmuyor kimsenin olmasın. Artık kızlara da içimde depreşen aşkı anlatayım belki bana akıl verirler dedim, aradım. Ama onlar da ayrı vurdular beni, "yaa biz bugün eve gelemiyoruz, karşıda kalacağız istersen sen de gel alalım iskeleden". O iskele götünüze girsin sizin, ihtiyacım olduğunda zaten aman ortadan kaybolun, aman haa sakın gelmeyin.

Yapacak bir şey yok, bari film izleyeyim de onları düşünmeyeyim dedim. Filmdeki karakterler öpüştükçe suratları onlara benzedi. Kadın adama her sarılışında, Ceri'nin o koca parmakları, sarışın orospunun üzerinde gezindi de gezindi. Hiçbir ana karakter bana benzemiyordu, hatta kötü karakter bile benzemiyordu. Ben ara karakter bile değildim izlediğim filmlerde. Ben sadece izleyici olmuştum bu kez, oturup o ikisinin bugün birlikte oluş temellerini attım. Şu an kızın saçlarını geriye doğru atıp onu yatağa atmak için bir sürü iltifat ediyordur. Ona sarılıyor, onu öpüyor, Allah'ım kalbim sıkışıyor… Yakında beraber yemek yemeye giderken beni yanlarına çağıracaklar, onlar birbirlerine yemek yedirirken ben karşılarında bakakalacağım. Büyük ihtimal o sürtük salata yiyecek ve ben iskenderimle acımı paylaşacağım. Hep beraber bir yerlere gidecekler, ben yazın havuzuna bile gidemeyeceğim. Seneler sonra torunlarına benden bile bahsedecekler, "Anneannenizi ilk gördüğüm anda âşık oldum, bir kız vardı adını şimdi hatırlamıyorum ama onunla gelmiştik, o bizi tanıştırmıştı" diyecekler. İlk defa bir çiftin arasındaki "sikik, kıskanç, en yakın arkadaş" olacağım. Bir saniye ya, biz Ceri ile en yakın arkadaş falan değiliz ki? Daha adamı ne kadardır tanıyorum da kendimi bu kategoriye soktum hemen. Ee bu adamla birlikte olmam için bir sebep yok, peki ben niye kendime bu kadar işkence ediyorum ki?

Bana ne olmuş böyle ya.. Ben ki Bayan Kaltak'ın elinden Pekmez'i alan, EsmaCeyhan'a rağmen Erik'le birlikte olan inatçı pisliğin tekiyim. Şimdi böyle bir Casablanca havası, aşk vazgeçmeyi bilmektir tavırları bilmem ne. Bu adamı istiyor muyum? İstiyorum, hangi çılgın bana zincir vuracak şimdi bakalım. Hoppaa işte şimdi her şeye yeniden başlıyoruz.

Göz farlarımdan lacivert olan ile koyu yeşil olanı karıştırıp, gözaltlarıma sürdüm bir güzel. Gözlerimin altı mosmormuş gibi oldu. En güzel pijamalarımı giydim, saçımı başımı biraz dağıttım ve taksiye bindim en yakın hastanenin aciline gittim. Doktora tansiyonum düştü sanırım diye anlattım, benim tansiyon sorunum var, normalde de hep düşük olduğu için oradan girişimi yapayım dedim. Tansiyonumu ölçtüler, bu kez normal çıkası tuttu tansiyonun. Hemşireye yalvar yakar evde defalarca bayıldığımı bilmem neyi attım da attım. Yaa var ya attığım yalanlarla yemin ederim yepyeni bir hastalık bile çıkarmış olabilirim. Kadın da bu kız hastalık hastası diye düşündü sanırım, bari serum verelim diye yatırdı beni sedyeye.

"Yaa sizden bir şey rica etsem, şu telefonu arayıp buraya gelmesini söyler misiniz?"

"Kendiniz neden söylemiyorsunuz?"

"Ne olurr ya, bu adama âşığım da ben ama o bilmiyor, eğer biraz geç kalırsam biriyle birlikte olmak üzere. Ne olursunuz sanki masuscuktan bir şey varmış gibi yapsanız. Ya bi kere valla başka bir şey istemem."

Ağzından girdim burnundan çıktım hemşirenin arattım Ceri'yi. En son sizin numaranız gözüküyordu falan dedi, kadına böyle işaret ediyorum, sanırım ölüyor de falan diye. Iı ıh nemrut gibi karı, gelseniz iyi olur diyor hâlâ.

20 dakika falan geçti. Ben de serumla görsünler diye serum bittiği halde çıkartmadım, hava gitmesin diye de kapattım ki, geldiklerinde o durumda görsünler. Onları beklerken cin gibiydim, girişte çocukla kızı bir gördüm anında sedyeye yayıldım. Bir de kızı getirmiş yanında. Burada ölüyorum belki ben, ne düşüncesizlik. Neyse geldiler bunlar yanıma bir panik

bir panik, doktorla konuşmasın diye tuttum bileğinden, zorla nefes alıyormuşum gibi, "serum bitti, gidelim sizi de yordum buraya kadar" dedim. Ama böyle gör beni, ben bile inandım gerçekten hastanelik olduğuma. Çocuk, doktorla konuşmak için yanımdan ayrılmaya çalışıyor, ben açıyorum gözleri monçiçi gibi, "tek isteğim eve gitmek ne olur" diyorum.

Arabaya doğru ilerlerken, ben koluna girdim tabii Ceri'nin. O sarışın sürtük biraz anladı gibi oldu, aman bana ne. Ihhlaya ıhlaya yoluma devam ettim, arabanın oraya geçince de öne pat diye oturdum. Kız da arkaya geçti ama aynadan suratını görüyorum bir nemrut ki sorma. "Seni eve bırakalım biz, nerede oturuyordun?" dedim. Bak bak bendeki çakallığa bak, hemen biz olduk herifle. Yani ona şu ince mesajı veriyorum; "biz Ceri ile bir fidanın güller açan dalıyız, sen ise o güllerden birine konmaya çalışan sarışın yelloz arının tekisin". Lakin kız benden daha beter çıktı, "Ya seni böyle bırakmayayım ben, yanında kalayım bu gece" dedi. Bir saat ayy yok git et dedim ama yüzsüz gurursuz takıldı peşimize geldi.

Neyse girdik eve bu kez benim surat nemrut gibi. Geçtik oturduk salona, hani böyle bazı anlar olur, hiç ses çıkmaz ortamda. Kimse kimseyle konuşmaz ne desen bilemezsin. Hah öyle bir durum içindeyiz işte, gittim televizyonu açtım ben de n'apayım, çünkü biraz daha sessizlik olursa bunlar ya uyumaya gidecek, ya evden gidecekler en azından fikfiklerini yapmasınlar. Geçtik oturduk dandik bir film varmış onu izlemeye başladık. Kız, Ceri'nin gözünün içine bakıyor gidelim diye, esnemekten ağzı yırtıldı böyle uykusunu belli etmek için, o her esnediğinde ben bir cümle söylüyorum ki konu uyumaya gitmesin diye. Baktım bende de muhabbet tükendi, "Doktor bu gece uyuma dedi, travma olabilirmiş beynimde falan. Ondan bugün burada kalın, haaa sen git istersen işe falan gideceksen. Ceri yanımda bekler benim" dedim, kız hiç oralı olmadı.

Sonra tabu çıkardım oynayalım diye, ilk başta gayet eğlenceliydi, Ceri ile sürekli elleşmeler, böyle her kazanmada bir sevinç hamlesi falan gayet güzel gidiyordu. Sanki biz sevgili olma aşamasındayız da sarışın sürtük orospu neden hâlâ evimde olduğunu anlayamadığım ve başka küfür bulamadığım o oksijen kafalı kız üçüncü plandaymış gibi duruyordu. Böyle bir şey anlatırken sürekli "hani biz seninle gitmiştik ya..." falan diye anlattım ki, bilsin yerini, anlasın Ceri ile benim ruh ikizi olacağımızı, onun havuzlu evini asla ama asla göremeyeceğini. Bu şekilde devam ederken benim bir uykum geldi anlatamam, kirpiklerime 25 kiloluk alışveriş poşetlerini geçirmişler adeta, gözüm kapanıyor, açılırken canım yanıyor. Hatta her kapandığı 2 saniyede rüya bile görüyorum, o derece uykum var. Artık dayanamayacak hale geliyordum ki, Ceri bana kahve yapmaya gitti, o an koltuğa kafamı azcık koyuverdim, kaç dakika bilmiyorum ama biraz gözüm kapandı. Sonra sesler duydum içeriden, uyku ile uyanıklık arası, ikisinin kıkırdama seslerini. Gözlerimi açmaya çalışıyorum ama ıı ıh olmuyor. Ya kesin o sarışın bir şey kattı içtiğim halta çünkü resmen uyanamıyorum. Karabasan gibi adeta, kalkmak istiyorum ama kolumu bile kıpırdatamıyorum. Onların o kıkırdamaları beni çıldırtıyor ama hiçbir şey yapamıyorum.

Hadi dedim PuCCa, hadi kızım bunu başarabilirsin, sen bir numarasın sıçra şuradan, uykuna esir olup çocuğu o yelloza kaptırma, hadi az kaldı, aç gözlerini ve git yanlarına diye diye, ringde yumruk üzerine yumruk yiyip hâlâ vazgeçmeyen boksör gibi zor zar mutfağa gittim. Gördüğüm manzara aynen şöyle, Ceri mutfak tezgâhının oraya yaslanmış, tam önünde, Ceri'nin dibinde kız duruyor. Sallana sallana, bir taraftan da kıkırdayarak buna bir şeyler anlatıyor. Göz göze bakıyorlar, benim mutfak tezgâhımın önünde bildiğin fingirdeşiyorlar. Şu salak karı uyusa da sevişsek diye bekliyorlar. Az önce ringde zor zar ayağa kalkmıştım ama gördüğüm şu sahne karşısında yeniden bir yumruk yiyip yığıldım yere. Bu kez öldüm, yenildim yani.

Ben ne yapıyorum ya dedim, neyin savaşı, neyin rezilliği bu. Türkücü kılıklı herif için yaptığım şeylere bak. Adam karının birini götürmeye çalışırken benim şu yaptığım ezikliğe bak. Kalktım gittim hastaneye, ne diye yani, şunu bırakıp benimle olsun diye. Adam zaten beni istese benimle olurdu, hâlâ neden çırpınıyorum ki. Dünyada adam mı yok yahu, bırak sevişsinler, bırak yiyişsinler. Dayanamayacağımı söyleyip odama gittim. Odama giderken de torunlarına hikâyelerini anlatırken, ilk yiyişmelerinin de bizim evde olacağını kesin anlatırlar dedim. O kadar çok yorgundum ki kafamı koyar koymaz uyudum.

Aradan ne kadar geçti bilmiyorum, ben uyuyordum ve birinin saçımla oynadığını fark ettim, gözlerimi bir açtım Ceri... Ne oluyor, grup mu istiyorlar, bu ne falan derken elinde kahve ile "uyumaman lazım ne olur kalk" diye yalvarmaya başladı adam. Kalktım, "ya 2 saat uyuma demişti, kızı bırakma oğlum içeride, rahat edemem diyorsanız de gidin, iyiyim ben" dedim. Bütün gururum ve onurumla. O da kafasını iyice yüzüme yaklaştırdı, bir eliyle saçımı kulağımın arkasına atarak "aptal aptal konuşma, sen şu haldeyken içerideki salağı mı düşünürüm ben, o uyusun içeride. Senin başında durayım, doktor bu kadar şeyi dediyse vardır bir bildiği sen uyu ben başındayım" dedi. Benim tabii kalbim o an durdu duracak haldeydi, peki dedim kafamı yastığa koydum. O da yatağımın karşısındaki koltuğa oturdu.

Ezan sesiyle uyandım, koltukta sızmış yavrum, kafasını geriye doğru iyice atmış, ağzını da su aygırı gibi iki buçuk metre açmış uyuyordu. Kalktım bir tane battaniye örttüm üzerine, hani belki uyanır görür diye. Uyanmadı, battaniyeyi çektim, bir daha örttüm bu kez dürterek, yine uyanmadı. Bir daha battaniyeyi örtmeye çalıştım bu kez dürtükleyerek bana mısın demedi, baktım uyanmayacak bir tane geçirdim kafasına şapadanak. Bu kez uyandı "anam ne oluyor" diye. "Ayy ya, elim yanlışlıkla değdi" dedim. Böyle romantik bir ortam olsun diye beklerken, döndürdü kafasını, döndürürken de bir güzel horladı, bir parça korktum ve romantik falan bir durum olmayacağını anladım, kapımızı kapattım kız gelmesin içeri diye, gittim paşa paşa yattım yatağıma. Sabah da kız geldi, uyandırdı beni nereden gideceğini sordu ama böyle nasıl nemrut, nasıl sinirli bir gör. Yanlış yeri de tarif ettim yolladım geri zekâlıyı. Yani artık Ceri benimdir, bu saatten sonra da kimse kusura bakmasın, hayatta dönmem yolumdan!

Dişi Nuri Alço (İlaçsız Versiyon Part 1)

Kız gittikten sonra ne olur ne olmaz, yolda karşılaşmasınlar diyerek yarım saat geçmesini bekleyip, Ceri'yi uyandırdım. Kalktı işe gitti, ardından o gün içinde iyi miyim ne oldu diye 8 kez beni aradı. Akşam da bir sürü meyve almış, kapıdan bırakıp gitti.

Sonrasında ise gece neredeyse iki saat telefonda konuştuk. Ya bu flört dönemi konuşmalarını insanların bir yere kaydetmeleri gerekli. O kadar komik muhabbetler ki, bir süre kendime dışarıdan bakınca fark ediyorum. Yatağın üzerine yatmışım, suratım tavana dönük, elim saçımda oynuyorum, sallana sallana ilkokulda nasıl takdir teşekkür aldığımdan bahsediyorum. Bu arada takdir teşekkür falan da almadım tabii ilkokulda. Külliyen yalan, n'apayım yani, herkesin çocukken çok çalışkan, çok zengin, çok mutlu bir hayatı varken benim "çok" diye başlayacağım tek cümlem bile yok. Biz de böyle hava atıyoruz. Sonra yatakta debelenerek gün içinde neler yaptığımdan bahsediyorum ki dolabın aynasından kendimi gördüm. Fok balığının karada yuvarlanması gibi gözüküyordum resmen. Sanırım artık evin içinde de can yoldaşım miss formlarla – Pentimizer'larla dolanacağım. Öyle romantik hareketler, iki buçuk kilo kızlara yakışıyor bence, zaten her şey onlara yakışıyor, o iğrenç capri pantolonlar bile onlar giydiklerinde güzel oluyor. Dobişkoların romantik olma çabaları yüzyıllarca her komedi filmine konu olmuş baksana. Zayıf kızlar ormanda ceylan gibi sekerek, sevgilisiyle kovalamaca oynarken biz balık etlileri koşup adamı ezecek bir figür olarak gösteriyorlar. Allah'sız yönetmenler, tamam koşunca yağlar bıngıl bıngıl oluyor olabilir ama 3-5 filme bunu güzel bir şeymiş gibi koysaydınız aç kalmazdım ben.

Yatakta debelenme halim hiç hoşuma gitmedi, ayna karşısına geçip telefonda konuşmaya devam ettim. Telefonu omzumla kulağım oraya sıkıştırıp, çenemin altındaki siyah noktayı sıkıyordum ki, "sevgilini hiç anlatmıyorsun" dedi. Anaaa sevgilim! Benim bir sevgilim vardı yahu! Ohaa ben onu tabii yine unuttum.

"Ya onunla bitti, yani ayrıldık biz çooktaan."

"Ee daha geçen gün çok iyiydi aranız."

"Yaa kötüydü işte ayrılma şeyindeydik ya boşver onu bence konuşmaya değmez."

"Yeni ayrıldınız yani öyle mi?"

Anlama kıtlığı mı yaşıyorsun be adam, ayrıldık dedik ya ne kurcalıyorsun dibini. Sorup sorup duruyor, boşum işte ille böyle mi anlatayım derdimi sana. Akşam bir şeyler yapalım mı diye sormasını bekledim, alakasız yerlerden girdim sorsun diye, her şeyi sordu, anne kızlık soyadımı bile ama bir tek yarın akşam ne yapıyorsun demedi. 2 saat telefonda konuştuk ama hiç oralı olmadı. Ben desem mi demesem mi diye düşünüyorum ama demek istemiyorum da çünkü çok iyi biliyorum, erkek dediğin cins çocuk gibi. Uğraş vermeden elde ettiği her şey değersizdir. En fazla uğraşı ben versem de o benim için çırpınmış gibi görünmeli. O yüzden teoride ben, pratikte o peşten koşma olayına girişmeli. İstemiyorum yan cebime koy olaylarını yapmalıyım. Zaten her konuşmanın sonu ona bağlanıyor, sanki onu siklemiyormuşum da bilmem ne gibi.

Şu ilişki başlatmak, istediğim adamı hopp diye almak konusundaki uzmanlığım keşke nikâh masasına götürmeye kadar devam edebilse. İş ciddiye bindi mi herifleri ara ki bulasın. Neden acaba, bunu da utanmadan soruyorum ya. Neden mi, çünkü dengesiz, kıskanç, illet, huzurdan huzursuzluk çıkaran, bazen kavgayı bile seven, sürekli sorun çıkaran, başı beladan, burnu boktan çıkmayan bir insanım. Kim bir ömür geçirmek ister ki benimle, eski sevgilisinin mailini kırdı diye mahkemelik olan biriyim ben, başıma bir şey gelmez ya deyip zamanında boş senetlere tak tak imzalar atan bir malım. Ayy harbiden onlara ne oldu acaba? Taa öğrenciyken, bez dolap alacağım diye bir sürü yere imza atmıştım, hepsi boş senet çıkmıştı. Okulu falan basmışlardı, sonra ses soluk çıkmadı adamlardan. Anam inşallah başıma bir bela gelmez, gelmez ya kaç sene geçmiş. Neyse ne diyordum, hah ben böyle biriyken kim ne diye benimle olup o güzelim hayatının içine sıçmak ister ki? Umarım "yaa saçmalama PuCCa, sen aslında iyi bir insansın o orospu çocukları seni hak etmedi" diyorsundur. Yani sırf bunu demen için yazdığımı bil de ona göre... O kadar lafın üzerine, bahsettiğim sadece etkinlikler olmasına rağmen adam yarın akşam n'apıyoruz demedi. Dümbük!

Ben de dayanamadım, "yarın bize gelsene, film izleriz" dedim. Evet bunu gerçekten dedim yani, yüzyılın en abazan geyiğini ben adama yaptım, o da karşımda lise sona giden, ÖSS'ye hazırlandığı için annesi dışarı çıkmasına izin vermeyen genç kız gibi kem küm etti. Evet, resmen adam bana kem küm etti. Ulan pezevenk, daha ne istiyorsun senin işini kolaylaştırıyorum burada işte ama adam resmen tırstı benden. Uyuz oldum telefonu kapatıyordum ki, "bir şey söyleyeceğim, garip ama seni özlüyorum" dedi ve ben, ufuuuuu o an var ya, mutluluktan telefonu götüme bile sokabilirdim. Yatağın üzerinde panda gibi yuvarlanmaya başladım, garip sesler çıkartarak kendi kendime "zafer işte kızım zaferrrr" diye işaret yaptım. Sonra da telefonda bıkkın bir sesle, "ne diye özlüyorsun allasen saçmalama, neyse ben kapatıyorum sen yılışmaya başladın böyle şeyler hiç hoşuma gitmiyor" deyip şakanadak kapadım telefonu.

Ne yapayım yani, film falan gel sevişelim demişim resmen adama, o da ayıp olmasın diye öyle demiş olabilir, işi garantilemek amacıyla. O niyetle gelmesin, adam gibi edebiyle çiçeğini çikolatasını alsın, tek taşla kapımda dursun. Bu ne be, sonra aylarca sürüneceğim, en azından yatacaksak bile kendini önemli hissetsin. Burası Türkiye oyunu kuralına göre oynamak lazım bence.

Sabah bir güzel kalktım, alışveriş yaptım. Lan alt tarafı dandik bir makarna yapacağım ama işte bu makarnanın adı "eve atma makarnası" olunca içine bir tomar şey koyuyorsun. O kadar çok alışveriş ve o kadar çok lüzumsuz şey aldım ki vallahi dışarıda adam gibi yesek daha ucuza mal olacakmış. Eve gelip, salonu acelece topladım, yemek masası diye bir eşyaya hiç gerek duymadığımız için salonun ortasındaki geniş sehpanın üstüne mumları koydum, sonra şarabı koydum, kadehleri yerleştirdim. Sonra da makarnayı yapmaya başladım. Biraz bok gibi oldu ama yine de yenilir, sorun yok. 3-5 tane film seçtim, bütün filmler, böyle romantik komedi, arkadaşlıktan aşka dönüşen hikâyelerle ilgili olsun diye özen gösterdim, sonra da sanki ev kıyafetim gibiymişçesine üstüme bayramlıklarımı geçirdim oturdum bekledim.

Sağ olsun tam dakikasında geldi, içeri girdi, hayvan gibi aç olduğunu söyleyerek sofraya yumuldu. Allah'ın öküzü, şarap koyayım mı diyorum ki "ıahh ya, ben yemekle beraber içki içemem, kola var mı" dedi. Öküz, gerçek bir öküz, en azından benim masaya oturmamı bekle di mi gerzek, gittim kola getirdim önüne fırlattım. Tek lokma yiyemedim sinirden, sonra da koltuğa oturdu, abi sanki flörtleştiğim adam değil de 15 senelik kocam. Aldı kumandayı, tak tak çevirmeye başladı televizyonu, bir sinir oldum bu lakayt hareketlerine. Aldım kumandayı elinden dvd tarafına getirdim, koydum filmlerden birini. Hayır, patronun kim olduğunu öğrenmeli, madem bu benim yemek olayım, madem bu benim... 15 dakika falan geçti, bu kıvranıyor ama, filmdeki karakterlere demediği kalmadığı resmen, saatine bakıyor, telefonuna bakıyor, bi isteksiz, bir huzursuz. Artık dayanamadım, durdurdum filmi "ya sen ne istiyorsun, sabahtan beri yeni regl olmuş ergen kız gibi bi garip hareketler, kalk beğenmiyorsan evine git ya" diye carladım, önündeki patlamış mısırları da çekerek "mısırdan da yeme, kalk hadi" dedim, adamı kovdum resmen. Bu ne lan ben senle mi uğraşacağım salağa bak, bana adam yok sanki. Bu da baktı, "ya özür dilerim, bugün kader maçı var Beşiktaş'ın ve aklım orada kalıyor ister istemez, ben önce maç izleriz diye düşünmüştüm. Sen de Beşiktaşlısın diye, geçen de maçları kaçırmadığını söyleyince ne bileyim."

Lan lan lan, ben ne zaman maçları kaçırmadığımı söyledim acaba, ben Beşiktaşlı bile değilim bunu ne ara söyledim. Yalan resmen ağzımın içine yuva yapmış, adamın gözüne girmek için hem Beşiktaşlıyım hem de fanatiğim yalanını uydurmuşum. Peki acaba bu yalanı neyime güvenerek atmışım? Futbolla ilgili tek bildiğim, kıllı böğürlü, baldırı çıplak adamlar koşturuyor, erkekler de onları izliyor. Beşiktaş'ta kim oynuyor bilmiyorum bile, ben ne bok yemişim böyle. Neyse yapacak bir şey yok, Ankaralı sevgilim fanatik Fenerliydi, ondan kaptığım birkaç tüyo var, daha doğrusu bildiğim bazı şeyler var, bu adamlar maç günü dışarıda olduklarında cidden huzursuz oluyorlar.

Sonra böyle dünyanın en yapmacık ifadesiyle "Allahhh kahretsin ben nasıl unuttum, aç aç aç maçı" dedim. O da açtı, çeyreği bitmişti kalan yerden devam ettik. Şarapları kaldırdım bira getirdim, oturdum koltuğa, resmen belgeselde hayvan izler gibi izliyorum adamı, topa bir haller oluyor bizimkinin omuzları kıpırdıyor, tam gol atılacak gibi oluyor bizimki böyle bir atağa geçiyor, sürekli kendi kendine konuşma halleri içerisinde. Sonra sanırım gol oldu bu bir ayağa kalktı, bana sarıldı, yanaklarımı öpüyor böyle. O sarıldıkça ben daha çok sarılıyorum, ben sarıldıkça o, "goll olduu laaannn" diyor, "gol oldu di mi, sarıl sarıl sen" diyorum. Koltuğa oturduk geri, ben böyle adama götüm götüm yanaşıyorum, bir hamle hop iki milim daha yanındayım diye, "hadi Allah'ım gol olsun, gol olsun Yarab bi daha sarılsın, hadi hadi diye dua ederken" bir gol daha oldu, ben çığlık atarak havaya kalktık, "goooooolllllll hadi kalk hadiii hadii" diye elinden tutmaya çalıştım, gene sarılalım diye ama bu kez adam bana malak malak bakıyordu; "PuCCa, diğer takım gol attı". "Hah ne, yaa ben tam telefona bakmıştım gol şeyiyle ya o mu gol attı, anasını avradını siktiklerim, nasıl atarlar ya, satılık hakem bence valla bak" diye oturdum yerime. Geri zekâlıyım ya cidden... Neyse sonra böyle tam bir daha atsınlar diye oturduğum yerden dualar ediyordum ki, gene attılar ama karşı takım. Bu kez farklı bi yola başvurayım dedim, elimi elinin üzerine atarak "üzülme ya tatlımm" diye monçiçi gözlerle baktım ona. Ama fark etmedi bunu o hâlâ ekrana dikmiş gözlerini, o dünyanın en çirkin adamlarının toplandığı sahayı izliyordu, ha şimdi bitecek, ha şimdi diye diye ben kanser oldum orada ama sonunda bitti maç. Heyoo romantik olabiliriz artık diye düşündüm ki, adam gitti maç özetlerini açtı, onu izlemeye başladı. Lan ben bir diziden sonra bir daha özetini izlesem ne mallığım kalır, ne kültürsüzlüğüm, ne geri zekâlılığım, ne kafamın basmaması ne cahilliğim. Ama erkekler bu maçlardan sonra öle bite bir de yorumlarını izliyorlar. Neyine izliyorsun, sonucu değiştirecek mi izlemen sanki salak işte. Bu ona da takılınca, eee dedim sikerim, yapacak bir şey yok. Kalktım tuvalete gider gibi yapıp, kapının oradaki şalteri tak tak indirdim. Sonra da pıtı pıtı içeri koşup "aaaa elektrikler kesildi ben karanlıktan çok korkarım ya" diye yanına oturdum.

Evettt, plan güzel işliyordu, ortam karanlık, ürkek bir genç kız, korumacı bir adam, bir koltuk ve mumlar. "Mumlar vardı masada, ben diyorum bu kız mumları neden koymuş. Sık sık kesilir mi elektrik, şehrin göbeği güya burası, mumları yakayım bekle dur." Öküz bu adam gerçekten katıksız bir öküz. Aldı yaktı mumları koydu önümüzdeki sehpaya, tam kıvama gelmişti ki, "dur bakayım bir nerelerde kesilmiş" diye kalktı pencereyi açtı, her yer tabii ışıl ışıl, kartpostal gibi manzara var karşı apartmanda. "Bir yerde kesilmemiş sadece burada alt katlarda falan da yok" diye kendi kendine konuşuyor. Ulan bu elektrik kesilince otomatik olarak balkona çıkıp, milletin evine bakma hadisesini de kimden öğrendiysek. Biraz otur bekle işte amcık, gelecek o elektrik ille dibini kurcalayacaksın. Ne diyeceğim şimdi, borcumu ödemedim mi diyeyim yani ne diyeceğim bu dangalağa, hâlâ milletin evine bakıyor, elektrik idaresinin numarasını falan istiyor benden. "Sanırım evin sigortaları attı, du ben açayım" diye kapıya doğru yöneldi, hooop önünde durdum "ya yok, sigortadan kaynaklı değil, her akşam bu saatlerde olur yarım saate gelir otursana" diye adamı koltuğa ittim, adam bir daha kalktı, "yok yok ben bi bakayım şu sigortaya" dedi. Ya neyine bakacaksın, eve atılmış kız gibi bu da iki mıncırma ortamı oluyor hemen bin bahane, otur işte. Sinirlendim ben de, "Ya otur! Sigorta bozuk değil benden iyi mi bileceksin evimi otur şuraya" diye ittim, ben de yanına oturdum. "Bira iç bira" diye de sinir olup eline verdim birayı, adam hâlâ bana, "yok milletin evinde ışıklar var, sigortada sorun var, kuzenimin eşinin kayınçosunun da böyle oluyormuş, sonra bi gün uyurken yangın çıkmış bla bla bla" diye anlatıp duruyor... Ayyy içime fenalık geldi yemin ederim, bu adam benden falan hoşlanmıyor, hâlâ askerlikte nasıl sigorta değiştirdiğini anlatıyor. Ben de öyle sessiz kaldım, hiçbir söylediğine cevap vermiyorum.

Sonra böyle o da biraz fazla konuştuğunun farkına vardı, bana doğru döndü, böyle bir süre sessizlik oluştu, biraz yaklaştı, kafasını biraz daha bana yaklaştırınca hah tamam öpüşeceğiz şimdi dedim, ben de azıcık yaklaştırdım, elini yanağıma koydu, biraz daha yaklaşıp "Senin burnun estetik mi?" dedi ve uzaklaştı. Orada iki tane koyacaktım suratına, ulan estetik yaptırsam banyo mermeri gibi olan dişlerime yaptırırım. Kır benim dişleri, üç eve banyo hizmeti çıkar. Veli Efendi Hipodromu'ndan teklif alacak haldeyim, "sizin dişlerle bizim atlar yarışamaz, gelin bizde koşun efendim" diye. Yüzümdeki tek ufak şey burnum, o da gelmiş estetik mi diyor. Sensin estetik piç, diyecektim demedim. Kıkırdayarak "ihih ya kendi burnum o" diyerek çocukluk hikâyelerimden anlattım. Sonra bir ben anlattım, bir o derken bi anda kafasını omzumda buldum. Keklik yemi yutmuştu yani, bir an yine sessizlik oldu; "Senden hoşlanıyorum ben sanırım, şu an elektriğin kesilmesi, senin yanında olmam, o garip makarna, ne bileyim maç izlemeyi sevmen bile seni benim için önemli kılıyor" dedi! Ben hiç sesimi çıkarmadan onu dinledim, sonra kafasını omzumdan kaldırdı, bana doğru yaklaşıp beni öptü, şöyle 5-10 saniye geçince hemen kafamı çekip elimle ittim. O nasıl bir öpüştür, o nasıl bir dudak hareketidir, piç kurusu yurtdışında master mı yaptın ne yaptın bu konu ile ilgili. İçimin yağları öyle eridi ki, iskelet kaldım bir an karşısında, heyecandan kalbim ağzımda atıyor. Sanki hayatımda ilk defa öpüşüyorum o derece karnımdaki tenyalar, "obaa PuCCa sonunda bir adam buldu ha uşaklar horona" deyip tepiniyorlar. Sonra bir daha hamle yaptı elimle ittim. Yani evet, adamı buraya kadar getirip, bütün emelimi yatağa atmak gibi göstersem de yoo bebeğim yoo. O kadar uzun boylu değil, bu iş ne kadar uzarsa, o kadar eğlenceli ve uzun soluklu olur. Yani en azından ben onun için bu kadar uğraştıysam, o da yatak için uğraşır ve bingo! Berabere başlayan bir ilişkimiz olup kimse kimseyi çok sevmek zorunda kalmaz, herkes eşit olur heyoo. Şu an benim için salak diyorsun biliyorum, sensin salak! Bir bildiğimiz var herhalde, ben biliyorum işimi tamam mı?

Neyse, ben biraz daha kendimi çekip ayağa kalktım. "Özür dilerim, ben gerçekten özür dilerim" dedi, hiç sesimi çıkarmadan öyle bir havalar, öyle bir esrarengiz durumlarla pencerenin oraya geçtim. O da arkamdan geldi, maksat onu daha çok konuşturmak uğraştırmak, "sanırım senden hoşlanıyorum" kısmının sanırımını alıp götüne sokmak. Elimi tutmaya çalıştı, "Bir şansımız olamaz mı?" dedi. O sırada adama içim gidiyor, al beni diyorum al götür, canım ol, şans senin köpeğin olsun ama dışımdan hiç belli etmiyorum, hiç sesimi çıkartmıyorum, soğuk nevale gibi ne diyeceğimi bilmez halde davranıyorum. Ağzımı açıp bir şey söyleyecek gibi yapıp susuyorum ki "ne diyecektin söyle söyle" diye çırpınsın dursun. O hâlâ elimi tutmuş, "Sence olmaz mı?" diyor. Oleyyy bu iş oldu dedim, artık sevgilim var. Düğünü nerede yapsak acaba, babam sever mi ki bunu, biraz yaşı benden büyük gibi ama olsun, Erik düğün fotoğraflarımızı görüp kahrolacak, kaç çocuk yapsak acaba, 2 tane yapalım, zaten evi havuzlu bahçeli, evi derken sitesi aslında ohh fink fink oynarlar çocuklar mis gibi. Ya bir gece çocuklardan biri, pencereden aşağıya topunu düşürürse, biz içeride televizyon seyrederken, o kapıyı açıp çıkarsa, ya o top havuza düşmüşse, ya topunu almak için havuza atlarsa, ya panik yapıp... Ayy ben ne diyorum yahu, Allah korusun, Allah'ım senin çoluğumu çocuğumu havuzdan koru, ayy ben site yöneticisine şikâyet edeyim bari, geceleri havuzun kenarına elektrikli tel döşetsin. Ya manyak mıyım neyim, bu kez orada başına bir şey gelir, bırrr. İnsanın çocuğunun olması ne kadar zor bir şey ya, gözümün önünden ayrılmasın istiyorum, havuz için bir yol bulmalı bak şimdi. Ya bir dakika benim çocuğum yok ki! Off neyse bu iş oldu yani, biz birbirimiz için yaratıldık, biz her şeyimizle bir bütünüz, elma gibiyiz, çotanak diye ayrılsak bile hep birbirimizi tamamlayacağız, ayrıldığımız an kapkara leş çirkin bir hal alacağız ama hep kabuğumuzu sağlam tutacağız. Hayat bizi hiiiç yıldırmayacak canımın içi diyerek ben de kafamı ona doğru uzattım ki kapının oradan anahtar sesi duydum... Hemen kafamı çekip kapıya doğru baktım, bizim kızlar gelmişler, lan hani bunlar bugün karşıda kalacaklardı, Allah'sızlar gelmeden bir arasanıza. Öküz gibi bönüre bönüre bağırdılar oradan:

"PuCCaa evde misin, ana ışık yanmıyor, Zodi lamba patladı mı buranın?

"Evdeyim, evde arkadaşım var, Ceri var ya o, elektrik kesildi."

"Neee elektrik mi kesildi, borcu ödemedin di mi offf yaaa ne bok yiycez."

"Ödedim lanet olsun ödedim. Sorun vardır ondan kesilmiştir."

"Eee herkesin ışığı var ama..."

Ayy valla sikecem bu herkesi, bizim evin direği farklı olamaz mı, biz torpilli olamaz mıyız, herkesin elektriği var diye bizimki olmayacak mı ne bu be, her gelen aynı şeyi söylüyor. Sinir oldum zaten erken gelmelerine, içeri girdiler böyle "ooo mumlar falan ne iş" diye kıkırdaşmalara başladılar. Sonra ikisi de oturdu salona pizza söylesek mi diye konuşmaya başladılar. Biz burada aşkımız temelini atıyoruz, onlar gelmiş pizza yiyelim diyorlar. Sonra bir anda sanki çok önemli bir şey bulmuş gibi, "ohaa elektrik yokken, korkunçlu şeyler anlatalım mı birbirimize, hem siz şarap almışsınız da tam, durun ya diğer çocukları da arayalım hatta" deyip, ne var ne yoksa bütün ahbapları, eş dostu çağırdılar.

Onlar da bizim çağırmamızı bekliyorlarmış kapıda yemin ederim, 15 dakika sonra damladı herkes. İçeri girdiler, her giren aynı şeyle girdi "ee diğer binaların elektriği var" diyerek. Sonra Ceri, "e her gün kesiliyormuş, evin elektriği kaçak falan olmasın" dedi, o an nasıl bir yalan söylediğim aklıma geldi ve direk ağzını kapattım ev arkadaşımın, çünkü gözlerini bererterek "her gün mü" diye cümleye girmişti ki devamını getirmesin istedim, aldım onu mutfağa doğru götürdüm korkuyorum ayağıyla, biz o tarafa giderken Çocuklardan biri sigortaya doğru yol almış sanırım, bir anda her taraf pırıl pırıl oldu. Bir de içeriden bi ses geldi "lan geri zekâlılar, sigortanız atmış" diye. İçeri girdik, sonra yine tabu mabu bilmem ne oynadık, Ceri de oyun bittikten sonra tıpış tıpış evine gitti. Neyse en azından bu iş oldu, yani yüzde ellisi oldu. Evet evet oldu.

Bir Zaman Geriye Alınmaz, Anı Kalır; Bir Söylenen Söz Alınmaz, Acı Kalır.

Gece gittikten sonra mesajlaştık, "bugün çok güzeldi" bilmem ne diye klasik geyikler, ya böyle keşke her şeyi pat pat pat oyun oynamadan söyleyebileceğimiz bir dünya olsa. Bu şekilde çok zorlanıyorum ben, evet biliyorum belki oyun oynamasam adam gibi çıksam "bana bak ibne, sana âşığım, ölüyorum, geberiyorum senden bebeler yapmak istiyorum" desem, her şey güzel olacak. Ama kendime güvenmiyorum, sonuçta kahrolacağımı biliyorum, başarısız olmayı sevmiyorum, bir de eğleniyorum böyle. Boş beleş bir insan evladı olduğum için bunlarla vakit geçiriyorum n'apalım.

Ertesi gün oldu, saat 10, mesaj yok. Saat 11 mesaj yok, saat 14 mesaj yok, saat 17 mesaj yok. Telefonumu kapatıyorum, açıyorum. Hattımı başka telefona takıyorum, belki bozulmuştur diye ama mesaj yok. Aramıyor bile, belki başına bir şey gelmiştir diyorum, Twitter'ına bakıyorum orada dakika başı bir şeyler yazıyor ama beni aramıyor! Ben arayayım diyorum, elim telefona gidiyor tam numarayı çeviriyorum vazgeçiyorum. Neden aramıyorsun be adam diye diye kendimi yedim sürekli. Kediyi kucağıma koydum, "aşağıya inerse arayacağım, inmezse aramayacağım" dedim. Azıcık esnedi, biraz gerildi, tam yatacak gibi davrandı sonra hop, bacaklarımdan zıpladı yere atladı. Evet, aramam lazım onu. Belki de o benden telefon bekliyor olabilir, belki de dün fazla naz yaptım ne bileyim. Hemen hop hop kafamda bir bahane bulup aradım.

"Heloo, beyb ya evde bir adet çakmak buldum, özel yapım sanırım baya pahalı bir şeye benziyor, senin olabilir mi?"

"Sana da merhaba, telefon açıldığında merhaba der insanlar. Yok benim değil."

"Öyle uzatmalar, gereksiz kelimelerle işim olmaz benim, olay neyse onu pat diye söylerim. N'apıyorsun?"

"Hiç, sen?"

"Hiç."

"....."

"Eee peki öyleyse ben kapayayım."

"Hoşça kal."

Aynen böyle ve bu kadarcık geçti telefon görüşmemiz. Lan sen dün dilini ağzıma sokmaya çalışan hayvan değil misin ne bu şimdi? Yani olay ne, derdin ne dostum senin böyle? İnşallah o dudakların, karlı havada buz kütlesine yapışır da çıkartmak için kesmen zorunda kalırlar geri zekâlı diye diye kendimce küfürlerimi sıralarken bir mesaj geldi: "Dün yaptığım şey bir anlıktı, yanlış anlamanı istemem. Özür dilerim, arkadaşlığımıza bir şey olmasın. Sen çok özel birisin ama zamanlama yanlış" dedi. O mesajı görmemle yere yığılmam bir oldu, karşımda tam bir orospu çocuğu vardı, ya ne arkadaşı, sen kimsin de benim arkadaşım olabilirsin 19 yaşında üniversiteye yeni başlayan arkadaş diye kavrulan insanlar mıyız biz? Benim yeterince arkadaşım var zaten, arkadaş ne hem lan, ben senin o ağzını sikerim, kalbim daralıyor, mesajı okurken kelimeler yer değiştiriyor. Sinirimden tırnaklarım avuç içlerime geçiyor ve o telefonu onun kıçına monte etmeye gitmemek için kendimi zor tutuyorum.

Önce bir şey yazmayayım dedim, sonra şu klişe cümleleri yazdım: "Aslında ben de sana bunu söyleyecektim, iyi oldu görüşürüz." Bu da dünyanın en büyük yalanıdır, yani böyle göt olunca, aslında göt olmadım ehehe ben de seni istemiyordum ki tavrına inanıyor mu acaba karşı taraf, hiç sanmam. Bundan sonra asla Ceri'nin adını anmak yok. O dengesiz, şuursuz malakla işim olmaz benim. Gitsin o, orospu tiplilerle gezsin tozsun mal beyinsiz. Ben kendimi işime gücüme vereceğim. Uff işime vereceğim de ne olacak holding sahibi mi olacağım sanki... Ben ne yapsam acaba, kendime nasıl bir yol bulsam da şu aptalla olan durumu unutabilsem. Bu kez saçlarımı boyatamam, daha iki hafta oldu boyatalı yakında kel kalacağım zaten, en güzeli yine kilolarımla uğraşayım. Tartıda 63'ü görmeye başladım çünkü.

Ya bu arada kalan kilo kadar iğrenç bir şey yok. Ya şişko olursun, ya zayıf ona göre kıyafet bulursun kendine. Bu ne yahu, üstüm zayıf, belim ince, simitler aldı gidiyor, basenlerin maşallahı var kesip 39 kasaba satarsam üç sene yetecek kadar parayı bulurum. Kışları hayatta kıçım üşümez benim, öyle bir yağ tabakası kaplamış ki orayı sağ olsun götü başı açık dolaşabilirim gayet. Kendime internetten diyet bakmaya başladım, hımm İsveç bunu yaptım sonra hayvan gibi aldım; hımm Dukan seyir evresinde götü başı dağıttım; lahana, bütün evi kokuttum; şok diyetler hepsiyle yerleşik kilolar edindim bla bla bla. Var olan bütün diyetleri deneyip, hiçbirinde başarı gösteremediğime göre ya benim salaklığım ya da insanlar haklı, bir diyetisyene gidilmeli. Şu zamana kadar, hep diyetisyen ve psikolog olaylarına "oh keka ya, biri kibrit kutusu peyniri yiyeceksin diyor, diğeri hımm hımmm diyor parayı götürüyor" diyordum, öyle yani dümdüz düşünceye sahip bir insan evladıydım, bunu da yapayım ne kaybedeceğim diyerek, bu kez diyetisyen aramaya karar verdim. Hepsi bir arada çıksın diye, ev arkadaşımın hınısının hınısından bir şey duymuştum. Hem akupunktur, hem yemeğin, hem bokun püsürüne bakar bir yer var diye. Götümü kaldırmaya üşenen ben, sırf kafamdan o özür olayını atmak için koştur koştur gittim oraya.

Kapıdan giriyorsun, saçma sapan galoş giydiriyorlar, yahu içeride tombik insanlar var, sanki ağır hastalar var gibi bir muamele. Hemen oradaki üç kiloluk kızlar alıp beni bir odaya soktular. Ayakkabılarımı, takı boku püsürü çıkartıp tartıya çıktım, karşıya bakarak ıncık ıncık her bir metre karemi ölçen makineye bindim. Bir iki dakika kaldım indim, oradan elime verdiler analizimi. Bir gün içerisinde ikinci yıkımı yaşadım. Hani belgesellerin fonundaki o acı müzik var ya, dıt dıdıı dıdı dıdı dıı. Hah işte o çalmaya başladı, elimde kağıt oturduğu yerde ağlayan acılı bir kadın, insanların acıyan gözleri, hiçbir zaman zayıflayamayacağım düşüncesi ve "hani lan ben 63'düm". Lan bizim evdeki tartı yanlışmış, ben gayet hayvanlar gibi 66 kiloyum. Ete yağa doymamışım. Ya bir anla değil mi geri zekâlı PuCCa, pantolonlarının üst düğmesini kapatmadan gezerken, "ayy gene su toplamışım ya" diye dolanırken ben gayet şişmişim. Acı acıyı unutturuyor yemin ederim. Ne Ceri kaldı ne bir şey, orada patlayacak balon gibi gördüm kendimi. İç organlarım bile yağlanmış, o derece korkunç bir hal almış bünyem. Ama her kötülüğün içinde bir iyilik olurmuş derler ya, ben kendimi 1,68 zannediyordum, 1,69'muşum meğer, düz hesap 170 de işte. Yukarı yolladılar beni, aa bir baktım, sırada bizim eski kanalda çalışan bir kız var, kız zaten zayıf, neden geliyorsa geri zekâlı pislik. Ne yaptın, ne ettin, ayy Erik gitti çok üzüldük biz, ilişkiniz bitmiş bla bla bla konuştuk durduk. Yalnız artık Erik'le ilgili hiçbir mevzunun canımın acıtmadığını fark ettim. Sanki öyle biri olmamış gibi geliyor, anılar bile hüzünlü ya da sinir bozucu değil. Adeta o hiç hayatıma girmemiş gibi hissediyorum. Kızın anlattığı şeylere o kadar uzağım ki, sanki bambaşka kişilerden bahsediyor bana. Neyse sonra işte burada neden olduğunu falan anlattı. Buranın diyetyemegi.com diye bir hadisesi varmış, bunlar da neredeyse bütün kanal buna üye olmuş. Her öğün yemeğini getiriyorlar ve işte şu günde şu kilo diye de garanti veriyolar. Bütün yemeklerin onlardan yani, fiyatlarına bakayım bir dedim çünkü tam benlik evde asla yemek pişmez bizim, paso dışarıdan yiyorum. Bu benim için iyi olur diyerek aldım elime kataloğu, sonra hemen bıraktım. Azıcık pahalıymış çünkü, yani evet bütün ay boyunca yediğin yemekleri düşününce daha fazla paraya denk geliyor ama o parayı peşin versem üzüntüden yiyemem. Kızların işi kolay tabii, topluca alınmış, koca kanal olunca yarı fiyatına denk gelmiş demek ki. Dedim iğnelerimi yaptırayım ben kuzu kuzu hiç böyle risklere girmeye gerek yok. Kız girdi içeri, 15 dakika sonra çıktı. Sonra bana geldi sıra içeri girdim, "Merhaba, siz de xxx kanaldan sanırım" dedi. İşte o an bir şimşek çaktı beynimde. "Evet" deyiverdim. Sonra işte analizleri inceledi ve zayıflama maceralarımı anlatmamı istedi. Başladım ben de, kusarak, pamuk yiyerek, piyasadaki bütün ilaçlarla, yemek yemeyerek, tek öğün beslenerek, ot bok püsür karışımlarıyla diye baştan sona kadar yediğim naneleri anlattım. 48 kilodan 66 kiloya sadece daha zayıf olmak isterken geldiğimi söyledim. Zamanında hastaydım evet, zayıf olmak benim için zorunluluk gibiydi ama artık sadece sağlıklı bir kiloda olmak istediğimi söyledim. Gerçekten de artık sadece oradan buradan yağlarım fışkırmasın yeter, çünkü zayıflamak isterken balona dönüyorum. Adam dinledi bir sürü akıl verdi, doğru bildiğim her şeyin yanlış olduğunu söyledi. Sonra da iğneleri taktı, tam takarken bir umut işe yarar diyerek "ben de şu diyet yemeği olayına gireceğim ama kanaldaki gruptan geç başladım, olur mu?" dedim. "Bir şey olmaz" dedi ve ilk dolandırıcılığımı yapmış oldum. Kendimi çok zeki, çok inanılmaz, çok mükemmel hissediyordum, bir yandan da adrenalin var tabii.

Katillerin, hırsızların olayları da bu sanırım, birilerini kandırınca, atlatınca, işlerden sıyrılınca "ben ne kadar zekiyim" havası yüzünden devam ettiriyor olmalılar, özgüven eksikliği burada kamçılanıp ortaya böyle sapık supuk şeyler çıkıyor işte. Bende de öyle oldu, alt tarafı kanalda çalışan biri gibi gösterdim kendimi az para vermek için. Bu adrenalin bana bugünlük Ceri denen dümbüğü unutturmaya yetti.

Göğüs Kaslarına Krem Şantileri Dökerek Bozarım Diyetimi

Biz bu Ceri denilen herifle olamayacağız sanırım, ya adam ne geliyor, ne gidiyor hiçbir şey yok ortada. Ben artık sinir olmaya başladım bu duruma. Sarhoş olunca öpmeye kalkmalar falan, ayılınca unutmalar. Bu sefer kafaya koydum başkasıyla beraber olacağım. Bu salak saçma ilişkinin içerisinden de çıkacağım. Ev arkadaşım günlerdir çocuğun birini bana söyleyip duruyordu. Ha bugün ha yarın Ceri gelecek diye yok demiştim, bu sefer kimle tanıştıracaksan göster dedim. Çocuğun fotoğraflarını bir açtı, Yarab sen neler yarattın böyle, aşk ol hiç haber vermiyorsun. Abi, adam bildiğin ek iş olarak porno filmlerde oynuyor olmalı. Erkeksi kaşları, su yeşili gözleri, meme kasları, baldırları Allaaaahhh dine imana döndüm yemin ederim.

Ya bu çocuk bana bakmaz diyorum kıza, bunun yerinde olsam bana sümüğümü sürmezdim, o derece yakışıklı. O kadar yakışıklı ki kelime bulamıyorum ağzımın suyunu toplamaktan. Bu kadar yakışıklı olması da tabii kötü, benim kendime güvenim sıfıra indi. Herif beni hayatta beğenmeyecek tribindeyim. Kız, senin fotolarını görmüştü kendi söyledi zaten beni tanıştır diye falan dedi ama hiçbir inandırıcılığı yok.

Lan acaba adam hayvan sevici mi? O fiziğiyle beni beğendiğine göre, fok balığı sevdalısı olsa gerek. Beni görünce belki aklına o geliyordur. Olur yani, böyle fantezileri olan insanları duymadık mı? Maden suyu şişesiyle birtakım işler halledenler var memlekette, damacanayla ilişkiye girmiş insanlar var da ben neden kendimi hiç görüyorum yahu diye attırdım saçları. Ya dedim, tamam tanışalım. Ama aslında benim hiç umudum yok sadece fingirdeşeyim, hatta iki foto çektireyim Ceri görsün kıskansın diye kör buluşmaya okey dedim.

Bir gün önceden kendimi bakıma soktum, hiçbir şey yemedim resmen, iki gram da olsa göbişim muhallebi kıvamında sallanmasın maksatlı. El ayak surat her tarafı maskelettirdim, evde milletin yemeklik için aldığı ürünleri suratıma götüme başıma sıvadım. Sonra lazer yüzünden daha dökülmemiş bazı tüycüklerimi fark ettim!

Kadın onları sakın alma dökülecek demişti, o kadar büyük ikilemde kaldım ki, şimdi ne olur ne olmaz diye alsam mı? Yoksa amaaan ya ilk günden adamın koynunda ne işim var mı desem? Ya yolda trafik kazası geçirirsek? Ya o kurtulup beni kurtarmaya çalışırken eteğim açılırsa? Ya hastaneye yetiştirdiklerinde doktorlar buna "Kızı kurtardık, şu an yoğun bakımda traşlıyoruz" derlerse? Ya adam tam beni tekerleğin altından çıkartırken yanlışlıkla eli donuma gelirse, sonra midesi bulanıp beni orada kendi kaderime bırakırsa? Ya tam kaza anında güvenlik kameralarına takılırsak ve kameralar belden aşağımı haberlere verirlerse? Ya tüm Türkiye o gün ağdasız olduğumu öğrenirse? Haberleri izleyen teyzeler, "tüh tüh tüh pisliğe bak, yanına almış manken gibi çocuğu bi kuaföre git di mi? Japonya mı burası kapa kapa midem kalktı" derlerse? Allah'ım hayat çok zor bana bir yol göster ne yapmam gerek.

Bu gibi durumlarda, yani böyle ikilemde kaldığımda yaptığım şeyi yaptım, kedimiz Abdüş'ü kucağıma koyarak, gözlerinin içine bakıp, "eğer o tüyleri almam gerekliyse kucağımdan atla; almamam lazımsa kucağımda dur" dedim. O da önce mırladı sonra kucağımda kendine yer yapıp yattı. Kedi hissi diye bir şey var bence, inanıyorum, ne zaman iki arada kalsam hep Abdüş'ü kullanıyorum. Benim aklım kendime yetmediği için sağ olsun o baya işe yarıyor.

Giyinip süslenip, ayak parmaklarımın bile arasına parfümü sıkıp çıktım dışarı. Ceri artık bitmişti, önümdeki maçlara bakacaktım. Hırslıydım, kararlıydım. Hatta dur ya, arayayım da Ceri'yi söyleyeyim, köpürsün neler kaçırdığını bilsin.

"Ya beybi biz bugün senle mi görüşecektik?"

"Yooo..."

"Aaa ajandamda öyle yazıyor da işim var diyecektim, buluşmam var daha doğrusu."

"Sen ajanda mı tutuyorsun? Paso evde yatış yapıyorsun yahu."

"Evde mevde yatmıyorum salak, home office diye bir şey var."

"Aman neyse hadi görüşürüz o zaman."

"İşte görüşemeyiz diye aradım randevum var da."

"Görüşürüzü öylesine söyledim telefon kapanırken söylenir diye."

"İşte benimde randevum var oraya gidiyorum."

"Hadi kolay gelsin sana."

"Ayy inşallah kolay olur, gerçi olur büyük ihtimalle uzun zamandır peşimdeydi zaten."

"Dişçi mi?"

"Ne dişçisi ya, reklamcıymış çocuk, günlerdir arayıp yalvarıyordu zaten."

"Haaa randevu dediğin o muydu? Emekli hemşire gibi konuşmasana kızım, 1976'dan beri buluşmalara randevu denilmiyor. Kimmiş herif? Nereden peşindeymiş senin?"

"İşte reklamcıymış dedim ya, çok yakışıklı ama bir gör senin bile veresin gelir."

"Bazen o kadar ucuz konuşuyorsun ki, neyse hadi kolay gelsin kapıyorum."

Ufuuuuuu kıskandı işte kıskandı beni, seviyor yani. Ama artık geçmiş ola hahayyy sen kimsin artık, sana kirli çorabımı atmam ben. Yeni sevgilimle gezer tozar dolaşırım, diye diye geldim buluşacağımız yere. Bakınıyorum çocuk nereye oturmuş diye, göremiyorum. Her masayı tek tek inceliyorum ama o ilik gibi erkeği bulamıyorum. Geç kaldı sanırım, ben zaten yarım saat geç kalmıştım o beni de geçti diyerek garsondan boş masa istemeye karar verdim. Lan, yoksa bekledi bekledi, gitti mi! Ayy gitmiş olabilir vallahi, "o kadar yakışıklı, kaslı erkeğim ne işim var patates gibi hatunu beklemekle" demiştir. Yaa demesin, ne olur demesin çok üzülürüm. Allah'ım ne olur geç kalmış olsun, "kaslarım var benim geç geleceğim tabii" demiş olsun. Ne olur lütfen gitmemiş olsun, derken masanın birinden el sallandığını gördüm. Bodur bi herif bana el sallıyor, tanıyor muyum diye şöyle gözlerimi kısıp baktım.

Lan o ne? Porno yıldızı oldu mu sana Mardinli midyeci Mesut abi… Fotoğraftaki çocuk bu evet, ama bu onun çeyreği gibi, memeler sarkmış tişörtün içinden el salladıkça sallanıyor. Dedim bu nee?? Evet yani Photoshop diye bir gerçek var ama kafanı Carlos Martin'e mi monte ettin be herif!!! Sana ne oldu böyle diye adamı silkelemeye koşturdum resmen.

Şaşkınlığımdan konuşamıyorum, adam bildiğin fake, kandırıldım, aldatıldım. Kaslı bir Spartacus modeli beklerken karşıma garip bir şey çıktı. Evet yüzü aynı ama bedeni, saçları. Lan bu adamın saçları yok. Allah'ım benden gıcık mı alıyorsun? Bilseydim dün adam gibi yemek yerdim, açlıktan öleceğim. "Fotoğraflarda farklısın" diye girdim hemen. "Sporu bıraktıktan sonra saldım kendimi" dedi. Amına, töbe töbe küfür ettirecek bana, lan o nasıl bir spordur ki bırakır bırakmaz mutasyona uğrarsın. Aldım elime mönüyü, soğanlı moğanlı ne varsa getirttim. Nasıl olsa bu adamla bir cacık olmayacak.

Dış güzellik inan benim için hiç önemli değil, öyle ki en âşık olduğum adamlar şu an karşımda oturanlardan çok çok çok daha çirkin. Ama ben buraya bambaşka bir şeyle karşılaşmak umuduyla geldim ve herif bambaşka bir şey çıktı sahiden. Hiç konuşmuyorum masada, sürekli telefonumla oynuyorum yemek yiyorum. Bitse de gitsek diye bekliyorum. Adamcağız da anladı sanırım, daha tatlısını yemeden kalkalım mı diye sordu. Tam kalktık, çıkıyorduk ki bir arkadaşıyla karşılaştı.

Vayy babam vay böyle arkadaşların var da hiç tanıştırmıyorsun diye dalacaktım aralarına. Çocuk çok tatlı bir şey, öyle sempatik ki Pokemon gibi al eline bıcır bıcır oyna. Bir yere gidiyorlarmış, bizi de davet etti. Çocuk tam yok diyecekti ki ben hemen girdim araya "evet evet geliriz" dedim. Pıt pıt arkalarından gittim onların.

Bi yerde oturup içiyoruz hep beraber, ben fake pornocuya döndüm götümü, diğer çocukla konuşuyorum devamlı. Kenan Doğulu gibi adam, böyle devamlı gülümsüyor. Surat hep aydınlık, hüzünlü hayal etmeye çalışıyorum herifi ıı ıh olmuyor. Kenan Doğulu'nun slow kliplerinde de öyle ya, herif aşk acısı çekiyor, karı bunu terk etmiş gitmiş, koymuş çocuğu, sıçmış çarkına, öldürmüş bitirmiş herifi. Adam hâlâ pişmiş kelle gibi sırıtıyor, bir üzül be herif, suratında bir acı olsun. Ama yok, adam şarkıda dön gel diyor, yüzünde ise "iyi ki gitti ya, yan komşuya hallenecem heyoooo" ifadesi var. Bunda da aynı, anlattığı her şeyin içinde bir mutluluk var sanki. İnsanı nasıl iyi hissettiriyor. Orada beni dövse falan hiç sesimi çıkartmam, canım yaa her şey mutluluktan derim. Anlattığı hiçbir şey ilginç ya da komik değil, ama o yüz ifadesi yüzünden hep gülümsüyorum. Bu kez fazla içmedim kendimi rezil etmemek adına, hem de rejimdeyim. Epey bir saat geçti hatta öyle geçmiş ki, fake pornocu gitmiş onu bile fark etmemişim.

Eve seni bırakayım mı dedi, sen beni istediğin yere bırak, at sokaklara diyecektim, demedim. Taksiye bindiğimizde "Eve seni bırakayım mı?" cümlesindeki anlamı fark ettim. Adam eve seninle geleyim, bu gece sende kalayım sabaha kadar çat çat çat demek istemiş meğersem. Taksiye bineceksek beni ne eve bırakıyorsun be herif! Yolda giderken bir sessizlik var, ne yapsam korkusu. Yine ikilemde kaldım çünkü yatsam mı yatmasam mı? Yatamam çayır çimen çiçek açmış. Peki o zaman bu adamın benle gelmesinin âlemi ne? Bir de diğer fake adam ile buluşmaya gitmişken, arkadaşıyla evime dönmek de yani biraz orospumsu duruyor sanki. Ama yüzüne bakıyorum adamda öyle bir şey var ki hayır diyemiyorsun. Bütün yol boyunca nasıl herife gelme diyeceğimi düşündüm, sonunda geldik kapının oraya. İndi taksiden gayet bekliyor yani yukarı çıkmayı. Bir kahveye çağırmayacak mısın geyiği bile yapmıyor. Direk benden önce apartmana gidiyor bildiğin. Bu ne yüzsüzlük ne kendine güvendir. Zaten evi bok götürüyor, iki saat önce tanıştığım adamı eve atıyorum resmen ben de. Apartmana kadar girdik, baktım olmayacak bu iş, "hadi sana tatlı rüyalar" dedim, apartman kapısını çotanak diye kapattım suratına. Arkamdan kapıya vurdu, ben de ona el salladım. Bir dakika falan yapıyordu böyle gene el sallayıp koştur koştur yukarı çıktım.

Ya ne yapacaktım, manyak mı ne. Tamam iyi hızlı bir herif olabilirsin de bir dur di mi. Girdim eve hemen ayakkabılarımı çıkarıp odama koşturuyordum ki kapı çaldı! Adam arkamdan girmiş ve evin önünde beni bekliyor! Oysa apartman kapısını da hızla çarptım birinin ziline mi bastı acaba otomattan açtılar. Ya adam sapıksa? Ya şimdi sinirlendiyse ve bana tecavüz edecekse? İçmişti de zaten, ayyy ben ne bok yedim, keşke kapıyı suratına çarpmasaydım takside adam gibi söyleseydim. Ailemle yaşıyorum falan diye yalan atsaydım bari. Ayy Allah kahretmesin, ben ne yapacağım şimdi? İşte abi bebek suratlı katiller! Dexter gibi, yüzüne bak melek melek çocuk, gece oldu mu kasap pezevenk. Aha bu da böyle, ona vermeyen kadınları kıtır kıtır kesiyor sanki. Evdeki kızları uyandırayım da bari üçümüzü de kessin. Tek başıma ölmeyeyim ya, yazık bana. Dur ama kardeşim uyusun hatta onu saklayayım da ev arkadaşımla beni kessin. Kardeş neticede insan ölmesini istemez, arkamızdan görgü tanığı olmalı ki yakalansın puşt. Derken kapı daha hızlı çalınmaya başladı. Hemen kızları uyandırdım “kalkın kalkın bizi sikmeye geldiler” diye. Ellerimize bıçak çanak çömlek ne varsa aldık, “kim o” dedik. “Benim” sesini duydum, lakin bu ses o çocuğa ait değildi. Hatta bu ses, lan bu ses, lan lan lan bu Ceri!

Gururumu Sikeyim, Sana Bişi Olmasın Bebişim

Ceri'yi karşımda görünce ne yapacağımı bilemedim bir türlü, daha doğrusu hiçbirimiz bilemedik, kızlar uyku sersemi ne oluyor diye bana bakıyorlar. Ceri de hiç sesini çıkarmıyor, konuşsana be adam, dikilmişsin orada yalı kazığı gibi. Sonunda ağzından birkaç kelam çıktı, "İçeri girebilir miyim?" dedi. Ben de önce biraz kapıyı araladım, kendimi geri çektim, sonra "Bu saatte mi? Bu biraz hayvanlık, terbiyesizlik değil mi? Burası dingonun ahırı mı? İki kere misafir oldun diye bu eve canın sıkıldığı zaman geleceğini mi sandın? Giremezsin, ne diyeceksen oradan söyle" dedim. Kızlar bana bakıyor şaşkın şaşkın. "Biz yatıyoruz" diye gittiler. Bu bir şey söylemedi, arkasını döndü, böyle köpek yavrusu gibiydi aynen, gözler kocaman, patileri var, boynu bükük, sadece sıcak bir yuva istiyor gibiydi. Eğdi kafayı, tek kelime söylemeden merdivenlerden indi aşağıya. Arkasından gitmek için hamle yaptım ama sonra durdurdum kendimi. Aşağıdaki merdivenin orada olduğunu görünce, hâlâ arkasından baktığımı düşünmesin diye, çat diye kapadım kapıyı.

Hayır, ne cesaret yani bu, sen kimsin ki canın istediği zaman buraya gelme hakkını görüyorsun kendinde. Bir de bu nedir, bir gün önce öpüyorsun, sonra ayy ben istemiyorum diyorsun, şimdi de kapıdasın. Bas git geri zekâlı mendebur. Senle mi uğraşacağım ben, senin bu hadsizliğinle mi? Senin bu dengesizliğin, her şey senin istediğin gibi olmalı diyen kafanla mı uğraşacağım?

Yattım yatağa, kendi kendime sinirden konuşuyordum ki mesaj geldi, "sadece iyi olduğunu merak ettiğim için gelmiştim" yazıyor. Ben de gayet ciddi bir mesaj attım, "telefon denilen bir şey var, canının istediği saatte kalkıp gelemezsin evime, kaldı ki bu ev sadece benim değil, biraz düşünceli ol iyi geceler" yazdım. "Seni düşünmekten düşünceli olmaya fırsat bulamadım" dedi. İşte o anda ben kedi yavrusu gibi oldum, yorganın içinde böyle mayıştım, çenemi gıdılasa, karnımı ovsa mırrrlardım mutluluktan. Yine böyle kararsızlık aşamasına girdim, Abdüş de uyuyor, onla da test yapamam gelsin mi gelmesin mi diye. Bir tarafım gelsin diyor, diğer tarafım saçmalama diyor.

"Tabii ki gelmeyecek PuCCa saçmalama, yat uyu adam ol biraz artık."

"Gelsin ya PuCCa, görmedin mi adamın o halini bence seni seviyor."

"Ne sevmesi yahu, sevgi dediğin şey böyle kapılara gelmekle olsaydı ohooo..."

"Ya sen ne kadar karamsar, ne kadar kötü bir PuCCa tarafısın, bence seviyor, bak kıskanmış gelmiş."

"Lan geri zekâlı saftirik, sevse o gün karı gibi 'ehehe ya özür dilerim sana dil attığım için' der miydi?"

"Belki bir bildiği vardı ne biliyorsun, belki bilmediğimiz bir şey var."

"Hoopp görüntüler gelsin ekrana pat pat pat kısa kesitlerle gösteriyorum ben sana PuCCa'cığım sizin durumunuzu, bu malak tarafını dinlediğin için zaten şu haldesin, bu kez beni dinleyeceksin! İlk birbirinizi gördüğünüz an; onun yanında sevgilisi var, sen yalnızsın. İkincisi partide, sen ona yavşamışsın sarhoş olduğun için, üçüncü kez, sen onu aramışsın, hoop biraz ilerliyoruz, sen onu düğüne çağırmışsın. Biraz daha gidiyoruz şimdi, sen ona makarna yapmışsın. Yani burada ne var sadece sen, sen, sen, sen. O ne yapmış sadece gelmiş, zahmet buyurmuş onda da. O yüzden bu olayı kafandan sil at, bu adam sevmiyor seni."

"Ya sen onu dinleme o tam bir idiot, evet biraz sen uğraşmışsın ama adam gelmedi mi, geldi. Ayrıca sen makarna yaptıysan bile, biraz geriye git, düğün sonrası sabah sana kahvaltı hazırlamadı mı? Hazırladı, sonra dvd olayı ilk kimden çıktı?"

"Hatırlarsan sevgili beyinsizim o muhabbetin sonrasında, adamın eski kız arkadaşından bi güzel dayak yedi."

"Hah işte onda bile, kızın peşinden gitmek yerine senin yanında kalmayı tercih etti. O yüzden ara, gelmesini söyle ve yepyeni musmutlu bir ilişkiye adım atın."

"Hıı ara ara, söyle gelsin, çayır çimen vücudunla karşılaşsın, hoop bi daha yarın 'ben vazgeçtim' desin, adam istemiyor, dengesiz işte hâlâ neyin savaşı bu, kendine gel ve uyu."

"Ya aslında evet, ben kıl tüy olayını unuttum, neyse uyu uyu hem daha iyi olur belki kim bilir."

İç seslerim de birbirleriyle uzlaşınca, ben de uyuyayım dedim, bu kadar kolay bir şekilde o dengesizliğini affedemezdim ya...

Sabah uyandığımda telefonumda tam 7 mesaj vardı ve 7'si de Ceri'dendi. 7'sinde de bugün akşam görüşmek istediğini yazmış. Ulan anlama kıtlığı mı var bende, bir defa yarın görüşelim desen görüşürüz işte, "ne bu seksen kere yazmışsın, görüşürüz tamam, akşam evden alırsın beni" dedim.

Adamın resmen burnu sürtmüş, bu kıskançlık olayı bildiğin işe yaramış, yani dünyanın en dandik oyununun işe yaramasının imkânı yoktu. Çünkü bundan öncekiler hep götümde patladı, bir de ben giderken hiç umurunda değildi adamın, bir de şimdiye bak. Ya biraz daha süründürsem mi acaba? Ama ya fazla naz âşık usandırırsa, hemen evde bir konsey toplantısı kurduk kızlarla ve oy fazlalığıyla onu süründürmem gerektiğine karar verdik.

Akşam onunla beraber gidecektim, yarım saat sonra bir bahane bulup kalkıp gelecektim. Onu istemediğimi belli edecektim, o öptükten sonraki özrün acısını köpekler gibi alacaktım ondan...

Akşam için bir güzel hazırlandım, giyindim süslendim, saçı başı yaptım adamı beklemeye başladım ki, kızlar kıyameti kopardı, üzerimdeki her şeyi çıkartıp, kotla body giydirdiler bana. Özellikle onun için giyindiğim belli olmasın, götü kalkar diye düşünmüşler de ulan bu halde de ben bakkala bile gitmem ki. Neyse konseyin kararına uymak zorundayız dedim. Aradı, geldiğini söyledi, iniyorum dedim ve tam yarım saat sonra indim aşağıya. Bildiğin yarım saat geçirdim yukarıda, arabaya doğru tıngır mıngır sallanarak gittim. Adamın sinirden kafasındaki damarlar pıt pıt atıyordu resmen ama helal olsun hiç sinirlenmemiş gibi yapıp arabayı çalıştırdı gitmeye başladık. Beni kapısından nasıl içeri girileceğini bile bilmediğim bir yere götürdü. Orayı sadece zengin dizilerinde görüyordum, hani evin içinde asansör olan dizilerde, hani işe gidiyorum demek yerine "holding'e gidiyorum", eve gidiyorum demek yerine "yalıya geçiyorum" dizileri. Neyin havasını atıyorsunuz pezevenkler, alt tarafı dizi lan diye geçiriyordum ama şimdi öyle bir mekândaydım, çıkışta yalıya gidip dadımın hazırladığı sütü içecek gibi hissediyordum. Yalnız bir sorun vardı, üzerimdekiler, Allah sizi böceğe çevirsin e mi kızlar, sizi de sikeyim sonik konseyinizi de sikeyim e mi. Şu halime bak, zengin dizisinden, töre dizisine inmiş gibiyim resmen. Kan davasından kaçıp gelen kızı, zengin yalı çocuğu yemeğe çıkarmış sanki. Bu arada lan bu çocuğun bu kadar çok parası nereden var? Yani her akşam burada birkaç duble atayım gideyim bir tipe benzemiyor. Böyle bir tip neye benziyor ben de bilmiyorum ama benzemiyor işte.

Geçtik oturduk masaya, ön, ara yemek falan derken böyle biz bir muhabbete başladık, gayet eğlenceli ve güzel geçiyordu ki yarım saat sonra kızlar aradı, "hadi atla gel, konsey kurallarını çiğneme" dediler. Hı hı deyip kapadım, ardından yine muhabbete devam ettim. Bir daha aradılar, yine tamam dedim. Bir daha aradılar, sikerim konseyi dedim kapadım telefonu tümden.

Dünyanın en mutlu insanıydım resmen, şarabımı içiyorum, karşımda hoşlandığım adam, muhabbet çok güzel, komik, yarım saattir sadece gülüyoruz. Daha fazla naz yapmama gerek yok sanırım her şey kabak gibi belli yani. Daha neden uzatıp birbirimizi yoralım değil mi? O yüzden yavşak yavşak davranabilirim aslında diye düşünürken bu açılmaya başladı. "Senle birlikte olmak biraz korkutuyor beni, yani yanlış anlama bu dediğimi. Sadece tüm yazdıklarına bakıyorum, hep devam ettirebileceğin, uzun soluklu bir ilişki istiyorsun. Bende o var mı yok mu diye düşünmekle geçiyor, ilk defa sanırım birini üzmek istemiyorum. Ona göre adım atmak istiyorum ve düşündüm, ben hazırım. Sen de hazırsan, varım diyorsan ben senden çok hoşlanıyorum, hatta hoşlanmanın ötesi bu. Dün kafayı yedim, resmen evin önünde bekledim saatlerce."

Anacım bu da dünyanın en klişe laflarını söyledi durdu, hatta bütün hepsini art arda sıraladı, seni üzmek istemiyorum, senden korkuyorum, bir ilişkiye hazır mıyım bilmiyorum bla bla bla. Neyse sonunu güzel bağladı, hakkını yemeyeyim. Bu erkeklerin de şu ilişki olayından korkmasına anlam veremiyorum, nedir abi alt tarafı ilişki sık kendini adapte olmaya çalış ne var bunda? Yok, ille herkesi sikmeli. Biriyle birlikte olduğu zaman kalan herkesten mahrum olacağını düşünen varlıklar. Evlilik için bile "papaz her gün pilav yemez" diyorlar ya, rahibe seks yüzü görmüyor ondan bahseden hiç yok. Ne var ne yoksa papazın üstüne endekslenmiş. Yani erkekler ilişkiden sıkılabilir, erkekler bir ilişkiyi istemeyebilir, uzun soluklu ilişki onlar için korkutucu olabilir, ciddi ilişki demek bir sorumluluk altına girmek olabilir onların sözlüğünde. Ama kadın için öyle mi biz hep hazırız, orada bekliyoruz, sizin canınız ne zaman amdan götten sıkılır, ne zaman ki "ayy yeter artık bir kişiye bağlanmak istiyorum" dersiniz, o zaman gelirsiniz. Hayır, bir de o tavır ne öyle, sanki ben sana kör kütük âşığım da sen uzun uzun düşünmüş taşınmış gelmişsin yanıma. Şurada iki lokma bir şey yiyeceğim burnumdan getirdin vallahi. Bu arada iki lokma demişken koca tabağın içine iki parça bir et koyup kenarını otla sosla süslemeleri de güzel olmuş, aç kaldım. İyi ki hesabı o ödeyecek, yoksa şu an tuvalette ağlıyordum resmen. Yani umarım o ödeyecektir, bundan önce gittiğimiz her yerde "ölümü öp ne olurrr ben de vereyim, na burada öleyim vermezsem ben kendi payımı verecem" diye kıyameti kopartıyordum ama burada onu yapamam kusura bakmasın. Hem konsepte aykırı hem de beni buraya getiren o. Şu yaşıma geldim, hâlâ hesap nasıl ödettirilir olayını kavrayamıyorum. Yani yapana edene sözüm yok, hatta önlerinde saygıyla eğiliyorum ama ben beceremiyorum. Bunun "benim de param var, eşitiz biz" olayıyla da ilgisi yok, yani eşitiz ama bana limitsiz kredi kartı verip, borçlarını da o ödese valla hayır demem. Ama işte hesap ödeme olayına gelince takılıyorum, n'apalım Allah beni böyle yaratmış.

Bu sırada Ceri hâlâ konuşuyor, hâlâ bana kendinin neden ilişkiye hazır olmadığını anlatıyor, bunları söylerken de sanırım beni yücelttiğini falan düşünüyor. Bak senin için bu kararları verdim, aslında ben haşarı uçarı biriyim ama senin için ciddi bir ilişkiye girmek istedim. Bunu söylerken büyük ihtimalle benim kendimi özel hissedeceğimi falan düşünüyor olmalı ama ben kendimi özel değil, sorumluluk altına girmiş gibi hissediyorum. Karşımda güya benim yüzümden aldığı kararları anlatan bir adam var ve bu kararlar doğrultusunda benim takınmam gereken bir tavır olmalı. Yani bu ilişkinin üç ay sonrasını görebiliyorum, her kavgada her türlü şeyde karşıma "ben senin için hayatımı değiştirdim" diye carlayacak bir adam, her yaptığı çapkınlıkta "deniyorum" diye kendini savunacak biri var.

Cümleleri bitti, uzanarak elimi tuttu, başparmağıyla elimi okşayarak, gözlerimin içine baktı ve "sen ne diyorsun, bence biz olabiliriz" dedi.

Elimi çektim, çatalı aldım, kafamı tabağa doğru uzatıp çatalı ete batırdım, gülümseyerek ona baktım, eti ağzıma attım ve "hayır" dedim.

O anki o suratı, o kendinden emin duruşları, o sabahtan beri bana attığı bahaneler, o kendini Kazanova zanneden tip gitti, yerine şabalak bir ifade geldi.

"Hayır diyorum çünkü ben senden ciddi bir ilişki düşünecek kadar hoşlanmıyorum, hayır diyorum çünkü bir saattir bana bahsettiğin şeyler, otel paket programları gibi. Sanki ben sana satış yapıyordum da sen de bana 'birikmiş paramı üçüncü paket programınızda kullanmak istiyorum' der gibi konuşup durdun. En baştan bu kadar planlı bir şekilde pazarlık yapar gibi bana geliyorsan ben hayır diyorum ve hayır diyeceğim emin ol. Ben doydum, kalkabiliriz" diye devam ettim cümleme. Hesabı ödedi, hesabı öderkenki surat ifadesi daha güzeldi, ertesi gün korkak gibi kaçmasaydın şimdi bu salak saçma tiyatroya gerek kalmayacaktı işte ama nerede o kafa onda. Büyük ihtimalle maaşının çeyreğini adadı bu olaya. Ders olsun...

Deveyi Dikenle, İnsanı Sikenle Tanıştırdım, Yaranmaktan Sevişemediler

Dünyada belli başlı kurallar var ve bunlar hiçbir zaman değişmez; bir otobüsü beklersen geçmez, beklemezsen 50 tane art arda geçer. Tatile çıkma zamanın tam regl gününe denk gelir. Sevgilin varken etrafın kısmetlerle dolup taşar ve en önemlisi kaçan kovalanır!

Evet yani, işin kuralı bu kadar basitken neden hâlâ ilişkiler konusunda başarısızız acaba? Önce duracaksın sonra kaçacaksın, sonra bir daha duracaksın kaçmaya hamle yapıp sanki o seni yakalamış gibi yapacaksın.

Başarısız olmamızın nedeni, kaçamıyoruz, adam geldiği zaman hemen açıp kolları bekliyoruz. Kaçarsak gelmez diye korkuyoruz, hemen Teletabi sıcaklığıyla herifi karşılıyoruz. Ceri bildiğin günde 25 kez arıyor, sürekli mesaj atıyor, buluşmak için kıçını yırtıyor. Bense sanki Monaco Prensesi'ymişim, her tarafım erkek kaynıyor gibi bir eda bir hava böyle burundan kıl aldırmamalar falan. Ama bir karar vermem lazım artık, adam nereye kadar peşimde dolanacak, bir iki gün sonra sıkılacak, o zaman da ben başlayacağım Ceri diye götünde pire olmaya. O olaya girmeden, birlikte olmamız lazım, yeterince kaçtım bu kıvam iyi güzel diyerek hamlesine karşılık verdim. Gece iyi geceler diye mesaj atmış, ona "kahvaltı edelim mi sabah işin yoksa özledim" dedim. Bu mesajdan sonra uyku tutmaz, heyecandan duramaz, ölür biter geberir diye kendimle gururlanarak uyumaya dalıyordum ki bir mesaj geldi. "Ya ben sevmiyorum öyle kahvaltı muhabbetlerini, evde reçelim var peynirim var zaten. Öğlen yiyelim bari yemek, bir hafta sonum var onu da uyuyarak geçireyim" yazdı. Gerçekten de bir öküz bu adam, su katılmamış cinsinden hem de. Mal ya dediği lafa bak, neyse büyüklük bende kalsın dedim akşam üstü buluşuruz diye yazdım. Yatağa yattım, rüyamda Murat Dalkılıç'ın arkasındaki dansçılardan biri olduğumu, klibinde görünmek için diğer kızların önüne önüne geçtiğimi görüyordum ki kızlardan birinin sesiyle uyandım. Hâlâ uyku sersemi olduğum ve rüyayla gerçeği karıştırdığım için, "orospu Nihan da mı dansçıymış" diye böyle içimden geçirdim, kızın söylediklerini duydum. "Bu Ceri, yine geldi PuCCa, şu adama söyle buraya geliyorsa bir haber versin, haber vermeyecekse de kapıyı çalacağına seni arasın lan uyuyoruz biz" diye bana carladı.

Ne Ceri'si öğlen oldu mu diye kendime gelmeye çalıyordum, kalktım gittim kapıya doğru, eşofmanlarıyla karşımda duruyor. Ben de külotla yatıyorum normalde hâlâ uyku sersemi olduğumdan kalkıp altıma bişi de giymedim, kapının oraya geldiğimde fark ettim, hemen götümü kapıyla kapatıp, sadece kafamı uzattım.

"Bir şey mi oldu ya?"

"Yarına kadar dayanamadım, dayansam da yarın geldiğimde yine bana hayır diyeceksin biliyorum. O yüzden şimdi geldim, seninle beraber olmak, herhangi bir kızla bir şeylere başlamak gibi olmayacak. O yüzden çok düşünmem lazımdı, kalbini kırmayacağımdan emin olmam lazımdı. Hiçbir işe düşünerek, planlayarak başlamam ben, ama sende öyle olmaması lazım. Bunun adı sevgi mi bilmiyorum ama kendimden önce senin bu ilişkide durumunu düşünüyorsam, seni benden önceye koymuşsam sen bende zaten yer etmişsin demektir. Bana evet de, seni mutlu eder miyim bilmiyorum, kendime de güvenmiyorum açıkçası ama seni koruyabilirim, o çocukluğundan beri beklediğin seni alıp götürecek her kötü şeyden uzaklaştıracak biri olabilirim. Ben seninle her şeye yeniden başlamaya hazırım, çünkü ben de çok zor bir dönemi atlattım, her şeyi yeniden başa sardım. Yanımda sen de ol istiyorum bundan sonraki hayatımda. İçeri girebilir miyim?"

"Hayır, külotluyum çünkü az çekilsene."

"Peki ne diyorsun?"

"Ayy hayır, millet uyuyor şimdi valla özür dilerim."

"Yani hayır mı diyorsun?"

"Hangisine, haaa yok diğerine evet diyorum. Buna hayır diyorum."

"Neye anlamadım, gireyim mi?"

"Offf yani, o dediğin şeyler için tamam diyorum, seninle olabiliriz ne kaybedeceğiz ki. Sadece gelmeden önce arasan iyi olur kızlar carlayacak valla bana."

"Yani şimdi oldu di mi beraberiz?"

"Hı hı, yarın konuşuruz."

Zıplaya zıplaya koca adam merdivenlerden indi. Şapşal, dengesiz saftirik. Artık bir sevgilim var, zorla da olsa sonunda istediğimi aldım! Umarım her şey güzel olur, umarım bu da diğerleri gibi çıkmaz, umarım hep yanımda kalır, umarım uykum gelir de uyurum, uykumun içine sıçtı piç romantik olacak diye!

Hızlı Atın Boku Seyrek mi Düşüyordu Patır Patır mı Sıçıyordu, N'apıyordu?

İlişkilerimin arasında en güzel ilk günleri yaşadığım adam bu olmalı. Sabah atladı geldi, eşyalarını hazırla Ağva'ya götürüyorum seni dedi. Hemen hazırlanmaya başladım, zaten yalnız hafta sonu için fazla eşyaya ihtiyacım olmayacaktı ama iç çamaşırı olayına karar vermem kolay olmadı. Daha yatmamıştık malum ama Ağva'da da pişpirik oyanayacak değildik muhakkak yatacağız, ki o sanırım özel olsun istedi. Açtım çekmeceyi bakıyorum, şu dantelli minnacıkları götürsem, ıı ıh boş vakitlerimde pavyonda çalıştığımı düşünebilir. Şu Hello Kitty'leri götürsem, şirin kız ayağına hımm bakire olduğumu düşünebilir. Şu pembeleri götürsem, düz orospu der.

Off bu ilk günler olayı çok çok berbat bir durum, biraz fazla hamle yap orospusun, biraz kendini çek odunsun. Yatmak istiyorsun ama yatamıyorsun. Bir de şu var ki bunların çoğunu

Erik'le beraberken giydim zaten, ne acı şimdi başka biri dokunacak bunlara. Acaba hangisine ayıp bu durum? Fantezik şeyler götürmeyeyim en iyisi, sıradan normal ama ben sanki her gün tangamı giyer, üstüne de o dantelli sutyeni takarım gibi bir görüntüsü yaratayım dedim. Tangadan da nefret ediyorum, bu kadar rahatsız eden bir şeyin çok rahat ettiriyor diye satışa verilmesi tam bir pazarlama yalanı. Abi neresi rahat onun kıçının arasında bir ipin varlığı nasıl rahat ettirebilir bi insanı? Bence en güzel don o kenarı kelebekli kocaman teyze donları var ya onlar. Allah'ım içinde popom nasıl mutlu oluyor onun nasıl anlatamam. Bir gün onlar da seksilik mertebesine ulaşacak biliyorum, o güne kadar sabredeceğim ama.

Eşyaları hazırladım, çıktık yola. Böyle çok garip, iki gün önce gizli kapaklı eli elime değse, yansa bu dünya diye içimden geçirdiğim adamla el eleyiz, sürekli ellerimi öpüyor, durup durup bakıyor. İki dakikada bir "var mı isteğin" diye duruyor, o kadar çok ilgili ki aşkımdan o an ölebilirim. Resmen diğer sevgililerimden istediğim her şey bu adamda var, pat diye gelip hadi buraya gidiyoruz diyor, sonra eli kolu hep üzerimde. Daha çok erken biliyorum ama bu koltukta onunla hayatımın sonuna kadar var olabilirim valla.

Geldik otele, çıktık odaya. Ayy o odaya çıktığın andaki tedirginlikte çok berbat bir şey. O sessizlik öldürüyor adamı. Çantamı yerleştirdim kenara, eski Osmanlı tarzı döşemişler böyle, koltuğun oraya geçtim oturdum. O da yatağın oraya oturdu. Hiç ses çıkmıyor öyle salak salak etrafı izliyoruz. "Yemek yiyelim bari" dedi, ilk hamle ondan geldi. "Heyooo şimdi sevişmicez" diye sevinip hemen dışarı çıktım. Oturduk kafesinde bir şeyler yedik aperatif, klasik birbirimizi anlatıp durduk.

Ayy bu arkadaşlıktan ilişkiye dönüşünce de şu birbirini anlatma olayı çok kötü oluyor. Adamı kandıramıyorsun bir kere, kendini farklı gösteremiyorsun, en önemlisi anlatacak bir şey bulamıyorsun. O arabanın içindeki mutluluk aşk böcüklüğü bitti bir anda. Konuşamıyoruz çünkü aklımıza bir şey gelmiyor. Ne anlatsam adam biliyor, ne anlatsa bana sıkıcı geliyor. Böyle sıkıldığını fark ediyorum, bir şeyler için çırpınıyorum ıı ıh olmuyor. Yapacak bir şey yok, fiki fikimizi yapalım daha kaynaşırız diye düşündüm. Odaya gidelim mi dedim gayet yırtık bir şekilde. Gayet gay bir şekilde hayır dedi. Lan biz buraya niye geldik, doğa orman pok püsür için mi? Anaa adam resmen odaya çıkmadı benimle. Bir sinir oldum öyle deyince, gece ağlayacaksın, gebereceksin, iki meme için sürüm sürüm sürüneceksin, bak bakalım nasıl hayır deniliyor. Mala bak lan, sen kimsin ki bana hayır dersin. Gurur meselesi oldu resmen, ayy acaba buraya gelince pişman mı oldu benle olduğuna? O sıkılmalar sessizlikler ondan mı? Acaba ağzım mı kokuyor ya bu adam neden odaya gitmiyor delircem yemin ederim.

Akşam yemeğine kadar salak salak kazların peşinde, yok efendim dere kenarında, ayy şu ağaç ne güzel görünüyor, ayy bak su yemyeşil, ayy güneş batarken ne romantik diye diye geçirdik. Ben de onun ağzına geçirmek istedim ama yapmadım. Akşam yemeğinde de şarap açtırdı, hah tamam dedim kıvama gelecek. Ben çok içmedim sarhoş olursam burada onu da beni de rezil ederim biliyorum çünkü. Sonra kafenin oradaki şöminenin oraya geçtik. Yan yana oturuyoruz, ben hâlâ ne zaman odaya gideceğiz diye düşünüyorum. O da bir şeyler anlatmaya çalışıyor, böyle çenesinin yayı gevşedi devamlı konuşuyor. Ayy sus be adam hadi odaya gidelim diye araya gireceğim giremiyorum. Adam çenesini kamyoncular sikmiş gibi vıdıvıdı konuşup duruyor.

Ne dediğinden de pek bişi anlamıyorum kafam bambaşka yerlerde çünkü sonra bir anda onun öncesinde ne anlattığını bilmiyorum ama elimden tuttu, bu tarafa doğru baksana dedi, kafamı çevirdi yüzüne. "Evlenelim mi?" dedi.

O an, o soru cümlesiyle her yer karardı anlık tansiyonum düştü, ne oluyor ben neredeyim bu şaka mı falan derken, bir daha söyledi. "Evlen benimle. Kaybedecek ne var ki? Evlenelim öyle tanıyayım seni, sen de beni" dedi. Ya gerçekten bu bir şaka olmalı, hayatım boyunca hiçbir zaman bu tarz anlatılan hikâyelere inanmadım, daha ikinci günde evlenme teklifi mi olur? Lan ben senin daha pipini görmedim ne evlenmesi? Ya ben ne diyorum, evlilik evlilik diye götümü yırtıyordum da şimdi neden böyle olumsuz düşünmeye başladım. Belki de evrene yolladığım o osuruk mesajlar yüzünden oldu. Karşımda bir adam oturuyor, o adamla beraber olmak için götümü yırtmışım üstelik, eli elimde benim onla evlenmemi istiyor. Ne diyeceğim tabii ki evet diyeceğim!

"Hemen evlenelim sen bana taşınırsın, zaten eşyalar var, güzel güzel yaşarız işte. Evin içinde sen varken çok mutlu oluyorum ben, sen yanımdayken çok eğleniyorum, artık yaşım geçiyor zaten ne bekleyeceğim ki. Yanında bu kadar eğlendiğim biri varken."

Abi nasıl olabilir bu durum, gerçekten ya bir geri zekâlıyla birlikteyim. Yani bu ilk günden evlenme durumuna bir tek ben gelirim sanıyordum ama adam benden hızlı çıktı planı programı yaptı. Ya ama en azından yarın sabahı bekleseydin be herif, belki destekli sutyen sayesinde memelerim dolgun görünüyor, belki ayıpçıl yerim soğan gibi kokuyor, belki ben ruh hastasıyım yatakta seni bağlayıp her yanına jilet atacağım. Bu adama şarap yaramadı ya da birazdan "ehehe keriz misin lan kızım senle ne evlencem" diyecek bana. Olumsuz yanları ne kadar düşünsem de içimden geçeni biliyorum, şu an kafamda gelinliğimi tasarladım bile, hoop düğünü yemekli içkili yaparız, ayy inşallah çok içip düğün bozan akrabası yoktur. Ya da düğün yapmasak mı? Off benim kimsem yok ki, sadece halamlar ve babam gelecek düğüne. Param bile yok düğün için. Evet evet düğün yapmayalım ama arkadaşlarla parti yapabiliriz. Ohaa bekârlığa veda partisi yapalım İzzet Çapa'nın mekânlarından birinde evet süper, itfaiyeci çağırırız partiye. Ama erkek tarafı yapmasın öyle bir parti falan, onlar evde otursun yemek yesin, erkek erkeğe maç izlesin. Evet evet böyle bir eğlence olsun bence.

Bir dakika ya, bu adam bana evlenme teklifi ediyor da hani yüzük? Demek ki planlı bir teklif değil bu ya da planlı o yüzden odaya çıkmadık. Birazdan otel görevlileri gelecek önlüklerinin içinden "PuCCa benimle evlen" diye tişört çıkartacak. Evet evet, yoksa niye bu Allah'ın yosunlu yerine geldik. Ya da odayı şu anda yaptırıyor, her taraf güllerle doldurulmuş, en tepede "Evlenelim" yazıyor. Kesin yaa, adam o yüzden odaya çıkmadı. Yoksa yani boru değil seks uğruna atmadığı takla kalmayan adam benden mi kaçacak, hiç yani. Oleyy hayatımın en romantik evlenme teklifini aldım, bir önceki arabanın içinde "al" diye vermişti bana yüzüğü, bu kesin hayatımın en harika teklifini yapacak. Havai fişek falan da attırır mı acaba? Ne güzel olurdu, bir uçağın arkasında "PuCCa'm dünya güzelim bebişim evlen benimle köpeğin olayım" yazdırsa. Ahh ahh, acaba biraz düşünelim mi falan desem, ya ne diyeceğim evrene mesaj yolladım o da kabul etti işte. Oleyyy yaza mı evleniriz acaba, yaz düğünü de abi vıcık vıcık oluyor insan, güreşçi Osman Emmi gibi terler içindeyken kendimi hiç kuğu gibi hissedemem ki? Bence gelecek yıl 14 Şubat'ta evlenelim evet evet süper bu. Bu kadar da klişeyim işte ne yaparsın.

"Okey, gelecek yıla evlenelim madem o zamana kadar da anca hazırlanırız."

"Gelecek yıl mı? Çok geç değil mi, ben hemen istiyorum, seni yanımda istiyorum."

Lan bu göçmen falan mı acaba, bu ne acele yahu, evlenmesi şart falan mı acaba bu ülkede kalması için... Beraber olmak için götümü yırttım şimdi adam sensiz olmuyor diyor, lan pezevenk! Madem bu kadar ölüyordun bana da ne beni uğraştırdın o kadar. Yalnız evlilik teklifine de "okey" diyerek bir çığır açtım farkındayım. Ya ne desem ki, hayır da denmez. Nimeti çöpe atmak gibi bir durum, "tamam" dedim ben de.

Sonra seni bir yere götüreceğim hadi dedi. Tamam dedim, odaya götürüyor beni, şimdi her yer gül dolu, şaşırmış gibi yaparım kapıyı açınca üstüne atlarım. Nefesimi tutarak takıldım peşine, takıldım da adam odaya değil arabaya gidiyor. Ya herhâlde hâlâ görevliler hazırlayamadılar odayı, o da şimdi başka yere götürecek beni. Canım ya, keşke bu kadar uğraşmasaydı, evlilik dediği an zaten benim için olay bitmişti. Ama olsun heveslenmiş sürprizler falan yapası gelmiş. Şimdiden ağız burun yapmayayım da hep sürpriz yapsın bana. Ne şanslı bir insanım ben, gerçekten durdum durdum turnayı gözünden vurdum. İlgili, hemen evlenmek isteyen, havuzlu evi olan, güçlü, işi iyi, komik, anlayışlı, cana yakın, seksi, konuşkan. Daha ne isterim ki Allah'tan. O kadar çektiğim şeylerin hepsi bitiyor, beni hayatı boyunca sevecek, koruyacak, saklayacak. Elinden tutarken artık bambaşka bir hayatım olacağını biliyordum. Artık bitmişti o eski ağladığım öldüğüm günler. Şimdi yaşadığım günler olacaktı...

Arabaya bindik beraber, boynumdan öptü, çalıştırdı arabayı. Sanırım odada değil sürpriz dışarıda bir yerde. Evet ya kesin, beni süper bir yere götürecek orada dizlerinin üstüne eğilecek. Yüzük de kesin cebinde, umarım parmağıma tam olur. Bunları kızlara hemen anlatmalıyım, Allah'ım mutluluktan ölüyorum evleniyorum lan! Hemen bütün arkadaşlarıma, hatta Twitter'a bile oturdum yazdım. Gelen cevapların bir kaçını okudum gerisini okumak istemiyorum, çok biliyorlarmış gibi, "ay çok erkeann PuCCa, acaba çocukta sorun olmasın". "Ohaa amına koyim adam hayatında ilk kez mi meme görmüş, görünce kafayı yemiş olmasın." "Dalga geçme lan, tatil nassı anlat hadi." Cevaplar aynen böyle, geri zekâlı amcık suratlılar, sanki kimse benle evlenmek istemez, sanki ben değmem böyle şeylere gibi inanamıyorlar da sorun arıyorlar. Siz kendinizde sorun arayın bence, ohh canıma değsin evleneyim de nikâh şekerimi nah şeklinde yapıp size vereyim. Mal beyinliler, hemen sinirimi bozdular bak işte. Sonra bir yerde durduk, market falan var böyle indik beraber arabadan. Marketten şarap marap alacak bir tepeye götürecek herhalde diye mayışmış bir şekilde havalara uça uça arkasından gittim. Ama markete girmedik, onun yerine yan tarafındaki çiğ köfteciye girdik!

Bildiğin çiğköfteciye girip iki tane dürüm aldı bize ve bana sormadı bile sen yer misin diye. Lan bu ne? Evlenme teklifi, romantiklik, baş başa kalma ve çiğ köfte! Şaka yapıyor olmalı ya da beni deniyor. Abi çiğköfte ne ya? Bir de acıyı basmışlar içine, iki ısırık aldım yiyemedim devamını. Onu da aldı elimden ayı gibi yedi. İki dürüm çiğköfteyi gözlerime baka baka yedi resmen. Sonra da arabaya binip geri döndük. Herhalde odayı hâlâ hazırlayamadılar bu da küçücük kasabada ne yapacak garibim beni çiğköfteciye götürdü, götürdü de o kadar yemeseydi iyiydi.

Odanın oraya doğru geldik, benim ağzım kalbimde atıyor, güller çiçekler ilk günden alınan tek taşım diye açtım kapıyı, ışığı açtım heyecanla.

Bingo, odada bir bok yok! Oraya buraya bakıyorum ıı ıh yok odada bir şey. Ne gül ne havai fişek ne de herhangi bir sürpriz olayı. Halla halla neden böyle oldu ki, madem sürpriz yapmayacaktın be herif çiğköfteciye neden gittik, ne alaka yani.

Geçtim oturdum koltuğuna burnumdan soluya soluya, sonra televizyonu açtı o ve beraber TV izledik. Bir 15 dakika falan geçti, Ceri böyle götüm götüm yanaşmaya başladı. Eli omuzuma gidiyor, biraz daha yaklaşıyor, sonra böyle kafasını yaklaştırmalar falan. Hobaa başlıyoruz işte derken bir çişim geldi, Allah'ım ağzımdan işeyeceğim o derece. Tuvalete de girmek istemiyorum, oradaki her sesi duyacak çünkü. Daha ilk günden patır patır sıçtığımı bilmesini de istemiyorum. Hem adam bana yiyişmek, yalaşmak, fikileşmek için yaklaşırken "ayy bi dur işeyeyim geleyim" dememem olmaz, iğrenç değilim o kadar. Off bu otellerde de tuvaletleri neden böyle koyarlar ki, her ses dışarı çıkacak, ha tuvalete gidip gaz çıkarmışsın ha adamın yanında götünü çevirip yapmışsın. Bir de koku olayı var ki ne yapacağım onu da bilmiyorum. En güzeli, filmlerdeki gibi "ben bir duş alayım" geyiğine gireyim. Hem bu daha seksi olur, duş sesi varken çişimin sesini anlamaz bile. Girdim banyoya, açtım suyu, bir yandan da şarıl şarıl işedim. Sonra da bari ayıp olmasın, anlamasın adam diye girdim suyun altına.

5 dakika falan geçti, bir baktım kapı çalıyor. Fantezi yapacak herhalde herif, banyoda falan oha öküz, bir dur birbirimizi tanıyalım da fantezisi eksik kalsın manda diye içimden geçirdim. Sonra bir baktım kapıyı nasıl tokmaklıyor, resmen tekmeliyor, sikecek sanki pezevenk. Ya evet teoride öyle ama bu kadar öküzlük olmaz ki, nasıl vuruyor o kapıya. Bir sinirlendim, duşakabini açtım "ne oldu" dememle, adamın içeri girmesi aynı anda oldu. Ohaaa herif tecavüzcü bir sapıkmış, ne bok yiyeceğim sapık filmi gibi oldu diye kafamda milyonlarca senaryo oynarken, o havluyu kafamın üstüne attı, beni kucakladığı gibi dışarı attı! Kapıyı da suratıma kapattı.

Ne olduğunu anlayamadım ya, havlu üstümde, her yanım ıslak kapının dışındayım. Vurdum kapıya manyak mısın diye.

"Yaa midem bozulmuş, kafe kapanmış tuvalet bulamadım. Eğer seni çıkarmasaydım altıma yapacaktım. Çok pardon, biraz ileri gitsene, hatta giyin iki üç dakika dışarda kal ııahhh. Midem çok feci... Özür dilerim çok pardon ya, ıslak kalma ıızahhhh."

Ayı, yedi tabii onca çiğköfteyi, bozdu midesini. Az önce çiş sesimden rahatsız olacak diye düşünüyordum, herifin yaptığı ayılığa bak, git ormana sıç manyak beni duştan ne çıkartıyorsun? Sonra bütün gece mide sancısı çekti, karnını ovaladım, 15 dakikada bir tuvalete gitti. Sonra da ben uyuyakaldım, ertesi gün de döndük. Yani evet sevişmedik. Bağırsakları sağ olsun bizi hiiç yalnız bırakmadılar!

Bir Hata Daha Hayatımda Neyi Değiştirebilir ki?

Hayatımın en güzel günlerini yaşıdım desem yeridir, bir sevgiliye dair istediğim ne varsa Ceri'de var, onunlayken zaman o kadar güzel geçiyor ki, bir kere çok komik, çok sıcak ve sürekli beni sevdiğini söylüyor, her yerde sarılıyor öpüyor, hep yanımda, hep sıcak. Gerçi bazen babamla berabermişim gibi hissetmiyorum değil, "oraya oturma düşersin", "onu yeme boğazın şişer", "sen yemek yedin mi bugün", "oraya basma bak bişi olacak"... Konuşmaları genellikle böyle, evet beni koruyan bir adam istemiştim ama bu da sanki biraz fazla gibi geliyor ara sıra…

Bir gece tam uyuyordum ki telefonun mesaj sesiyle uyandım, kesin Ceri diyerek böyle ağzım kulaklarımda aldım telefonu mesaj gönderen kısmın adına bir baktım, Ceri değil. Tanrı'dan mesaj gelse sanırım bu kadar şaşırırdım, Erik'in annesi yazıyor saat gece 2'de, üstelik bana mesaj atmış. Tövbeler olsun diyerek açtım mesajı "Selam PuCCa, ben Erik. Hattım kullanım dışı olmuş, döndüm ben, bu annemin numarası, görüşelim muhakkak seni özledim."

Bir 10 dakika düşünme olayımı kaybettim, annesinin telefonundan bana mesaj atıyor geri zekâlı, döndüğünü söylüyor utanmadan, bir de özlemiş bak sen.

Lan acaba bu Erik değil mi? Annesi de olabilir ha, çünkü annesinin doğum gününde ben ona "doğum günün kutlu olsun ANNECİM" diye mesaj atmıştım, oğluyla barıştığımı sansın da ödü patlasın diye. O da şimdi bana mı yapıyor aynı şeyi, arasam mı acaba? Arayıp ne diyeceğim ki, yani en azından annesi mi bakarım dedim ve aradım.

"Alo?"

"Alo, PuCCa, uyumadın mı? Neredesin napıyorsun, geldim ben artık yarın görüşelim mi?"

"Allah senin belanı versin orospu çocuğu. Geldiğin uçak götüne girsin, sana da olmayan beynine de lanet olsun. Yeter artık bırak beni, siktir git hayatımdan."

"Küfür etmesene ne dedim ben, neden böyle...."

Suratına çat diye kapadım telefonu, ya bu nasıl bir yüzsüzlüktür. Ben senin arkadaşın mıyım, ben senin iyi bir şekilde ayrıldığın sevgilin miyim? Ben kimim ki hayatında beni arıyorsun, yeniden hayatımın içine sıçmaya çalışıyorsun? Bana bunu neden yapıyorsun sen ya, gittikten sonra sen ben neler yaptım haberin var mı? Hiç merak edip beni bir gün aradın mı, aradığında sadece kendin için aradın. Dönüyorum dedin gelmedin, görmeye bile gerek duymadın beni, arkamdan insanlara neler neler dedin, şimdi neden bana döndüğünü söylüyorsun?

Ondan nefret bile etmiyorum artık, hislerim yok ona karşı, terk edildiğim günü bile hatırlamıyorum neredeyse. O mektubunu, bana yazdığı yalandan sözleri, gülüşünü, sabahları beni uyandırışını, beraber yaptığımız saçmalıkları, bana sarılışını, seni asla bırakmam deyişini... Yüzüğü parmağıma takışını, ilk öpüştüğümüz anı, ilişkimizi herkesten gizleyip saklayışımızı, sakin bir şekilde İngiltere'ye gidiyorum deyişini, gözlerinin içini, yüzünün her zerresini, konuşurken gülümsemesini, ensesindeki saçlarıyla oynamasını, geniş omuzlarını, giydiği tişörtleri, genizden gelen çatlamış sesini, rakı masasını, hiçbir şeyini hatırlamıyorum!

Off her şeyi mıh gibi aklımda, her şeyi bana işlemiş sanki, hepsi ne güzel gitmişti, uzun zamandır düşünmüyordum, Ceri benim için dönüm noktası olmuştu. Şimdi ne bu, nasıl bir şey bu, neden bu? Allah senin belanı versin Erik, nefes alamıyorum senin yüzünden. Hislerim yüzünden suçluluk duygusu duyuyorum resmen Ceri'ye. Şimdi aynı şehirdeyiz, aynı yerdeyiz, mutlaka bir yerde karşılaşacağız, mutlaka canımı acıtacaksın, her şeyi yeniden sil baştan yapacaksın. Dönecek zamanı mı buldun, tam ben birini bulmuşken tam adam bana evlenme teklifi etmişken, tam seni unutmuşken bana bunu neden yapıyorsun ki?

Ben bunları düşünürken bir daha aradı Erik, açtım telefonu, artık birisinin olduğunu ona söyleyecektim.

"Arama artık beni, döndüysen döndün. Erik ben arkadaşın değilim senin, yalvarıyorum arama başkası var zaten."

"Biliyorum, duydum biri varmış hayırlı olsun. Hayatını zora sokmak için görüşmek istemiyorum. Sadece şunu söyleyecektim, eğer gitmeseydim şu an evli, evden işe işten eve bir çift olacaktık. Ama bak hayatına şimdi, görüyorum, izliyorum, duyuyorum, yaptığın her şeyi biliyorum neredeyse.

Senin istediğin hayat evlilik değildi. Neden bunu kendine yapıyorsun anlamıyorum. Şimdi okuyorum yazdıklarını, bakıyorum hep mutlusun, hep eğlencelisin. Eğer devam etseydik bu sene böyle geçmeyecekti senin için. Gidişimin nedeni sendin ben değil emin ol buna."

"Siktir git salak, arama artık beni."

Geri zekâlıya bak lan, benim için gitmiş, benim istediğim bu değilmiş, gitmeseymiş bilmem neymiş. Ulan mal, ulan dümbük, ulan et beyinli benim için ne gidiyorsun sen, sen kimsin ki benim adıma kararlar veriyorsun. Yalanını sikeyim senin, hayatını sikeyim hatta senin. Hayatımı görüyormuş, duyuyormuş. Hayatımı başkalarından duyacağına beni bir defa arasaydın ya adam gibi, aramanı sormanı geçtim beni adam gibi terk etseydin ya, bu kadar şerefsizce bırakıp gideceğine normal insan gibi olmayacak bu iş deseydin ya, beni burada öldürmezdin en azından. Şimdi de cesedime mi bakmaya döndün?

Oturdum bütün gece, Erik'i, bir de Ceri'yi düşündüm. Ceri'yi seviyordum, sevmeliydim. Erik artık hayatımdan sonsuza kadar çıkmıştı, çıkmalıydı, o da annesi de Pekmez de, EsmaCeyhan da. Geçmişimi bitirmeliydim artık, tüketmeliydim. Onlarla karşılaştıkça bir arpa boyu yol alamıyordum. Önümde yepyeni bir adam vardı, tanımak için uğraşacağım biri vardı, onun için çırpınmalıyım, bir daha hayal kırıklığı yaşarsam da en azından yeni birisi için olacaktı. Ki varsın kırsın paramparça etsin, yeter ki beni bunların arasından kurtarsın, bitirsin artık dedim. Ceri'ye mesaj attım, hayatımın geri kalanını yanında geçirmek istiyorum diye...

Evet, bundan sonraki her şey Ceri ile olacaktı, Erik sayfasını binlerce kez kapatmıştım ama hep yeniden açılıyordu, bu kez o defteri kül edecektim. Dönmek istesem bile dönemeyeceğim bir yola girmem lazımdı ve Ceri benim için çok iyi bir çıkış yoluydu.

Sabah uyandım, Ceri'den mesaj gelmişti, bana taşın beraber yaşayalım diye. Hiç ne diyorsun lan sen bile demeden. Tamam yazdım ve eşyaları toparladım. Etrafımdaki herkes çok şaşkın, endişeli ve yanlış kararlar aldığımı düşündü. Ben de ne karar alıp almadığımı bilmiyordum açıkçası, ne oluyor, nasıl bir durumdayım, ben kimim, bu adam kim, bu toplanan eşyalar neyin nesin farkında değildim. Ceri'nin evine taşınıyordum resmen, ben biraz zaman alır diyordum ama olmadı valla adam hemen eşyalarını topla dedi. Sen kimsin, nesin, nasıl birisin, ben sana neden taşınıyorum diye bile sormadım. Eve geldim ve eşyalarımı hazırlamaya başladım. Kardeşim gözlerimin içine bakıyor, ev arkadaşım hayatımın hatasını yaptığıma inanıyor. Ama ben havalarda uçuyorum, bulutlar yüzünden yeryüzünü görmüyorum sanki.

Her sevgilimde oysa aynı hatayı yaptım, hemen aynı evde yaşayalım olayına girdim, sonra götüme baka baka kendime kalacak yer aradım. Peki bu şimdi neyin nesiydi? Kendimle konuştuğum zaman biliyorum ki hatalıyım, biliyorum ki yanlış yapıyorum, biliyorum ki bunun sonu hüsran, biliyorum ki gene götüme patlayacak ama bunu denemeden de emin olamıyorum. Valizlere kıyafetlerimi yerleştiriyorum, her attığım parçada kendime soruyorum, "ben ne yapıyorum" diye.

Kızlar yatağın üzerine oturmuş, bana başıma gelecekleri anlatıyorlar:

"Ya PuCCa, Ceri çok iyi biri evet, çok komik, çok cana yakın, çok içten falan ama beraber yaşamak biraz risk değil mi?"

"Ya sapıksa abla, böyle senin gibi kızları evlenelim diye kandırıp evde kesiyorsa, ben n'aparım sensiz o zaman."

"Hayır, sapıklığı değil de sen bu adamın, daha bir ay olmadı, eski sevgilisinden dayak yemedin mi? Ona kimbilir neler yaptı ya sana da yaparsa?"

"Ya evet abla, sen bu adama başkasını ayarlamıyor muydun ne oldu şimdi?"

"Aynen ya, siz ne ara birbirinize âşık oldunuz? Beraber yaşamalar, evlenme teklifleri. İnsanlar pat pat boşanıyor sen koşarak evleniyorsun."

"Ya evlen sana evlenme diyen yok ama hemen değil, bir de çok uzakta oturuyor, zırt pırt görüşemeyiz. Ben senin için geldim buraya beni bırakıyorsun resmen."

"Yanlış yapıyorsun PuCCa, biraz birbirinizi tanıyın, bütün kıyafetlerini alma bari."

"Evet, hepsini alma, sen de gaza geldin. Nasıl olsa bir ay sonra eve döneceksin, sözümüze geleceksin."

Ne yaptığımı hiç bilmiyordum, kararımın doğruluğundan bile emin değildim. Emin olduğum tek şey çok büyük hata yapıyordum. Ama olsun ne olacak, hiç mi hata yapmadım, bi de boku bu şekilde yiyelim en fazla kaybedeceğim şey kalbimin kırılması olacak. O da artık kaşarlandı zaten kırıla kırıla tuzla buz oldu, toparlanamıyor bile.

Akşam Ceri geldi, valizleri görünce ufak çaplı bir şok yaşadı. Adam beraber yaşayalım derken sanırım üç beş eşyanı al gel anlamında söylemiş. İki valiz üç büyük çantayı görünce, "çeyizin mi bu" diye sordu. Onları aşağıya indirdi, kızlarla vedalaşıp, ağlaşıp bindim arabaya. Arabada yine bir ölüm sessizliği... Sanırım o da pişman oldu biraz, acaba ne düşünüyor, belki de kabul etmeyeceğim nasılsa diye bunu söyledi, belli ki bilmiyor benim ne salak bir hatun olduğumu. Acaba anlaşabilecek miyiz, acaba o evi sevebilecek miyim, acaba o beni sevecek mi?

Hiç konuşmadan, tek kelime etmeden eve girdik. Valizleri dolabın önüne koydu, bana sarıldı, "artık burası senin evin, bana dair ne varsa senin, sana dair ne varsa da benim" dedi.

Lan bir dakika, bu evin kirası ne kadar? Ben para ödeyecek miyim? Bana dair ne varsa neden onun oluyor, benim malım benim malım, senin malın benim malım olmalı. Şimdi ben buraya da kira ödersem, iki kira birden mi ödeyeceğim, Allah'ım işte şimdi sıçtım! Param yetmez lan bu evin kirasına benim. Allah'ım ne olur benden kira istemesin, faturaları öderim ama. Ayy ben bunu nasıl düşünemedim, faturaları ödeyeceksem dur şu lambayı kapatayım bari. Bir de adama nasıl soracağım ki, kirayı ödeyeyim mi diye, kalbim sıkışıyor, bir daha ayakkabı alamayacak mıyım kendime yani, oofff daralıyorum iki kira ben nasıl öderim, ayy keşke bu bizim eve taşınsaymış daha ucuza mal olurmuş.

Hayır, adama sormaya da utanıyorum valizi açtım, kıyafetleri dolaba yerleştirecektim ki, lan bu dolaba benim kıyafetler sığmaz ki? Onun kıyafetlerinden –bence- giyemeyeceklerini alıp katlayıp bir yerlere sıkıştırdım. Kendi kıyafetlerimi aralara koydum, sıkış tepiş bir dolap oldu. Yatağımıza baktım, ne garip evet hoşlandığım, evet bir süredir tanıdığım adam olsa da yabancı biriyle hemen bir yatağı paylaşacaktım. Kızlar acaba haklı mıydı? Adamın bu kadar aceleci olması, benim bu kadar hevesli olmam ortaya büyük sorunlar çıkaracaktı büyük ihtimalle. Hadi ben aklı beş karış havada salağın tekiyim, peki bunun sorunu ne ki benimle evlenmek istiyor? Ne olursa olsun, hayatımın dönüm noktalarından biri şu an olmalı, evlenirsek acaba bu evde mi yaşarız, o değilde evleneceğim lan, bildiğin evleneceğim. Rüya desen, o kadar mutlu değilim nedense, yani öyle ki herifle birlikte olmak için kıçımı kabak çiçeği gibi ikiye yardım ama şimdi ne oluyor diyorum. Bunu ben diyorum, ben yani koca olsun çamurdan olsun diyen, her gördüğü herifi simokinle hayal eden, soyadları bana yakışır mı diye düşünen ben. Hayatta her şeyi iki kişilik zanneden, insanın dünyaya gelme amacını sadece çocuk yapmak zanneden geri zekâlı ben yani. Şu an bambaşka bir yatakta oturup kaderime bakıyorum, ben neredeyim diyorum ama gitmiyorum da o ayrı mevzu.

İçeri gidip adama acaba ben vazgeçtim mi desem, evlenme teklifine de evet diyorum ama şimdi değil bir dur birbirimizi tanıyalım mı desem, yani hayır demek olmaz, günah bir kere boru mu lan evlenme teklifi. Acaba Ceri manyak mı? Ulan bana evlenme teklifi edilir mi, hele ilk günden. Hangi akla hizmet geldim taşındım buraya, evimi çok özledim, kızları çok özledim. Kendimi töre dizilerindeki salak kadın karakterler gibi hissediyorum, birazdan yüksek yüksek tepelere ev kurmasınlar diye türkü çığırıp evime götürmesi için Ceri'ye yalvaracağım sanırım. İçeriye gidip adam gibi söylemem lazım, çok erken davrandığımızı birbirimizi tanımamız gerektiğini...

Derin bir nefes aldım, içeriye doğru yürüdüm, kapıyı açmadan önce söyleyeceklerimi yeniden kendime tekrar ettim, "Ceri ya biz manyak mıyız be kuzum? Ne kaçıyor, zaman denilen şey bizim için var. Bir duralım, sakin olalım birbirimizi ayrı gayrı tanıyalım" diyecektim, kapıyı açtım, kararlı bir şekilde kafamı sallayarak konuşmaya başlıyordum ki, masayı gördüm.

Çiçekler, mumlar, meyveler, yemekler. Adam ben içeride iki valizi yerleştirirken burada alakart restoran kurmuş resmen. O çiçekleri nereden buldu, o mumlar, sen nesin bi anın bi anına tutmuyor. Romantik misin, öküz mü manyak mısın sen, o yemekler ne diyerek söyleyeceğim her şeyi unutup, masayı öyle görünce "Seni seviyorum ben ya" diye bir cümle kurdum adama.

Bir de sanki 45 senedir aynı evde yaşıyormuşçasına sarmaş dolaş olup anında daldım masaya. Yok abi, salak mıyım ben eve döneyim? Şimdi evde olsam 10 saat kızlarla kavga edecektik, yemek sepetine kim girsin diye. Ama adam resmen harikalar yaratmış, resmen oturmuş benim için bir şeyler yapmış. Ben bu adamı sevmeyeyim de kimi seveyim.

Yemeği yedik, beraber televizyon izledik sarmaş dolaş bir şekilde sonra fanfini ve uyku.

Hah geldik işte en zor noktaya, ben ne bok yiyeceğim mavrasına. Hemen aklından seksli meksli şeyler geçti değil mi? Pis sapık! Ondan bahsetmiyorum uykudan bahsediyorum ve lütfen rica ediyorum bizi o şekilde hayal etmeyi kes, onu benim, üzerinde düşünmezsen çok sevinirim, hooo kime diyorum ben!

Uyku yahu bildiğin uyku, ben uyurken biri tenime değsin istemem, sarmaş dolaş yatmaktan nefret ederim hatta yanımda biri varken bana sarılacak diye korkumdan bazen uyuyamam. Ancak sızarsam uyurum, o da kendimde değilim diye zaten. Şimdi o işe gidecek diye uyumak zorundayız, yataktayız ve birbirimize sarılıyoruz ve ben boğuluyorum. Ölüyorum, hatta uyusun da içeri gideyim diyorum. Uyumuyor, aksine açmış gözleri monçiçi gibi bana bakıyor. Arkamı dönüyorum, arkamdan sarılıyor, ölüyorum be adam sarılma bana demek istiyorum ama ayıp yani yanlış anlayacak diye diyemiyorum. Yatağın en ucuna doğru götüm götüm kaçıyorum resmen, o da arkamda pıt pıt geliyor. Bir 5-10 dakika geçti, artık dayanamayacak hale geldim bu mıçmıçlığa tam "ben böyle uyuyamam" diyecektim ki, çekti kolunu "Ya PuCCa sana bir şey söyleyeceğim, ben sarılarak uyuyamam, hatta biri bana değsin hiç rahat edemem, arkamı dönsem sana ayıp olur mu?" dedi.

Lan sen manyak mısın, sen benim diğer yarım mısın, sen benim canım mısın, sen benim hayatım mısın diye nasıl sevindim nasıl mutlu oldum anlatamam. Arkasına döndü bana değmemek için yatağın taa diğer ucuna gitti. Dünyanın en mutlu insanı o an ben oldum, çok huzurlu bir şekilde uyudum resmen.

Kendimden Ev Hanımı Yapmaya Çalıştım

İnsanların hayatta yapamayacağı meslekler vardır, misal adamı kan tutar doktor olamaz, yön duygusu yoktur taksici olamaz, sesi yoktur şarkıcı olamaz. Hah işte ben de ev hanımı olamazmışım. Ergenliğimi babamın evinde geçirdiğim için öyle temizlik yapan kadın figürü evde hiç görmedim. Yemek yapma olaylarına dersen, ne zaman girsem "ayy bi daha yapma" denildi, iyi dedim bıraktım gittim. Hayatım boyunca da hiçbir zaman ihtiyacım olmadı. Kendime yetecek kadar ortalığı toplarım, normal temizliğimi yaparım, yemekleri de telefonla sipariş ederim. Ama şimdi olay bambaşka bir yönde, Ceri ile resmen evli gibiyiz, evet bazı yönleri çok güzel, sabahları yanında uyanmak, her hücresini ezberlemeye çalışmak falan ama adam sanırım artık şu evi biraz temizle demek istiyor.

Sabah kahvaltı yapıyorduk, kendi hazırlamış mis gibi, adam bu konuda bir uzman. Ağzıma domatesi tıkıştırıyordum ki, yatak odasından salona doğru yerde uçuşan bir toz öbeği gördüm.

"Ayy ya kadın ne zaman gelecek eve, iyice batmış sanki, hangi günler geliyor?"

"Kadın mı? Ne kadını, ben kendim temizliyorum genelde. Şimdi sen varsın diye pek dokunmuyorum, eve alış biraz nasılsa yaparsın dedim ama... Sen hâlâ, neyse çay koyayım mı?"

Bunları deyince bir aydınlanma yaşadım, lan haftalardır evde kalıyorum, götümü kaldırıp iş yapmıyorum. Adam en sonunda lafını soktu tabii. Bir de evlenmek istiyorum, evlenmek için gözüne girmem lazım, gözüne girmem için temizlik yapmam lazım. Siki tuttum yani.

Ceri işe gitti, önce süpürgeyi aldım elime, evin her tarafını süpürdüm. Elektrik süpürgesinin en güzel yanı o fiş şeyine basınca kendi kendine uurrppp diye içe çekmesi sanırım. Biraz eğlenince, iki üç kez o uurrpp çekişi yaptım, bozuldu. Yaa tamam iki üç kez yapmadım, daha çok yaptım ama evde yalnızdım ne yapayım? Ardından bulaşıkları makineye dizdim, sonrasında ise tozları alıp televizyonu açtım. Yalnız içim rahat etmedi, yani temizlikten kastı adamın bu değil herhalde. Ne yapsam ne yapsam diye düşünürken bari yerleri sileyim dedim.

Aldım Vileda'yı doldurdum bir güzel. Yer silici şeyini bulamadım amaan ya güzel koksun yeter dedim, döktüm şampuanı içine. Sonra başladım silmeye, ya her yer köpürüyor, iz kalıyor. Üstüne gidiyorum daha da iz kalıyor ve yapış yapış. Döktüm, hobaa sil baştan tekrar yaptım sade suyla. Sonra TV'de bir şey vardı, izdivaç programında adamın biri “bu benle öbüştü öbüştük biz onlan” diyip duruyor böyle. Sunucu kadın diyor “öpüştün mü adamla”, kadın cinnet getiriyor, “bennn 40 yaşındayım, beeeenn bu yaşa kadar kimseyle öpüşmemişim bununla mı öpüşeceğim”. Ama nasıl bağrıyor, herif hâlâ ”öbüştük biz onlan, buradan çıktık çay ijtik sora öbüştük. İki kez öbüştük hem de yalan mı haa, çay bahçesindekiler bağlansın anlatsın gerçekleri. Kamera vardır mubese vardır, çekmişlerdir öbüştük biz.” Ayy dedim, öpüştüysen öpüştün diye güle güle arkaya gidiyordum ki, trankkk, yer sildiğim suyu devirdim. Bütün salon su! Be geri zekâlı PuCCa, be aptalın kızı, be mal beyinli, o kovayı ağzına kadar neden doldurursun? Halı malı su içinde kaldı, aldım sırtladım halıyı balkona serdim, yerleri de silecek bişi bulamadım ben de napimm gittim havlularından birini aldım çeksin diye koydum. Sonra atarım, yeni alırım ben ona.

Heh iyi bari, halı da yıkanmış oldu diye sevindim. Sonra öbüşmeli programa bakmaya devam ettim. Halıyı almak için balkona geri çıktım ki anacım kenarda böyle örümcek ağı var. Ya tamam titiz adam falan amma abi örümcek ağı olur mu evde? Ayy hadi bunu da ben alayım diye sopalı fırçayla temizliyordum ki omzuma bir tane kocaman örümcek değil, tarantualanın uzaktan akrabası düştü. Ayy o kıllı bacaklarını gördüm resmen. Çıldırdım, balkonda koştur koştur koşturuyorum, var ya kendimi atacaktım aşağıya. Halıyı falan da bıraktım orada geçtim içeri kaldım. Ardından son toparlamayı yapıp Ceri’nin eve gelmesini bekledim.

Sonra eve geldi, halı nerede diye sordu, gitti balkondan aldı onu serdi ve televizyonun karşısına geçti. Ne bir teşekkür, ne bir a ellerine sağlık, ne bir “süper olmuş aşkım” yok. Geçti oturdu öyle öküz. Yanına oturdum, “ya bugün pizza yemeyelim ben artık diyete gireceğim, ev yemekleri yapan bir yer yok mu arasan onu” dedim. Suratıma baktı, baktı, baktı. “Ben aç değilim, kendine ne alıyorsan al, artık midem bulandı dışarıda yemekten, annemde yedim geldim" dedi.

Şimdi burada kızmam gereken o kadar nokta var ki, neden annende yemek yiyorsun sen, bencil misin bir düşün beni di mi? Bu da mı annecil acaba, ahh bir tane daha çekemem yemin ederim. Büyü bozuluyor sanırım, o artık evde kadın olsun istiyor zannedersem. Şu an yapmam gereken iki seçenek var, bağrış çağrış yapıp ilk kavgayı yapmak. Kıyametleri kopartıp evi terk etmek ki, burnu sürtsün. Ya da alttan alıp yarın yemek yapmak. Bakıyorum yüzüne, gözlerine ellerine kavga etmek istemiyorum. Yemek yapayım bari belki de doğru olan budur.

Öyle böyle sessizlikle geçti akşam, gece uyumaya girdik, sürekli sabah gördüğüm örümcek aklıma geliyor, her tarafım kaşınıyor. Nasılım var ya, hart hart hart parçalayacak gibi kendimi kaşıyorum. Devamlı bir yerlerimde yürüyorlar sanki. Ceri, ne oluyor diyor örümcek mörümcek diyorum ama adam ciddiye almıyor beni. Nasıl kaşınıyorum gözlerimi kapadığım an sanki ağzıma girecek zannediyorum. Bir yerde okumuştum, insanoğlu hayatı boyunca iki defa örümcek yutarmış. Örümcekler uyurken ağzının içine girermiş. Ya o da girerse, ya şu an uyumamı bekliyorsa. Ayyy delircem yemin ederim. Gittim banyoya her yanımı yıkadım ettim, o kaşınma geçsin diye ama yok saç tellerim diken diken geziyorum. Mal beyinli PuCCa, bir yerde ağ varsa muhakkak örümcek de vardır yani sana mı düştü onları temizlemek? Şimdi evinden ettin hayvanı gelip seni yese, etlerini lokma lokma etse hakkıdır yani. Resmen sabah ettim, kaşınmaktan her tarafım yara bere içinde de kaldı bir güzel. Karşıyaka Kız Lisesi 10 sosyal A sınıfındaki kızlar beni dövmüş gibi sanki, o derece paramparça acıyor her yanım.

Sabah, Ceri işten gittikten sonra yemek yapmak için kolları sıvadım. Bütün yemek bloglarını hatmettim, gittim markete alışveriş yaptım. Ona en sevdiği yemekleri yapmak için girdim mutfağa. En çok bamya seviyor, çoğunluğa inat adamın sevdiği yemekler, "karnabahar, bamya, pırasa" falan. Konserve aldım zaten, soğanı da doğrayamam diye hazır doğranmışından aldım. Her şeyin hazırını yapmış bu üreticiler helal olsun valla. Şipşak bitti bamya, pilav biraz zorladı beni ama o da bitti, sonra yanına havuçlu yoğurtlu bişi yaptım, ardından da kek yapacaktım ama çok yoruldum diye, onu hazır aldım n'apalım.

Akşam geldi, masayı gördü, oturdu, yedi ve tv başına gitti. Ne bir teşekkür, ne bir vayyy süper olmuş, ne bir tepki. Hiçbir şey yok, sanki her akşam ben ona 7 çeşit yemek yapıyormuşum gibi davrandı. Allah'ım nasıl koydu bana bu durum, bir teşekkür et değil mi? Artık dayanamadım ben de:

"Farkında değilsin ama ilk kez yemek yapıyorum."

"Güzel olmuş ama keşke konserve yapmasaydın koruyucu maddeler var zararlı."

"Bamya mı bulsaydım yani."

"Yoo başka şey yapsan da olur da zaten ne var konserve ile babam bile yapar. Ama güzel olmuş ışık var hadi hadi."

Dedi ve televizyon kanalını değiştirdi. Ben de gittim, yatak odasında ağladım, sesimi duysun diye kendimi yırtarak ağladım, hatta çırpınarak ağladım, hatta şurada bir bayılayım da görsün diye kendimi yere attım takırtalara gelsin diye ama gelmedi. Baktım olmuyor ilgi çekemeyeceğim, herif öküz. İçeri gittim TV karşısında uyuyakalmış. Yanına sarılıp ben de uyudum.

Sabah bu kez onun homurtularına uyandım, ne oldu falan diye sordum ama yarı uykuluyum, çat çut kapıları vuruyor böyle, sürekli bir şeylere isyan ediyor falan. "Hiç gömleğim kalmamış, hepsi kirli, ütüsüz onlara bir el atsan ya bugün" dedi. "Tamam yaee merak etme sen" dedim, vurdum kafayı uyumaya devam ettim. Uyandığımda yaptığım hatayı fark ettim ki ben ütü yapmaktan nefret ederim. O dünyaya ilk gelen kadın var ya ben onun taa anasını tövbe tövbe, onun tembelliği yüzünden şu dünyanın durumuna bak. "Sen git bize yemek bul, ben mağarayı temizlerim" demiş, sonrası yan gel yat ohhh mis tabii. Ne ütü derdi, ne bulaşık derdi, ne akşam dinazoru nasıl pişirsem derdi yok kadının. Şimdi öyle mi oysa ki, hem yemek yap, hem temizlik hem de eve para getir. Peki adamın görevi ne, sadece bir siki var, başka da bir meziyeti kalmadı. Erkekler için bence bu büyük bir travma olmalı, ilk çağdan beri güçlü figür, kadından önce olması gereken varlık, tanrıların cinsiyeti iken, şimdi bir halta yaramayan, varlıkları bile bazen sinir bozan, zaman geçtikçe de çirkinleşen ezikler.

Kadın öyle mi oysa, erkeğin o üstlendiği "eve bakan kişi" konumunu bir defa devraldı, bu arada hâlâ "evi çekip çeviren" vazifesinden de vazgeçmedi, doğurganlık devam ediyor, güzellik her geçen sene daha bir üst seviyeye geliyor ve bunca şeye rağmen kırılganlık ve naiflik üzerine çok yakışıyor.

Zaman geçtikçe dünya kadınların eline geçecek bence, kapitalizm denilen şey erkeği bitiren tek şey olacak hatta. Para kazanma, daha fazlası için uğraşma, lüks tutkuları yüzünden evde beslenen hayvan gibi olacaklar. Yani düşünsene, senelerce eşitiz diye kıçımızı yırttık. "Ehehe ne eşiti sen benim işimi yapabilir misin" diye yavşak yavşak cevap verdiler. Eee be amcık, artık senin işini robotlar yapıyor, iş zaten para için değil mi, biz de para kazanmıyor muyuz ee daha ne? Sen de götünü kaldırıp evi çekip çevirmeyeceğine göre kuçu kuçu gibi sadece sevmek istediğimizde evde tuttuğumuz varlık olacaksınız huh! Yalnız alt tarafı bir gömlek ütüleyeceğim nasıl sinirlendiysem adamları sabun yapmaya kadar vardıracaktım işi neredeyse.

Yıkanacak beyaz gömleklerini aldım makineye attım, ütülenmek üzere bekleyenler için salonda kendime yer açtım, bu arada yazmam gereken o kadar çok şey var ki, onları ikinci plana koymak zorunda kaldım. Ceri bazen beni hiç anlamıyor, ona göre sanırım bütün gün evde oturuyorum hiç çalışmıyorum. Home office denilen sistemi tamamen göt büyütme olarak algılıyor ki bu çok saçma, hayatımda bu kadar zorlandığım bir çalışma sistemi olmamıştı. Bir defa gittiğim bir işyeri falan olsa daha mutlu olacağım çünkü en azından üç beş insan yüzü görüyorsun, işini bitirmek zorunda olduğunu biliyorsun, bitirmezsen o gün ofisten çıkamayacağını biliyorsun. Ama bunda bilgisayarı açıyorum, Word dosyası önümde açık bekliyor, ben o sırada bin tane internet sitesini geziyorum. Çünkü başımda biri yok, nasılsa hallederim yaee diye ağzımı yaya yaya oturuyorum. Sonra arkadaş faktörü var tabii, çağırdıkları her yere gitmek zorunda gibi hissediyorum, gelmediğim zaman çünkü "işin mi var lan" diye darlıyorlar beni.

En önemlisi evde yazmak için sessiz sakin bir ortam olması lazım ama gel gör ben ne durumlarda çalışıyorum. Millet tabu oynarken iki dakika deyip köşedeki koltukta harıl harıl yazmaya çalışıyorum mesela, ertesi güne reklam metinleri yetişecek diyelim bizim ev hınca hınç adam dolu, parti yapmışız ama neden hiçbir fikrim yok, odama gitmeye de götüm yemiyor, ortamdan kopmamalıyım çünkü. Böyle işte zor şartlar altında çalışıyorum, öğle yemeğimi kendim alıyorum, çayımı kahvemi kendim yapıyorum lan ne dertli bir insanmışım ben meğersem.

Bu ütü denilen şey neden icat edildi acaba? Hangi akla hizmet, hangi sorunlu manyak sadist insanın düşüncesidir bu. Tiril tiril görünmek için ütü mü olması gerekliydi, başka bir şey bulamadın mı be adam diye sinirlene sinirlene yaptım ütüleri. Ceri de maşallah yani, her gün bir gömlek değiştirmiş ben ütüledikçe onlar hiç bitmiyor mübarek.

Ayyy aklıma ne geldi, ben sivrizekâsı ortaokula giderken böyle sabahları formamın pilelerini kendim ütülerdim. Alttan hayvan gibi kestiğim için eteği, özel bir çaba gerekliydi ütüde çünkü. Bir sabah yine böyle ütülüyordum, bir yandan da şarkı söylüyorum kendi kendime klip çekiyorum, ütü yapan acılı popçu klibi. Klip bir anda acıdan, harekete geçmeye başladı. Bir kıç sallamalar, bir el figürleri falan derken ben kaptırdım iyice kendimi, ütünün arkasını çevirdim, oradaki aynasına bakıp "kandırdımmm nazlı yâri sonunda çılgın sözlerle" dedikten hemen sonra hoopp öptüm ütüyü, çünkü o an o bir ütü değil, kameraydı benim için. Gerçeği algılamam bir saniyemi almadı, dudaklarım ütüye yapıştı çünkü onları nasıl çektim, kendimi nasıl yerden yere attım hatırlamıyorum bile. Tam bir hafta konuşamamıştım, hatta gülememiştim, ağzımı kıpırdattığım an zoinkk diye titriyordu acıdan. Sanırım gerçek bir salağım ama olsun n'apalım.

Ütü bitti sonunda çamaşırları asmak için makineyi açtım, gömlekleri çıkardım bir güzel serecektim ki o da ne! Gömleklerin bir tanesinin cep tarafı masmavi olmuş. Cebinde bir şey kalmış nasıl boyamış orayı. Biraz çıkarmaya çalıştım ıı ıh kalmış orada. Gömleğin markasına bir baktım, anam anam anam iki ay üç gece otobana fahişeliğe çıksam yine de alamam ben o gömleği. Bu da manyak mı ne, bu kadar pahalı bir gömlek alınır mı anacım, alt tarafı gömlek lan bu, hiçbir kız gömleğinin markasına bakarak vermez yani. O kadar da pahalı ama cebinde unuttuğum o ne sikimse artık verdiği boyayı da hemen çekmiş. Bir de benim ayakkabılarıma laf ediyordu, önce kendine baksaymış. O gömleği aldım, atmak üzere kenara attım, başka bir gömleği asmak için tuttum ama o da ne, o mavi şey bunun üzerinde de var, başka gömleği aldım elime onda da var. Hepsine bulaşmış resmen.

Aldım bütün gömlekleri bir daha makineye attım, makinenin önüne de oturdum resmen duaya başladım; "Allah'ımmm ne olurrsun o mavi leke hepsinden gitsin. Eğer giderse bir daha asla öyle ortamlara girdiğimde sırf şekil olsun diye, 'Allah'ın varlığı beni ilgilendirmiyor, bu psikolojik bir olay, bir yaradan bir sığınılan olmalı, olmak zorunda ki güçlü hissedelim. Suçu başkasına atabilelim, kader denilen başarısızlıkları yüklediğimiz olguyu oluşturabilelim' demeyeceğim. Affet beni ben zaten kadercinin tekiyim, beni biliyorsun, beni sen yarattın boşuna kendimi anlattırma şimdi, hadi be, ne olur be şu lekeleri çıkar gözünü seveyim, herif gömlekleri benden çok seviyor ne olursun" diyerek duamı ettim. Makine bitti, kapağı bildiğim bütün duaları okuyarak açtım, elime ilk gelen gömleği aldım ve maalesef mavi lekeli çıktı.

Artık yapacak bir şey yoktu, Ceri geldiğinde ona şirinlik yapıp anlatacaktım durumu, sonra gülecekti "aa benim güzel canım prensesim boşver" deyip gülecekti. Hayatımız boyunca mutlu mesut yaşayacaktık. Gerçi bir dakika, gülüp geçeceği konusunda emin değilim, yani biri benim ayakkabılarıma böyle bir şey yapsa sanırım onu gırtlaklardım. İşimi şansa bırakmamam lazım, o yüzden aldım o gömlekleri, çöp poşetine koydum, kapının önüne attım.

Sonra içim rahat etmedi, Ceri gelir görür onları diyerek, aldım o poşeti yan taraftaki dairenin önüne ittim. Onların çöpü sansınlar diye, bazen evden çok çöp çıkıyor kapıcı "ay ne pislik insanlarmış bunlar" demesin diye yan tarafa koyuyorum, onlar pis olsun kuş kadar çöpleri var zaten.

Sonra ütülediğim gömleklerden birkaç tanesini alıp çamaşırlığa astım, hani ben yıkamışım gibisinden. Azcıkta üstüne su serpiştirdim, biraz da kırıştırdım ki hiç belli olmasın. Çöpü kontrol için kapı deliğinden dışarıya bir baktım, lan çöp yine bizim evin önünde! Ya bir gömlek laneti yaşıyorum şu an ya da komşu anladı durumu. Açtım kapıyı, aldım çöp poşetini, indim aşağıya çöp bidonuna doğru yol aldım almasına da bu sıçtığımın çöp bidonu nerede? İşte büyük sitelerde oturmanın dezavantajı bu, çöpü bulamıyorum lan! Pijamalar var bir de üstümde, dolanıp duruyorum çöp kayıp resmen. Ceri'nin de gelmesine az vakit var, yapacak bir şey kalmadı artık dedim, iki blok sonraki apartmana girdim ve bir evin önüne bırakıp kaçtım onu.

Kendimi masuscuktan katilmişim, cesedi bir türlü yok edemiyormuşum gibi hissettim. Ama ne olursa olsun artık gömleklerden kurtulmuştum, bitmişti çok şükür derdim sıkıntım.

Sonra Ceri eve geldi, yemeğini yedi, gömlekler için yine bir teşekkür etmedi ayı, hatta ütüsünü beğenmedi bile, bir de iyi ki evi yakmadın falan gibi abuk subuk espriler yaptı geçti bitti.

Onu çok seviyorum sanırım, öküzlüğüne rağmen; o da keşke beni sevse beceriksizliğime rağmen.

Rakıyı Sek, Seni Tek İçerim Bebeğim

Ceri için baya bir önemli yemeğe davetliyiz, orada kariyerini yeniden yapılandırabilir bilmem ne bilmem ne yapabilir işte o yüzden bana defalarca yemekte boş boş konuşmamam gerektiğine dair öğütler verdi durdu. Ya bu adamın da kendini babam sanması bazen beni deli ediyor. Bir gün bir yerde patlayacağım ama bakalım ne zaman olacak? Yemek yiyeceğiz mesala, ben ne yiyeceğim diye düşünürken o benim adıma karar verip, sipariş veriyor. Ya onu yemiyeceğim ben tavuk yiyeceğim bugün diyorum, bu seferde parmağını sallayarak "O tavuğu alacaksın, sonra yemeyeceksin biliyorsun bunu, adam gibi yemeğini ye" diyor. İçki içeceğim mesela, kendime söylüyorum, bağırıyor "hayır ona içki vermeyin sarhoş oluyor" diye, lan garsona ne diye tembihliyorsun eşşek kadar kadınım ben, bir de diğer masalarında duyacağı şekilde bağırıyor. Surat asınca da "oyy benim bebeğim yüzünü mü asarmış" diye sevmeye yanıma geliyor. Çocukmuşum gibi davranıyor, sanki onsuz karar veremem, yürüyemem, nefes bile alamazmışım, sanki ben beyinsizmişim de beynim oymuşgibi davranıyor. Ağzını burnunu kırmak istiyorum o zamanlar da. Şimdi de aynı, bir yandan traş oluyor, bir taraftan da bana yapmamam gerekenleri sıralıyor, götürme o zaman beni halla halla manyağa bak.

Giyindik ettik bin tane nasihatla çıktık evden. Kapılarının önüne geldiğimizde omuzlarımdan tuttu, "ne olur, saçma salak esprilerinden yapma, bel altına kayan muhabbetler etme, kadına yardım et ve hep yanımda ol" dedi, tam ağzımı açıp kavga edecektim ki kapıyı çaldı. Kadının biri açtı kapıyı, bizi içeriye aldı, geçtik oturduk içeriye. Ev çok güzel bir ev, anlatamam yani, kocaman bir kere, otel lobisi gibi salonları var. İnsan oturmaya kıyamıyor koltuklara, üç kişilik koltuk var ama bildiğin yatak gibi koltuk. Bir çocukları olan genç bir çiftin yanındayız. Yani burada kuracağım o kadar çok hayal var ki, inşallah bizim de Ceri ile böyle bir evimiz olur, güzel güzel mutlu multu yaşarız. Bir de kızları var, bizim de böyle bir mıncırınası çocuğumuz olur hatta.

Keşke bu ev bizim olsa, buradan taşınsalar da bize verseler, hazır dekore edilmiş ev, gerçi ben bu kadar eski tarz istemem ama olsun, bedavaysa ayy yok mu diyeceğim. Ben de yalnız iyice kafayı yedim, neden versinler yahu evi bize.

Yemek masasına doğru ilerledik, masası değil odası demem gerekli sanırım, adamlar sırf yemek için iç bahçe yapmışlar resmen. Giderken de hani böyle şirinlik olsun diye küçük kızın elinden tutayım dedim, sıradan klasik soruları sorayım, "adın ne senin bakimmm," "kaç yaşındasın" falan filan gibi, lakin kızın elini tuttuğum gibi elime şaplak atması aynı anda oldu, "ne tutuyosunnn beeaaa" diye bir bağırdı bana, ne diyeceğimi bilemedim. Annesi, ayıp aa falan diyor kız dönmüş bana "salak" diyor. Şımarık piç kurusu, sevimsiz it, az önce söylediğim senin gibi çocuğum olsun lafını geri aldım pislik torbası.

Geçtik oturduk masaya ama masa baştan sona kadar yemek dolu, her şey var yemin ederim. Bildiğin açık büfe yapmışlar alt tarafı iki iş konuşacaksınız bunca zahmet günah yahu diye düşünerek geçtim oturdum yerime. Ne içersiniz diye sordular, Ceri hemen atladı, "biz rakı içelim". Biz içiyoruz, benim ne içeceğimi bile sormaya tenezzül etmedi, ben şarap içecektim neyse dedim tatsızlık çıkmasın, gülümsedim, bardağımı önüme aldım. Kafasını kulağıma doğru eğdi, "sadece bir kadeh içiyorsun, tamam mı" dedi, kadehini doldurdu. O küçük piç kurusu bile kola mı meyve suyu mu içeceğine kendisi karar verirken benim halime bak!

Bardağı önüme aldım, lakin bir şey eksikti, üstüne su koymamışlardı rakının. Suya uzanacaktım ki, kolum salatanın içine girdi, bir daha hamle yaptım bu kez salata devrildi, sakınan göze çöp batar misali, ne yapsam bir hata oluyordu, Ceri'ye döndüm baktım bana nasıl bakıyor azarlar gibi resmen. Özürler dileyerek oturdum yerime. Su almam lazım alamıyorum, söylemeye utanıyorum o kadar şeyi devirince şimdi. Artık içmeyeyim bari diye düşündüm ki, adam "Aaa rakıyı sek içen biri daha, ben de çok severim sek. Tokuşturalım bakalım" dedi. Aha dedim sıçtık, sek içmek zorunda kalacam şimdi diye bir yudum içtim ama nasıl yanıyorum, nasıl kavruluyorum içim eriyor resmen, boğazımdan aşağıya böyle asit gidiyor anam anam suratımı ekşiteceğim ama ekşitemiyorum Ceri'nin gözü benim üzerimde çünkü.

Rakıyı yemin ederim luk luk sek bir biçimde götürdüm. Adam durmak bilmedi, her lafından sonra kadehi kaldırıyor. Meyhanedeyiz sanki, iç işte adam gibi birazdan sarhoş olunca o kadehleri götüne sokacam haberi yok, hâlâ kaldırıyor. Bir dur be adam bi dur!

İkinci kadehi koydular bana, sırf onu içmemek için doymuş numarası yaptım, arkama yaslandım. Ceri eğildi bana doğru "Ne ayıp. Her yerde fil gibi yiyorsun buraya gelince yemeyesin tuttu. Kadın o kadar uğraşmış tabağını bitir" dedi, önüme doğru geldim yine, o sırada karşımdaki küçük velede baktım, "anneeeee ben et yemicemmm, tatlı yicem" diye bağırıyor. O piç kadar kendi kararımı veremiyorum, şu halime bak, doyup doymayacağımı bile yanımdaki adam söylüyor. Neyse dedim, onun için önemli bir gün bugünlük idare ediver böyle.

Sonra muhabbet falan derken, ağzımı açamadığımı fark ettim. Her yerde çenemin yayı gevşer konuştukça konuşurum burada tek kelime edemiyorum. Ki ben her şey hakkında bilgi sahibi olmasa da fikir sahibi olan densizlerden biriyimdir. Hiç bilmediğim konu yok, var da yokmuş gibi konuşurum bir de inat ederek böyle. Ama burada şimdi kaldım. CHP'nin seçim politikalarından bahsediyorlar, 'aslında reklamlarında oyuncular yerine gerçekten halktan kişileri oynatsalarmış ya' diyeyim diye tam cümleye gireceğim, yok yok böyle demeyeyim. "Doğuya bu sene açılmaları iyi oldu bence ama." Yok yok, açılma ne hem, ben yine reklamlardan gireyim muhabbete yok ya bu saçma oldu. "İzmir batı kalesi, Antalya güney" bu muhabbetle mi girsem acaba, off ne desem şimdi şimdi derken bir baktım adamlar Serdar Ortaç'ın kumar bağımlılığından bahsetmeye başlamışlar.

Lan ne ara o konuya geçtiniz, nasıl başardınız bunu, benim daha söyleyeceklerim vardı, az önce magazinin kötülüğünden bahsederken şimdi bu ne? Bari bunun hakkında söyleyecekler şeyler bulayım derken derken masayı toplamaya başladık. Yemin ederim tek kelime konuşmadım, öyle Ceri'nin yanında süs bebeği gibi oturdum kaldım.

Sonra içeri tarafa geçtik oturduk, orada kalan muhabbete devam ediliyordu ki, küçük kız yanıma geldi, önümde durup suratıma bakarak, "abla sen neden bu kadar çikinsin" dedi. Kaldım öyle, şimdi anası babası karşımda ne desem bilemiyorum, ne yapsam çözemedim, öyle pişmiş kelle gibi sırıttım. "Gülmesene beaa sana soruyorum bana cevap ver! Neden çirkinsin" diye bir daha bu kez bağıra bağıra söyledi. Sensin çirkin, ağzını siktiğim diyecektim ama neticede çocuk diyemedim, ben hâlâ gülümsemeye devam edip, "ne ayıp ama ablalara çirkin mi denirmiş" dedim. O da baktı baktı suratıma, sonra da annesinin yanına gitti ağlamaya başladı beni göstererek "evimizden gitsinnnn" diye. Nasıl utandım, nasıl yerin dibindeyim ve nasıl çaresizim. Gülümsüyorum ama yüz kaslarım nasıl zorluyor beni. Karşımda toplasan 6 yaşında bir bebe var ve beni evinden kovuyor.

Annesi ayıp kızım falan diyor, kız hâlâ çığlık atıyor. "O gitsin evimizdeennn gidecek" diye. Lan seni nasıl şımartmışlar böyle, senden nasıl bir insan yaratacaklar bundan. Evini al başına çal diye ben de diğer köşede ağlayacaktım ki, Ceri geldi yanıma, "Ama bak abla çok üzüldü, gel hadi sevelim onu arkadaş o" dedi.

İşte o an anladım ki ben Ceri'nin sevgilisi değil, kızıyım. Kendi başına karar veremeyen, sorumluluk nedir bilmeyen, korunmaya muhtaç kızıyım. Aramızda yaş farkı biraz var evet ama beni çocuğu gibi görecek kadar da yok heralde. O bakışları, o elimi tutarkenki narinliği, o başıma bir şey gelecek korkusu, bunların hepsi beni savunmasız gördüğünden ve farkında olmadan kendini benim ebeveynim gibi hissetmesinden. "Çocukluğumdan beri beni kurtaracak birini hayal ederdim" falan gibi cümleler çoğu kez kurmuşumdur ama bunu sanırım yanlış anladı bu herif ve bu çok tehlikeli bir yöne gidecek. En son Ankaralı ile olan ilişkimde böyle olmuştuk, dört sene boyunca onsuz hiçbir şey yapamayan, adım bile atamayan biri haline gelmiştim. Bu tip erkekler öyle oluyor çünkü kadını etkisiz hale getirmek için onlara çocuk gibi davranıyorlar, şımartıyorlar, sürekli el bebek gül bebek seviyorlar, sonra "sen yapamazsın"la başlayan cümleler kuruyorlar. Ardından "bak yapamazsın ama ben varım" dermişçesine her türlü işi onlar üstleniyor. Ceri de öyle yaptı işte, "sen doktora gitmezsin, ben seni götüreyim", "sen şimdi üstünü örtemezsin ben yaparım", "dur dur sen şimdi bozarsın ben hallederim", "sen yemeğini yememişsindir şimdi gelirken ben getiririm"...

İşte bundan sonrası "ben yapamam" olayının beyne kazınması, erken gelen alışkanlık ve yokluğunda sıçtım duygusu. Ayrılınması en korkunç erkek modeli, bitmeyen ilişkinin başlangıcı. Çünkü bunlarla ayrılmak da çok zor oluyor. Kopamıyorsun ki, hep böyle uzatmaları oynuyorsun. O giderse kolum kanadım gider diye düşünüyorsun. En ama en berbat olan şeyi ise, o ne bok yerse yesin hep affediyorsun. Çünkü o iyi biri, çünkü o seni senden daha çok düşünüyor ve sana istese de zarar veremez diye düşünüyorsun. Oysa ki senin etlerini acıta acıta çekip gidiyor, sen artık onsuz olmayacağını anladığın anı fark edip, üzerine basarak gidiyor. Eee hani ne oldu, her sabah "kahvaltı yaptın mı" diye arıyordun, aylardır açım ağzıma lokma girmiyor merak ediyor musun pezevenk diyorsun, "eşşek kadar karısın ye yemeğini" diyor sana. Orospu çocukları, erkeklerin en tehlikelisi, asla birlikte olunmaması gereken tipler bunlar.

İlişkinin başında her şey süper, o ideal erkek ortalara doğru senin adına her şeyi düşünüp yapan erkek, sonlara soğru ise o hayatında yoksa hiçe döndüğün erkek oluyor çünkü. Yoo dostum yoo, bu kez o tongaya düşmeyeceğim, bu sefer ayrılırsak güçlü olacağım. Bu arada ortada sorun yokken bazen ayrılmayı düşünen tek ben değilim di mi? Bazen nasıl ki adamı görür görmez evlilik planları yapıyorsam, ardında hemen nasıl ayrılacağız diye düşünüp üzülüyorum. Bu bir sorun olmalı amaan neyse, ben büzülen dudağımı düzelteyim de adam gibi durayım bari deyip tuvalete diye kalktım.

Klozetin üzerinde otururken bu ilişkiyi nasıl çevirebileceğimin taktiklerini kendi kendime düşündüm durdum, düşünürken bağırsaklarım çalışmaya başladı. O hiç bir yerde çalışmayan, sürekli kabız olduğum bir hafta boyunca içimde yer edip beni boktan insana dönüştüren bağırsakların, elalemin evinde patır patır çalışası geldi.

O kadar zor çalışıyor ki, şöyle diyeyim ne zaman kakamı yapsan, evdeki kızlarla bunu kutlamaya gidiyoruz. Hah dedim tam yeriydi, o an kapı çalmaya başladı. "Açsanaaaa kağıyı yaee ben çişimi yapcam." Ağzına sıçtığımın piçi, çişini yapacakmış ulan saray gibi eviniz var kalkıp başka yerde yapsana çişini siktiğim! "Çıkıyorum tatlım" diyorum ama kız kapıyı tekmeliyor "anneee kapıyı açmıyor altıma yapcam". O çenesinin yayını siktiğimin anası da gelip kızını alamıyor buradan muhabbetini bitirip. Dünyayı kurtarıyorsun sanki gelsene şu kızı alsana şuradan kapıyı kıracak resmen.

Kalktım, sifona bastım acelece ki çıkayım şu kız yoksa çıldıracak orada diye ama o da ne! Sifon çalışmıyor, yok sifondan su akmıyor. Bir organımı neredeyse oraya bırakmışım onlar suyun içinde yüzüp duruyor onu gönderemiyorum. Siz nasıl zenginsiniz, bir şu sifonu yaptırayım demediniz mi? Aaa sifon nasıl çalışmaz, bir taraftan da kız kapıyı tekmeliyor. O kadar panik oldum ki, böyle o an kaybolmak istedim orada, boncuk boncuk terliyorum ne yapacağımı da bilmiyorum. Acaba hiçbir şey olmamış gibi gitsem de kızın üstüne mi atsam, bunu o mu yaptı sansalar? İmkânsız kızın kilosu kadar sıçmışım heyy maşallah!

Kenarda kova falan aradım o da yok, bir sürü tuvalet kapıdı kapattım üstüne bu kez de mola yeri tuvaleti gibi oldu. Lavabonun altında temizlik malzemeleri vardı, aldım bir güzel içine boşalttım, sonra yer silicileri, sonra çamaşır yumuşatıcısını sıvı ne varsa klozete boşalttım ama yine de bana mısın demedi o orada öyle yüzdü durdu. Bir de malzemelerin hepsi bitti...

Kadın artık kızının feryatlarına dayanamadı, geldi kapıyı çaldı. "PuCCa'cım iyi misin?" dedi, benim götümden ter akmış resmen, ne yapacağımı düşünüyorum, "evet evet" diye soluk soluğa cevap verdim, kız bu arada ağlamaya başladı, annesi de alıp götüreyim evdeki başka tuvalete demiyor da inatla o da kapının önünde beni bekliyor. Tuvalet buram buram çamaşır suyu kokuyor, artık çıldıracağım oturup sinirden ağlıyacağım o derece, baktım yapacak bir şey yok, oradan mahcup bir sesle, "sifon çalışmıyor mu" dedim. "Yukarıda kolu var onu çek" deyince kendimi oracıkta sikecektim!

Kolu çektim foşur foşur gitti sular, terimi sildim, elimi yüzümü yıkadım bir savaştan çıkar gibi çıktım. İnşallah temizlik malezemelerini fark etmezler diye de dua etmeyi unutmadım.

Ceri'nin yanına geçip oturdum, konuşmalarını dinlemedim bile bu kez nasılsa araya girmeyeceğim diye, sonra bu sefer de Ceri, "neyin var neden yüzün asık, ne oldu" demeye başladı. Bu da ne emmeye ne gömmeye geliyor, sus diyorsun susuyoruz işte, "hiiççç" dedim ama inat etti sorup duruyor. Bir de öyle gizli saklı da değil, gerçekten ebeveynimmiş gibi, "ne oluyor canım, anlatsana neden böyle oldun bir anda" diyor, bir şey yok dedikçe de daha da ısrar ediyor. En sonunda oradaki adam da sordu, bir şey mi oldu diye, ona da yok dedim, biraz gülümsedim ve artık o küçük kızın yanıma gelip bana acıyan gözlerle bakarak dalga geçer gibi "ne olduu sana" demesiyle kayış koptu bende "Eee sikecem ha sizi, işi verecekseniz verin, vermeyecekseniz kalk gidiyoruz. Bu ne lan" diye dalacaktım resmen. Ama yapmadım, yapmacık bir gülümseme koyup, elimi alnıma götürüp "başım ağrıyor" dedim. Ben öyle deyince, Ceri hemen ağrı kesici istedi çünkü ben geri zekâlıyım, ağrıyan başıma ağrı kesici isteyemem ya o hemen atladı. İçtim onu, 20 dakika falan oturduk, sonra da kalktık gittik.

Yol boyunca hiç konuşmadım, Ceri de ortada sorun yokken sorun çıkardığımı, huzurdan huzursuz olduğumu, hiçbir şey yokken afralandığımı söyledi durdu bütün gece boyunca. Ben de hiç cevap vermedim, hatta çoğunu dinlemedim bile sadece temizlik malzemelerinin hepsini bitmiş görünce benden şüphelenirler mi diye düşündüm durdum....

Ciğerini Bildiğimi Zannederken, Ciğersizmişsin Yani Bir Bok Bildiğim Yokmuş!

Haftalardır Ceri ile beraberim, herkese göre ilişkimiz bugün yarın bitecek. Çünkü çok çabuk karar verdik, hemen ortamdan soyutladık kendimizi. Ama bana göre ise bu daha iyi oldu, onu yanında tanıyorum, evinde biliyorum nasıl biri olduğunu. Evet, bazen çekilmez bir insan, bazen çok öküz, bazen çok bencil ama önemli olan onu bunlarla kabul edip sevmek değil mi? Ya da benim cidden aşktan gözüm kör oldu, kimle konuşsam "saçmalık sizinki, hemen birlikte olur olmaz eve çıkılmaz, birbirinizi tanımadan evlenmeye nasıl karar veriyorsunuz" diyorlar. O yüzden arkadaşlarıma, hatta kardeşime bile anlatmıyorum artık. Oysa ben onu tanıyorum; yatarken sürekli üstünü açtığını, profilinin sadece sol tarafını beğendiğini, sevdiği yemekleri, takıntılarını, bir işle uğraşırken başka iş düşünemediğini, en büyük korkusunun sevilmemek olduğunu, hayallerini ve o hayallerini hiç gerçekleştiremediğini, hiç rüya göremediğini, sürekli fermuarını açık unuttuğunu, titiz ve düzen hastası olduğunu, hangi dişinin çürük olduğunu bile biliyorum. Daha ne kadar tanıyabilirim bir insanı?

Bugün akşam bir partiye gitmek için hazırlanıyoruz, ayna karşısında iki dakika içerisinde hazırlanışını izliyorum, evet çok zor belki ama cidden bu adamı çok seviyorum ben. Sürekli öpüyor beni, gelip gidip. Ki ben böyle vıcık vıcıklıktan nefret eden bir insanım ama şimdi böyle teni tenimden ayrılmasın istiyorum, yapışayım ona. O kadar çok seviyorum. Kalktık gittik partiye, el ele kol kola geziniyoruz, ben tuvalete gitsem ardımdan koştur koştur geliyor resmen.

Adamın biri geldi yanımıza, buna bir şey teklifi edecekmiş işte yalakalık yapıyor bizimkine, ben de yanında vali karısı gibi gerim gerim geriliyorum. Sonra nasıl oldu nasıl bitti olay boşanma muhabbetlerine geldi ikisinin arasında. Ceri bir anda, çok normal bir şeymiş gibi, sıradan bir olaymış gibi kolumu okşaya okşaya adama "Eski eşimle boşanırken de böyle sorunları yaşamıştık. Eşim davayı açmasına rağmen yine de süreci uzatıyorlar."

Dondum kaldım orada, ne diyeceğimi bilemedim. Ağzımı açamıyorum, şaka mı yapıyor ciddi mi ne boşanması, ne olayı, eşim ne demek, eşin kim senin? Benim neden bundan haberim yok? Bunu adamın birine benim yanımda anlatıyorsun da bana neden anlatmıyorsun? Eşin ne ya, eşim demek ne demek? Kolunda ben varım senin, başka adama nasıl anlatırsın bunu. Kan beynime sıçradı, orada ağzına yumruk atıp gitmek istedim. Beni kandırdığı için, yanında beni hiçe sayıp, hiç tanımadığı elin adamına eski karısını anlattığı için, benim bu durumdan daha haberim bile yokken bu şekilde karşıma çıktığı için. Dedim PuCCa, sakin ol, sakin derin derin nefes al, rezil etme kendini eve gittiğinde hesabını sorarsın. Sakinleşiyordum ki, ikinci cümleyi daha kurdu. "İlk eşimle mesela daha kolay boşanmıştık, aynı şartlarda ikincisi daha zor oldu tabii."

Neee ilk eşim mi? Bir de sonra ikinci mi? Adam sen kaç yaşındasın, iki tane evlilik demek ne demek? Hırbo ya, bana evlenme teklifi ettiğinde ben de kendimi özel hissetmiştim. Herif meğersem her seviştiği ile evleniyormuş. İki evlilik yaşamış, bunlardan ne zaman ayrıldı, ayrılmış mıdır ki? Allah'ım ben neredeyim, yanımdaki adam kim, ben bu herifi hiç tanımıyormuşum meğersem. İki kere evlendiğini nasıl bilemem ya, nasıl benden saklar bunu.

Kolundan çıktım, tuvalete doğru ilerliyordum ki, önce her yer karardı, burnum tıkandı gibi oldu, nefes alamamaya başladım, her yerim uyuştu, gördüğüm en son şey garson bana doğru koşuyordu yere düştüm.

Bayılmışım, uyandığımda insanlar başımdaydı, Ceri'nin yüzü bana doğru dönüktü, bakıyordu bana bir şeyler söylüyordu duymuyordum her yer uğulduyordu. Biraz daha sesler duymaya başlayınca var gücümle kafamı kaldırmaya çalıştım, insanlar hâlâ itmeye çalışıyorlardı beni yatmam için ben kaldırdım kafamı, suratına bir güzel tükürdüm Ceri'nin sonra yine yattım. Ardından su mu bir şeylerle kendime iyice geldim. Koluma girip arabaya bindirdiler.

Yolda Ceri sürekli, "hastaneye gidelim, çok kötü kafanı vurdun, uyandığında tükürdün bilincini kaybetmiş gibiydin" diyerek panik halinde konuşuyordu. Suratına bir daha baktım, ondan tiksinirmiş gibi.

"Orospu çocuğu! Bilincim gayet yerinde benim!"

"Ne oldu ya?"

"Evlenmişsin iki kere, kaç yaşındasın sen?"

"Eee yasak mı ne var bunda deli misin sen evlendim evet, 35 yaşım."

"Bundan benim neden haberim yok? Orada elin adamına anlatıyorsun da bana neden anlatmıyorsun. 35 mi ben 30 biliyordum seni."

"PuCCa sana anlattım canım benim, hani o sen eski sevgilin için ağlama krizine girdiğin an vardı ya, o an anlattım sana da. Yaşımı da biliyordun. Ama her zamanki gibi kendin dışında hiçbir şey önemli olmadığından dinlemedin. Beni hatta hiç dinlemedin. Dinlemiş olsaydın böyle saçma bir şeyden bana orospu çocuğu demezdin."

"Yalan atma, anlatmadın bana bir şey kandırdın resmen."

"Neden kandırayım, boşanmışım bitmiş. Kandıracak olsam herkesin içinde söyler miyim, ben bilemedim beni dinlemediğini. Neyimi dinliyorsun ki zaten, hayatında senden daha önemli bir şey oldu mu ki beni önemseyeceksin. Neyse PuCCa, boşver hiç kaldıramayacağım bu saatte şu saçma kavganı."

Sonra tabii kıyameti kopardım, en son arabasının camlarını yumrukluyordum, o kadar çok sinirlendim. Sinirlendiğim şey, kendimi özel hissetmemem olmuştu. Bu adam gördüğü her kadına evlenme teklifi ediyordu, bu adam hayatını evlilik üzerine kurmuştu. Bu adam için önemli olan aşk meşk değildi. Bu adam o yüzden bu kadar çok temizlik, yemek istiyordu benden. Bu adam o yüzden hemen benimle aynı eve çıkmak istedi. Çünkü o buna alışmıştı. Acaba ne zaman boşandı karısından, ilkinden ne zaman boşandı? Kadınlar neye benziyordu, bütün arkadaşlarım haklıydı ben hiç tanımadığım bir adamla beraberdim.

Eve geldik, direk yatağa yattım sinirimden kendimi sikecektim o derece uyuz oldum ona, sonra o da geldi yanıma, arkadan sarıldı, "Ne var ne yoksa anlattım sana ne olur küs uyuma benimle" dedi. Hiç sesimi çıkartmadan uyumuş numarası yaptım. Aklımdan bir türlü çıkmıyor iki karısı, bunlar ne zaman evlendi, nerede evlendiler, nasıl evlenme teklifi etti, onları ne kadar sevdi, nasıllardı, tipleri neye benziyordu, en önemlisi neden boşandılar? Öyle öyle derken biraz uyur gibi oldum.

Sağ tarafımı bir döndüm, yatakta bir kadın var, bana gülüyor salak salak. "Ben ilk eşiyim bu yatağı özlemişim ya" dedi. Kalktım yerimden ne oluyor lan diye, öbür tarafımda başka bir kadın. "Ben daha çok özlemişim ee ne de olsa daha soğumamış bile" dedi.

Hayal gücümün bana oynadığı salak bir oyun afferin diyerek, ilk eşine doğru döndüm, neye benziyor diye bakmak için, "Ceri çok saf biridir, merak etme hemen avcuna alırsın onu ama ilk başta öyledir, sonra neler yaptığını anlatmak bile istemiyorum". Sanırım dövdü ilk karısını, yani neden ayrılsın yoksa di mi? Ya da ikincisi yüzünden ayrıldılar onla aldattı. Allah belanı versin Ceri, karını aldatmışsın gerçek bir orospu çocuğusun. İkinciye döndüm, "Bakma bana öyle ben onlar boşandıktan çok sonra girdim hayatına. Hatta senelerce o yan tarafında duran kadının hayaletiyle yaşadım." Sanırım ilk karısı ölmüş, yazık lan. "Hayır, ölmedim. Harika bir hayatım var, iyi ki boşanmışız. Sen de anlayacaksın ileride." Diğer kadına dönüyordum ki, beni aşağıya iterek ona doğru uzandı. "Madem mutlusun da neden sürekli biz evliyken arayıp duruyordun Ceri'yi? Kavgalarımızın baş sebebi sen oldun. Sen ve sürtüklüklerin olmasa biz çok mutlu olacaktık." Hemen kalktım yerimden kadınları ayırmaya çalışarak, "tamam bir saniye durun bir şey diyeceğim, özellikle son karısı, ne zaman ayrıldınız siz?" "Geçen sene boşandık ama biz çok mutluyduk, her gören bize nazar boncuğu takardı, her yere beraber giderdik, biz çok seviyorduk birbirimiz. Yani senin gibi değildik küçük hanım!"

Ayy ben bu son karısını hiç sevmedim, daha da harbiden yataktaki yerleri soğumamış. "Hımm peki sen de ilk karısı gibi onu öyle arıyor musun, arama ya." "Geçen gün annesinde yemek yediğini söylemişti ya sana, işte o zaman bendeydi. Ee adamı aç bırakıyormuşsun, o alışıktır benim yemeklerime. Bu arada evi de bok götürüyor." Geri zekâlı yelloza bak, pis kekomançi. İlk karısına doğru döndüm: "Siz neden ayrılmıştınız ki?" "İlerde anlarsın, Ceri ile yaşamak hiç kolay değil, bencil bir adam, isteklerin yakında ona fazla gelecek. Cimri bir adam, yakında kendini gösterecek, evcimen bir adam yakında bu gittiğiniz partileri bir daha göremeyeceksin." Sonra hemen diğeri girdi araya: "Kişiliklerin uyuşması gerekli işte. Ceri sevmez zaten öyle parti parti dolaşmayı. Benim yokluğumdan sonra kafasını toparlamak için yapıyor. Biz Ceri ile birlikte evde vakit geçirmeye bayılırdık, ölürdük böyle. Hayat sadece ikimiz üzerineydi, o kadar mutluyduk ki..." "Yaa tamam kes, bana ne mutluluğunuzdan boşanmışsınız bitmiş."

İlk karısına doğru döndüm, diğerine sinirli bir şekilde "ya ben bu iki numarayı hiç sevmedim, geri zekâlı" dedim. İlk karısı da kafasını sağa sola sallayarak, "yaa sorma, bir de manyak o kadın aman dikkat et" diye karşılık verdi. İkinci karısı, beni yine aşağıya itip, üstüme ellerini koyarak: "Sen asıl buna dikkat et var ya, bu ne pislik ne ikiyüzlü bir yılan. Evliliğimiz boyunca bizi bir an olsun yalnız bırakmadı. Benden dört sene önce boşanmışlar, hâlâ sülalesinin kolu bizim üzerimizdeydi. Bu kadar rahatsan emin ol sebebi benim. Her gün arardı, Ceri gel yemeğe gidelim, Ceri annemler seni çağırıyor, Ceri biz senle dostuz di mi? Beni çıldırttı en sonunda, bunun yüzünden bitti evliliğimiz." "Ayy neresi benim yüzümden bitti, sen manyak sorunlu biriydin. Bir defa annemgil aramış sadece ondan olayları büyütüp bana ne küfürler atmıştın." Kadınlar bir kavga etmeye başladı, arada kaldım resmen, çığlık atarak uyandım. Uyandığımda Ceri bana bakıyordu, sarılmış, saçlarımı okşuyordu. Gözümü açar açmaz kalktım ayağa.

"O gün annemde yemek yedim dedin, yalan attın di mi bana?"

"Hangi gün be?"

"Yalan attın işte gittin o.. o.. Off işte gittin başkasıyla yemek yedin, benim yemeklerimi beğenmedin, ben sana bamya yaptım. İnsan bamya sever mi, sen beni sevmiyorsun hiç hem de."

Sonra bir daha ağlama krizi. Sakinleşince sorular sordum o da cevapladı, böylece daha mantıklı kabuslar görebilecektim.

"İlk karınla ne zaman boşandın? Ne zaman evlendin? Niye boşandın? Çocuk var mı?"

"Hiçbirinden çocuğum yok, 5-6 sene oldu ilkinden boşanalı. Çok genç evlenmiştik ikimiz de, bir süre sonra hayatımızı yaşamadığımıza karar verdik."

"Aynı sorular ikincisi için de geçerli."

"Geçen sene boşandık, bir sene evli kaldık çok kavga ediyorduk her gün evde kıyamet kopuyordu."

"Hımm peki, daha bir sene olmuş boşanalı be herif hemen neden evlenmek istiyorsun?"

"Çünkü sen istiyorsun, her yere evlenmekle ilgili şeyler yazıyorsun, aklın fikrin sadece evlenmekte. Sırf bu yüzden senden başlarda uzak duruyordum. Sonra baktım, seni seviyorum. Kaybedecek neyim var, olmadı bir daha boşanırım dedim. Yani ben meraklı değilim evlenmeye."

"Bok meraklı değilsin, zırt pırt evlenmişsin."

"Ee o zamanlar öyle gerekli oldu."

"Pekiiii en sonuncu karınla ne zaman görüştün?"

"Boşandığım sırada sanırım, zaten yurtdışına gitmiş bir daha haber almadım."

"İlki ile?"

"Onla arada bir görüşürüz, dostluğumuz baki kaldı ama görüşmek değil bayramlarda mesaj sadece yüzünü unuttum bile onun o derece."

Sonrası bildik şeyler anlatı da anlattı, merak ettiğim her şeyi sordum, sonra da ona sarılıp uyudum. Tanıdığımı zannettiğim adamı zerre tanımıyormuşum. Haftalardır yanındayım, evindeyim, koynundayım hayatının en önemli meselelerini bilmiyormuşum. Arkadaşlarım haklı sanırım bu evlilik olayını ertelemek lazım.

Bitmemiş Aşk Cinayetleri, Geçmişin Hayaletleri

Ceri işe gider gitmez hemen bütün evi tarumar ettim, ilk başta da yapmıştım gerçi ama demek ki gözümden kaçan bir şeyler olmuş ki bu adamın evli olduğunu görememişim. Bir de kendime uyanık derim pehh, salağın malın tekiymişim meğersem. Incık cıncık bütün evi taradım durdum, eski eşine ait bir kalıntı bulmak için ama bulamadım. Ya büyük ihtimalle benden önceki, o beni evire çevire döven kız yüzünden her şeyi atmış gitmiş bu adam. Acaba o kıza da evlenme teklifi etti mi? Kesin etmiştir ya, off böyle olduğunu bilince de hiç değeri kalmıyor sanki, hiç önemi yok adam için sıradan biriyim gibi.

Banyo dolaplarının en altarına baktım, mutfak raflarının en üstlerine, çekmecelerin diplerine, bazaların içine hiçbir yerde eski karılarına ait bir şey bulamadım. Sonra artık aramaktan yoruldum, televizyon karşısına geçtim. O an gözüm sehpanın oradaki çekmeceye ilişti. O çekmeceyi günde en az 5 kere kumandayı koymak için açıp kapatıyordum. İçerisinde bir sürü kağıt evrak bilmem ne vardı, o kağıtların içerisinde muhakkak bir ipucu olabilirdi. Bütün kağıtları çıkartıp tek tek üstlerini okumaya başladım. Faturalar, garanti belgeleri, konser biletleri hepsini tek tek okurken aradığım şeyi bulacağımı biliyordum! Bingo, boşanma dilekçelerini oraya koymuş. Ama ilk karısınınki bu seneler önceden kalmış çünkü ilk karısının adını artık biliyordum, şimdi sıra neye benzediğine gelmişti.

Ne kadar kötü, ne kadar acizce bu durum, sevgilinden çok sevgilinin hayatına giren kişiyi merak ediyorsun. Onu kıskanıyorsun, kendini sürekli onun yerine koyuyorsun. Bunun farkına varsan bile bundan vazgeçemiyorsun. Yani o kadını görsem ne olacak, görmesem ne olacak. Ama öyle olmuyor işte, geçmişe dönüp hayatlarını tek tek görmek istiyorum, her saniyelerini kaçırmadan onları izlemek istiyorum. Bu kendine acı çektirme olayını aslında seviyorum. Ama nefret ediyorum da bir yandan. Keşke gökten zembille hooop benim kucağıma düşse adam, benden önce kimseye âşık olmamış olsa, hayatındaki tek önemli insan ben olsam istiyorum. Böyle bir şey olmadığı için, benden önce değer verdiği kişide olan şeyi merak ediyorum.

Elimde şu an sadece ismi vardı, acaba kaç yaşındaydı, ne işle uğraşıyordu, ne yapıyordu şimdi, o da başkasını bulmuş muydu, Ceri'ye hâlâ âşık mıydı? Nasıl tanışmışlardı, ilk görüşte âşık mı olmuşlardı, nasıl evlenme teklifi etmişti, beraber nasıl uyuyorlardı, Ceri'ye sarılır mıydı? İlk nasıl kavga etmişlerdi, ilk nereye tatile gitmişlerdi, ilk nasıl öpüşmüşlerdi? Kadın yemek yaparken, Ceri arkasından gelip sarılır mıydı? Onun yemeklerini sever miydi, onu özler miydi? Aaaa kafayı yiyeceğim, bu kadın kim benim sevgilimin geçmişinde ne arıyor!

Önce Google'da ismini aradım bulamadım, öyle adı soyadı var ki maşallah Türkiye'de her doğan 5 kızdan birine o ismi vermişler. Hepsine tek tek bakıp hangisinde Ceri'nin eski karısı iması var bulmaya çalıştım ama onu da beceremedim. Neyse en azından elimde bir ismi var diye sevindim. Sonra tam kâğıtların içine o belgeyi koyuyordum ki arasından vesikalık fotoların olduğu bir şey düştü. İçerisinde Ceri'nin ve kadının fotoları var. Yani sanırım o kadının fotoğrafı olmalı, çünkü fotolar gayet eski, Ceri Berdan Mardini'nin gençliği gibi görünüyor.

Fotoya bakmak için çevirirken kalbim ağzımdan fırladı fırlayacak. Ya benden güzelse, ya benden çekiciyse, ya o mükemmelse, ya kafamda yarattığım gibi değilse? Bununla yüzleşmeye hazır mıyım bilmiyorum bile. Özgüven eksikliği mi bunun adı yoksa kimse beni istediğim gibi sevmeyecek korkusunun mu bilmiyorum. Benden başka kimse bu kadar çok sevgilisinin eski sevgililerini merak eder mi onu da bilmiyorum. Etrafımda bu konuyu kimle konuşsam hep aynı şeyler, "benden öncesi umurumda değil, şu an yanımda ya ben ona bakarım bla bla bla" diyor, devamını dinlemiyorum bile boş boş konuşmalar işte. Hatta Ceri bile bunu diyor, geçmişime dair hiçbir şeyi okumadığını, bilmek istemediğini söylüyor. "Şu an yanımdasın kalan her şey benim için bitmiştir" diyor. Ben de masuscuktan öyle söylüyorum, "geçmişini sikeyim, geleceğimiz zedelenmesin" diye bütün arkadaş muhabbetlerinde bu olayı hiç umursamadığımı söylüyorum ama işte kendimi tutamıyorum.

Benden önceki tabii ki beni ilgilendirecek, çünkü seni sen yapanlardan biri o kadınlar, ne kadar sevdin, neler yaptın, gidebileceğin en uç nokta ne oldu, onlara yaptıklarını bana yaptın mı bakalım. Bunlar en merak ettiğim şeyler ve bu bana çok normal gelirken çok bilmiş ablaların "kendine güveni yok" diye bir kalıp bulup, ota boka bunu yakıştırmasına illet oluyorum.

Fotoğraf elimde kalakaldım, bir taraftan da kapıya bakıyorum her an gelebilir diye, yüreğim ağzımda atıyor resmen, çevirdim fotoğrafı kadının neye benzediğini gördüm. O hayalimde kafamda yarattığım gibi değildi, hatta alakası yoktu. Çirkindi, gayet hem de, zafer kazanmışım gibi böyle bir mimik yaptım ve bütün yüz hatlarını inceledim. Bi kere fare gibi suratı vardı, kızıl saçlıydı ve saçlarına bir fön çekeyim bile dememişti, hayır bir tenine baksaydı ya, teni de kapkara böyle kızıl hiç gitmemişti. Gerçi o yıllarda moda olabilirdi belki o saç ama ne bileyim çirkindi işte. Böyle hatta insanın keseleyesi geliyordu, öyle pis gözüküyordu. Geniş omuzları vardı, kaşı kirpiği hiç belli değildi, burnunun da maşallahı vardı. Benden güzel mi bilemem, kendimi hiç beğenmeyen biri olarak bunun analizini yapmam doğru değil, off kime ne anlatıyorum ben de, tabii ki benden çirkin. Yani o fotoğraf Adriana Lima'nın bile olsa, ben onu çirkin bulacaktım. O değil de acaba Adriana da vesikalıklarda çirkin çıkıyor mudur?

Neyse içim biraz daha rahatladı, o fotoya göre Facebook'taki bütün adı soyadı olan profillere baktım ve sonunda kadını buldum, üstelik Ceri ile de arkadaşlar. En son Erik'in mailini kırdığımda başıma gelenlerden sonra Ceri'ninkine bakmaya cesaret bile edemiyorum ama bu adamın arkadaşları arasında ne işi var bu orospunun!

Bu arada kadın biraz yaşlanmış ama vesikalıktan daha güzelmiş yalan yok ama kekomançinin Allah'ı, o ayrı mevzu. Şu Facebook'un gizli profil olayına da kafam girsin ayrıca, ulan sadece eski sevgililere bakmaya yarayan bir sosyal medya aracısın kendine gizli profil diye bir halt koymak neyine.

Kadın nerede oturuyor, kimle neyin nesi, nasıl biri diye merakımdan öleceğim ama öyle böyle değil. Profil fotosunun kendi kafası dışında kalan tarafı incelemeye çalışıyorum ama bir ayrıntı bulamıyorum bir türlü. En azından her gün girip, profil fotosuna bakacağım bir alan var elimin altında hiç yoktan iyidir.

Akşam Ceri geldi, güzel güzel yemeğimizi yedik, geçtik televizyon izlemeye. Sürekli kadın aklıma geliyor. Acaba onunla burada mı oturuyorlardı, acaba yemekten sonra ne yapıyorlardı, acaba beni öptüğü gibi onu da öpüyor muydu, acaba şimdi onu mu düşünüyor, vallahi onu düşünüyor ahan da suratı asıldı, ayy ne olur onu düşünmesin. Acaba hâlâ birbirilerini arıyorlar mı? Sadece bayram seyran olduğuna ben inanmıyorum şahsen. Evet lan arıyorlar mı acaba, ya her gün konuşuyorlarsa? Ya ilişkileri o aptal Amerikan filmlerindeki modern boşanan çiftler gibiyse, barbekü partileri verip verip eğleniyorlarsa? Ya hâlâ onu seviyorsa, ya kadın evliyse ve bu o yüzden bu kadar çok evleniyorsa?

Bu kadar çok soruyu kendime soracağıma öğrenmem lazım diyerek hemen tuvalete gittim, anahtarı iç taraftan çıkarıp, diğer tarafına taktım. Sonra da Ceri'nin tuvalete gitmesini bekledim. Anacım, dakika başı tuvalete giden adam yarım saat geçti yerinden kalkmadı. Gelip gidip su veriyorum herife yok, kalkmıyor. İçim içimi yiyor, tuvalete gitse de telefonunu kurcalasam diye. Sonunda kalkar gibi oldu, esnedi geri oturdu yerine. Ben artık tam vazgeçmiştim ki, kalkıp gitti. Tuvalete gider gitmez, arkasından koştum, kapıyı üstüne kitledim yavaşça. Hemen telefonunu elime aldım, hızlı hızlı önce mesajları geçtim, kadının adı var mı diye, bulamadım. Sonra tam listeye bakıyordum ki, Ceri'nin sesi geldi, "kapıyı neden kitledin açsana" diye. Şımarık şımarık cevap verdim "eehehe orada kalacak benim aşkımmm" diye sanki şaka yapıyomuşum gibi. Adam dellenmiş, "aç kapıyı manyak mısın" diyor, ben hâlâ sanki espri yapıyor ayağına giriyorum. Sonra listesinde adını buldum, hemen telefonuma kaydettim, oradan da adını sildim. Facebook'una baktım hemen, mesajlarda bulamadım o kadar hızlıca baktım ki bulsam da anlamazdım zaten. Hemen oradan da sildim arkadaşlığından. Telefonun ışığından anlar kurcaladığımı diyerek ise telefonu yatak odasına fırlattım attım. Kapının kilidini açıp, geri zekâlı kız komiklikleri yaparak adamı sakinleştirip yanına oturdum.

Oturdum ama ondan şu an nefret ediyorum, hâlâ eski karısının numarası telefonunda ne arıyor? Arıyorlar mı birbirlerini acaba, bence arıyorlardır, yeniden birlikte olmak istiyor mudur? Bence istiyordur, ya "PuCCa, yemek yapamıyor, sürekli diyette olmasına rağmen bıngıl bıngıl et üstelik, biraz da yarım akıllı. Sen öyle miydin eski karıcığım benim, keşke evimde olsan ya yemeğimizi yapsan, temizliğe başlasan, bununla ayrılsam da evimize gelsen hemen" diyorsa?

Suratımı asık görünce beni öpmek için geldi yanıma sarıldı böyle, beni seviyor ya diye tam düşünürken, arkada karısını gördüm. "Ahaha beni de böyle öperdi, bak şimdi kulağına yaklaşıp 'seviyorum çok seviyorum' diyecek" dedi ve cidden dedi, başka şey düşünmek için uğraşıyorum ama beceremiyorum, hep eski karısının hayalini görüyorum, "Ahhh ahh bu koltukta ne günlerimiz geçti, beni öyle çok sevmişti ki, umarım seni de öyle sever. Ki sanmıyorum" diyor bana. Ceri ne zaman yaklaşsa hep bir yerlerden çıkıp, kendisine yaptıklarını anlatıyor orospu! Tek suçu benden önce onun hayatına girmiş olması olsa da bence orospu, Ceri'nin bütün eski sevgilileri, benim bütün eski sevgililerimin yeni sevgilileri orospu. Pislikler, dünyanın başına bir geçeyim, ben size neler yapacağımı biliyorum, hepinizi sabun yapıp misler gibi yıkanacağım sonra.

Off neden acaba numarası var onda, neden insanların eski karısı var ki, ben daha eski sevgililere tahammül edemezken iki tane eski karısı var adamın, ne bok yiyeceğim tanrım bana işkencelerin en büyüğünü yolladın.

Güven,
Kendinde Olmayan Şeye İhtiyaç Sanırım

Kızlarla beraber yuvarlak masa toplantımızı yaptık, kriz anlarında beraberce çözüme ulaştırdığımız bir masamız var bizim. Gerçi masa yuvarlak değil, ikea'dan indirimle alınmış götten bacaklı dikdörtgen bir masa. Masamız salonda kamu malı gibi dursa da onu Zodyaklı kendi masası sanıyor. Çünkü benim kardeşim takıntılı bir sapık, üçlü koltukta kendine bir yer edinmiş mesela iki minderin arası, o kadar rahatsız bir yer ki ama manyak oradan asla kalkmıyor. Onun yüzünden o üçlü koltuğa da en fazla bir kişi oturabiliyor, yerini öyle bir ayarlamış ki tam televizyonun karşısı, dış kapıyı görebileceği bir yer, herkesi duyabileceği alan, bütün eve hükmedebileceği tek nokta! Ev arkadaşımız ise garibim salonda kendine ait bir yeri bile yok, kız çünkü oturmuyor. Zodyaklı ne kadar takıntılıysa, bu da o kadar manyak. Kafasını zayıflamakla bozmuş, hatunun bir bacakları var yemin ederim o bacaklar bende olsa alırım götüme sokarım o derece güzel. O nefret ettiğim, uzun bacaklı, hiç kilo almayan, alsa da hiç belli olmayan sürtüklerden. Ama yine de sevdik kızı, bağrımıza bastık n'apalım yani. Bu da inadına yaparmış gibi evde paso külotla dolanıyor, ceylan gibi sekiyor evde hopp hopp hopp diye. Sekerken de sürekli "Allahımm götüşümmm yine büyümüşşş hemen diyete başlamalıyım, ya da dur dur ilaç içeyim, ya da dur dur, aktardan kendime macun yaptırayım, yeryüzünde zararlı ne varsa yapayım" diye dolanıp duruyor. O her zıpladığında hani bir oyun var ya, tüfekle ördek vuruyosun içimden o geçiyor, blooaam diye vurup, kız yere düşünce kaldırıp "lan sen neyine hâlâ götüm göbeğim diyorsun, bir gözünü aç bana bak bana, koca göt böyle olur seninki fındık göt manyak" demek istiyorum. Ki bazen diyorum, anlamıyor, kızın gözü başka götlere kapalı çünkü. Haa bu arada o ceylan gibi sekmeleri yüzünden karşı apartmandakiler bizim evi iş tutmayan genel ev zannediyor olabilirler. Her seferinde de "Yazık lan, müşterileri yok" diye de üzülüyorlardır büyük ihtimalle. Çünkü evin perdeleri kırmızı, kalın perde yok, evde merdiven olmadığı için üşenmişler perde takmaya, kim bizi izleyecek diye amaaan diyip sadece tül perde ile dolanıyoruz. Benim odam hariç, benden önce kalan hatun, ki kendisini de çok severim canım ciğerimdir ama artık o odada ne yapıyorsa, kıpkırmızı karton gibi bir perde yaptırmış. Kapatıyorsun onu, oda oluyor japon kerhanesi. Tek gram güneş sokmuyor odaya ama yazın yanıyorsun var ya, yanmaktan her yanın pişik oluyor o derece.

Hah işte, ne demiştim masada kriz için toplandık. Elimdeki verileri madde madde anlattım.

- Ceri'yi seviyorum.
- İki kere evlenmiş yeni öğrendim.
- Kızın numarasını buldum.
- Babam ağzıma sıçar bununla evlenirsem sanırım.
- Birinin üçüncü karısı olmak istiyor muyum bilmiyorum?
- Bu arada Ceri artık evlilikten bahsetmiyor
- Ev işi yapmak çok zor geliyor.
- Sizi özledim.

Maddeleri sundum, kızlar anında dönüş yaptı, "Hemennn eve dönüyorsun, onunla ayrılıyorsun ama önce kızı arayıp neye benziyor öğrenmemiz lazım çok heyecanlı" dediler. Ben ilk söylediklerini ciddiye almadım tabii, neye ayrılıyorum lan zor zar bi herif bulmuşum "ayy sen evliymişsin eskiden, ben de zaten Kezban'ım" mı diyeceğim? O yüzden kızın numarasıyla ne yapabiliriz ona uğraştık, bir bankadan arıyormuş gibi yapalım, gelin para vereceğiz size diyelim, bankanın önünde bekleyelim diye saçma bir fikirle girdik olaya. En son aklıma mükemmel bir şey geldi, tutmazsa da yapacak bir şey yok yani.

Bunun için tek gerekli olan şey, telefon kulübesi bulmaktı, bu da en kolayıydı diyeceğim ama anacım, Etiler'de bir tane bile telefon kulübesi yokmuş. Eskiden adım başı kulübe değil miydi, ne yaptılar neden kaldırtmışlar ki anlamadım. Tam ihtiyacım olur işte bulamazsın, dedik ana kaynağına gidelim bari, Telekom'a gidip girdik klubeye, ev arkadaşım açtı telefonu, kargo şirketinden arıyormuş gibi aradı kızı, bir paketiniz var dedi, ev adresini istedi, aldık onu, ne zaman evde olursunuz dedi, kız yarın falan diye bir şeyler geveliyordu, bizimki bir anda "Evrakın üzerinde bugün verilmesi şart yazıyor, nerede olduğunuzu söylerseniz bir iki saate kadar arkadaşlarımız size ulaştırsınlar" dedi, kız bize karşı taraftan bir kafenin adresini verdi.

Kızı kanlı canlı bir şekilde görebilecektim şimdi, ne işime yarayacak hiçbir fikrim yok, kızı görüp ne diyeceğim yani, hiçbir şey. Ama yine de bu çok eğlenceli ve biliyorum biraz da sapıkça. Koşturarak bindik taksiye, hadi ben manyağım aklım yetmiyor kendime, yanımdaki iki kıza ne oluyor onu hiç bilmiyorum. Birisi de "kızım kendine gelsene" demiyor, onun yerine heyecanlı bir şekilde taksiciye "daha hızlı daha daha" deyip duruyorlar.

Kafenin önüne geldik, üçümüz gözlüklerimizi taktık, sanki tanıyacakmış gibi bizi, oturduk bir masaya kızın masası hangisi aramaya başladık ve bingo, iki masa ilerimizde oturuyor, hemen kalktık onun yan tarafına geçtik, hâlâ gözlüklerimiz bu arada gözlerde.

Hatun acayip iri yarı, kollar falan bildiğin pazulu. Yani orada bizi bir fark etse, üçümüzü de döver, hatta dövmekle de kalmaz, masaları kıçımıza kıçımıza sokar affedersin. O gördüğüm vesikalık foto bilmem kaç yıl öncesine ait ama kadın saçlarının rengini hiç değiştirmemiş. Saçlar hâlâ kırmızı, bir de dip boyası 5 cm gelmiş, yanık teni, fotoğrafta neyse aynısı yani. Boğazına evde bulduğu bütün metal yığınını dolamış, eskinin metalcilerindenim ama arada bir türkü kafede demlenirim imajı var. Yanındaki arkadaşının da ondan kalır yanı yok, buradan çıktıktan sonra bilardocu Mehmet abileriyle beraber yeni mekân açmak için konuşacak tiplere benziyorlar. Konuşmalarını duymaya çalışıyorum böyle ama mır mır konuştuğu için tek kelime duyulmuyor, bu arada kızlar da görevlerini yapıp hatunu bana bokluyorlar.

Tam o sırada kızın telefonu çaldı, o mırmır ses biraz daha yükseldi, daha doğrusu biz baya yaklaştık o masaya doğru. "Canım ne yaptın? Kargoyu bekliyorum ben de, alır mısın beni buradan, yemek yeme evde var. Geç gidersin bir şey olmaz, anneme selam."

Kesinlikle Ceri ile konuşuyor, bu Ceri yani, yemek istedi, anneme selam ne hem, insan kendi annesine selam yollar mı? Kaynanasına yollar böyle, kesinlikle Ceri bu, hâlâ kopmamış bağı, o yüzden benim yaptığım yemekleri yemiyor, hep bunun yemeklerini yiyor, geri zekâlı Ceri, inşallah boğazında ekmekler bir bir dizilir, benim gibi birine bunu nasıl yaparsın, aaa bayılacağım derken bir baktım Ceri beni arıyor. Vayyy vayyy vayy, pezevenge bak, önce eski karısını sonra beni arıyor. Yani önceliğim bile yok onda. Açtım telefonu, "Napıyormuş benim güzel prensesim?... Kızların yanına mı gittin?... Ee neden haber vermiyorsun?.. Neyse o zaman ben zaten biraz geç kalacaktım, onun için aradım, ben seni alayım işim bitince" dedi ve kapattı.

Geç kalacakmış, yalanını sikeyim ben senin. Eski karısı ile beni aldatıyor işte, aldatılıyorum resmen şu an bu kadını elimdeki çatalla delik deşik etsem, üstüne de Ceri'yi paramparça etsem hâkim bana "helal olsun" der kesin. Kızlar beni sakinleştirmeye çalışıyor, bir yandan da "Biz sana dedik kızım, gidip dövelim mi, rezil edelim mi, twitter'da yaz hatta... Allah onun belasını versin, bi sana bak, bi ona. Bi de sana prensesim diyor, o ne öyle be kaçıncı yüzyılda kalmış moruk, rezil edelim onu rezil. Unfollow edelim hatta dur sen" diye gaza getiriyorlar.

Dedim, sakin olun ben yapacağımı biliyorum. Kadının adresi elimizde var, bu akşam yemeğe kadının evine gidecek, onu orada basıp, tek kelime hakkı vermeden suratına tüküreceğim. Siz de o sırada fotoğraf çekin lan, twitter'a öyle koyayım aldatılmanın belgesi diye de yapıştırayım rezil olsun piç! Gerçi ben de rezil olacağım ama olsun, en azından oranın ekmeğini bir daha yiyemez, oradan ona asılan kızlar olursa karşılarında benim gibi birini bulacaklarını bilirler, ağızlarını, klavyeye basan parmaklarını sikerim onların tek tek.

Bu arada kadın harbiden mal, bizim aradığımız numarayı arayıp duruyor sanırım, bir de sinirleniyor açmıyorlar diye. Artık baktı gelmeyecek kalktı gitti.

Biz baya bir oturduk, sonrasında gidelim dedik, evin önünde çadır kurmaya gerek yok. Kapıyı açtıkları an önemli olan durum. Baya bir oturduk, Ceri'yi aradım, toplantı var dedi akşama bir güzel yalanını da söyledi. Toplantı diye diye bunun evinde soluğu alıyormuş meğersem.

Lan salak, bari barışın yeniden birlikte olun, benden ne istiyorsun? Evlilikleri bitti sanırım, heyecan gelsin diye boşandılar, şimdi de böyle takılıyorlar. Bu daha çok bağlıyor belki onları birbirine, off ne bileyim peki benim günahım ne, beni niye kandırıyorsun, ben sana ne yaptım ki, milyonlarca kız varken neden sadece evliliğe odaklanmış bana bunu yapıyorsun? Peki sen Tanrı'm, hadi kulun acımasız, düşüncesiz bir herif, peki sen, günlerce ağlamalarımı, yalvarmalarımı, tek istediğimin beni sevecek bir adam olduğunu bilmiyor muydun? Neden ona rağmen böyle birini karşıma çıkardın, çıkardığın yetmiyor bir de araya eski karısını sıkıştırdın? Bu kadar kötü biri miyim ki ben, bana bunu reva gördün?

Takside gidiyoruz, arka koltukta kızların arasında oturuyorum, onlar beni sakinleştirmeye çalışıyor, "ben anlamıştım biliyor musun" diye başlayan bütün cümleleri kuruyorlar. Geldik evlerinin oraya, geldik ama taksi parası da iyi girdi hani. Taksimetreye bakmaktan acımı unuttum yemin ederim. Aman neyse o da Ceri için baş göz sadakası olsun n'apalım.

Ceri'yi aradım, açmadı mesaj attı, "toplantı bitmedi miniğim, önemli bir şey mi var" yazmış. Miniğimmiş, buradan zaten yalancı, dolandırıcı, aldatıcı bir pezevenk olduğun belli amın oğlu! Benim gibi yarım dünya karıya miniğim diyor, miniğim ne hem, bi cıvıklık, bi lakaytlık. Ben sevmezdim böyle mıçmıçları bir de. Miniğimmiş, o minik sana şimdi neler edecek sen daha dur.

Dedim, "kızlar yukarıda herif, yanında olmasaydı kesin arardı beni çünkü". Kapılarının oraya gittik heyecandan kalbim nasıl atıyor anlatamam, boğazımda resmen. Bir taraftan da acaba yapmasam mı diyorum, yani onları kendi pisliğine mi bıraksam, çirkinleşmesem, sakin sakin hayatlarından çekilsem gitsem. Diğer tarafım ise, "ya saçmalama ağızlarına sıç onların, canlarını çıkar, rezil et, hatta var ya döv" diyor, pardon bu diğer tarafım değil, bizim kızlarmış.

Kadının kapısının önünde bekliyoruz, içeride ne olduğunu tahmin etmeye çalışıyorum, yapamıyorum burnum sızlıyor sanki, canım acıyor. Karşımda onları görürsem ağlamaktan korkuyorum, güçlü duramamaktan korkuyorum. Kızlar, telefonlarını kamera kısmına getirip aşağıya indirdiler, kapıyı Ceri açmayacak çünkü kadın açacak Ceri'yi gördüğümüz zaman fotoğraflamalıyız.

Kapıyı çalıp çalmama konusunda tereddütte kaldım resmen, elim gidiyor, yapmayayım diyordum ki Zodyaklı pat diye bastı zile, üçümüz kaldık öyle, kim öne geçsin diye itişip kakışmaya başladık. Bayramda şeker bekleyen çocuklar gibiydik resmen, saç baş girişecektik birbirimize o derece.

Heyecandan elim ayağım titriyor, gözlerimi bir saniye kapıdan ayıramıyorum derken kapı açıldı, bir adam göründü, bu Ceri değildi. "Buyrun" dedi, üçümüzden de ses çıkmıyor, bakıyoruz öylece, arkadan kadının sesi geldi "kimmiş aşkımmmm" diyerek. Aha dedim şimdi sıçtık, Ceri aldatmıyormuş beni meğersem, adama "Keriman hanıma bakmıştık ama yanlış çaldık sanırım" diye bir topukladık. Ama nasıl kaçıyoruz anlatamam.

Üç tane iş güç sahibi, bilmem ne üniversitelerinden mezun kızlar böyle bir geri zekâlılık yaptık yani. Şu yaptığımı üç yaşındaki bebek yapmazdı. Taksiye binip eve doğru döneyim bari derken, Ceri aradı, toplantıdan çıkmış beni almaya geliyormuş. Böyle bir huzurla, bir sevgiyle karşıladım onu.

O değil de bu toplantı ayaklarında bir bok çıkmaz inşallah, hadi bunda yırttın Ceri efendi ama bir dahakine bakalım nasıl sıyrılacaksın.

O Sahil, O Ev, O Ada, O Kırlangıçta mı Küs Bana?

Eskiden hep hayal kurardım, çok ünlü biri olduğumu, insanların beni gördüğü zaman imza istediğini, bütün magazincilerin peşimde olduğunu, hatta market kapıları açılırken beni orada bir sürü paparazzi beklediğini falan düşlerdim. Dünya çapında çok ünlü bir yıldızmışım, Brad falan bana köpek gibi âşık ama ben namusumla bu işi yaptığım için ona yüz vermiyorum, "önce karından boşan ibne" diyorum. Haber bültenlerinde hep benden bahsediyorlar, insanlar çocuklarına benim ismimi veriyor, ne giysem olay oluyor, ne söylesem yer yerinden oynuyor falan fıstık işte. Tabii hiçbiri gerçekleşmedi, ünlü bir yıldız olmayı siktir et evlenme üzerine kurduğum hayal bile olmadı ki en basiti buydu. Fark ettim ki ben de artık hayal kurmuyorum, kuramıyorum, kendime bile inanmıyorum çünkü büyüdükçe her şey daha da gerçek görünüyor göze, hayaller artık umut vermiyor, boşa vakit harcamak gibi geliyor. Uyumadan önceki ânımı ne çok severdim oysa, her gün hayal kurmaya bayılırdım. Pehh bir de şimdi bak, hemen uyumak için ilaç içiyorum çünkü yatmadan önce sadece sorunları düşünüyorum. Büyümek nedir diye sorsan sanırım bunu derim, uyumadan önce kurduğun hayallerin sorunlara dönüşmesi...

Ceri ile beraber kanalın birinin müzik ödüllerine gittik, kırmızı halı diye bir muhabbet var ya hah işte onun üzerinden geçerken bunları düşündüm, bir an yine kurduğum hayallere döndüm. Kenarda bir sürü gazeteci, kolumda sevgilim başım yukarda tıngır mıngır havalı bir şekilde geçiyorum. Bir taraftan da zarifçe gülümsüyorum, lakin bir sorun var adamlar beni değil bi ön tarafımda duran Nilay Dorsa denilen ne iş yaptığını bilmediğim hatunu çekiyorlar. Hah işte kaderime sıçayım, tanga giyip gelmiş abla benim bütün hayallerime sahip olmuş, ben de burada bedava şarap var en azından diye sevinen imaj halinde duruyorum. O böyle salına salına poz verirken gidip ağzına bir tane vurasım geliyor yemin ederim. O kadar uyuz oldum, kıskanmadım ama, neyini kıskanayım ne iş yaptığını bile anlamadım ki.

Geçtik oturduk Ceri ile yerimize bekliyoruz, beraber konuşuyoruz işte eskiden olsa bunların fotoğraflarını çekerdik her tarafa yollardık hey gidi heyy şimdi umurumuzda bile değil diye. Ceri gelmiş Orhan Gencebay ile yan yana işediğini falan anlatıyor bana.

Öyle böyle derken gece bitti, eve dönüyorduk ki Sezen Aksu'yu gördüm, arabasına biniyordu, etrafı bir sürü gazeteci doluydu. Ceri'nin elini bıraktığım gibi o tarafa doğru koştum, bildiğin koştum. Bu Sezen Aksu'ya ikinci kez bu kadar yakın oluşumdu, bir defasında da daha çocuk sayılırdım o zaman Marmaris'te konsere kaçak girip en öne geçmiştim, orada o kadar çok ağlamıştım ki sahneden eğilip elimi tutmuştu. Aylarca elimi yıkamadım, hatta poşet bağlayıp denize öyle girmiştim.

Şimdi daha yakınımdaydı, iki gazeteci önümdeydi resmen, yine elimi uzatsam yine tutacak kadar yakındı.

Çocukken annemi Sezen Aksu zannederdim ben, üvey babam beni döverken hep onu düşünürdüm, zaten gerçek annem o, gelip alacak diye umutlanırdım, o zaman acımazdı. Neden onu annem olarak gördüğümü bilmiyorum, sanırım anneme benziyordu biraz, burnu, gözleri, kısa boyu ve gülüşü annem gibiydi. Ama annem gibi değildi de, mesela o da bir sürü adamla evleniyordu ama çocuğunu bırakmıyordu. Hatta klibinde bir defa Mithat Can'ı oynatmıştı, onu o kadar çok kıskanmıştım ki, kollarımı ısırmıştım kıskançlığımdan o derece koymuştu. Etrafımdaki diğer hiçbir annenin çocuklarına yaptığı şeyi kıskanmamışımdır, hatta anneleri hiç sevmemiştim çünkü onlar da beni sevmezdi.

O benim hayalimde yarattığım annemdi, onu o arabada görünce kurduğum hayaller aklıma geldi, bir anda yedi yaşıma geri döndüm. Okulun önüne büyük bir limuzin geliyor, önce korumaları aşağıya iniyor, sonra Sezen Aksu iniyor. Okuldaki herkes çığlık çığlığa koşuyor, sonra ders zili çalıyor herkes sınıfa giriyor. Ardından dersin ortasında, korumalar sınıfın kapısını açıyor, içeri Sezen Aksu giriyor, böyle güneş gözlükleriyle hepimize bakıyor. Hemen beni tanıyor, önce utanıyorum beni beğenmezse diye saklanıyorum. Sonra o yanıma geliyor, "kızım seni almaya geldim, her şey güzel olacak hadi gel" diyerek elimden tutuyor. Sınıfa imzalı kasetini dağıtmayı da ihmal etmiyor, neticede kızının arkadaşları onlar.

Ne kadar safmışım, bazen kendi çocukluğumdan nefret ediyorum, hiç sevmiyorum. O yüzden sadece yazarken hatırlıyorum çocukluğumu, insanlarla konuşurken mesela hayatımın bir alanı yokmuş gibi davranıyorum. Çünkü yok olmasını istiyorum.

Arabada bekliyor Sezen Aksu, soruları yanıtlıyor, gülüyor durmadan konuşuyor. Ceri de arkamdan tutmuş ne olduğunu anlamaya çalışıyor, "gidelim vale bekliyor araba geldi" diyor. Elini itip daha da yanaşmaya çalışıyorum, sesleniyorum sesim kısık çıkıyor, bir daha sesleniyorum. Ne diyeceğim konusunda fikrim yok sadece sesleniyorum. Kafasını çeviriyor bana doğru gözü gözümde çenem titriyor saniye bile sürmeden, kafasını çevirip "hadi gidiyoruz" diyor, kapıyı çat diye kapatıp çekip gidiyor. Arkasından bakıyorum öylece, annemin gidişinin ardından baktığım gibi.

Annemle babam sürekli kavga ederlerdi, biz zaten hiç evde yaşamazdık, hep birilerinin yanındaydık, annemi boşandıklarından sonra daha sık gördüm diyebilirim, o da bırakacak kimseyi bulamamıştı iki üç sene. Beraberlerken bizden nefret ederdi sanırım, evliliğinin sürme nedeni bizdik çünkü. Babamdan neden nefret ettiğini hiç anlamazdım, adam onu çok seviyordu, üstüne çok titriyordu, sürekli istekleri için çabalıyordu bizi bile unutuyordu. Gerçi babamı neden sevmediğini boşandıkları zaman, babam dahil olmak üzere bütün herkes anladı. Boşanır boşanmaz hemen, hiç vakit kaybetmeden, kimse ne der diye düşünmeden, hiç acımadan babamın akrabasıyla pat diye evlendi. Adam yıkıldı, utandı, çekti kendini her şeyden. O zaman söylenenleri hayal meyal hatırlıyorum, babamın bütün malına mülküne karşılık bizi verişini hatırlıyorum. İki ev iki arabaya anneliğinden nasıl vazgeçişini hatırlıyorum.

Kaldı ki çok küçüktük biz ama çok güzel çocuklardık. O zamanki fotoğraflarıma bakıyorum da tosun gibi bir çocukmuşum, kızıl bukle saçlı, hafif çilli, domuz burunlu, koca yanaklı bembeyaz bir çocukmuşum. Öyle ki bütün akrabalarımda kartpsotal gibi fotoğrafım vardır. Çok neşeliymişim, çok gülermişim, çok yermişim. Boşanmalarından sonra saçlarımı kopartmaya başlayınca, ses çıkaramadığım anlarda kendime acı vermek için yaptığım saçmalıklardan sonra çocukluğum kalmamış artık.

Şimdi yeniden o günlere döndüm, annemin evi terk ediş anına döndüm. Evde kıyamet kopuyordu, annem eşyalarını toplamış evi terk ediyordu, biz ağlıyorduk, ortanca halam bizi sakinleştirmeye çalışıyordu, elimizde konya şekerleri vardı, yapış yapıştı kollarımız. Merdivenlerden aşağıya indi annem, arkasından da babam geldi, "şu çocukları bırakıp gidecek misin" diye bağırıyordu anneme, annem hiç duymuyordu, sinir bozucu sessizliğiyle ayakkabısını giymeye çalışıyordu, biz de salonda ağlıyorduk, "anne gitme" diye, halamda bize sarılmış kapıyı kapamaya çalışıyordu görmeyelim diyerek.

Sonra kapının kenarından babamın kolunu gördüm, annemi tutmuş yukarı doğru sürüklüyordu, annem o sessizliği bozmuş bu sefer çığlık atmaya başlamıştı. On dakika sonra babam aşağıya indi, gözleri kıpkırmızı bir şekilde bana sarıldı koltuğa oturdu. Halamla konuşmaya başladı, "sakinleşsin, kendisine gelsin biraz zaman sadece zaman" deyip duruyordu. Yukarıdan sadece annemin çığlıkları geliyordu, "aç kapıyı polisi arayacağım" diyerek. Sonra yukarı çıktım, kapının oradan anneme seslendim, gitme dedim. "Kapıyı açarsan gitmem, ben nasıl sizi bırakabilirim. Yemin ederim gitmeyeceğim, gidersem sizi de götürürüm zaten. Ne olur kapıyı aç, yalvarıyorum sana. Annenin ölmesini ister misin? Şu an ölüyorum kapıyı açmazsan bir daha beni göremeyeceksin öleceğim çünkü yalvarıyorum boncuğum aç şu kapıyı" dedi, bir daha sordum, "gitmeyeceksin değil mi" diye. "Asla" dedi. Kilidi çevirdim, kapı açıldı, açıldığı gibi beni elinin tersiyle yere bir itti, kafam diğer odanın kapısının kulpuna çarptı. Hiç bana bakmadan merdivenlerden indiği gibi dış kapıdan çıktı ve gitti...

Bana yalan söyledi, benim yüzümden babamı da terk etti. O kapıyı açmasaydım belki kalacaktı, belki sakinleşecekti ama gitti... Kardeşimle beraber hemen arkasından koştuk, kardeşim annemin ayakkabılarını geçirdi ayağına ben önde o arkada el ele tutuşarak annemi yakalarız umuduyla koşmaya başladık, kafam kanıyor ama umurumda değil, annemi bulmalıyım diye düşünüyordum. Kardeşim sürekli düşüyor onu kaldırmaya çalışıyordum baktım olmayacak yanına oturdum onun, dizleri parçalanmış, tükürüğümle dizlerini ovdum geçsin diye, bir taraftan da bağırıyorum anneme ki duyarsa gelsin diye. Komşuları falan gördüğümü hatırlıyorum, acaba onlara mı gitti diye düşünüyordum hatta. O sırada babam geldi yanımıza, onu kucağına aldı, benim de elimden tuttu, üçümüz de ağlıyorduk eve doğru yol aldık kilidi açtığım için babam bana çok kızacak diye düşünüyordum, kendimi ona affettirmem lazımdı o yüzden durmadan gereksizce konuşuyordum. Evin kapısının oraya geldik, halam kapıyı açtı, o an karşı sokaktan araba farı gözümüzü aldı. Diğer tarafa doğru koşmuşuz meğersem, annem hemen karşı taraftaymış, arabaya biniyordu, ben koşmak için hamle yaptım ama babam tuttu beni, kendine çekti. Bağırdım, baktı saniye bile sürmedi bakışı, kapıyı çat diye kapattı ve çekti gitti.

Şu an aynı günü yaşadım, ikinci kez terk edildim, üstelik bu defa kurduğum hayal tarafından. Bu kez elimi babam değil, Ceri tutuyordu. Arkasından öylece ağladım, aynı anı yeniden aynı acıyı bir daha tekrarladım o kapının çat diye duyduğum sesiyle.

Sanırım annemi çok özledim.

Kıskançlık Ya Benim Ya Senin Sonun Olacak

Hayatta en nefret ettiğim şeylerden biri, yalnız başına alışverişe çıkmaktı, ama artık değil. Çünkü Ceri bana kan kusturuyor alışveriş yaparken, resmen insanlıktan, varlığımdan soğuyorum. Her mağazanın önünde sürekli offlama pufflama, devamlı bir isyan adamı. Mağazaya değil de birinci dünya savaşına sokuyorum sanki, nasıl öfke nasıl kin anlatamam.

Şirin şirin kıyafet gösteriyorum böyle, "baksana bu nasıl olmuş" diye, turşu götüne girmiş gibi o suratı ekşitiyor, "poponun çizgisi görünüyor, bok gibi oldu". Ya da bir şey alacağım kendime, kasaya gidiyorum, kasanın orada bir başlıyor konuşmaya, var ya çalışanlar artık "abla alma allasen kalk git" diyecek diye korkuyorum. "Ee bunun aynısından sende bir sürü var", "bu ne yani, bu şey için mi 3 saattir buradasın," "keşke TOKİ'den ev alsaymışsın aynı para nasılsa"... Artık böyle isyan ediyorum var ya, ağladığım günü biliyorum hatta.

Ayakkabılara bakıyorum, alıp çekiyor beni, "bir sürü ayakkabın var, saçmalama önce evdekileri giy" diye bir başlıyor ayağımdakileri götüne sokarsam ancak susar dereceye geliyor. Haa kendisine gelince iş ama ayrı, beyefendi bir defasında sadece bir tişört almak için bütün AVM'yi birbirine kattı. Neymiş tişörtler göbeğini büyük gösteriyormuş, gerçekten ama isyan çıkardı, her gittiği mağazada bağırıyor çağırıyor kendisine uygun tişört yok diye. Lan geri zekâlı tişörte özel göbek mi koymuşlar sanki göbeğin var ki görünüyor diyorum bu kez bana bağırıyor. En son artık dövecektim onu da zor tuttum kendimi. O yüzden ben de güzel güzel sakin sakin o işteyken alışverişimi yapıyorum mis gibi oluyor.

Bugün de öyle alışveriş için dışarı çıktığımda bir baktım, kafenin birisinde Ceri oturuyor, karşısında da bir kız. Böyle uzaktan biraz izledim, muhabbet falan ediyorlar, iş arkadaşı sanırım diye düşündüm. Nasıl bir meslekse bunların iş arkadaşları Erberk ajans çalışanları gibi mübarek. Kızlar o kadar güzel ki anlatamam, zaten güzel olmak zorundalar işe girmek için. Erkekler için fark etmiyor bu durum bizimkinden belli yani, bir de adam müdür düşün o derece.

Kıskanmıyor muyum, deli gibi kıskanıyorum içim içimi yiyor ama niyeyse bir o kadar da rahatım. Yani hiç iş arkadaşıyla falan aldatacak potansiyeli görmüyorum onda. Başı belaya girsin istemiyor sanırım ki hiçbir sevgilisi işyerinden olmamış adamın.

Arayayım bakayım dedim sonra baskın yaparım beni kandıracak mı nerede olduğunu nasıl söyleyecek diye. Aradım, telefon çaldı, telefonu eline aldı, baktı baktı baktı ve geri cebine koydu! Yani telefonumu açmadı adam, aradığımı da gördü üstelik ve en önemlisi telefonunun sesi kısıktaydı. Bir daha aradım, bu kez şöyle bir kafasını eğdi cebine baktı geri koydu. Lan ben seni yemez miyim, o telefonu kafanda paramparça etmez miyim, ben seni boğmaz mıyım, doğduğun güne isyan ettirmez miyim, seni liğme liğme yapıp etlerini piranalara vermez miyim?

Koştur koştur yanlarına gidiyordum ki, dur lan dedim kendime, n'apıyorsun kendini neden rezil ediyorsun? Orada o yanındaki orospu artık her kimse neden onun gözünde kendini küçük duruma düşürüyorsun? Sen PuCCa'sın büyük düşün, bir hanfendi ol, bir sakinleş, bu adama başka ceza ver.

Bu salağın en sevdiği en değer verdiği şeyi nedir, bir arabası, iki evi! Hah arabası burada bir yerdedir kesin diyerek arabasını aramaya başladım. Valeye para vermemek için ara sokaklara paso park ediyor zaten barzo, bulmam zor olmadı. Arabasını baştan sona kadar anahtarla çizdim. Bagajının olduğu yere de, GÖT yazdım çize çize böyle, birkaç kişi gördü, polise falan haber verirler diye tırstım daha devam edecektim de etmeyeyim dedim. Aynaları kırdım bir güzel, bir güzel diyorum ama canım çıktı kırana kadar o ayrı mevzu.

Sıra evine geldi, o evi ben yakayım da sen gör, sen kimsin ki beni aldatırsın, kaşlarından utan be adam, sen nesin yani, kimin bokusun, nasıl bir cesaret ya, beni beni sen koskoca PuCCa'yı aldatacak adam mısın? Ben sana neler yapacağım, nasıl sürüneceksin var ya, başta da uyardım ha ben bu herifi. Dedim bak, benim memelerim dışında başka meme görmeyeceksin, bundan sonra karı kız mevzuları bitti, ancak TV'de gördüklerinle yetinirsin. Hayatının tek anlamı benim ve ben gidersem hayatını da sikerim. Vallahi dedim bunu, o da yavşak yavşak gülerek kabul etti.

Hemen bizim kızları aradım, dedim bu kez iş ciddi ev yakmaya gidiyoruz. Diğer ev basma olayımızdan sonra sanırım biraz akıllandılar ki, bunu kabul etmediler. Bir de bana bağırıp telefonu kapattılar. İşte bu dünyada böyle yalnız bir insanım, sevgilim beni aldatıyor ve evini yakacak bir arkadaşım bile yok. Ne kadar bahtsız biriyim ben, yapayalnız kaldım şimdi yine iş başa düştü, yine evi kendim yakacağım sanırım. Bir kere daha yakmıştım da böyle ama o başkaydı, onda gerçekten kafayı yemiştim sanırım. O kadar çok âşıktım ki, adam benimle azcık ilgilensin diye kendi evimi yakmıştım, aslında yakmamıştım yanmış süsü verecektim ama sağ olsun çatır çatır yandı ev, bi de kamu davası açıldı.

Anaaa dava doğru ya, bu kez de artık açılırsa kesin hapse tıkarlar beni. Bir de kendimi biliyorum, beceremeyeceğim anca lafta kalacak. En güzeli ben yanlarına gidip döveyim onları. O da olmaz, sinirlenince ağlıyorum, ağlamaktan dövemem ki. Allah belanı versin Ceri, evrene sürekli beni aldatırsan diye mesaj vere vere aldattın sanırım. Evren sen de ne bok püsür bir şeysin, sana milyonlarca mesaj gönderdim ala ala bunu mu aldın yani. Ulan bari bir miktar para yollasaydın bunun yerine. Sana da inanmıyorum artık, lanet olası evren!

Ne yapmalıyım acaba? Sevgilim orada başka bir kızla fingirdeştiği için telefonuma cevap vermiyor ben de karşı caddede ağacın arkasına koca götümü sığdırmaya çalışarak onları izliyorum. Başka kız olsa ne yapardı, "beni bir daha arama şerefsiz" diye mesaj atıp, bir daha yüzünü görmesem mi? Bu çok sıradan ve devamında kandırılmaya müsait. İçimden geçen tek şey onları dövmekken neden burada duruyorum ki, döveyim abi ne olacak, elime mi yapışacaklar neticede. Karşılık verecek değiller ya, yani beni aldatan onlar, durup bir de onlara vurdum diye bana mı girişecekler peh!

Ya girişirlerse? Ya kız tekvandocuysa, ya haberi yoksa Ceri'nin bir sevgilisi olduğundan, ya Ceri onu kandırdıysa o da ben ona tekme tokat dalınca olayı anlamadığı için beni döverse? Bir daha mı dayak yiyeceğim lan! Bir kere bu salak yüzünden yedim zaten, bana da günah valla.

Ayy deli olacağım aldatılıyorum ve sadece adamın arabasına göt yazdım, başka bir şey yapamıyorum. En güzeli yanlarına gidip onları utandırmak, evet evet kesinlikle utandırmak... Gülümseyerek gideceğim, Ceri'nin yanaklarından öpeceğim, ona sarılıp hanfendi kim diye soracağım. O da apışıp kalacak, tek kelime edemeyecek, o düşünsün ne bok yapacağını ben niye düşünüyorum ki, hiç yani! Ama yine de ne olur ne olmaz iş boka sarar falan, ben bir elimle çantamdaki parfümü tutayım da bir şey olursa kafalarına kafalarına geçiririm onu.

En hanımendi halimde yanlarına gittim, masalarına geldim, Ceri beni görünce şaşırdı ama beklediğim şaşırma bu değildi, öptü beni sandalyeyi çekti. Yanındaki kız da elini uzattı uzattım, ne oluyoruz lan oldum bir anda.

"Xxx hanım yyy dergisinin yayın müdürü, kız arkadaşım PuCCa. Dün bahsetmiştim dergide yazmamı istiyorlar onu konuşuyorduk, aramışsın, toplantı bitince ararım dedim ben de. Gelecek ay başlıyorum."

"Hayırlısı" dedim ve sustum. Gene adam bana kendisiyle ilgili bir şeyler anlatmış ve ben yine dinlememişim, off ben ve şu paranoyaklıklarım, güvensizliklerim, kendimden başkasını önemsemeyişim ne olacak? O değil de olan güzelim arabaya oldu ona yanıyorum.

PS: Bu arada Ceri, burayı okuyorsan, arabayı çizen kişinin ben olduğumdan yeni haberin oldu. Özür dilerim valla billa kötü bir niyetim yoktu, ne bileyim telefonunu açmayınca sen, ben de dayanamadım. Offf n'apayım, açsaydın o telefonu sen de, suç benim mi yani!

Hatta Kaderim Bile Değiştiremez Fikrimi; Seni Terk Ettim Bugün

İlişkinin ilk günlerinde beni sürekli bir yerlere götüren, gezelim tozalım belgeseli çekiyor edasıyla etkinliklere fink fink giden adam şimdi o götünü televizyon koltuğundan kaldırmıyor.

"Hadi Ceri, bugün dışarıda yiyelim."

"Off çok yorgunum şimdi hiç çıkacak havada değilim eve söyleriz."

"Ceri ya arkadaşımın doğum günü var hafta sonu oraya gidelim mi?"

"Doğacak başka zaman bulamamış mı? Bir hafta sonum var zaten evde duralım."

"Ceri akşam dışarı çıkalım mı çok sıkıldım."

"Kanalı değiştirsene sıkıldıysan."

Hayatımızdaki diyaloglar aynen böyle sürüyor. Akşam işten geliyor, televizyon izliyoruz, hayatımda bu kadar televizyon izlememişimdir bu arada, sonra uyuyoruz. Öyle eskisi gibi hadi film izleyelim durumumuz da kalmadı. "Aa şu film çok güzel izleyelim DVD'sini aldım" diyorum "yaa ben onu biliyorum, duydum kimse sevmemiş boşver" deyip bütün hevesimi kursağımda bırakıyor. Kendimi kandırılmış, aldatılmış gibi hissediyorum, ilişkinin ilk günleri beni resmen ben gecelerin adamıyım diye kandırmış. Adamın içinde bildiğin emekli öğretmen yatıyormuş yahu.

İçim sıkılıyor artık, böyle bizim kızlar fink atıyor orada burada ben evde adamın yemek sonrası kahvesini pişiriyorum. Evet, ilk günler memnundum bu halimden, evet yan yana olduğumuz her yer cennetti bana göre ben de insanım lan. Madem biz beraber gezemiyoruz ben bizim kızlarla çıkayım diyorum ona da bin kıyamet, önce tamam çık diyor, sonra "ben de arkadaşlarla çıkarım o zaman" diyor. Lan madem çıkacaksın ne diye arkadaşlarınla çıkacaksın benimle çıksana diyince de cinnet geçiriyor, o kapıdan çıkarsan biter bu ilişkiye kadar varıyor iş. Tabii ben o kapıdan çıkıyorum ama bu kez de bütün geceyi bana zehir ediyor.

Geçen gün toplanıp karaokeye gittik, bu bir mırın kırın bir afra tafra sürekli oflamalarla evden çıktı. Eğlenmeye değil de adamı cenazeye götürüyorum sanki suratı beş karış asık. "Ne oldu" diyorum, "biliyorsun sevmem ben öyle yerleri, ameleler oraya gider, bizim ne işimiz var bla bla bla". "Ulan manita olduğumuz sıralarda oralardan çıkmıyorduk ya şimdi ne oldu, sınıf mı atladın" diyorum, ona da bu kez "ya o başkaydı, kuş kafesten uçmasın" diye. Yani bu kadar emin ondan ayrılmayacağıma, bu kadar net bir şekilde de söylüyor bana.

Gittik neyse mekâna girdik, orada arkadaşlar deli gibi eğleniyorlar, bizimkinin suratı dana boku gibi aşağıya kayık. Kızların yanına şarkı söylemeye kalkıyorum, bu asıyor suratını. Yanına oturuyorum sadece şikâyet ediyor, kendime içki alıyorum üç saat nasihat veriyor. Kendi eğlenmiyor bir de beni eğlendirtmiyor. Millet "neyi var ne oldu" diyor bana, söyleyecek lafım da yok anacım, adam arıza manyak yapacak bir şey yok, o öyle oturur diyorum, bu kez insanlar huzursuz oluyor. Bütün geceyi resmen burnumdan getirdi, dönerken de bildiğin beynimi sikti. "Ben sana söylemiştim eğlenemeyeceğimizi öyle bok gibi yere götürürsen nasıl eğleniriz?" Ulan salak, ulan mal, ulan varoluş nedenini siktiğimin herifi, eğlenmeyen sensin, senin yüzünden eğlenemedim ben, diyorum onu da kabul etmiyor.

Eve gittik ama var ya nasıl sinirliyim, nasıl anlatamam; sinirden tırnaklarımı avuç içlerime geçirmişim kanatmışım o derece. Kıyamet kopuyor evde, eşyaları fırlatıyorum, kapıları çarpıyorum, ona vuruyorum o kadar sinirliyim ki. Çünkü ne desem, ne söylesem kabul etmiyor, onun her dediği doğru onun her dediği haklı, o sadece var. Bu bizim ilişkimiz değil, onun ilişkisi ben de yanındaki elemanıyım sanki. Onun canı isterse dışarı çıkabiliriz, onun canı isterse yemek yiyebiliriz, onun istediği televizyon programını izleyebiliriz, o eğlenirse eğlenebiliriz, hayatımız sadece ona endeksli. Ben diye bir şey yok, sadece kendi ve kendi istekleri. Ben ki dünyanın en bencil insanı, ben ki varlığımın nedeni sadece yemek içmek eğlenmek, sıçmak bile değil, kronik kabızım çünkü, diye düşünen biri, ben ki kalabalık seven insan, şimdi o ve onun hayatını bize çevirmesinde eriyip gidiyorum. Bu ben değilim, bu benim hayatım değil, onun kuralları var ve ben ölüyorum. Kendimi kaybediyorum artık. Arkadaşlarımdan, çevremden, kardeşimden bile uzaklışıyorum, gördüğüm tek ev bu dört duvar ve bu dört duvarın kuralları.

Çöpler asla bekletilmemeli; bilgisayar kapandıktan sonra televizyon sehpasının altındaki yerine konmalı; her sabah muhakkak yatak toplu olmalı; banyo deliğinde saçım olmamalı; dolaptaki kıyafetlerimin yeri bir gıdım şaşmamalı; tuvalet ışığını açık bırakmamalıyım; koltukta yemek yerken tepsi almalıyım; onu asla aç bırakmamalıyım. Haa bir de her akşam yemekten sonra dört şekerli kahvesini yapmalıyım, sonra sodasını getirmeliyim, sonra birasını eğer o gün mutluysa votkasını.

Günüm bunlarla geçmeli, o ve kuralları. Bunlardan biri şaşarsa o huzursuz oluyor ama yaptığım zaman bir teşekkür yok, aa beni düşünmüşsün yok. O, onun evi, onun kuralları. Burası benim evim değil diyorum, "senin de evin saçmalama" diyor. Değil işte, burada gram mutlu değilim, kendimi çocukluğumdaki gibi hissettiriyor bu ev bana, üvey babamın evi gibi burası. Hep kuralları var, hep yapmak zorunda olduğum şeyler var, hep birilerine bağlıyım. Ben mutsuzum burada, ölüyorum artık gör bunu diye yalvarıyorum ona, görmüyor. O hâlâ bana burayı bizim olduğumuza inandırmaya çalışıyor.

Değil işte, kıyafetlerim dışında tek eşyam yok burada, hiçbir şeyin yerini bile değiştiremediğim bir ev burası, çocukluğum burası, o zorlamalar, o öfke, o nedenini anlamadığım huzursuzluk evet çocukluğumu hatırlatıyor burası. Çocukken zorunluydum hadi, kaçacak yerim yoktu peki şimdi ne diye duruyorum bu evde diyorum, bilmiyorum.

Ağlaya ağlaya uyumuşum, sabah uyandığımda Ceri çoktan işe gitmiş hatta öğlen olmuştu. Gazeteye yetiştirmem gereken yazı vardı, onun için geç kalmıştım hatta. Uyanır uyanmaz yazıyı yazmaya başladım sonrasında da düşündüm taşındım, bu evde kalmayacaktım. Sevgi hiçbir şeyi kurtarmıyordu, bizi hiç kurtarmıyordu. Bunu artık kabullenmem gerekliydi biz ayrı dünyaların insanlarıydık. O yüzden kıyafetlerimi hazırladım, akşam geldiğinde adam gibi konuşup ayrılmaya karar verdim. Kendi kendime konuşmalarımı yaptım.

"Ceri, biliyorsun ki aylardır beraberiz ve bu beraberliğimiz boyunca bir arpa boyu yol alamadık. Sen ve ben başka dünyaların insanlarıyız, bu ilişki sürmüyor. Evde bulaşık makinesi olduğu halde iki bardak var diyerek onları elde yıkamak zorunda değilim! İnsanlar dışarıda fink fink dolaşırken benim burada içim çürüyor. Evlenmeden evli, hatta yirmi beş senelik evli çiftler gibi olduk. Bu arada evlenelim diyip, hâlâ ortada bir tek taş olmayışından bahsetmiyorum bile. Sen yoluna git, kendine bir ev hanımı bul. Ben yoluma gidiyorum."

Hımmm, yok bu biraz ağır oldu, biraz daha sakin, daha duygusal bir şeyler olabilir.

"Ceri, Ceri, Ceri ah sevgili Ceri. Seni terk ediyorum. Her şey bitti benim küçük ama bir o kadar dana olmuş prensim. Bensiz kim bilir nasıl kahrolacaksın, kim bilir nasıl ağlayacaksın, her gün gözyaşı dökeceksin, hatta belki intihar bile edeceksin. Ama bir bak bize, biz bizlikten çıktık. Bir fidanın iki dalıyız ama o kadar ayrı yönlere bakıyoruz ki, birbirimize kavuşmamız için birimizin kırılması gerekli. Bırak dallarımız çiçek açsın, bırak, her şey olduğu yerde kalsın. Başaramadık biz bunu, yapamadık. Seni seveceğim, hep seveceğim ama hiç gelmeyeceğim."

Allah'ım bu ne, böyle bir şeyi adama söylersem zaten terk etmeme gerek kalmaz, daha ikinci cümlemde kaçarak uzaklaşır benden. Az duygusal, biraz gerçekçi, biraz da kendimi suçlar şeyler söyleyeyim ki sinirlenmesin.

"Ceri, Allah benim belamı versin, senin gibi bir adama layık olamadım ben. Sen o kadar iyi, o kadar dürüst, o kadar tatlı, o kadar yakışıklı ve bir o kadarla başlayan cümle kurabileceğim birisin ki ben yanında bir hiçim. Sen benden daha iyilerine layıksın, hatta sana daha iyisini bile ayarlayabilirim valla bak, eski sevgilikte sınır yoktur bende. Sen bir tanesin, ben bok gibiyim. Bu ilişkiyi ben yürütemedim, sorunu falan siktir et ben doğarken hatalı doğmuşum. Zaten şuna baksana her yanım bıngıl bıngıl et. Ne yapacaksın benimle allasen, sen en güzeli mis gibi bir kız bul kendine, yemeğini yapsın, bulaşığını yıkasın, sen gel dediğinde gelsin, git dediğinde gitsin..."

Lan lan ben ne diyorum, bu da olmayacak. En güzeli geldiğinde sadece olmayacağını anlatayım. O da farkındadır ya zaten, paylaştığımız tek şey artık sessizliğimiz. İkimizden biri ağzını açtığı an kavga etmeye başlıyoruz çünkü. Belki o da benden bu girişimi yapmamı bekliyordur, netice bu ev onun evi, beni kovacak değil ya, anlayayım da gideyim diye belki bu kadar öküz.

Ama yine de olayı biraz dramatikleştirmek gerekli, yani ne olursa olsun yaşanılan her şey sonuyla hatırlanıyor, öyle bir terk etme olsun ki hiç unutamasın bugünü. Kahrolsun günlerce, ağlasın inlesin, köpekler gibi beni özlesin. Yatağa iyice parfümümü sıkayım ki en azından çarşaflar yıkanana kadar koklasın koklasın da karalar bağlasın. Eşyalarımı bavula koydum, yatak odasına yerleştirdim onu, eve geldiğinde ilk beni görecek, sarılacak falan sonra ayrılık kararımı söyleyeceğim, o da yerlere atacak kendini. Gitme diye yalvaracak bana, ardından yatak odasından bavulumu çıkartıp, çekip gideceğim, fonda ise Suat Suna'nın "seni terk ettim bugün" şarkısı çalacak.

Akşam geldi, yine o salondaki hiç değişmeyen koltuğuna oturdu, üç beş dakika orada oturup, yatak odasına üstünü değiştirmeye gidiyor ve nedense gelir gelmez hemen o koltuğa oturuyor, biraz manyak sanırım, yanına geçtim oturdum, yüzüme yapmacık bir acı, mahçup bir duruş koyarak, derin bir nefes aldım.

"Sana bir şey söyleyeceğim."

"Dur önce ben söyleyeyim, sonra anlat sen. Aslında sen haklısın sanırım. Sen bana ayak uydurmaya çalıştın ama ben biraz başaramadım. Tatile gidelim, izin aldım iki gün hazırlan çıkalım hemen, senin istediğin yer olsun. Her şey senin istediğin gibi olsun, seni seviyorum çok seviyorum, sen ol istiyorum. Ben çok bencil davrandım biliyorum. Döndüğümüzde bu evi istediğin gibi dağıt, sıç içine yemin ederim sesimi çıkarmayacağım. Sen benim kızım gibisin, çocuğumsun bazen öyle çok seviyorum, öyle bir koruma isteği var içimde... Sen ne diyecektin söyle..."

"Kahve bitmiş."

Adam kalkmış gitmiş düşünmüş bunları yapmış, onu terk etmeyi düşündüğümü mü söyleyecektim yüzüne. Hemen içeri koştum, bavulu açtım sanki yeni toparlıyormuş gibi eşyalarımı yaptım. Bu geldi yanıma, beni öyle görünce çok sevindi, hani dünden hevesliymişim de o söyler söylemez hemen hazırlığa başlamışım gibi. Arkamdan sarıldı, "beni hiç bırakma tamam mı, her şey güzel olacak söz veriyorum" dedi. Ona doğru döndüm, "asla" dedim kafamı omzuna yaslayıp onu terk etmeyi düşündüğüm için kendimden nefret ettim...

Biz Bir Kelepçenin İki Koluyuz, Anahtarın Bizim Bağımızla Alakası Yok

Ceri bir şeyleri kurtarmak için bir adım attı, tatile gidiyoruz, belki bir şeyleri orada düzeltebiliriz ki ben inanıyorum bu kez başaracağız. Ben de kendime düşen görevi yerine getireyim dedim, hani yeni bir başlangıç yeni bir adım diyerek bazı şeylere renk gelsin diye düşündüm. Gerçi bazı şeyler gayet iyi durumda, hatta nedense her şeye zarar geliyor ama o bazı şeylere hiçbir şey olmuyor maşallah diyeyim de dur. Sen de maşallah der misin lütfen? Hah ama olsun neticede eğlenceli olsun bu tatil diye fantezik olaylara bir adım atalım diyerek, kelepçe almaya karar verdim. Hizmetçi kostümü falan alacaktım aslında ama bulamadım valla, netten falan sipariş etsem o gelene kadar biz balayına gideriz artık. Hem en ucuzu, hem en kolayı, hem de en "ya bu ne saçmalama" denildiğinde arkaya atılacak bir olay olduğu için kelepçe en mantıklısı geldi. Hem de duygusal yönü var yani, bana hâlâ tek taş almadı, buradan da bunu vurabilirim hem. Gittim aldım kelepçeyi, bir alışveriş mağazasının altında şaka ürünleri satan bir dükkândan.

Eve geldim, valizin en altına yerleştirdim bir güzel, yanına yeni iç çamaşırlarımı da ekledim. Valiz hazırlamaktan da midem bulanıyor bu arada. Bir sürü kıyafet alıyorum, sanki hepsi işime yarayacak gibi. Oraya gittiğimde aldıklarımın çoğunu giyemiyorum, bir de evde almadıklarımda aklım kalıyor. Ayakkabı zaten ayrı dert, bir sürü ayakkabı götürmek istiyorum ama kutularıyla götürsem yer kaplayacaklar, öyle attırsam içine ezik büzük olacaklar içim acıyacak ayakkabılara. Bir de şampuanı kremleri bilmem nesi derken valizde zaten yer kalmıyor.

Ya insan ışınlanmasından vazgeçtim ama bu eşya ışınlama olayına girilsin artık. Valla bak, mesela tatile gidiyorum ya ben, elim kolum bomboş gideyim böyle. Otele geldiğimde, hop elimde kumanda olsun, dolabımı göreyim o kumandayla, pat elbiseyi işaretleyeyim iki sanişe sonra elimde olsun. Hem bu sayede "ayy onu unuttum, ayy kimliği unuttum, ayy saç düzleştiricisi" gibi bir sorunum olmaz. Valizi yerleştirdim de yerleştirmesine, lakin bir şeyi unuttum, lan Ceri'nin eşyalarını koymadım. Yer de kalmadı zaten, acaba ona poşet mi versem takılsın dursun onunla. Olmaz kıyameti kopartır, eşyalarımdan bir şeyden de vazgeçmek istemiyorum. Ya zaten tatile gidiyoruz n'apacak kıyafeti bilmem neyi? Ama yine de iki üç parça bir şey koyayım diye tıkış tıkış edip en dibe doğru tıkıştırdım kıyafetlerinden.

Artık ilişkimizdeki yeni döneme hazırdım, kadın dergilerine göre, ilişki çıkmaza girdiği an yapmamız gerekenlerin en başında hep cinsel oyunlar yer alıyor. Oysa ne saçma, hiçbir zaman cinsellik hiçbir ilişkiyi kurtarmıyor. Hatta tam aksi, eğer sekste sorun yoksa mükemmel gidiyorsa sadece sevişmeye dayalı bir birliktelik oluyor. Paylaşılan her şey o yöne gidiyor, konuşulan konular, boş vakitler tavşan gibi patpatpatlarla geçiyor. Sonra bir gün sıkılıyorsun, her şeyden sıkılan insanoğlu bundan bile sıkılıyor, konuşmak istiyor. Ayy yalnız şunları söyleyene bak, bir anda ilişki uzmanı kesildim. Ulan hepi topu dört adamla birlikte olmuşumdur, hepsi de beni terk etmiş zaten, çoğu benden ayrılınca evlenmiş, birbirimize düşman olarak bitmiş ilişkiler ben de burada akıl verme olayına girdim peheyy. Bir kendi götündeki dona bak, sonra milletin kıçını yokla sevgili PuCCa.

Neyse biz yola çıktık, havaalanına doğru gidiyoruz böyle girişte üzerimdeki takıları tokaları çıkarıp geçtik, valizleri bekliyoruz o xrayn şeysinden çıkmasını. Valiz gelirken, güvenlik görevlisi eğildi bize doğru "pardon siz polis misiniz acaba?" diye sordu. O soruyu sorunca beynimden aşağıya böyle kaynar suyu döktüler, hatta su değil bildiğin yağ döktüler. Ben hemen topukladım, götüm götüm kaçıyordum ileriye doğru. Ceri tabii anlamadı olayı, yoo falan diye konuşuyor. Adam kelepçe var diyor, Ceri kelepçe yok diye inat ediyor.

Sonra benim kaçtığımı görünce, "PuCCa, ya bi gelsene kelepçe varmış valizde diyor adam" diye bir bağırdı. Ulan ne bağırıyorsun, bırak ben gideyim birimiz kurtulsun en azından. Yalnız hâlâ olayı anlamamış inatlaşıyor bir de heriflerle, bir de sinirlenmiş atarlı atarlı konuşuyor. Neredeyse bütün güvenlikler toplandı başımıza, abi sizin de işiniz gücünüz yok sanki bomba çıkmış gibi ne doluştunuz? Alt tarafı bir kelepçe ne var bunda, bu kadar abartmanın âlemi ne? Kıpkırmızı bir şekilde gittim yanına açtılar valizi, adam gördüğü yeri söylüyor, bizimki hâlâ eğer uçağa geç kalırsa onlara dava açmaktan falan bahsediyor. Ben yerin dibindeyim o sırada.

Sonra altları kurcalarken sanırım eline geldi, bana bir bakışı vardı ki, resmen bakışlarıyla üzerimde bütün karate hareketlerini uyguladı. Ağzıma sıçtı yani o bakışıyla, ciğerimi deldi deldi. Koyduğu yerden bir çekti, pembe pelüş bir kelepçe kabak gibi elinde ve herkes bize bakıyor, ben hâlâ yerin dibinden çıkamadım. Kıpkırmızıyım böyle pancar gibi oldum resmen, nefes bile alamıyorum o sırada. Bu kelepçeyi, memura uzattı, uzatırken de "polis değil de sapıkmışız meğer, kusura bakmayın" dedi. Ama nasıl sinirli, boynundaki atan damarı görüyorum o anda.

Görevli de aklını siktiğim, gizli gizli alsan ya onu, ibretiâlem olsun diye her yere göstere göstere götürdü resmen. Bir de neden alıyorsun kelepçeyi, onunla uçağı mı kaçıracağız yani, pelüş kelepçeyle de bunu başaracak olsak var ya yüzyıllarca belgesel kanalları bile bizden bahseder. Anahtarı bile yok kelepçenin, tık dedin mi açılıyor. Şaka kelepçesi işte maksat muhabbet olsun, lan tatile gidiyoruz yanıcı madde bile değil ne diye alıyorsunuz diye böyle dalacaktım ama rezil olduğumuz yeterli diye sesimi çıkartmadan önüme bakıp kaldım öyle. Ceri de valizin kapağını kapattı, sonra yürümeye başladık. Hiç sesimi çıkartmıyorum, güleceğim gülemiyorum adam çok sinirli, tek kelime edemiyorum ne tepki verecek hiç bilmiyorum çünkü.

"Kelepçe nereden çıktı PuCCa çok merak ediyorum yani."

"İlişkimize renk gelsin diye."

"Renk geldi aha bak rengarenk oldu ilişki, gökkuşağı oldu hatta her yanımızdan renk çıktı. Lan orada onu görünce o renkler benim kıçıma girdi girdi çıktı. Be manyak, be sapık manyak, bana söylesene bari gitmeden görseydim, inat eder miydim orada adamları dövecektim bir de."

"Ya ne bileyim ben, sürprizdi."

"Evet cidden çok iyi sürpriz oldu bize valla bak. Bir de pembe böyle, hayatımın en büyük sürprizi bu oldu, hiçbir zaman unutmam bu olayı. Yürü yürü hızlan biraz hâlâ bakıp bakıp gülüyorlar."

Hızlı hızlı gittik, birazcık sinirli kaldı sonrasında ise o da kahkaha atmaya başladı. Yani amacından şaşmış olsa da en azından kelepçe ilişkimiz için bir işe yaradı. Artık bütün valizleri Ceri hazırlayacak, içine başka bir şey koyarak bizi rezil etmeyelim diye. İyi oldu valla bu, valiz hazırlamaktan midem bulanıyor çünkü.

Otele geldik balayı çiftleri gibi böyle, bu ikinci kez bir yere gidişimiz oldu. Ağva'ya götürünce zannetmiştim ki her hafta sonu biz Türkiye turu yapacağız. Bir de orada evlenme teklifi etmişti. O zamandan beri hiç açmadı konuyu. Bazen aklıma geliyor, daha doğrusu insanlar aklıma sokuyor, "hani biz evlenecektik ne oldu o iş hacı?" diyesim geliyor, olumlu bir şey söyleyecek diye korkup vazgeçiyorum. Sanırım ilk defa evlenmek isteyip istemediğimi bilmiyorum.

Otele girer girmez hemen konuşmaya başladı, sanki ben bulmuşum o oteli, sanki ben ayarlamışım gibi bu tatili. Bana ayarla dedi ama yine her şeyi o yaptı, nereye gidelim desem hepsine hayır dedi, en sonunda yine kendi bildiğini okuyarak buraya getirdi. Bir isyan, her şeye bir bok atma. Sürekli konuşuyor, yok burası ne böyle, yok resepsion ilgilenmiyor, yok bilmem ne. Her şey sorun, her şey dert, bazen yemin ederim bunun bu sorun krizlerinde ağzına iki tane çakasım geliyor, sonra da kollarından tutup, "kendine gel be adam kendine, hayatta her şey mükemmel olmak zorunda değil" demek istiyorum.

Her gittiğimiz yerde inatla nasıl sorun buluyor anlamıyorum bir türlü. Garson iki dakika yemeği geç getirir, bir saat boyunca konuşur da konuşur, yemekte bir şey eksiktir, orayı birbirine katar, gittiğimiz mağazada bizle kimse ilgilenmezse çeker gider, giderken de bir ton laf söyler. Mağazada çok ilgilenirler bu kez ilgiden bunalır çeker gider gene, giderken bir ton laf söyleyerek. Hiçbir şeyden memnun değil, hiçbir hizmet onu mutlu etmiyor. İnsanlar sadece işlerini yapmıyor, ama o hayat hep ona karşı oynuyor gibi hissediyor.

Bazen o kadar sıkılıyorum ki bu sinirden, bu sürekli sorun çıkartma muhabbetinden. Çünkü ben tam tersiyim, kuaför saçlarımın içine sıçsa bile ayıp olmasın diye adama "hı hı güzel olmuş" derim. Evde ağlarım, anasına avradına küfrederim. Yemek siparişi verirken bile çok dikkat ediyorum emir kipinde bir cümle kullanmamak için. Ama onunlayken çok zorlanıyorum, hep yüksek sesle konuşan, hep bağıran, her yerde mutsuz bir çift olduk çünkü. Arkadaşlarımız bizi bir yere çağırdığında bile, kendimi değil sadece onu düşünüyorum. "Ceri orayı sevmez şimdi biz gelmeyelim en iyisi size iyi eğlenceler", "Ceri kahvaltı yapmayı sevmiyor, size afiyet olsun", "Ceri o çocuğu sevmiyor, siz gidin en iyisi", "Ceri zaten işten yorgun argın geliyor bu saatte hiç gelmeyelim".

Ceri'nin gitmek istediği yerler, Ceri'nin siniri, Ceri acaba bugün neyi sevmeyecek, Ceri acaba bugün kimden hoşlanmayacak ve bugünü bana zehir edecek diye düşünmekten kendimi tamamen unuttum. Ben ne zaman bu hale geldim? Hayatım sadece Ceri ve onun sınırları arasında kalmış. Benim ne işim var burada, kendimden o kadar uzaklaşıyorum ki yavaş yavaş Ceri'ye dönüşüyorum sanki. Benim istediklerimin bir önemi yok çünkü o istemiyorsa bitmiştir.

Ona sorduğum zaman o benden daha şikâyetçi, her an benden şikâyet ediyor hiç durmadan hiç soluk almadan benimle ilgili dertlerini sayıyor. Ortada hiçbir sorun olmuyor aslında, ulan kelepçe olayında bile bu kadar sinirlenmedi, tişörtlerini sıkış tepiş yaptım diye çıldırdı.

Acaba seviyor muyuz birbirimizi, hâlâ bu soruyu soruyorum ne garip her gün bu soruyu sormaktan bıktım sanırım. Ama neden ayrılamadığımızı çok iyi biliyorum. Çünkü sinirlense bile anında sönüyor, kin tutmuyor, sarıldığı zaman her şeyi unutuyorum. Ben zaten yarım akıllı bir hatunum yanıma geldiği anda hepsi yitip bitip gidiyor o an. Uyandığım zaman onu beni izlerken gördüğümde her şey sütliman oluyor. Ama bunu kimseye anlatamıyorum, çünkü güzel hiçbir şey anlatılmıyor. Anlatılsa bile dinlenmiyor.

Bu adamı seviyorum, karnımdaki kafasını seviyorum, öpüşünü seviyorum, beni sevişini seviyorum, varlığını seviyorum, kocaman adam ellerini seviyorum, yanında sanki bir şey olmaz gibi gelişini seviyorum, bana bakmasını seviyorum ben bu adamı seviyorum. Sevmesine da, Yarab az sinirinden alsan olmaz mı bu herifin?

Doğruları Duymak İstiyorum Derken Aslında Yalan Söylemiştim

Bu tatil güya ilişkimizi kurtarmak adına yapılmış bir tatildi. Ama maşallah biz insanlıktan tavşanlığa ulaştık neredeyse. Konuşma, paylaşma, bir şeyler hakkında bahsetme olaylarına girelim diye başladım konu açmaya. Neticede bütün bilen eden insanlar, sevgilinizle paylaşın, her şey hakkında konuşun demiyor mu ben de oradan girdim. En son okuduğumuz kitap, izlediğimiz film, gittiğimiz tiyatro, yediğimiz yemek diye başladım muhabbete ama her şeyi beraber yapmışız. Yani birbirimiz dışında nefes bile almamışız. Yani tiyatroya gittiysek, çıkışta Deniz Çakır'ın ilik gibi oluşundan bahsetmişiz, diyet kitaplarını bile beraber okuyan bir çiftiz, bütün dergileri hatta beraber okuyoruz, olayları o an konuşup bitiriyoruz. Film desen, artık Ceri film izlemeyi sevmiyor, çünkü ona göre film sadece karı kız tavlama metodlarından biriydi, onu da geçti zaten. Konuşacak tek şey aklıma gelmiyor, tam ağzımı açıyorum, bir şey anlatmak için ee zaten beraber yapmışız o bir şeyi neresini adama anlatayım.

Baktım olmayacak ben de en sevdiğim şeyi yapmaya karar verdim, "doğruluk mu, cesaret mi oynayalım hadi, ama cesaret yok sadece doğruluk olacak" dedim. Bir güzel doğru söyleyeceğine dair yeminler ettirdim, babasının anasının üzerine and verdirdim derken başladık oyuna. Önce cinsel içerikli sorularla başladık, "ilk kaç yaşında fanfini yaptın, kadınların en sevdiği yeri" diye girdim sorulara, aldığım yanıtların hiçbirinden memnun kalmadım. Adam sağ olsun, dünyaları sikmiş, bunu da bana ballandıra ballandıra anlatıyor.

O heralde duymaktan korktuğu şeyleri sormak istemediği için ya da gerçekten "geçmişini bilmek istemiyorum" kafasında olduğu için ya da -ki bence büyük ihtimalle bu- kendisi dışında başka şeye önem vermediği için habire kendisiyle ilgili soruları soruyor. "En çok neremi seviyorsun?" "Sence hımmm en çok nereme bayılıyorsun?" "Bana dair en çookk nerelerimi seviyorsun?" Adam en az yirmi soru sordu, yirmisi de bu şekildeydi yemin ederim, ben aldığım cevaplarla mutsuzluktan dibin dibine vurmuştum.

"Bana en iyi tatilini anlat" dedim, hani böyle zannediyorum ki bu tatili söyleyecek, ben de "ıaa şaka yapma yaa" diyeceğim yalnız bir taraftan da gururlanacağım sanıyorum, elini ensesine götürdü, gözlerini kıstı derin bi nefes aldı, "Bir yaz, Alanya'ya gitmiştik, otel sırf Rus kaynıyordu, her taraftan akın akın Ruslar geliyordu. Sülün gibi fizikleri, boncuk gözleri, hepsi Cindy bebek gibiydi ve hepsi bize vermeye hazırdı, cıvıl cıvıl havuzda yüzüyor, akşam barda dans ediyor, bizim bile asılmamıza gerek kalmadan dibimize gelip duruyorlardı. Hangisini seçsem diye düşünmekten kafayı yiyecektim o derece. Ahhh ahhh" dedi.

Bunu bana söyledi, sanki geri zekâlının sevgilisi değilim de asker arkadaşı Orhan'ım. Bana ya, ben ki Rus kızlarının bacaklarını kırıp kırıp götlerine sokmak isteyen, o bebek suratlarını asfaltlara sürtmek isteyen, bembeyaz tenlerine katran bulayıp güneşin altında, hatta dur yoo, lahmacun fırınına atmak isteyen bana söyledi. Ben o gittiğin leş otelin sonunu getirmez miyim, ben Alanya'yı, Rusya'yı haritadan sildirmez miyim? Siz benim inadıma mı yapıyorsunuz lan Rus kızları! Her sevgilimle bir anınız olmalı mı sizin? Hayatıma giren her adamın gönlünde özel bi yeriniz mi olmalı, nesiniz lan siz, alt tarafı güzelsiniz diye reva mı bu, kalkın gidin memleketlerinizdeki heriflerle yetinin. Alnımdaki damar atıyor yemin ederim, beyin kanaması geçirdim geçirdim, geçirmezsem ben bu adamı parçalayacağım, nefes alamıyorum sinirimden, ayy hâlâ anlatmaya devam ediyor bana….

Bir daldım ama nasıl var ya resmen tırnaklarımı geçirdim omzuna, koluna bacağına her yerine böyle daldım resmen. Doğru söyleyeceğimize yemin etmiştik diyor ama ben duymuyorum, ulan pezevenk doğru söyleyeceğiz dedik diye fantezilerini süsleyecek olan şeyleri mi anlatacaksın? Sonra sakinleştim oyuna devam ettik, bu kez daha duygusal sorular sorarak:

"Beni ilk gördüğünde ne hissettin? Ne demiştin?"

"Geri zekâlı bu kız dedim. O valizle dövmek istemiştim seni. Sen ne hissettin?"

"O valizin götüne girmesini dilemiştim. Peki ikinci görüşte?"

"Bu kız kesin hemen verir bana demiştim, iki kadeh içti dağıttı amı götü şuna bak demiştim."

"Hiç de bile öyle hissetmedin, sana bok verirdim ben de."

"Öyle hissettim tabii, iki tane içtin hemen yavşamalar falan. O yüzden benim olmadığım yerde içki miçki yok sana. Beyin hücrelerin ölüyor senin. Sen ne zaman benden hoşlandığını anladın?"

"Hımmm o sarışın karı vardı, onunla tanıştıracaktım hani o zaman anladım. Sen?"

"İkinci karşılaşmamızda, öyle zıp zıp zıplıyordun, çok eğlenceli, çok komiktin. Sürekli gülüyordun, bununla beraber olan kişi hiç yaşlanmaz demiştim hatta. Sonra yan yana uyuduk ya, o zaman sana sarılmıştım ergen çocuklar gibi kalbimin atışını duydum. Uyandığında da kocaman gözlerini görmüştüm, şaşkınlığın, salaklığın, panik oluşun çok hoşuma gitmişti. Sonra tutmaya çalıştım kendimi, gel gör nerelere geldik. Keşke hiç tanışmasaydık diyor musun?"

"Bazen, çok sinirlendiğinde diyorum... Peki neden hemen evlenme teklifi ettin?"

"Çünkü her yerde evlenmek istediğini yazıyordun, zaten bir ilişkiye başlarken evlenmek için başlarım gibi bir cümleni duymuştum. Baştan bil, ona göre boşuna bana evlilik oyunlarını oynama, zaten elde ettin diye düşün kendin gibi gel bana dedim. Peki sen beni evlenecek kadar seviyor musun?"

İşte duymak istemediğim soru buydu, evlenecek kadar çok sevmek! Evlenmek, hayatımı Ceri ile geçirmek, sevmek... Evlenmeyi o değil, ben istiyorum diye istedi. Zaten bir daha da konusu açılmadı hiç aramızda, sanırım şimdi evlenmeyeceğimizi bil konuşmasına gidiyor bu olay. Yani etrafımdaki beni tanıyan bilen herkes haklıydı belki, ben evlenmek istemiyordum, ben sadece inat etmiştim, hırslanmıştım. Ben sadece birinin beni evlenecek kadar çok sevmesini istemiştim, yani birinin beni hayatımın sonuna kadar bu kızla olurum diyebilmesini istemiştim. Ben aslında sadece sevilmek istemiştim. O da bundan emindi ve ona göre hamle yaptı.

Sorusunun cevabını bekliyor, vereceğim yanıt yalan olacak, sevgimden eminim yoksa katlanamam, bu kadar sinire afraya tafraya ama evlenmek istediğimden emin değilim. Ondan iyi bir baba olabilir mi emin değilim, gerçi olur ya, adam tam baba kafası yaşıyor. Hatta babama çok benziyor peki siniri ne olacak, ya çocuğa da her bokta sinirlenirse, sürekli korktuğu bir babası olmasını istemem ki. Hayalimdeki evlilik Ceri ile kurduğum hayat gibi değil benim. Çalışma odam olmalı mesela, İngiliz tarzı döşenmiş, kocaman balkonu olmalı mesela evin, yazın hep balkonda oturalım diye, sonra bir sürü film olmalı evde, arkadaşlar gelip gitmeli, hep oyunlar oynanmalı, canımız sıkıldığı anda kalkıp gitmeliyiz, işten geldiğinde beraber yemek yapmalıyız, gülmeliyiz, eğlenmeliyiz. Ama biz sadece kavga ediyor, sarılıyor, öpüşüyor, birbirimize âşık olduğumuzu söylüyor, sonra yine kavga ediyoruz.

"Ben anne olmak için evlenmek istiyordum, benim yaşayamadığım her şeyi çocu...."

"Ne, anne mi? Benim hayatta en son düşüneceğim şey bir çocuk şu anda. Her şey zaten o kadar kötü, o kadar karışık ki, baba olamam ben. Sen hele anne hiç olamazsın, yemek yapamıyorsun, çöpü bile dökmeyi beceremiyorsun. Bir çocuğa nasıl bakacaksın, onu kesin mağazanın birinde unutursun. Sende annelik güdüsü yok bence, kedi beslemek gibi değil çocuk bakmak, hayatı senin olacak, bu kadar büyük bir emanet için sen çok yetersizsin. Hem kendini düşün hem de çocuğu, asla anne olma, başaramazsın çünkü."

Şu an nefes alamıyorum, burnum acıyor, ağlamamak için zor tutuyorum kendimi, dudaklarım titriyor, yukarı doğru bakmaya çalışıyorum. Ağlamamam lazım, umursamamam lazım, karnımın içini göstermemem lazım, güçlü durmam lazım, en önemlisi nefes almam lazım. Anne olamazmışım, siktir oradan göt.

Klip Yönetmenleri,
Yalanınızı Sikeyim Sizin, Ölüyorum Lan!

Tuvalette, yolda, televizyon izlerken, otururken, dururken, yürürken, öpüşürken, sevişirken, dokunurken aklımda sadece o sözleri vardı. Çocuk istemeyişi, beni anne sıfatında görmeyişi, aslında bambaşka kafalarda olduğumuz halde sırf başta huzursuzluk çıkarmayayım diye evlilik numarası. Kafamın içinde sürekli çınlayıp duruyor, ona hiç söylemiyorum ama bir sorun var biliyor, soruyor sürekli beni sıkıştırıyor ama ağzımı bıçak açmıyor. Uzaklaşıyorum gittikçe sanki ondan, onun evinden, ona dair ne varsa her şey artık uzak geliyor bana. Çünkü ben bu eve ait değilim, zaten aklımı sikeyim ki yine başkasının evine geldim yerleştim. Erik'te de aynı boku yemiştim sonra ne oldu nasıl götüme patladı, bu da aynen öyle olacak. Çünkü hiçbir yer benim evim değil, acaba ne zaman bir yeri benimseyeceğim, ne zaman bir eve benim evim diyebileceğim. İçini istediğim gibi döşeyeceğim, kendi kurallarımı kendim koyacağım, ne zaman acaba bu hayatta bana dair bir şeyler olacak çok merak ediyorum.

Bu evden de gitme zamanım geldi, hissediyorum. Tatilin bize iyi geleceğini düşünmüştüm ama o tatil beni bir adım daha geriye itti. Bu ilişki bitmeli ve ben gitmeliyim. Bunu tabii ona "Sen çocuk istemiyorsun, ben istiyorum. Ev kadını gibi davranmaktan yoruldum" desem, bana yine o kırıcı cümlelerini sarf edecek. Hiç paramparça olduğumu fark etmeden, başarısızlıklarımı suratıma vuracak, onların hepsini söylerken sadece kendini haklı çıkarmak için beni bir kalemde harcayacak. Kırıldığımı belli etsem, kırıldığım şey ona çok uzak geldiği için gereksiz bulacak ve daha ağır kelimeler söyleyecek. Bahane bulsam diyorum, her gün kavga ediyoruz ama hiçbir kavga ayrılığa kadar gitmiyor maalesef. Hemen barışan çiftlerdeniz biz, küsme denilen şey olmadığı için ikimizde de bitmiyor bir türlü.

Bir kavga çıkartıp o kavga üzerine gidip ayrılığa gelmeli olay hatta ben de onun canını yakmalıyım, içimde ona karşı öyle bir öfke var ki. Mutfağa doğru gittim, kahve fincanını çıkardım, tezgâha koydum, sonra da o fincanı elimle yere ittim. Biliyorum ki şimdi bana bir tomar laf söyleyerek mutfağa doğru koşacak. Ki doğru bildim, gene neyi kırdın diye koştur koştur geldi mutfağa, beni kenara çekti ayaklarımda terlik yok basacağım diye, "bir şey oldu mu" dedi, çocukmuşum gibi ayaklarımın altını kaldırıp baktı. O kadar güzel davranıyordu ki buradan kavga çıkartmamın imkânı yoktu. "Sana o bardakları oraya koyma diye milyon kez söyledim bak ne oldu" diye bağırdım, hiç sesini çıkarmadan, sesini bile yükseltmeden, "bir şey olmaz ben toparlarım içeri gir, basacaksın üstüne" dedi. Kendi kendime konuşa konuşa içeri geçtim, arkamdan bir şey söyler de sinirlenirim diye bekledim söylemedi. On beş dakika sonra elinde kahveyle geldi yanıma, "al aşkım" dedi, oturdu.

Lan başka zaman olsa buradan elli tane olay çıkartırdı bu herif, hissetti mi ne yaptı... Televizyon yüzünden kavga çıkartayım bari dedim, aldım kumandayı o saçma salak maç yorumları mıdır ne sikim sonik şeydir, onu izlerken tak diye bastım başka kanala. Hiç fark etmedi, sonra sesini açtım, oralı olmadı. Aptal aptal programları izlemeye başladım yine umurunda olmadı. Her gün kavga ettiğimiz şeyleri birer birer yaptım, koltuğun üzerinde yemek yedim, kırıntıları düşürdüm hiç ses etmedi, hatta gülümsedi, "acıkmış mı benim prensesim" diye sevdi beni. Ne yapsam ne etsem bir türlü o lanet kavgayı çıkaramadım. Ben de dayanamadım artık ve kendimce en etkili çözümle başladım duruma, derin nefes aldım ve pat sordum: "Eski karını hiç özlüyor musun?" Bulmaca çözüyordu, kafasını kaldırdın bana geri zekâlıymışım gibi baktı, cevap vermeden geri döndü.

"Bence özlüyorsun, yani baksana özlemesen beni de ona çevirmeye çalışmazdın." Yine kafasını kaldırdı, yine o bakışı yapıp umursamıyormuş gibi döndü. "Ben olsam senin yerinde onu arardım, dönmesi için uğraşırdım. Aptalsın sen, her gün yemek, bulaşık, temiz ev istemiyor musun ne diye başkalarıyla vakit kaybediyorsun ki" dedim, ağzından çıkacak bir kelimeye göre patlayacaktım, elindeki bulmacayı indirdi, yanıma geldi kafamı göğsüne doğru bastırdı. "Senin neyin var bugün, gene kim ne yaptı da sana acısını benden çıkartmak için uğraşıyorsun? Niye böyle aptal bir kızsın sen, ne diye geri zekâlı gibi davranıyorsun" dedi ve bingo! Artık deli bir kavgaya başlayabilirdim. Zamanında gelecekte kullanılmak üzere biriktirdiğim her şeyi sunabilirdim. "Ne demek geri zekâlı? Hâlâ o kadının fotoğraflarını saklıyorsun, vesikalığını çekmecenin içinde buldum haa evet ya doğru ben geri zekâlıyım bak bunları bile bile yanındayım. Allah ikinizin de belasını versin, senden nefret ediyorum, aciz pislik. Dokunma bana, bırak evime gideceğim ben, çekil önümden, senden de evinden de eski karılarından da hayatından da nefret ediyorum." diye bir çıldırdım ama nasıl var ya, taa aylar öncesinin mevzularını tekrar tekrar açtım, kusana kadar bağırdım ona, artık en son sinir krizi geçiriyordum evde, sonra bu "tamam seni eve bırakacağım sakin ol" dedi. Sustum, içeri girip üstünü değiştirmeye başladı ki her şey normalken o an gerçek bir sinir krizi geçirdi.

Hayatımdaki en sinirli erkek Ankaralı olandı, o da sinirlendiği zaman beni dövecek kadar orospu çocuğunun tekiydi. Ceri ile de böyle olmaktan korkuyordum bazen, bazı şeylerini benzetiyordum birbirlerine, ikisi de düzen delisi, asabi ve kırıcı. Dolap kapağına vurmaya başladı, bir bağırmaya başladı bana. "Ben sana ne yaptım, ne istedim senden, bu kadar nefret edeceğin ne dedim sana" diye bir başladı, sonrasında kelimeler teker teker çıktı ağzından, hakaret ediyor, duruyor, sonra ettiği hakarete pişman oluyor, sonra bir daha kafayı yemiş gibi davranıyor. Ben de sadece izliyorum, kavga çıkarmayı başarmanın gururu ve ben ne bok yedim korkusu ile. Kafasını duvara vurmaya başladı, o kadar korktum ki onu tutmak için hamle yaptım, sonra vazgeçtim. Karşısında onu izledim, o kadar çirkin duruyordum ki kendimden nefret ettim hatta. Ama onu tutarsam, daha fazlasını yapar diye korktum. Umurumda değilmiş gibi davrandım, içim acıya acıya....

Alnı kanamaya başladı, dizlerinin arasına kafasını koydu, benden özür diledi sürekli, ama eli ayağı titriyor, dayanamadım içim ezildi resmen, özür dileyecek bir şey de yapmadı üstelik, evet yaptı ama bugün değildi, adam gerçekten o tatilden dönerken her şeyi düzeltmeye karar verip dönmüş, o kendince bir adım atmıştı. Ben de dönerken her şeyin bitmesini isteyerek dönmüştüm. Yanına gittim, sarıldım, sarılarak uyuyakaldı yanımda. Kollarımı öperek, "gitme buradan, bırakma" dedi, "tamam" dedim, öptüm ve uyumasını izledim.

Çok mu seviyorum, nefret mi ediyorum bir türlü anlamıyorum hislerimi. Biriyle evlenmen için gerekli olan ilk şey aşkken ben daha bunu sorguluyorum. Sabah, eli elimde yüzü bana dönük uyandık. Kafasını çocuk gibi boynumun altına koydu, uyur uyanık "seni seviyorum" dedi. Çocuk gibi, 35 yaşında bir adam ama çocuk sanki. Ona göre de ben çocuğum. Bu iş olmayacak, bu sevgi değil bence, ne olduğunu bilmiyorum ama hayatımın sonuna kadar bu şekilde sürdürmek istemiyorum. Öfkesi, her şeye sinirlenmesi, huzur arıyorum derken her şeyi tarumar etmesi. Biz birbirimize göre değiliz, biz diye bir şey olmamalı, o ve ben olmalı. Çok yanlış zamanda karşılaşıp, çok çabuk karar verdik. Hayatımın sonuna kadar bu evde yaşayıp, bu şekilde dengesiz bir ilişki sürdüremem. Olmaz, birbirimizden nefret ediyoruz, sevmiyoruz bile, tutku yok sanki. Boş beleş bir şey var arada ne olduğunu bilmiyorum. Bana dokunduğu an bambaşka oluyor her şey evet ama konuşmadığımız anlar ölüm sessizliği, bitiklik, yitiklik.

Eski hayatımı özgürlüğümü özledim. Arkadaşlarımı özledim, her şeyi beraber yapıyoruz her yere beraber gidiyoruz, o gitmezse evde kalıyorum ve bu ev beni boğuyor artık. Daha doğrusu hangi ev benim bilmiyorum, kızlarla olan evimi özlüyorum, dağınıklığımı özlüyorum. Sabah istediğim saatlerde uyanıp, karnımı kaşıya kaşıya tuvalette saatlerce kalıp kakamın geldiği anları özlüyorum.

Burası benim evim değil, ayakkabılarımın çoğu kendi evimde zırt pırt gidemiyorum, Ceri bırakırsa beni ancak. Kendimi kapana kıstırılmış gibi hissediyorum resmen, bağırmak geliyor içimden, ölüyorum sanki içimden bir şeyler kopuyor. Bu ben değilim, birazdan bulaşıkları yıkayıp, her yeri silecek olan kız ben olamam. Akşam ne yemek yapsam diye düşünmek benim işim değil. Hayalimdeki bu değildi, hayat ortaktı hani, bu nasıl ortaklık lan, sabah akşam yemek yapıyorum, temizlik yapıyorum yine de adamın gözüne giremiyorum. Sanırım en çok koyan beğendirememek, eski karısını özlemesin aman diye yırtındım ama başaramadım bunu. Ben bu kişi değilmişim meğersem.

Onda olan eşyalarımı bavula koydum, çoğu sığmadı poşetlere koydum kalanını. Evi son kez toparladım, bir de not bıraktım, "İstediğim hayat bu değil, affet. Mutlu ol" diye. Eminim mutlu olacaktır bensiz, onun istediği ben değilim çünkü. O götünü toparlayacak kadın istiyor, benim burnum beladan çıkmıyor. O hayatını düzene sokacak birini istiyor, ben düzen nedir bilmiyorum. O cumartesi akşamları oturup yarışma programı izlemek istiyor, cumartesi diyince benim beynimde hemen alkol sinyalleri çalıyor. İsteklerimiz, hayallerimiz her şeyimiz bambaşka umarım çok güzel bir hayatı olur.

Yaa allasen bu son söylediğime ben bile inanmadım, ne diye çok güzel bir hayatı olsun. İnşallah benden sonra olacağı kız pisliğin teki olur da burnu sürter böyle, hayvan gibi parasını yer de, yana yakıla beni arar, mutlu olsunmuş da bilmem ne de peheyyyy. Mutlu falan olmasın o notu görünce gebersin istiyorum. Piç, yemek yap, bulaşık yıka, ayyy gene mi pırasa... Yetti artık be, Ümit Usta'yla evlen o zaman. Ne zaman dışarıda yesek mıymıy, evde yesek ayy iğrenç. Sensin iğrenç mal, anamın karnından yemek yapmayı bilerek doğdum sanki, ne var lan elimden gelen bu benimde. Hayvana bak ya. Seni ben terk edeyim de gör sen gününü, bir kal çük gibi ortada da bil kıymetimi.

Bavulumun üzerine poşetleri de sıkı sıkı bağlayıp çıkıyordum ki, son kez eve bir daha baktım, asayiş berkemaldi. Siyah tel tokalar yerinde okey, banyoda mantar şampuanı okey, oraya buraya bırakılmış makyaj malzemeleri ve takılar okey, iç çamaşırı çekmecesindeki kilotlarım okey. Ayrılsak bile mümkünse benden sonraki hatun görsün onları da bir araları bozulsun. Kafayı yesin düşünsün dursun hatun, beynini yesin bu salağın.

Anahtarı ayakkabılığın oraya koydum, kapıyı çektim ve bir daha bu evi göremeyeceğimden emindim. İçim burkuldu, yanlış mı yapıyorum diye düşündüm ama geri dönüşüm yoktu. Yani ne yapcam bu bavullarla sitenin güvenlik klubesinde adamın akşam evde gelmesini mi bekleyeceğim yahu? Elimde bavulla asansöre bindim, son kez kendime baktım bunda da başarılı olamamıştım. Biraz hüzün biraz burukluk apartman dışına çıktım, artık özgürdüm.

Özgürdüm de lan lan lan benim param yok! Allah beni var ya gerçekten şu an bir ineğe çevirebilir. Hiç üzülmem çevirse valla bak. Maaşım yarın yatıyor ve cebimde sadece 15 tl var. Offf terk etmek için bir gün daha sabredemedim di mi? Adam cehennemin taa, ne cehennemi allasen adam bildiğin anasının nikâhında oturuyor. Taksiyi geçtim, korsan taksi bile buradan bizim eve ufuuu.. Yapacak bir şey yok, salak gibi evden çıkmadan ne yapacağını düşünmezsen olacak olan bu. Dolmuşa metrobüsü binip gideceğim evime. Haldır haldır çektim bavulun ucundan dolmuş durağının oraya kadar götürdüm. Bir yokuş var, Allah'ım sanki Ağrı Dağı'na çıkıyorum. Akut beni bu halde görse hemen alır başlarına koyar valla, götümden ter aka aka çıktım yukarı. Durağın oraya kadar yürüdüm, durakta dolmuşu beklemeye başladım.

Bu kadınların terk etme sahnelerini kim romantik bir biçimde gösteriyorsa onun ağzına sıçayım ben! Lan ölüyorum resmen, dolmuşa ite kaka bindirmeye çalışıyorum valizi, bir Allah'ın kulu da gel bacım tutayım şunun ucundan demiyor. Kendi kendime o valizi ittirmeye çalışıyorum ayy artık dayanamadım, bir tutar mısınız diye bağırdım orada oturan adamlardan birine, oflaya puflaya kalktı da paşa hazretleri ön tarafında tuttu. Geçtim oturdum valizi de yanıma koydum bir güzel tın tın tın gidiyorum. Hüzünlenmem lazım ama hüzünlenemiyorum sürekli valiz yana doğru kaykılıyor onu tutmaya çalışıyorum, ayakta olanlar valize sürekli tekme atıyor, bakıp bakıp hayy Allah'ım ya deyip duruyor ama yapacak bir şeyim yok.

Hayat romantik kliplerdeki gibi değilmiş anladım. O amına koduğumun klip yönetmenleri bu anı çekselermiş ya, bundan ağır acı mı var yahu? Valizine iki don koyup sokaklarda ağlak ağlak dolaşan kız yok anacım. Valizine bir tomar eşyasını koyup elinde poşetlerle dolmuş dolmuş gezen bu kızın dramı gerçek.

İndim dolmuştan, metrobüs için pıtı pıtı yol aldım. Bir yandan valizi çekiştiriyorum, diğer taraftan poşetlerimi tutuyorum önüme gelen herkese küfrediyorum. Metrobüs bir geldi, anacım içi insan dolu, herkes preslenmiş boncuk boncuk bize binmeyin diye bakıyorlar. Yaa dedim, hadi bismillah gir içeri. Sıkış tepiş insanları eze eze girişi geçtim valizi de tutarak patır kütür insanlardan küfür yiye yiye yerleştirdim yanıma.

Allah belanı versin Ceri, seninle tanıştığım güne lanet olsun. Nereden çıktın karşıma neden çıktın ha? Şu halime bak, şu rezilliğime bak. İnşallah ayrıldığıma değer de hemen cillop gibi bir bebe bulurum, ilik gibi bebelerle tatillere giderim, onların memelerinden krem şantileri ayy ben ne diyorum? Metrobüsteyim ve düşündüğüm hayale bak. Allah belanı versin Ceri, senin de bulaşıklarının da belasını versin. Sinirimden ağlayacağım artık, bi siktir git be amca dayandım iyice götüme. Aaaaa çıldırcam yemin ederim, valizimin üzerine çocuğunu oturttturdu teyze. Acaba şimdi bayılsam şurada beni taksiyle götürürler mi eve? Hani insanlık için falan yaparlar lan belki. Bayılmış numarası mı yapsam, sonra ayılmış gibi yaparım taksiye binip hastaneye beni götürürlerken kendimi eve bıraktırırım. Ohh mis konforlu yolculuğumu yaparım. Evet evet bayılayım, ne tarafa doğru düşsem acaba, sağa doğru atayım kendimi ya ne olacak? Bir iki üç hooooppppp...

Lan neden bakmıyor kimse bana, bayıldık şurada ama tabii yere de düşemiyorum ki, yandaki teyzenin memelerinin oradayım. Bayıldığım anlaşılmadı mı acaba, nasıl anlaşılsın ya o kadar sıkışık ki teyze ittiriyorum sandı onu. Kalkayım bari, ablanın memeleri presledim resmen. Off çekmek zorundayım bu durumu, elimdeki poşetin ipi de kesti bileğimi resmen, nasıl acıyor kangren oldu olacağım valla. Arkadaki amcaya da çakacağım artık, gir götüme gir hah gir, az kaldı pezevenk! Aayyy hâlâ adam alıyor şöför içeri, nefes alamıyorum, sinek gibi yapıştım cama valla.

Derken derken sonunda geldim durağa. Ama tabii işkence bitmedi, bir de buradan bir dolmuşa binmeliyim. Vallahi al canımı Yarab ya al, kurtar beni bu işkenceden. Bir daha dolmuşa bindim, yine yan tarafıma sıkıştırdım sevgili valizi ve kurtuluş, heyooo evimdeydim artık! Yalnız bir sorun var, bizim asansörümüz yok! Hayırrrrr, ölmek istiyorum, gerçekten ölmek istiyorum. Ben bu valizi merdivenlerden nasıl çıkartırım ya, nasıl? Aldım valizi pat pat pat her merdiven basamağında Ceri'ye ana avrat söve söve çıktım yukarı.

Sonunda zirveye ulaştım, artık özgürdüm. Bitmişti. Ceri geride kalmıştı, ben yine yalnız, bekâr, dağınık bir kadın olmuştum.

Ayrılık Denilen Şey, Anıları Unutturmaya Çalışan Yarrak Kürek Bir Şey İşte

Ayrıldığımızın ilk günü süper geçti benim için, artık özgürdüm. Pizzayı yiyip yiyip kutusunu salonda bırakabiliyordum, bulaşık yıkama gibi bir derdim yoktu, sabah uyandığımda yatak toplamadım, dilediğim kadar yemek yiyebiliyordum. Akşam kızlarla dışarıya çıktığımda süper eğlendim. Artık eski PuCCa olmuştum, mutluydum.

Sonraki gün ise ilk günkü kadar mutlu değildim, pizza kutusunu alıp çöpe attım. Yatağı toplamadım ama elim gitti toplamaya, kızlarla da dışarı çıkmak istemedi canım. Film izledim, biraz özledim.

Üçüncü gün zor geçti, adamı ben terk ettim, evinden ben gittim, onca şeyi ben yaptım ama şimdi böyle içimde bir eziklik, bir burukluk. Geçecek diyorum, kaldı ki neler geçmedi yani, birlikteyken mutlu değildik diyorum, sevmeyi beceremedik diyorum sonra slow pop parçaya dönüşüyorum.

Telefon yan tarafımda duruyor, sürekli telefona bakıyorum ha aradı ha arayacak diye. Aradığı zaman açmayacağım eminim, açarsam kanarım giderim dönerim çünkü. Sonra Twitter sayfasına bakıyorum, saniyede 25 kez F5 yapıp sayfayı yeniliyorum. Adam hiçbir şey yazmıyor. Tuvalete giderken bile aklım hep orada ya bir şey yazmışsa diye. Kardeşimin telefonu çaldığında bile benim kalbim oynuyor aha şimdi aradı diye, aramıyor.

Aramadı adam, bitirdi o da beni. Geri zekâlı bir ara di mi? Bir sor yani ya eve geldim sen yoktun ne oldu sana diye? Halla halla belki terk etmedim seni, belki bakkala gittim sonra kaçırıldım. Sultanahmette dilenci olarak kullanıyorlar belki beni, belki kaçırıp Adana pavyonlarına sattılar beni, belki organ mafyası kaçırdı. Olmaz mı yani, arası bozuk çiftleri tespit edip, adam evde yokken kadının eşyalarını toparlayıp kaçırıyorlar belki, böbreğimi falan kesip dereye attılar. Hiç umurunda değilim işte, umurunda olsaydım gelirdi arkamdan. Madem arkamdan gelmesini istiyorum da neden terk ediyorum, acaba ben salak mıyım? Allah'ım çok özlüyorum Ceri'yi, kavga etmeyi bile özlüyorum onunla.

Sevilmemek ne kadar kötü bir şey aslında, daha doğrusu çok sevilmediğini bilmek... Yani ne bileyim, hep böyle erkeğin deli divane olduğu, kadının götünü devirip yattığı aşk hikâyelerini biliyoruz. Leyla ile Mecnun mesela, adamın çok af edersin bir am uğruna yapmadığı maymunluk kalmadı, çöllerden çöllere attı kendini. Ferhat, Şirin için kalktı dağları deldi, Şirin evinde göt büyüttü. Sonra da öldüğünü duyunca, ayy bir bakayım diye gidip ayağı kayıp yuvarlandı. Kerem ile Aslı dersen, Aslı'yı bulmak için kafayı yedi adam, yolda çevirdiği herkese sordu da sordu, sonra tam buldu. Artık Aslı yokluğunda kime iş atıp, pişt yaptıysa buna büyü yaptılar. Adam ah çektikçe yaktı kendini çatır çatır, Aslı da arada kaynadı tabii. Tahir ile Zühre dersen, adamı sürgüne yolladılar, Zühre sarayda fink fink dolandı. Sonra da adamcağız yollu bir kızı sevdi diye öldürüldü. Romeo ve Juliet'te bile, kendini öldüresi bile yok Juliet sürtüğünün, öyle ayaktan sonra uyanmalık ilacı içiyor. Gariban saf salak Romeo da "ayy benim sevgilim kendini mi öldürürmüş aman da aman" diye atıyor zehri. Kadınlar hep böyle yani, böyle olmak zorunda, hiç aşkından ölen biten sürünen kadın yok. Kadın hep evinde kuzu kuzu bekleyen kesim. İşte en fazla aşk acısından hasta oluyor o da belki. Peki neden ben böyleyim? Neden ille peşinden koşacağım, adam evde götünü devirip yatarken ben neden yani gideyim di mi?

Var ya olayın sırf burasında sıçıyor kadınlar bence, o ilk ayrılmadan sonra arayan sen olduğun an unut Zühre'yi falan en fazla zamanında sabah programlarını dolaşıp, Doğuş için salya sümük ağlayan Hilal Cebeci olursun. Bu kez kararlıyım, asla aramayacağım. Yalnız asla dönmeyeceğimden, aramayacağıma geçiş hızımda maşallah. Lan daha dün bitmişti ölmüştü hani herif benim için, şimdi arasa da gitsem derdine düştüm.

Bu arada o değil de adam neden hiçbir yerde bir tek kelime yazmıyor, acaba eski karısına mı döndü? Dönsün o histerik geri zekâlı embesil boş beleş işsiz güçsüz karıya, o mal da yapsın yemeğini bu salağın. Aşk meşk istemiyor zaten o, istediği şey yemeğimi yiyeyim, sırtımı pışpışlasın, evim temiz olsun, uyuyayım. Emekli amca yani ne olsun daha. Aslında halamla tanıştırsam süper anlaşırlar ama neyse. Ya bu adam neden bir şey yazmıyor, ayy çıldırcam gizli numaradan arayayım bari, yanında kız var mı diye.

Tabii ki hiçbir sikime yaramayan operatörlerin bilmem kaç yıl içinde yaptıkları tek mucizevi şey, hatları gizli numaralara kapatmak olmuş. Adama ulaşamıyorum yani pehey, her an kalkıp İstiklal'de yürüyüş düzenleyebilirim "eski sevgililere özgürlük, gizli numaramızı geri verin" diye. Resmen kuduruyorum evde, arasam olmayacak tükürdüğümü yalamam. Aramasam öleceğim. Acaba kardeşime mi aratsam yine hastanedeyim diye, evet ya bence öyle yapayım. Ya da boşver, adam beni marazlı hastalıklı bir şey sanacak vallahi, her sıkıştığımda koş gel hastaneye modundayım. Ya arasa PuCCa kayıp, yanında mı dese acaba, evet ya onu yapayım en iyisi. Hem merak eder bu sayede hemen başkasını bulduğumu zanneder köpürür böyle ölür ölür geberir.

Zodyaklı telefonu açtı, üç çaldırıştan sonra açtı telefonu hoparlöre aldı.

"Selam Ceri naber canım, yaa bir şey sorcam PuCCa yanında mı? Anahtarım onda kalmışta teli kapalı."

"Yok yanımda değil. Çilingiri ara sen istersen."

Sonrası ee ne yaptın ne ettin falan filan derken hiç beni sormadı, ayrıldığımızı, acı çektiğini, köpek gibi pişman olduğunu falan anlatmadı. Sesi gayet iyiydi, halinden memnun gibiydi valla. Dışarı sesi geliyordu, neredeymiş neredeymiş diye sordurttum, dışarıda arkadaşlarımlayım dedi. Lan o dışarısı neresi diye Zodi'yi cimcikliyorum ama yok dışarıdayım diyor. Ya ayrıldıktan sonra bir kural olmalı erkekler bir ay boyunca evden dışarıya çıkamamalı, sonra ne bilim başkasıyla birlikte olmamalı. Olduğu an hapis cezası verilmeli. Ama kadınlar yapabilir bence. En kötüsü de başkasına ilgi gösterdiğini düşünmek. Onunla ilgilenmesi, yatağa atmak için bin tane yalanla yanaşması, kolunu okşaması, onu kesmesi, bakışmaları, iltifatları aaaaa yemin ederim kafayı yiyeceğim.

Allah'ım ne olur bulmasın ya ne olur Allah'ım kimseyi bulmasın, benim için ölsün gebersin böyle, beni hiç unutamasın, sırtına portremi çizdirsin, alnına ismimi dövme yaptırsın, erisin bitsin, canı çıksın. Her gün ağla ağla kendini kaybetsin. Her gün kapımın önünde yatsın kalksın, böyle var ya Mecnun olsun bana. Tek istediğim bu şimdilik, lütfen bu duamı kabul et, sonra görüşürüz.

Eğer Canını Yakıyorsam, Beni Unutmandan Korktuğum İçindir...

Akşam kızlarla beraber dışarıya çıkmaya karar verdik, giyindik süslendik attık kendimizi bir güzel sokağa. Artık Ceri yok, bu kadar beklemememin anlamı yok, iki haftadır ondan haber yok. Ne varlığı ne yokluğu var artık. Unuttuk bitti, en kötü olanı da sanırım bu, en çabuk vazgeçilen olmak. En kolay biten ilişkim bu oldu, benden en kolay vazgeçen, belki de beni en az seven. Peki neden içim acıyor, neden hâlâ arasa beni diyorum, ben çekip gittiğime rağmen neden hâlâ onu istiyorum. Off sorduğum soruya bak, neden olacak malın tekiyim de ondan. Artık eskisi gibi özgürüm, eskisi gibi istediğim her şeyi yapabiliyorum hâlâ salak saçma Ceri deyip duruyorum.

Çıktık, girdik bir mekâna içiyoruz böyle sürekli, o kadar çok içtim ki en son sandalyemin üzerindeydim. Saatlerdir bakıştığımız çocuk sandalyeden beni aşağıya indirmek için belimden tutup havaya kaldırınca o an birini görür gibi oldum. Sonra yere indim, çocuğun eli hâlâ belimdeydi, elini tutup ittirerek az önce gördüğüm noktaya doğru bir daha baktım. Yanılmamıştım, Ceri oradaydı. Orada olduğumu biliyordu, hatta beni takip etmişti ve gelmişti işte. Benden saklanıyordu görmemem için, seviyordu beni. Yoksa İstanbul'da milyonlarca mekân varken bu kadar mı tesadüf olur aynı yerde olmamız. Üstelik o sırada öyle bir şarkı çalıyordu ki bu kadar oturur:

"Ah ne zormuş bitsin demek, hâlâ severken seni..."

Gülümseyerek yanına doğru yaklaştım ki, yanına giderken tek istediğim elimi tutup beni götürmesiydi. Yalnız yaklaştığım her adımda bir gerçekle daha yüzleştim. Ceri'nin yanında bir kız vardı, biraz daha yaklaşınca kızın elinin Ceri'nin kolunda olduğunu fark ettim, biraz daha yaklaşınca, Ceri'nin benim için gelmediğini anlamam uzun sürmedi. Hemen ani bir u dönüşü yaparak geri döndüm, utana sıkıla yanımdakilere "kalkın gidiyoruz" dedim. Yaa onlar görmesin en azından, sonra beynimi yiyip duracaklar, "biz sana dedik" diye.

"Dudaklarını öpmemek bir yabancı gibi..."

Hemen onları toparlıyordum ki hadi hadi diye, biri kolumu tuttu, "vakit kaybetmemişsin, yakışmış sana bu duruş" dedi. Döndüm, suratına baktım baktım, sanki böyle çok önemli bir şey söyleyecek gibi, taşaklı kitaplardan alıntı yapıp, adama hayatının dersini verecek gibi, bir daha kendine gelemeyecek gibi bir tavır alarak "duruşum seni siksin!" dedim, kolumu ondan çekip itmeye çalıştım.

"Bilirsin ayrılık konusunda iyi değiliz ikimiz de..."

Sonra bir daha tuttu kolumdan, iyice çekti kendini, dişlerini sıkarak "O belini tutan orospu çocuğu ile mi berabersin?" dedi. Yine itmeye çalıştım ama nafile iyice çekti kendine. Orada kalayım, hatta öleyim istedim, kokusu, kirli sakalının yanağıma batması, uyandığımız sabahlar, elleri, dokunuşu. Ama kendime gelmeliydim, "Sana ne, ister belimi ister götümü tutanla birlikte olurum. Sa-na-ne. Sen kimsin ki, hayatımda yerin ne? Hadi genelevden parayla dışarı çıkarttığın ucuz karı bekliyor seni. Zevksiz mal" deyip iyice ittim, sonra bir daha kolumu tutuyordu ki, arkadaşımla kardeşim araya girdi.

"Bir kıvılcım yeterdi koşup geri dönmemize..."

Bu onları da itti, geldi yanıma.

"O orospu çocuğu mu yeni sevgilin?"

"Evet o, çekil artık gidiyoruz" dedim ama içim içimi yiyor. Orada ona sarılıp kalmak istiyorum, beni bırakma diye yalvarmak istiyorum ama yapamıyorum gitmem lazım. İyice tuttu beni, bu sırada kızlarda onu arkasından tutuyor çekmeye çalışıyor. "Bu muydu sebebin" dedi. Öyle bir baktı ki dayanamadım, kendimi biraz ittim ona elini tutmak için hamle yaptım sonra elimin tersiyle eline vurarak iyice ittim onu. Kızların koluna girdim, arkama bile bakmadan çıktım mekândan. Arkamdan koşup gelmesini bekledim, taksi beklerken gelir diye düşündüm, gelsin dedim, gelmedi. Sonra hiç keyfim kalmadı, ben eve döndüm kızlar da Ceri'yi aramayayım diye telefonumu elimden alıp geceye devam ettiler.

Evde içim gidiyor böyle, ağlıyorum ama bu ağlama aslında Ceri'ye değil. Seviyor muyum diye sürekli kendime soruyorum ama bilmiyorum. Tam uykuya dalmıştım ki, kapı çaldı ana avrat kızlara küfür ederek kapıyı açtım, karşımda Ceri var, kan ter içinde kalmış nefes nefese. Ellerini hemen yüzüme koydu, "Kafayı yedim, kafayı, öldüm burada, telefonunu neden kapattın?" dedi. Ulan pezevenk günlerdir o telefon açıktı bir defa aramadın da şimdi mi aklına geldi, tam arayacak vakitmiş harbiden. Eve almamak için kapının oraya bacağımı koydum, girmesin diye de ittim. Tam kapıyı kapatıyordum ki "Ne olur, al beni içeri. Biliyorum sevmiyorsun, biliyorum ben sana göre değilim, biliyorum olmayacak, sevilmeyeceğim ama al içeri, özlüyorum seni, evdeki halini, sen benim kızım gibiymişsin meğer, ne olur al beni içeri" diye resmen ağlamaya başladı. Allah'ım nasıl ağlıyor, o kadar sarhoş ki kız gibi ağlıyor. Ne yapacağımı bilemedim, ağlıyor resmen, gururum için iyi ama ağlıyor lan bu? Açtım iyice kapıyı girdi içeri. Odama gittik, yatağın üzerine oturdu, çekti beni kendine karnıma kafasını koydu.

"O gün gitmişsin, eve geldiğimde yoktun, sana pasta almıştım, akşam içeriz diye kola almıştım, kumandanın pili bitmek üzeredeydi, pil almıştım. Geldim, gitmiştin."

"Aramadın."

"Çünkü beni terk etmiştin, sevmemiştin, istememiştin."

"Sarhoşsun, allasen yat şuraya mahalle radyosunda şiir okuyan dangalaklar gibisin. Yat zıbar sabaha gidersin."

"Gitmem, gidemem."

"Ya yapma Ceri, şu haline bak, uyu git. Bitti bizim ilişkimiz, yok bizden bir bok olmuyor işte, alışamadık sevemedik birbirimizi."

"Ben sevdim seni."

"Sevdin de ondan mı hiç aramadın, ondan mı bugün kolunda başkası vardı, hayırdır ne oldu vermedi mi sana?"

"Ben çok sevdim seni."

"Bi siktir git, yat zıbar ben içerideyim."

"Gitme içeri, yanımdan gitme, yanımda yat."

Önümde çocuk gibi kıvranıyor, o kıvrandıkça ben daha çok tersliyorum. Sarılıp yanında kalmak istiyorum, beni al götür buradan demek istiyorum ama yapamıyorum. Ağzımdan tek kelime güzel bir laf çıkmıyor, sadece bağırıyorum, aşağılıyorum, sevmediğimi söylüyorum. Evet, seviyorum. Evet, yanında mutluyum ama nereye kadar gidecek? Kendimi hiç özel hissetmiyorum, hiç onun gibi değilim, o eve ait değilim, sürekli aklımda eski eşleri var, sürekli onların hayaletleriyleyim, ben onun istediği gibi biri değilim ki, o da benim istediğim gibi biri değil. İstediğim ne onu da bilmiyorum, tek bildiğim yemeğini yapan, onun götünü toparlayacak olan kişi olmadığım. Hayatımda belki ilk defa mantıklı bir karar alıyorum, duygularımı kenara bırakıp onunla olmamam gerektiğini düşünüyorum. Boğuluyorum çünkü o evde, ölüyorum, kendimden çıkıyorum. O evde yaşayan kişi ben değilim.

Belimi iyice kavradığı ellerini ittim, yatağın karşısındaki koltuğa oturdum. Bu arada ağlayan erkek kadar da iğrenç bir şey yok, erkek ağlamamalı ya, o güçlü olmalı. Ama neyse adam alkolü öyle bir kaçırmış ki adım gibi eminim ağladığı ben değilim. Başarısızlığı.

"Ceri, saçma salak bir şeyin içindeyiz, ne olur bir kendine gel. Her gün birbirimizi yiyoruz, her gün kavga gürültü ne yapacağız yani? Evlilik dersen aman senle olacaksa yüzyıl evde kalırım. Sevdiğimden bile emin değilim, seks iyi diye abartma allasen sen de, uyu hadi yarın sabah kalktığında zaten buraya geldiğin için pişman olacaksın."

Hiçbir şey söylemedi, yatağa yattı öylece dizlerini iyice karnına çekti. Bana bakmaya devam etti, ışığı kapatmak için ayağa kalktım, oradan da çıkacaktım. Işığın oraya geldim.

"Kapatma ışığı, yüzünü görmek istiyorum."

"Uyumaya gidiyorum zaten."

"Sevmedin di mi?"

"Hayır, yani daha doğrusu sevemedim."

"Senden önce yaşadığım şeyler yüzünden mi bu cezayı verdin?"

"Hayır, onlarla alakası bile yok sevemedim işte. Uyu artık."

Sonra bir daha tuttu elimden "sadece sarılmak istiyorum" dedi. Hobaaa, bu muhabbeti de her çift yaşamıştır muhakkak, sadece sarılmak istiyorum, sevişmeyeceğiz, sarılacak uyuyalım bla bla bla. Hepsinin sonu çatır çatır yiyişmeyle bitmiştir. Yani o Allah'ın emri, yani o cümle sadece sevişme teklifinin acizliği. O cümle taraflardan biri istemiyorsa, uygulanan bir hamle. Sonunu bile bile girdim yanına, kafamı iyice boynunun altına soktum, ellerimle belini sardım. Sonra hamle yapmasını beklemeye başladım. Ama tabii unuttuğum bir şey vardı, bu salak kafasını yastığa koyar koymaz uyuyangillerden. Adam uyuyakaldı resmen, ben de götümde patlayan teorimle kaldım öyle. Birkaç dürttüm, ıı ıh gayet horlamaya başladı, öküz. Ulan daha üç dakika önce geberiyodun aşkından da şimdi döndü götünü uyuyor.

Yanında son kez uyuyayım bari diye durdum, sarıldım bütün her şeyi ayrıntısıyla düşündüm, çocuk istemiyor olabilir evet ama ileride istemeyecek değil ya, ister muhakkak. Sırtını öptüm, elimi belinden çekiyordum ki, uyanır gibi oldu, aldı elimi iyice sardı kendine, "bırakma beni" diye mırıldandı ve uyudu. Son kez yanında olduğunu bilmek, son kez dokunmak, bir daha asla birlikte olmayacağımızı bilmek ne acı. Onun hayatı olacak, o mutlu olacak, o kendini toparlayacak diğer giden herkes gibi. Ben ise yine burada böyle salak salak onun sapı, bunun çöpü diyeceğim. Bir daha böyle sarılamayacağız, bir daha kokusunu da duyamayacağım, bir daha sevmeyecek beni hatta... Onu çok seviyorum, her zerresini her hücresini, o yokken eksiğim, anlamı yok yaşadığım şeylerin, belki de düzelir her şey, belki de beklentilerimiz bile değişir.

"Bitmesin hikâyemiz..."

Sabah içeriden gelen televizyon sesiyle uyandım, Ceri televizyonu açmış diye düşündüm, anasına avradına küfretmek için kafamı yastıktan kaldırdım, gözlerimi ovuşturdum, kalktım, adını bağırdım, ses gelmedi. Eşyalarımı hazırlayayım, sonra da kahvaltıya gideriz dedim bir huzurla kalktım yataktan, tam odadan çıkıyordum ki, aynanın üzerindeki notu gördüm. "Sen haklıydın, gelmemem gerekliydi bu sondu" yazmış. Yani gitmiş, yani gece sadece sarhoşmuş. Ulan madem gidiyorsun televizyonu ne açık bırakıyorsun be amcık hay Allah ya diye içeri girdim meğer kardeşim televizyon izliyormuş, gece geç gelmişler, geldiklerinde Ceri'yi görmüşler giyinip gitmiş. Yani sabahı bile beklememiş, biraz ayılınca çekip gitmiş. Yani teoride ben, pratikte o terk etti beni. Hay şansımı sikeyim ya, yine terk edildim!

Sen Benim Hayatımsın Ve Hayat Çekilmezdir

Korktuğun başına geldiği an yapacağın tek şey artık korkmamaktır sanırım. Erik buraya geldiği zaman, onunla bir yerde karşılaşcağız diye hem ödüm patlıyor, hem de Ceri ile beraber beni görsün de kıskançlığından ölsün orospu çocuğu diyordum. Sonra unuttum, bildiğin unuttum. Erik'in burada olduğunu bile unuttum, Ceri ile geçirdiğim aylar gerçekten Erik namına her şeyi olmasa da en azından varlığını unutturmuştu.

Bugün eski kanaldan bir stajyer çocuk vardı, dünyanın en şeker bebesiydi, öyle ki Erik'le beraber olduğumuzu sadece ona söylemiştik, şimdi askere gidecekmiş, fasıl falan veriyormuş gel dedi. Tamam dedim, telefonu kapatırken de "Yalnız Erik'te gelecek bir sorun olmaz değil mi?" dedi, işte o an ilk korkularıma geri döndüm.

Erik'le neredeyse tam bir yıl sonra karşılaşacaktım, değişmiş miydi, hâlâ annesiyle mi yaşıyordu, ona da "Pucca var sorun olacak mı" dediler mi? Hâlâ bizi bir arada mı anıyorlar, mutlu mu, sakal bırakıyor mu, Ceri ile olduğum süre boyunca farkında olmadan unuttuğum sorular pat pat aklıma gelmeye başladı.

Ayna karşısına geçtim, o gittiğinden beri altı kilo vermiştim, gerçi hoş ilk gittiği vakit bir tosunlaşmıştım ama şimdi gayet iyi duruyordum. Sadece şu siktiğimin basenleri, abi neden erimiyorsunuz siz, memelerim bile gitti, puf böreği gibi söndüler, siz hâlâ yerinden olmak istemeyen yaşlı yönetici gibisiniz.

Güzelleşmiş miydim, o biraz zor ama sanki yüzüme bir olgunluk çökmüştü, az mı gülüyordum ne, bir de bronzluk zayıf gösterir diye yatağımı solaryum makinesinden yapacaktım neredeyse, marsık gibi yanmıştım. Gerçi Erik sevmez öyle bronzluğu, o tombul, beyaz, dombili, şirin kızlardan hoşlanıyor. Yani eski benden, yani daha doğrusu bir ay sonra yine öyle olacağım ama en azından şu an karayım.

Acaba yeniden birlikte olur muyuz, sanmıyorum. Ne olacağım be o ana kuzusu mal beyinliyle. Allah'ım hayat ne boktan, aylar önce Erik döndüğü zaman Erik için üzülüp Ceri'ye gidiyordum. Şimdi de Ceri için üzülüp Erik'in yanına gidiyorum. Aslında hiç gitmek istemiyorum, Ceri gelip alsa beni, vazgeçtim seni terk etmedim dese ne var yani. Belki de bu kaderdir, belki de Erik benim kaderimdir, belki de biz birlikte olmak için yaratılmışızdır, belki de onca zaman onu yalnız beklememe gönlü razı olmadığı için bizi ayırmıştır. Yani neticede evet Erik geri zekâlı ana kuzusu, düşüncesiz bir hayvan ama iyi biriydi, belki de annesi ölmüştür lan ya da ölmesin ya evlenmiş olsun, çocuğun başından ayrılmış olsun. Evet evet bu iyi evlensin.

Hazırlandım, son bir kez aynaya baktım ve "Allah kahretsin seni PuCCa çok harikasın" dedim, gözümü kırptım ve kapıdan dışarıya gururlu bir şekilde çıktım.

Oradakilerin çoğunu en son düğünde görmüştüm, birçoğuyla da neredeyse hiç görüşmemiştim bile, beni gördükleri anda ilk tepkileri büyük ihtimalle "ne kadar zayıflamışsın" olacak, ben de "aaa sahi mi, oysa hiçbir şey yapmadım, kendi kendine olacak bu işler, rejim diyet falan yapmaya başlayınca olmuyor" deyip kibarca gülümseyecektim. Oysa anam ağladı lan, pilav yemek nedir unuttum, ayda yılda bir yiyorum onda da vicdan azabından tuvalette ağlıyorum, kilo alacağım diye ödüm bokuma karışıyor. Off hayatım boyunca bu hep böyle mi devam edecek acaba, hep kilo vermeye çalışan, yemek yerken üzülen, kalori hesabı yapan geri zekâlı biri mi olacağım ben? Neden benim de metobolizmam o siktiğimin çiroz kızları gibi çalışmıyor ki, yemin ederim az yiyorum ama sıçamıyorum. Ne çaylar, ne ilaçlar denedim olmuyor. Gerçi bir kitapta okumuştum, psikolojik şeylere bağlamış. Kabızlığın nedeni, güven duymamakla alakalıymış, geçmişini bırakamıyormuşsun, durduğun yere güvenmiyormuşsun. O yüzden başka ülkeye ya da şehre, eve gittiği zaman insanlar kabız olup sıçamazlarmış. Ama anacım benimki artık aştı kendini, güveniyorum amına koyim güveniyorum, çık artık şuradan diye yalvarıyorum resmen. Hayır bir gün bu yüzden ölmekten korkuyorum, insanlar benim için resmen bok yoluna gitti diyecekler. Akrabalar arasında çocukları korkutan bir figür olacağım. "Bak, PuCCa teyzen vardı, abur cubur yemekten boka dönüşmüştü, sonra öldü. Sen de öyle olursun, ha benim afferin kızıma iç bakayım ağzını" diye korkutacaklar sabi sübyanları.

İçeri girdim, masayı aradım, buldum tın tın tın yanlarına doğru yol aldım, herkesle selamlaşıp, yalandan "ayy ne güzelleşmişsin" diye insanlara söyleyip yerime oturdum. Daha

Erik gelmemişti, keşke gelmiş olsaydı da kapıdan gelişimi o izleseydi. Ben de her yere geç kalırım buraya erken gelesim tuttu resmen, gerçi yine geç kalmışım ama Erik kadar değil. Sonra kızlardan biri sevgilin gelecek mi dedi, sevgilim, yani Ceri, yani eski sevgilim, yani şu anda kimbilir kimi sikiyor haberim olmayan adam, yani çok özledim lan ben onu.

Ama ayrıldığımızı söyleyeyim de belki Erik'le yeniden olursak hani, sorun çıkmasın, nasıl olsa Ceri geri dönmez artık, bari buradan olmayalım. Döndüm, "ayrıldık ya şekerim, anlaşamadık" dedim. Bu kadınların birbirleriyle bu tatlımlı şekerimli bitanemli konuşması kadar da illet eden bir şey yok. Haa ben de arada bir öyle konuşuyorum ama midem bulanıyor, ağzımdan çıktıktan sonra kendi suratıma iki tane geçiresim geliyor. Heralde biz yaratılırken içimize kendi cinsimizle ilgili bu da eklenmiş, "bir parça karşıdan gelirken bacak süzme refleksi, bir parça üzerindekini nereden almış tarama motoru, bir parça kaç gram vermiş hassas tartı özelliği, bir parça da yapmacık kelimeler serpiştirelim" denmiş sanırım. Farkında olmadan söylüyorsun yani karşındakine, şekerim ne lan, nereden şekerim oluyormuş o benim, tipe bak at suratlı şuna şeker mi denilirmiş pehh.

Ben öyle insanlarla konuşurken, bir anda insanlar kapıya doğru bakmaya başladı, bizim bütün masa döndü hatta, ne oluyor lan Tarkan mı içeri girdi diye kafamı kaldırdım ki, kapıdan içeriye Erik girdi, hâlâ yakışıklı, hâlâ güzel gülüyor ve hâlâ, diyordum ki yan tarafındaki kızı gördüm. Allah kahretmesin seni Erik, sen ne yaptın böyle diye resmen ayağa kalktım. Erik ve EsmaCeyhan karşımda duruyorlardı.

Erik ya, Erik yani, beni bu karıdan kurtarın diye yeri göğü inleten Erik, alt tarafı bir gece yattık kendini sevgilim sandı diye önüne gelene anlatan Erik, bana saçma salak davrandığında gidip kızın ağzını burnunu kırmayı düşünen Erik. Erik karşımda ve ilişkimiz boyunca bizi taciz eden kızla buraya gelmiş.

EsmaCeyhan ya, sapık, takıntılı, manyak, sorunlu bana hayatı zindan eden EsmaCeyhan. Sevgililer mi acaba, yoo yoo bu kadarı olamaz, yani bu hayatta her şey olabilirdi, Erik eşcinselim ben bile diyebilirdi, Erik'le Ceri bile o kapıdan el ele gelebilirlerdi ama bunun imkânı yoktu, bu sadece bir şaka ya da bir kabus olabilirdi. O ikisi asla birlikte olamazdı, onlar nasıl ya, bunu nasıl yaptılar?

Yalnız sadece ben değil, herkes şaşkın, herkes bakıyor, herkes fısır fısır konuşuyor. Sadece ben ayaktayım o ayrı mevzu, oturdum yerime, rakıdan bir yudum aldım, kesmedi bir yudum daha aldım, bir yudum daha alıyordum ki, yanımdaki çocuk bardağımı elimden aldı masaya koydu. Geceyi düzenleyen çocuk yanıma geldi, kulağıma "valla bilmiyordum, EsmaCeyhan'ı aradığımda gelmeyeceğini söylemişti, yemin ederim ki" dedi, ki bildiğini sanmıyorum çünkü herkes çok şaşkındı.

Sonra bunlar oturdular biraz çaprazıma, EsmaCeyhan ilk bana selam verdi, "Aaaa PuCCiş de buradaymış" dedi. O PuCCiş diyen ağzını sikeyim senin, hiç oralı olmadım yanıt bile vermedim, kafamı başka tarafa doğru çevirdim. Ama Erik'le de göz göze gelmek istiyorum, beni görsün istiyorum, o sen ne adi orospu çocuğusun bakışlarımı atmak istiyorum ama bakmıyor. Nasıl baksın ki, bana doğru baktığı an, EsmaCeyhan evde onu çiviye yatıracaktır eminim. Nasıl beraber olabilirler ya, bu nasıl olur imkânsız ötesi gibi bir şey, kesinlikle EsmaCeyhan onu tehdit etti, ne bilim kaçırdı çıplak fotoğraflarını falan çekti, kesin yani. Bana doğru bakmıyor bile, orospu çocuğu baksın da suratına tüküreyim onun. Allah'ım bu kadar yakışıklı herifsin, evet geri zekâlısın ama onca kız varken neden bu, ha neden bu?

Biz beraberken ödümüz patlıyordu bu hatundan, sapık diyorduk bilmem ne diyorduk şimdi ne bu böyle? Ben de yine masanın eziğiyim bu arada, insanlar da amma ikiyüzlü, hatuna demedikleri kalmamıştı şimdi bir metre ilerilerinde ben olmama rağmen ikisine de nasıl iyi davranıyorlar.

Bir yerlerde karma diye bir olay var ve sadece kötü zamanlarda benim başıma patlıyor. Şu sahnenin aynısı geçen sene yaşanmıştı, EsmaCeyhan'dan azrailmişcesine kaçıyorduk, beraber olduğumuzu anlamasın diye kırk takla atıyorduk. Sonra bir gün kanalın yemekhanesindeydik, büyük masada otururken biz fingirdeşmeye başladık, unuttuk EsmaCeyhan'ı daha doğrusu fingirdeştiğimiz belli olmuyor diye düşünüyorduk. Sonra kıyamet koptu tabii, benim gibi masada sakin sakin oturmadı kız, "siz neden böyle yapışık ikiz gibi dolanıyorsunuz" diye bir başladı, ne tehditler etti, o kadar ki sinirinden çatal bile fırlatmıştı bize.

İşte şu an onlara yalakalanan ikiyüzlü pislikler o zamanlar da bize söylemişti. Kız yapayalnız kalmıştı o dönemlerde, Erik'e âşık ama Erik'in ona sümüğünü sürmediği histerik manyağın biri olarak anılırdı. Arkasından neler neler konuşmuştuk, yalnız kalsın diye neler neler yapmıştık ki acısından ölecek kıvama kadar getirmiştik en sonunda kızı.

İşte şimdi o yaşadıklarım benim götüme patlıyor bir bir. Artık nasıl beddua etmişse hemen de tutmuş yemin ederim. Bu işten neden tek kârlı Erik çıktı onu anlamadım. Bu nasıl bir gamsızlık, bu nasıl bir yüzsüzlük böyle? EsmaCeyhan'a biri acı çektirdiyse kesinlikle o kişi Erik'ken neden bu masada yalnız başıma oturuyorum ki?

Şu an ölmelerini diliyorum, böyle garsonun yanlışlıkla tepsiyi fırlatmasını o ikisinin kafasını kesip, kellelerinin önüme düşmesini diliyorum. Üzerlerine atlayıp, ikisinin kafasını birbirine çarpa çarpa parçamalak istiyorum. EsmaCeyhan'ın memelerini keserek suratına yapıştırmayı istiyorum. İkisinin de gözlerine şişler sokmak istiyorum, ağızlarını sikmek istiyorum, o birbirine bakarak konuşurkenki mimiklerini sikmek istiyorum. Şap şap şap tokat manyağı yapmak istiyorum ikisini de. Masanın altına inip bacaklarını mı doğrasam acaba, evlerine kadar takip edip gece orada ikisini de kıtır kıtır kesip işkence mi etsem? Allah'ım bana neden bunu yapıyorsun?

Hem masadan kalkmak istiyorum hem istemiyorum. Kalkarsam gururuma yenik düşeceğim gibi geliyor, kalkmazsam da birazdan Osmanlı tokatlarıyla onları dövecekmişim gibi. Bunlar var ya kesin evlenir bence, ee kaderim bu yapacak bir şey yok, Telli Baba kukusuna sahip bir kızım. Maşallah içine giren hemen evleniyor, hiç vakit kaybetmiyor. Yarın öbürsü gün kesin Ceri de evlenir, hatta o 3-4-5-6 kez evlenir de evlenir, ben gördüm onda o potansiyeli. Bir bana gelince durdu amcık, ne vardı yani o da evlenseydi? Dünyayla evlenmişsin sorun yok, benimle evleneceği zaman bir düşünmeler, bir soğumalar, yok evlenmeyecektim de sen istiyorsun diye teklif ettimler falan filan.

Tuvalete için kalktım yerimden, tuvaletin yerini soruyordum ki EsmaCeyhan da kalktı, "aaaa gidiyor musun canım yaa" dedi, o an bir sessizlik oldu hatta sanki böyle o çalgıcılar bile sustu, herkes ağzımdan çıkacak cevabı bekliyordu, ne demeliydim şimdi, gitmeli miydim bilemedim. Gidersem arkamdan deli gibi konuşacaklardı, gitmezsem de konuşacaklardı ama olsun, madem konuşacaklar onlara güzel bir malzeme vereyim bari dedim, "birlikteliğinizi bilmiyordum, tebrikler çok yakışmışsınız gerçekten" dedim. İşte o an Erik bana doğru döndü, o sırada göz göze geldik, en son gözlerini beni İzmir'e uğurlarken görmüştüm, "inince ara" diye bağrıyordu. Ne garip Ankaralı ile de öyle olmuştu, yani bana yol verdiler bir anlamda. Hiç değişmemiş gözleri, yüz hatları her şeyi aynı. İlişkimize dair hatırladığım en net şey beni terk edişi sanırım, o son günlerimizdeki soğukluğu benden uzaklaşması, kalbimi unufak edişi. Beni evindeki herhangi bir eşya gibi görüşü... Şimdi karşımda bana bakıyor, hâlâ çok yakışıklı, hâlâ şeytan tüyü var, hâlâ canımı acıtıyor. Şu an ne diyor hiç duymuyorum, dudakları kıpırdıyor evet ama ses yok sanki, sanırım tansiyonum düşüyor gitmeliyim.

Kafamı eğdim, çantamı yerinden alarak sandalyeden çıktım, masanın diğer tarafına doğru yürüdüm ki Erik kolumdan tuttu, o an bütün tüylerim havaya kalktı işte. "Birlikte falan değiliz otoparkta karşılaştık kendi kendine ne saçmalıyorsun yine" dedi. Gözlerimi Erik'ten çekip, EsmaCeyhan'a doğru baktım. Alev alev yanan gözleri, burun deliklerinden soluğu hava suratıma çarpıyordu neredeyse o derece sinirliydi. En fazla ne yapabilir yani, alıp beni dövecek mi? Hele bir denesin çatalla bıçakla şişeyle girişirim yemin ederim, hıncımı da alırım, o başlattığı için de o suçlu olur hem. Bence bu psikopat manyak kesinlikle oturdu otoparkta Erik'in gelmesini bekledi. Şimdi geçip otursam, sanki az önce Erik için gidecekmişim gibi duracak. Oturmasam EsmaCeyhan kazanacak gibi olacak. Ne yapacağımı bilemedim battı balık yan gider dedim, çektim gittim. Hala neyin kavgası bu, üzerinden sene geçmiş, herkes hayatını kurmuş ben hâlâ EsmaCeyhan ile Erik arasında kalmış bekliyorum.

Çıktım dışarı taksiye doğru gidiyordum ki, arkamdan yine Erik geldi, "ya sen ne diye rezil ediyorsun hâlâ çocuk çocuk muhabbetler"... Tam carlamaya hazırlanıyordum ki EsmaCeyhan geldi koştur koştur yanımıza. Aman sen eksik kalma, aman koş gel manyak. "Ya valla hiç uğraşamayacağım ikinizle de hadi çekin gidin ne olur" dedim, onu dememle EsmaCeyhan üzerime bir yürüdü, ahan da şimdi sıçtık, az önce dövsem falan diyordum ama sanırım ben yine dayak yiyeceğim. İnşallah polisi arar Erik şimdi, kurtulurum. Kız dayılana dayılana geliyor, sen kimsin falan diyor bana, dayak yiyeceğim lan burada resmen, hatta belki öleceğim. Bari son dayılığımı da yapayım diye böyle celallenerek "manyak mısın sen kızım kalk git şuradan" dedim, bir elimi de kaldırdım ki tırssın diye.

O kaldırdığım elimi tuttu, kafasını suratıma doğru yanaştırdı. "Önce o elini bir indir, o PuCCa'cılık oyunlarından gına geldi" dedi. "Tamam ya" dedim tırsa tırsa bir yandan da Erik'e bir şey yapsın diye bakarak indirdim elimi.

Ne diyeyim yani, karı manyak. Benim de aklımı sikeyim uğraşılır mı bununla, gördün onları kalk git evine. Hayır, bir de gazetelerde erkek kavgasında öldü falan diye yazacaklar. Dallama Erik yüzünden kavga ettiğimizi düşünecekler. Bir erkek uğruna değer miydi yavrum diyecekler benim için. Erik de öyle bakıyor, kavga edelim de götümüz başımız açılsın diye mi yapıyor anlamadım ki, araya girsene be adam.

"Erik'le ben senelerdir çok yakın arkadaşız, senin o manyak tavırların yüzünden aramız bozuldu. Adam senden kaçtı, seni terk etti hâlâ peşini bırakmıyorsun, ne gurursuz birisin sen" dedi. Yahu ne diyorsun sen ne gurursuzluğu ben ne yaptım arkadaşlığınızı sikeyim diye araya giriyordum ki Erik geldi bu kez tuttu onu. Bir şeyler söylemeye başladı ama ben duymuyorum, taksi de önde bekliyor oraya doğru ilerledim, tam biniyordum ki, EsmaCeyhan Erik'e ağlamaya başladı, "iki gece önce PuCCa ile konuşuyordun ben uyurken, tuvalette tık tık tık seslerini duydum senin. Bu orospuyla konuşuyordun işte, şimdi de yalan söylüyorsunuz bana" diye bir başladı ama nasıl sinirli.

O an ikinci bir şok daha yaşadım, ilk içeri girdiklerinde sevgili sanmıştım evet ama şimdi daha acıydı. Erik salağı bu kızla yatıyor kalkıyor sonra da her takıntılı manyağa yapılan şerefsiz erkek numarasını yapıyordu. "Sen benim arkadaşımsın, sana değer veriyorum eğer birlikte olursak arkadaşlık bozulabilir, ikimiz böyle daha iyiyiz, zamana bırakmalıyız" numarasını.

Erik böyle iğrenç mide bulandırıcı bir adamdı yani, hatta belki benimle birlikteyken bile yatıyordu bununla, gerçi sanmıyorum öyle olsaydı gelir söylerdi hatun hiç acımazdı. Taksiye binemedim, ne olacağını merak ettiğimden şoföre bir saniye dedim, kavgalarını izlemeye başladım. Erik bir bana bakıyor, o bakışı çok iyi hatırlıyorum yalanı yakalandığı anlardaki paniğiyle bir taraftan da EsmaCeyhan'ı ittirmeye çalışıyordu, "hastasın sen manyak" diyordu. Bir sinirlendim, kapının oradan çekilip EsmaCeyhan'ın kolundan tuttuğum gibi kendime çektim, Erik'in de omzuna vurarak, "sen ne yapıyorsun kıza, yedin bok hazmedeceksin tabii" diye de bağırdım. O an EsmaCeyhan'a çok üzülmüştüm çünkü. Evet o hep kendini küçük duruma düşürüyordu Erik ile ilgili mevzularda ama ben hep onların ilişkisini zamanında bir defa birlikte olup sonra bunun kafaya taktığını sanıyordum. Oysa ki iş öyle değilmiş ki, asıl orospu çocuğu Erik'miş, yalnız kalınca ona sarmış çünkü en kolay o. Erik zaten böyle bir insan değil mi? Ne zaman karşı tarafı düşünür ki, İngiltere'ye gittiğinde kaç kez aradı beni ama buraya döner dönmez yalnız kalacak korkusuyla aşkı depreşmiş gibi davranmamış mıydı? "PuCCa bu manyağı mı dinliyorsun yani" dedi, hâlâ kızı küçük düşürmeye devam ediyor yani, bir daha vurdum koluna, sonra EsmaCeyhan araya girdi. "Sana ne oluyor be, sana mı düştü bizimle ilgili karar vermek, kalkıp gitsene" diyince seni düşünen de hata, amcık surat diye iki tane okkalı yapıştıracaktım ağzının üstüne. "Eeee dedim sikecem sizi de ilişkinizi de" diye, arkamı döndüm taksiye binecektik ki o an karşımda Ceri'yi gördüm.

Arkamda Erik ve EsmaCeyhan, önümde Ceri, yanımda taksi. Kesinlikle bu bir rüya olmalıydı, hatta kâbus. Bu kadar tesadüfün imkânı yoktu çünkü. Lan koca İstanbul'da ikinci kez Ceri ile karşılaşmamız artık eşşeğin amına su kaçırmaktı. Taksiye kafasını uzattı, para verdi onu yolladı, sonra bana baktı, "ne oluyor burada" dedi. Biraz ilerimizde Erik ile EsmaCeyhan kavga ediyordu, "onlar kim dakikalardır neden tartışıyorsunuz" dedi. Sana ne lan, bir de sana mı hesap vereceğim diye celallenerek cümleye giriyordum ki, omzuna kafamı koydum sarıldım ona.

"Gidelim buradan ne olur" dedim, "onlar kim sana neden bağırıyorlardı, ağzını yüzünü sikecem onların ne bu sokak ortasından seni almışlar ortaya" diye başladı konuşmaya. Sarıldı bana, saçlarımdan öptü, yanaklarımdan öptü. "Telefonun kapalıydı merak ettim, kardeşini aradım burada olduğunu söyledi, tam içeri girdim ki sen kalkıyordun, dışarda bekleyeyim dedim, sonra da kavganızı gördüm. Kim bunlar" dedi. "Eski sevgilimle sevgilisi" dedim, bu bir kaldı böyle "nasıl yani, ne işin var burada peki" diye elini elimden çekti. "Off kıskançlık yaratma şimdi, adamın sevgilisi var yahu" diyerek yine sarıldım, o da önce sarılmak istemedi sonra dayanamadı sarıldı.

"Bitmesini istemiyorum, benden uzaklaşmanı istemiyorum ama evlenmek de istemiyorum. İki kere hata yaptım hayatımda, sen üçüncü hatam olma, sen bu kez doğrum ol benim. Bırak zaman ne gösteriyorsa onu yaşayalım. Eve dönme, kendi evinde kal, ne istersen yap, nasıl olmasını istiyorsan söyle öyle olsun. Sabah evinden kalkıp gidince dayanamadım yine, hep benim istediğim oluyor diye isyan ediyordun. Bu kez sana istediğin şeyi vermek istedim, Paris'e bilet aldım, kalk gidelim, bu yaz istediğin gibi olsun, istemezsen sürmezse benden nefret edersen yine git. Ama bir şans daha vermeliyiz. Özür dilerim, her şey için. Bu kez farklı olacak her şey yemin ederim. Sen benim hayatımsın ve hayat çekilmez oluyor bazen, yapacak bir şey yok. Ben de senin hayatın olmak istedim sadece" dedi. "Tek taş alsaymışsın iyiymiş aslında" dedim, şakalık olsun bu kadar romantik konuşma bünyeye zarar diye, yine öküzlüğünü yaptı, "valla uçak biletleriyle otel parasına sana kaç tane tek taş alırdım var ya" dedi, dedim neyse adamı daha fazla konuşturup şu son dakikayı bozmaya gerek yok...

El ele tutuşarak arabasına doğru gittik. Son kez arkama baktım, Erik'le göz göze geldik, son defa haline baktım, halimize baktım. Erik'in yüzündeki ezik ifadeye baktım. Bu kez ilk defa ben mutlu olarak bir sahneden ayrılıyordum, Ceri gerçekten sözünü tutmuştu, o beni kurtaracak olan kişiydi. Evlenmek istemiyordum artık üstelik, bir beklentim de yoktu, oynayacak kartım da elimde kalmamıştı. Ceri'yi seviyordum, avcunun içini hissettiğim andaki güven duygusunu seviyordum, yanımdayken bana zarar gelmez korkusunu seviyordum, güvensizlik namına yaptığım bütün saçmalıklarda haklı çıkmasını seviyordum, beni benden daha çok düşünmesini seviyordum. Sevmediğim onca şeyine inat her şeyini seviyordum, hayatımdı o benim ve evet hayat çoğu zaman çekilmez, zor ve saçma sapandı.

Şu an sonu ne olacak belli olmayan bir yola Ceri ile girmek güzel ama yine de sonsuza kadar yanımda olmayacağını bilmek açıkçası biraz canımı acıtıyor... Mutlu son diye bir şey yoktu, mutluluk sonsuza kadar da sürmeyecekti, beyaz atlı prensim şu an kimbilir hangi kızları götürüyordu. O orospu çocuğunu beklerken başıma gelmeyen iş kalmadı, artık ondan da bir umudum kalmadı bu yüzden...

Eski sevgililerime ithafen...

Allah hepinizin belasını versin orospu çocukları...

Dizüstü Edebiyat dizisi kitapları;

Küçük Aptalın Büyük Dünyası, *PuCCa*

Piç Güveysinden Hallice, *samihazinses*

Bizim de Renkli Televizyonumuz Vardı, *Onur Gökşen*

Sorun Bende Değil Sende, *Pink Freud*

Bayılmışım... Kendime Geldiğimde 40 Yaşındaydım,
Şebnem Aybar

1 Kadın 2 Salak, *Fatih Aker & Livio Jr. Angelisanti*

Erkek Dedikodusu, *French Oje & T.B.*

Bir Apaçi Masalı, *Angutyus*

Pucca Günlük Ve Geri Kalan Her Şey, *PuCCa*

2011'in Bobiler Tarihi, *bobiler.örg*

Bir Alex Değilim, *İstiklal Akarsu*

Sorun Bendeymiş, *Pink Freud*

Yedi Kere Sekiz, *Onur Gökşen*

Erkek Dedikodusu 2, *French Oje & T.B.*

Dünyada Aşk Var mı?, *Marslı Kovboy*

Bir Apaçi Masalı 2 - Kebabman, *Angutyus*

Allah Beni Böyle Yaratmış, *PuCCa*

Olsa Dükkân Senin, *İstiklal Akarsu*

Beni Hep Sev, *Pink Freud*

Allah Belanı Versin Brokoli, *Onur Gökşen*

Keşke Ben Uyurken Gitseydin..., *French Oje*

Gül im Abla, *Meltem Parlak*

Bir Apaçi Masalı 3 - Gurbet Kuşu, *Angutyus*

Kızsız Adam, *Okan Vardarova*

Ay Hadi İnşallah!, *PuCCa*

Atarlı Romantik, *Velveleyeverdim*

Olur Öyle, *İstiklal Akarsu*

okuyanus.com.tr

/okuyanusyayinevi

@okuyanus

/okuyanusyayinevi
/dizustuedebiyat
/ucgunlukdunyaedebiyati
/floradizisi

@okuyanus
@dizustuedebiyat
@ucgunlukdunyaed